講談社文庫

山魔《やまんま》の如き嗤《わら》うもの

三津田信三

講談社

山魔《やまんま》の如き嗤《わら》うもの

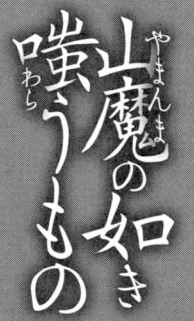

目次

目次デザイン　坂野公一(welle design)

乎山絵図

（刀城言耶のスケッチより）

山のむこうに石段
至御籠り堂
石段
(廃道
至白地蔵(西の登り口)・鍛炭家
岩場
崖
岩場の尾根
六壺の穴と石塔
六墓の穴
南

主な登場人物

奥戸（くまど）の人々

揖取（かじとり）家　奥戸の山林家。

力枚（りきひら　揖取家の当主）
成子（しげこ　力枚の妻）
将夫（まさお　長女である花子の婿養子）
月子（つきこ　四女）

鍛炭（かすみ）家　奥戸の炭焼人の元締め。

立治（たつじ　鍛炭家の当主）
志摩子（しまこ　立治の後妻）
広治（こうじ　三男、立治と志摩子の息子）
春菊（しゅんぎく　立治の妾）
立春（たつはる　立治と春菊の息子）
団伍郎（だんごろう　隠居した立治の父親）
立一（たついち　若いときに鍛炭家から出て音信不通になった立治の兄）
セリ（立一の後妻）
平人（ひらひと　長男、立一と先妻の息子）
ユリ（長女、立一とセリの娘）
タツ（セリの母親）
立造（たつぞう　二十年前に行方不明になった立治の弟）

熊谷（くまがい　奥戸の駐在巡査）

初戸（はど）の人々

郷木（ごうき）家　初戸の山林家。

靖美（のぶよし　四男）

虎男（とらお　靖美の父）

虎之助（とらのすけ　靖美の祖父）

梅子（うめこ　靖美の祖母）

高志（たかし　靖美の従兄）

日下部園子（くさかべそのこ　靖美の幼馴染み）

大庭（おおば　初戸の駐在巡査）

その他の人々

吉良内立志（きらうちりっし　山師。二十年前に奥戸を訪れる）

恵慶（えぎょう　御籠り堂の修行者）

胆武（たんぶ　御籠り堂の修行者）

鬼無瀬（きなせ　終下市署の警部）

柴崎（しばざき　同刑事）

谷藤（たにふじ　同刑事）

刀城言耶（とうじょうげんや　怪奇幻想作家、筆名は東城雅哉）

祖父江偲（そふえしの　怪想舎の編集者）

はじめに

神戸《ごうど》地方の一集落である奥戸《くまど》に於いて発生した連続殺人事件を記録として残すに当たり、僕は改めて本件の特殊性に気付くことができた。

それは、この事件の中心的な存在となる鍛炭《かすみ》家の人々——長男である立一《たついち》とその家族、次男となる立治《たつじ》とその家族、そして三男の立造《たつぞう》——のほとんどと全く面識がないままに、僕自身が連続殺人の渦中に巻き込まれたという事実である。こういった状況が、事件を収束に向かわせようと努力する一介の素人探偵にとって、極めて不利であることは言うまでもない。自己弁護をするつもりは更々《さらさら》ないが、本件が連続殺人にまで発展したのは、やはり事件関係者の多くと直《じか》に対面できなかった所為《せい》ではないかと思っている。

なお、本記録は郷木《ごうき》靖美《のぶよし》氏の原稿からはじまる。不可抗力とはいえ、氏が忌み山を侵してしまったことが、この禍々《まがまが》しい事件の発端となったためである。

ちなみに原稿の中には、初戸《はど》の集落の筆頭地主である郷木家の人々——即ち靖美の祖母の梅子《うめこ》、父親の虎男《とらお》、三人の兄の猛《たけし》と剛《つよし》と豪《ごう》、従兄の高志《たかし》など——が登場するが、こういった人物の中に本件の被害者も犯人も含まれてはいないことを、予《あらかじ》め申し添えておきたい。

徒《いたずら》に登場人物が多くなり過ぎると、記録を読み進めるうえで煩《わずら》わしいだけではないかと危惧したため、僭越《せんえつ》ながら補足した次第である。

最後に、この記録に目を通される方の全てが、その幸多き人生に於いて、山魔《やまんま》の如き嗤《わら》うもののような存在と万に一つも遭遇されませんように……と祈ります。

とある昭和の年の師走に　東城雅哉《とうじょうまさや》こと刀城言耶《とうじょうげんや》記す

御伽話《おとぎばなし》のことを昔々と云ふ。ヤマハヽの話最も多くあり。
ヤマハヽは山姥《やまうば》のことなるべし。其《その》一つ二つを次に記すべし。
柳田國男『遠野物語』より

忌み山の一夜

郷木《ごうき》靖美《のぶよし》

一

私が生まれ故郷の初戸《はど》に連なる三山《みやま》に登り、集落に昔から伝わる〈成人参り〉をしたのは昨年の秋口、御山《みやま》神社の秋の例大祭が執り行なわれた翌日だった。

　奥多摩を流れる媛首《ひめかみ》川の源流域である神戸《ごうど》の高地は、標高一千メートル以下の山々からなる、どちらかと言えば低山地帯である。然《しか》しながらその山容は極めて複雑怪奇で、大小の峰が暴風雨によって荒れ狂った海の波の如く連なり、まるで巨大な樹木の根っ子が枝分かれしたように、うねうねと延び広がっている。そんな峰々によって形成された谷が、さながら迷路かと見紛《みまが》う地形を形成し、人間の容易な侵入を防いでいるのだ。

それでも私の祖先の郷木家をはじめ、開拓精神の旺盛な人々が神戸の地に入植し、艱難辛苦《かんなんしんく》の末に拓《ひら》いた村が初戸だった。その地で郷木家は、忽《たちま》ち集落の筆頭地主に躍り出ると共に神戸で一番の山林家となり、以来彼《か》の地の林業を掌握して今日に至っている。

尤《もっと》も私は、初戸の歴史にも郷木家の生業《なりわい》にも全く興味がない。いや、関係がないと言い切りたい。当家の四男であるにも拘《かかわ》らず……。

三人の兄の猛《たけし》、剛《つよし》、豪《ごう》は、その名の通り生まれたときから頑健な身体に恵まれ、大した病気一つせず屈強な男に成長し、今では全員が家業を継いでいる。三男の豪は本来〈豪《やまあらし》〉という意味で父が名付けたが、さすがに読みは「ごう」にしたらしい。ちなみに父は虎男で、祖父は虎之助という。つまり郷木家の男子には代々、勇ましい名付けを行なう風潮があったと分かる。

兄たちは子供の頃から郷木家の立派な跡取りであり、父親の自慢の息子だった。それに引き換え私は生まれながらに病弱で、元気にというより乱暴なほど外で遊んだ三人の兄とは似ても似つかない、本ばかりを読む内向的な子供時代を過ごした。

四本松のおたね婆は、生まれる前から次は女の子だと決め付けて、先に〈靖美《やすみ》〉と命名した所為《せい》だと今に至っても陰口を叩き続けている。きっとお産を自分に任せずに、終下市《ついかいち》の医者に頼んだことを根に持っての難癖《なんくせ》に違いない。然しながら本当にそうではないのか、とは集落の誰もが一度は感じたことだろう。

健康な男児ばかりを三人も授かった父は、母が四人目を身籠《みごも》ったと知ったとき、柄《がら》にもなく女の子を望んだ。その願いを込め名前を決めた。だが誕生したのはひ弱な男の子だった為、落胆した父は〈靖美〉を〈のぶよし〉と読ませ、この重要な差異を簡単に解決してしまった。

もう物心が付く頃から、兄たちには莫迦《ばか》にされ苛《いじ》められていたような記憶がある。特に豪には、よく殴られた。三人の兄たちは仲が良かったものの、喧嘩になると猛が一番強い。どうしても剛と豪はやられてしまう。その鬱憤《うっぷん》を剛は、弟の豪と私に晴らした。勿論《もちろん》豪の対象は、私だけとなる。よって豪、剛、猛の順で、私は酷い仕打ちを受け続けたわけだ。但《ただ》し直接的な暴力がなかっただけで、三人など問題にならないくらい物凄く深い傷を私の心に負わせたのは、間違いなく父だった。そしてその父に言わせれば、兄たちの私に対する仕打ちは、単なる兄弟喧嘩にしか過ぎないことになる。本人にとっては、地獄のような体験だったというのに……。

母は病弱な四男を不憫《ふびん》に思い、とても慈《いつく》しんでくれたと思う。ただ、完全に亭主関白だった父に対する遠慮から、常に私と距離を置いているような様子があった。恐らく息子への想い以上に、夫が望んだ女児を出産できなかったこと、また郷木家の男児らしからぬ軟弱な子供を生んだことを、只管《ひたすら》申し訳なく感じていたのだろう。

結局、私が心から甘えられたのは、祖母だけだった。尋常小学校に入る歳になっても、依然として祖母の蒲団《ふとん》で一緒に寝て昔話をせがんでいた。勿論そのお蔭で早くから読書の楽しみを覚え、それが結果的に勉学の好成績に繋《つな》がり、祖母と従兄が父親を説得してくれた甲斐もあって大学へ進み、今こうして東京で教職に就くことができたわけである。何が幸いするか分かったものではない。

東京の大学に進学する件については、祖母より従兄の高志《たかし》の口添えの方が、より効果的だったと思う。父のすぐ下の弟の三男である彼は、昔から父の受けが良かったからだ。容貌は私と同じで、所謂《いわゆる》ひょろっとした青瓢箪《あおびょうたん》である。伯母の二人の息子、叔父の長男と次男、うちの三人の兄の誰もが似ていないのに、なぜか彼と私だけは色々と共通点が多い。運動はからっきし駄目な代わりに勉学は得意という点も、向こうが私立高校こちらが私立中学校という違いはあるものの、共に英語教師になったところも同じだ。尤も私費で高額な英語教材を購入して勉学に励む私に対し、そんな金があれば豪遊するよと笑う彼とでは、教職への思いも随分と差がある。親元を離れた自由な大学生活が、従兄の性格を少なからず変えてしまったらしい。

なのに父は高志だけを認め、決して私は――いや、止《や》めておこう。自分の子であるが故に、という父親の複雑な気持ちも、今となっては理解できなくもない。

それに親族一の頭脳と誉められた高志が大学で遊び惚《ほう》けた結果、一般教養の単位が取れずにいたのを、私が幾度となく代返をして出席日数を確保し、また講義ノートを貸したお蔭で無事に卒業できた事実が、長年ももやと抱えていた何かを払拭《ふっしょく》してしまった。父に対してならいざ知らず、従兄には少しも含む気持ちはなかったはずなのに、どうやら違っていたらしい。やはり劣等感を覚えていたのだ。それが、この東京の大学に於ける彼との関わりによって、綺麗に消えた。と同時に私は、漸《ようや》く神戸の地から、初戸の集落から、郷木家から本当に離れることができた。やっと独り立ちを果たしたのだと思う。

このまま何事もなければ向後の一生を、平凡な中学校の教師で、それこそ凡庸な人生を送っていたかもしれない。

ところが昨年の初夏、初戸から手紙が届いた。差出人は祖母である。成人参りを済ませてしまうよう、また父が煩《うるさ》く言いはじめていること。この通過儀礼を終えれば、靖美も晴れて郷木家の成人男子として認められること。とはいえ祖母自身は、無理に行なう必要があるとは思っていないこと――が記されていた。

この成人参りとは、初戸で生まれた男が二十歳《はたち》になる年の盆に、三山の里宮から奥宮までを独りで辿《たど》って礼拝するという儀礼で、言わば集落の成人式に当たっていた。昔は十五歳で執り行なったというから、元々は元服《げんぷく》のような儀式だったのだろう。

だが、私は大学の夏期講習を理由に帰省せず、儀礼にも参加しなかった。尤も肝心の講習とは、実際には図書館法上の司書と司書補養成の為のもので、偶々《たまたま》母校で開催されただけである。それを言い訳に利用したに過ぎない。父をはじめ誰も講習の欺瞞《ぎまん》に気付けるはずがないので、すっかり私は安心していた。然し私の、実家だけでなく集落での立場までかなり悪くなっている、そんな噂《うわさ》がそのうち伝わってきた。成人参りを執り行なう気さえあれば、盆の時期に拘《こだわ》る必要は別にないからだ。仮にその年が駄目でも次の年がある。要は本人の意思の問題なのだから。

そう、私は端《はな》から故郷の儀礼を莫迦にしていた。いや、その当時そもそも成人参りなど、頭の片隅にも留めていなかった。生まれてはじめて父や兄たちの影響から解放され、自由な独り暮らしを満喫《まんきつ》していた私にとって、初戸の地は遥か遠くにあって、余程のことがない限り戻るつもりのない場所だったのだ。

そのうえ東京は戦後の復興期とはいえ、ちょうど朝鮮特需に沸く真っ最中だった。後に韓国の李承晩《りしようばん》大統領は、「国連軍十六ヵ国の青年たちが朝鮮動乱に参加し、自らの血を流して自由陣営を守ってくれた。なのに日本の青年たちは、一体何をしたか。映画に行き、パチンコを楽しみ、ストリップに現《うつつ》を抜かしていただけではないか」と語ったらしいが、そんなことは知らない。私たちの世代が、わざわざ恥を感じることではない。つまり私もそのとき、己の青春を謳歌していた日本青年の一人に過ぎなかったわけだ。

ただ、言うまでもなく他の青年たちと違って、私は無意識に自分の故郷から、そして家から逃げていた。何よりも父から……。

だからこそ当の父が激怒していると知らされ、尚更《なおさら》そんなところに戻ろうとは考えなかった。仕送りを止められたらどうしよう、という心配はあった。だが、そうなれば腹を括《くく》るまでだと粋《いき》がった。もし本当に送金が途絶えていれば、碌《ろく》に働いたことのない身の為、間違いなく授業料の滞納で大学を追われ、やがては路頭に迷っていたと思う。情けないが、それが現実だ。幸い父もそこまでする気はなかったのか、結局お金に不自由はせず、同年代の青年たちの中でも恵まれた環境で大学生活を終えることができた。

あれから三年が経ち、すっかり儀式の存在を忘れていただけに、この祖母の手紙には驚いた。今年の春に大学を卒業して教師になった為、改めて成人参りをやらせれば良い、そう父が考えたのだと察しは付いたが、とても心を騒がせられた。

普通なら無視していたと思う。だが祖母の、無理にする必要はありません——という孫を気遣う言葉が、逆に私を苦しめた。父の母親とはいえ、今では息子が家長である。祖父は私が生まれる前に亡くなっている。老いては子に従えの言葉が、田舎の旧家では当たり前なのだ。祖母が父と孫の間に入り、心労を重ねているのが分かるだけに辛かった。

祖母の手紙を見せて従兄に相談した結果、私は成人参りを執り行なうことにした。

「今後も実家と距離を置くにしろ、まさか縁を切るわけにはいかないんだから、なるべく凝《しこ》りを残さない方がいいよ」

高校の教師になっても大学時代の遊び好き、悪戯好きが直らずに莫迦をやっている高志に、真面目な顔付きで助言された。普段ふざけた言動が多い従兄だけに、真剣に意見されると説得力がある。私も素直に頷《うなず》いていた。

こうして実に四年振りに、初戸へ帰ることになったのである。

二

昨年の二学期も半ばを過ぎたとある日曜日の朝、私は帰省した。土曜でも半ドンが終わると同時に学校を出れば、初戸《はど》に着くのは真夜中になるが、日曜の早朝から儀礼には臨める。然し当日は御山《みやま》神社の秋の例大祭がある為、集落中の人々が集まってしまう。そんな中で成人参りを執り行なうなど絶対に避けたかった。それで月曜日に有給休暇を取ることにした。早朝から三山《みやま》に入れば、その日の夜中には東京に戻れる。そう私は踏んでいた。ちなみに帰省当日の朝、東京をゆっくりめに発ったのは、余り早く帰ると父や兄たちと顔を合わせる時間が嫌でも長くなるからだ。

成人参りの舞台となる三山とは、名前の通り三つの山が重なって一つと見做《みな》されている、言わば神の山である。但し、手前の一つは標高が五百メートルもなく、二つ目で七百くらい、三つ目にしても一千を超えない。そのうえ麓《ふもと》の〈里宮〉から一重目の山に祀られた〈一の中宮〉、そして二重目の山頂にある〈二の中宮〉、更《さら》に三重目の山に鎮座する〈奥宮〉まで、山道とはいえ参道と呼べるものが辛《かろ》うじて通っていた。よって三つの山を縦走するといっても、成人した男であれば大して難しくもない儀礼だった。

こういった情報は全て、事前に高志《たかし》から仕入れていた。彼は叔母から、つまり自分の母親から教えて貰《もら》ったのだろう。父や兄たちに訊くのが手っ取り早いとは思ったが、さすがにできない。祖母にも変な負担は掛けたくないので、ここは従兄に頼ることにした。

日曜の夜、初戸の郷木《ごうき》家で出迎えてくれたのは、祖母と母だけだった。その母もすぐ父に呼ばれて姿を消したので、私は祖母の給仕を受けながら遅い夕食を独りで摂《と》った。淋しいと感じるより、父や兄たちと顔を合わせずに済んだと、正直ほっとしていた。

何でも食べる兄たちと違って、私は小さい頃から好き嫌いの多い偏食家だった。でも、野菜が嫌いな癖に祖母の作る菠薐草《ほうれんそう》の御浸《おひた》しは食べた。酢飯が嫌いな癖に祖母の握る稲荷寿司は好きだった。漬物が嫌いな癖に祖母が漬けた梅干は食が進んだ。ここまで無事に育ったのは、どう考えても祖母のお蔭だろう。

その夜、目の前には私の好物ばかりが並んでいた。

「明日、成人の御参りが済めば、お父さんと兄さんたちが祝いの宴を開いてくれる」

それでも相変わらず食が細い孫に、あれこれと祖母は勧めながら、

「儀式さえ済めばお前も、一人前として認められることになる。いや、もう学校の偉い先生になって、充分に一人前になってるけれど、ここにはここの仕来《しきた》りがあるからなぁ」

そう言って頻《しき》りに、慰めるような言葉を掛けてくれた。

恐らく祖母自身は、私が儀礼を行なう決意をしたことに安堵《あんど》した反面、嫌でもやらざるを得ない境遇が不憫でならないのだろう。

それでも儀礼に関する話題は最初だけで、祖父が道楽で作った芝居小屋に梅雨明け頃から〈太平一座〉という怪し気な旅回りの一家がすっかり居座っているとか、盆前に奥戸の鍛炭家《かすみ》《くまど》の長男が数十年振りにひょっこり戻って来たとか、近頃は修験者《しゅげんじゃ》や巡礼者を襲う追い剝《は》ぎが神戸《ごうど》に出没しているとか、明日は初戸から奥戸へ向けて嫁入りの一行が発つとか、近隣の噂話を披露しはじめた。

ちなみに奥戸というのは三山を越えて北へ、更に奥へと入った集落の名で、祖母はそこの出だった。やはり何年経っても生まれ育った土地の出来事には関心があるのか、特に耳を傾けたわけでもないのに、鍛炭家の話などを熱心に喋り続けた。だが、そういった話の全ては、実は時間稼ぎだったのかもしれない。

食事が終わって私が自室へ引き上げようとすると、さり気なさを装いながらも祖母が、唐突に一通の封書を差し出した。

「何ですか、これは？」

「今日です。届けに来た方があって、私が預かっていたものです」

受け取って見ると、表に「郷木靖美《のぶよし》様」とだけ書かれ、住所も記されていなければ切手も貼られておらず、祖母の言うように手渡しされた手紙らしい。裏返して差出人の名前を目にした私は、そこで凍り付いた。「日下部《くさかべ》園子《そのこ》」とあったからだ。

「今夜は、早く休みなさい」

祖母は呆然と佇《たたず》む孫に声を掛けると、静かに部屋を出て行った。

その場で開封しようとした私は辛うじて思い留まり、四年前に家を出た当時のままの自室に入ると、机の明かりだけを点《とも》して手紙を読みはじめた。

内容は大きく分けて三つだった。一つ目は東京での私の暮らしを心配しつつも羨《うらや》ましいと思っていること。二つ目は立派な教師になるよう願っていること。そして三つ目、自分は奥戸の竈石家《かまいし》にお嫁に行くということ。

つまり先程の祖母の話に出てきた、初戸から奥戸へ向けて嫁入りがあるというのは、日下部園子のことだったのだ。

日下部家は初戸の杣夫《そまふ》や木挽《こび》き職人をまとめる頭《かしら》の家系で、昔から郷木家に仕えていた。だから園子とは幼馴染《おさななじ》みであり、学校に行くようになって同級生となり、お互いが思春期に差し掛かってからは――いや、それは私の一方的な想いに違いない。夏祭りの夜、暗がりで手を繋ぐのが精一杯だった私の……。

園子が嫁入りする。それも奥戸の竈石家へ――。

まんじりとしない蒲団の中で迎えた翌日の、まだ陽も昇らない朝まだきに起床した私は、まず風呂場で水垢離《みずごり》をし、全ての雑念を振り払う気持ちで身を清めた。この成人参りが自分にとって、様々なものから卒業して大人になる為の儀礼のように、漸く《ようや》思えていた。

手早く身体を拭くと、祖母が用意しておいた衣装を身に着ける。白木綿の行衣《こうい》を着込み、手甲を付け脚絆《きやはん》を巻き、草鞋履《そうあいば》きという格好になる。それから祖母が首に白い帯を巻いたので、

「マフラーの代わりですか」

半ば冗談めかして訊くと、

「いいえ、これは儀礼中に、悪いものが首筋のつぼから身体の中へ入って来ないよう、お前を守る為の白帯です」

とても真剣な口調で説明された。

身支度が整ったところで、肩に掛けるよう頭陀袋《ずだぶくろ》を渡される。その中を覗《のぞ》くと、朝と昼に食べる握り飯と茶の入った水筒、四つの祠《ほこら》に供える御神酒《おみき》を満たした竹筒と小さな米の袋、それに布の財布が仕舞われていた。

「山の中で、まさか財布がいるんですか」

これこそ冗談ではないかと思っていると、

「勿論お金は入っていません。そこにはお捻《ひね》りが――栗などの木の実を半紙で包んだものが、幾つも入れてあります」

「お捻り……ですか。でも、なぜそんなものが――」

「山の中で出会ってしまったら、相手がなにものであれ、それを上げなさい」

何と出会《でくわ》す可能性があるのか、どうしても私は尋ねることができなかった。

昔は山中で一泊した名残りから、白木綿の浴衣や白の晒《さらし》などを入れた柳行李《やなぎごうり》を背負い、漸く準備が整った。一個ずつは大した重さがないのに、全てを身に纏《まと》うと結構きつく感じられる。日帰りの為柳行李は必要ないと主張したが、決まりなので持って行けと祖母が許さない。逆に私が小型のラジオを持参するつもりだと知ると、文明の利器は不要とばかりに腕時計と一緒に取り上げられた。実行するからには、きちんと仕来りは守るべきだ。そう言いたいに違いない。

成人参りは一切の見送りが禁じられている為、祖母とは屋内で別れの挨拶をし、独り静かに家を出た。父も母も、兄たちも顔を出さなかったが全く気にならない。むしろ気楽で良かった。但しそんな安堵感も早朝の冷気に触れた途端、見事に消し飛び思わず身が震えた。

郷木家の正面玄関から裏に回ると、こんもりと三つに盛り重なった三山の姿が、薄ぼんやりとした朝ぼらけの中で微《かす》かに浮かび上がっている。山容の高さから覚える上昇性はないものの、どっしりした重苦しいまでの存在感が犇《ひしひし》と伝わってくる。

こんなに物凄い気配を漂わせた山だったろうか……という思いに、ふいに囚われる。自分が全く別の、はじめて目にする山と対峙《たいじ》しているような気がして仕方がない。まるで幼い子供に戻ったかの如く、その見知らぬ山を私は暫《しばら》く見詰め続けるばかりだった。

然し、いつまでも佇んでいるわけにはいかない。ゆっくり一重目の山の麓へ向かうと、山道がはじまる横に祀られた里宮に、最初の参拝をする。まず祠の中に仕舞われている御猪口《おちょこ》に御神酒を注ぎ、次いで米の入った小さな袋を供え、そして御参りを行なう。すると不思議に、自然と敬虔《けいけん》な気持ちになった。己がこの地の生まれなのだと、改めて教えられたような気分である。そんな高揚した気を持ったまま、三山への第一歩を踏み出すことができた。

　ところが、その気持ちの良さも長くは続かなかった。山道を登るに連れて、途轍《とてつ》も無い場所に自分が侵入しているような虞《おそ》れと、とんでもない場所に向かっているような恐れとに、同時に包まれはじめたからだ。

　考えてみれば、この山に何が祀られているのか、実は集落の誰一人として知る者がいない。古来ここには〈山神様〉が居《お》られると伝えられているだけである。古文献では〈巳山《みやま》〉とも〈眉山《みやま》〉とも記されている為、前者から山神の正体は〈蛇神様〉ではないかとも言われている。その一方で後者の文字から、山神様は先祖霊だという見方もあった。なぜなら〈眉〉の字には「老年」「長寿」「年寄り」の意味があるだけでなく、神戸一帯に棄老《きろう》伝説が残ることから、眉山が姥捨《うばす》て山だった可能性も出てくる為である。

　尤も先祖霊にしろ蛇神様にしろ、いずれも戦前の国家神道に於いては差し障りがある。それで一応は山海の守護神となる大山祇命《おおやまづみのみこと》を祀神としたらしい。だが、初戸の集落の人々にとって、三山の神様は飽《あ》くまでも正体不明の山神様であり、その意識は戦後も変わっていない。むしろ江戸時代以前に戻っていそうな気さえする。

　そんな得体の知れぬ山の直中《ただなか》へ、たった独りで入って行くのだと思うと、今更ながら怖じ気付きそうになる。里宮で覚えた信仰心めいたものも、綺麗さっぱりなくなっていた。

とはいえ引き返すなど論外だった。そんなことをすれば父に、そして兄たちに何を言われるか分かったものではない。「やっぱり靖美は……」と嘲《あざけ》られ、莫迦にされるのが落ちだろう。良くて精々《せいぜい》憐れな奴と同情されるだけではないか。

故郷と家を捨てた気になりながらも、父と兄たちを見返したい――いや、正直に書こう――彼らに認めて欲しいと願う郷木家の四男としての自分が、実はまだ存在していることを悟り、暫《しば》し私は愕然とした。

穏やかならぬ感情を抱きつつ、それでも私は足を止めなかった。お蔭で、やがて一の中宮へ辿り着いた。再び御神酒と米の供物を捧げ、御参りをしながら心を落ち着かせる。そこで休憩がてら、頭陀袋から祖母が握ってくれた握り飯を取り出して朝食にした。

一の中宮から先は山道も下りとなり、周囲に茂る樹木も密度を増す。次いで二重目の山の登りに入ると、今度は岩場が多くなった。淡々と上を目指すだけの山道も辛いが、足元の安全を確認しつつ辿る勾配のきつい岩場ほど、神経を尖らせ疲れさせるところもない。

ここまで入り込んで漸く、私は己の疎《おろ》かな勘違いに気付いた。三山の縦走が容易《たやす》いのは、日頃から山仕事をしている集落の青年たちにとってなのだ。彼らにしてみれば、早朝に出て昼の早い時間に帰って来ることなど、きっと朝飯前だろう。だが、私は違う。この地で生まれ育ったとはいえ、低い山に登った記憶さえない。そもそも野外での遊びを好まなかったのだから。

よって疲労困憊《こんぱい》して二の中宮に着いたときには、太陽の位置から考えても、もう疾《と》っくに昼を過ぎていたと思う。さすがに焦ったものの、身体は休息を欲している。再び休みつつ同時に昼食を摂ったが、念の為握り飯を一つだけ残した。このままでは陽のあるうちに山を降りられるかどうか、とても心許《こころもと》ないと本気で心配し出したからだ。帰りは物凄く疲れているに違いない。そのうえ空腹では堪《たま》らない。

だが、その程度の現実的な不安などまだまだ甘かったと震え慄《おのの》く羽目に、すぐ私は陥ることになる。

三

二の中宮を発ち、登りと同じ岩場の下りを慎重に降りたところで、熊笹が鬱蒼《うっそう》と覆い茂る場所に出た。そこから参道は、辛うじて見える細い一つの筋へと変化し、まるで獣道《けものみち》のように笹の中に隠れつつ延びている。

完全に足首が隠れてしまう草木の群れに踏み込み、ざあっ、ざあっ、ざあっと音を立てながら半ばまで進んだときだった。信じられないものが聞こえてきたのは。

赤ん坊の泣き声だった。

こんな山の中で……と思った瞬間、とても怖くなった。が、すぐに幻聴ではないかと考え、冷静に凝《じ》っと耳を澄ませた。

赤ん坊が泣いている……。

前後の見境もなく駆け出した私は、何かに足を取られて転げ、そのまま熊笹の海で溺《おぼ》れるかの如く必死で這《は》い摩《ず》り回った。まともに足腰が立たない。それでも逃げたい一心で、兎《と》に角《かく》動き続けた。

漸く泣き声から遠離《とおざか》ったと思えたところで、よろよろと立ち上がり、できる限り早足で走り出した。

まだ赤ん坊が泣いている……。

違う……単に泣くというより、如何《いか》にも虐《しいた》げられたような、まるで踏み潰されたような、そんな泣き叫びに聞こえる。

草地を抜けると、そこは河原だった。いや、そう見えるだけで水は流れていない。今が渇水期なのかどうかは分からないが、辺りは石ころだらけである。

もう泣き声は聞こえない……。

ほっとしたのも束の間、すぐに自分のいる場所が、普通の河原でないことに気付いた。あちこちに石が積まれていたからだ。その空間には、幾つもの石積みの塔が立っていた。

賽《さい》の河原……。

という言葉が脳裏に浮かんだ途端、先程の赤ん坊の泣き声は、ここから聞こえていたのではないかと悟り、がくがくと両膝が震え出した。

ここに留まっていてはいけない……。

再び私は走り出した。だが、この場から一刻も早く立ち去りたいのに、石積みの塔を崩してしまうのが怖くて、なかなか上手く走れない。一つでも壊せば、そこから先ずっと赤ん坊の泣き声が追い掛けて来そうな気がする。そんなのは厭《いや》だ。

漸く河原を通り抜けると、目の前の細い獣道へと駆け込む。然し悲しいかな、体力のない私が山道を、それも徐々に登りとなる獣道を駆け上がれるはずがない。幾らも進まないうちに両肩で息を吐《つ》き出し、足取りが乱れはじめた。もう倒れそうだと限界を感じたところで立ち止まり、恐る恐る後ろを振り返る。再び耳を澄ますと、微かではあったが悍《おぞ》ましい泣き声が、やはり聞こえてくる。慌てて棒のようになった足に手を添えながら、只管《ひたすら》山道を進む。

どれほど無我夢中で歩いただろうか。はっと我に返って歩みを止めると、泣き声が聞こえなくなっていた。

あれは何だったのか……。

ほっとすると同時に疑問が、好奇心が頭を擡《もた》げたものの、必死に無視しながら先を急ぐ。

ところが、そのうち妙なことに気付いた。三重目の山を登っているのであれば、飽くまでも山道は上昇し続けるはずである。なのに自分が辿っている道は、緩い勾配のまま何処までも延びているばかりで、一千メートル近い山を登っているという感覚が一向にない。

まさか……。

その意味を考えぞっとした。自分が迷ってしまったと察したからだ。

然し、三山《みやま》の里宮から奥宮までは一本道のはずだ。ならば何処で道を間違えたのかと考え、熊笹の群れる光景が脳裏に蘇った。

あそこで転んで這い回った結果、恐らく方向を過《あやま》ったのだ。よく見ると白木綿の行衣も、かなり汚れている。半ば恐慌状態のまま闇雲《やみくも》に逃げ出した為、きっと間違った方角に猪突猛進してしまったのだろう。

今からでも遅くない。ここは引き返した方が――。

そう判断した私は踵《きびす》を返すと、来た道を逆に辿りはじめた。熊笹の地点にまで戻れば、降りて来た二重目の山道が分かるはずである。そこから遣直《やりなお》すしかない。最悪の場合、今夜は奥宮で過ごす羽目になる可能性も出てきた。帰ろうとして中途半端なところで日が暮れてしまえば、大変なことになる。低山だと嘗《な》めていると私の場合、みっともなく遭難してしまうかもしれない。そのような真似を仕出かせば、どれほど父や兄に嘲笑されるか……。

奥宮には昔の儀礼の名残りで、御籠り用の小さな堂があるという。人っ子一人いない山中で、そんな堂の中で一晩を過ごすのかと思うと恐ろしくて仕方ないが、野宿よりは増しだろう。いずれにしろ奥宮に着いてから判断すれば良い。覚悟を決めると嘘《うそ》のように、不安な気持ちが薄らいだ。

それにしても神戸《ごうど》の集落で暮らす人々は、何かにつけ周囲の山々を越える苦労がある。奥戸《くまど》の出身だった祖母が、郷木《ごうき》家に嫁ぐとき本当に難儀したという話を、寝物語に何度も聞かされたことを思い出す。

まず郷木家の親族の何名かが、初戸《はど》から奥戸の祖母の実家まで花嫁を迎えに行く。神様の山である北に位置する三山を通るわけにはいかないので、東隣の臼山《うすやま》を大きく迂回《うかい》して峠を越える。初戸から奥戸を訪れるには、奥戸の北東から集落に入る道を目指さなければならない。かなりの遠回りで、おまけに山道を歩くことになるが、他に道筋はない。

奥戸に着くと、その夜は村の人々と宴会になる。翌日は夕方まで何もしない。花嫁が実家を出るとき、夕日に向かって拝む風習があるからだ。その儀礼を済ませると、祖母の伯父、兄と弟と妹、縁者の二人、それに近所の手伝いの八人ほどが持ち子として、箪笥《たんす》、鏡台、蒲団、銘仙、米、小豆などを担いで、郷木家の親族と共に初戸へと向かう。勿論夜の山越えとなる為、皆が提灯《ちょうちん》をぶら下げながらの大仕事である。花嫁の祖母は髪だけを結い、着物の下はモンペ姿だったという。臼山峠を下って初戸に着く頃には既に夜が明けていたが、そこにトラックが待っているのを見て、やれやれと思ったそうだ。

だが、すぐ郷木家に行くわけではない。なぜなら婚家に入るときには、今度は朝日を拝む必要があったからだ。よって初戸では郷木家が用意した家に一泊し、そこで髪を結い直し、翌朝まだ陽の昇らぬうちから花嫁衣装に着替え、顔を出した朝日に礼拝をし、祖母は嫁入りしたという。早朝の陽の光の中で、郷木家の隣近所の人々に総出で出迎えられた光景が、何十年経っても忘れられない。そう祖母は言って、いつもこの話を締《し》め括《くく》ったものだった。

園子の嫁入りも同じように行なわれるのだろうか。

ふと山道を歩く髪だけを結った彼女の姿を想像し、自分でも驚くほど狼狽した。もし郷木家に嫁ぐのであれば、山を越える必要はないのにと考えたことも含めて……。

私は煩悩《ぼんのう》を振り払うべく、両の掌で左右の頰《ほお》をぴしゃりと叩いた。

御山《おやま》の中で思うようなことではない。何と言っても、ここは神の山なのだ。恐ろしくはあるものの、それ以上に神々しい地である。しかも今は成人参りの最中なのだから、余計な雑念は捨てなければならない。祖母が儀礼の前に封書を手渡したのも、きっと御参りを通じて孫に、日下部園子のことを精神的に乗り越えて欲しいと思ったからではないか。

奥宮に参拝したら、彼女からの手紙は細かく裂いて御山に散らそう。

そう決めると、少しだけだが心が軽くなった。が同時に、それまで疎かにしていた注意が周囲へと向いた為、遅蒔《おそま》きながらあることに気付いた。

辺りの雰囲気が違う……。

里宮から二の中宮を経て熊笹の地点まで、辺りの風景は常に変化し続けたが、何処まで行っても三山の中を進んでいるという気配があった。そこには虞れと恐れ、その両方が渾然《こんぜん》一体となって漂っていた。

なのに今は、なぜか恐れしか感じられない。

自然と足が止まり、周囲を見回したときだった。右手の薄暗い樹木の奥から、身の毛もよだつ物凄い叫び声が上がったのは……。

次の瞬間、その壮絶な叫び声が宙を飛んだ。私の頭上を越えると反対側の左手に降り、再び同じように叫びはじめた。

な、な、何だ……?

狼狽《うろた》える私を嘲笑《あざわら》うかのように、その声の持ち主は右から左へ、また左から右へと宙を飛んで移動しながら、途轍も無い絶叫を上げ続けている。

単なる獣の鳴き声じゃないのか……。

そう思おうとするのだが、自在に空中を飛びながら凄《すさ》まじい声で鳴く動物など、そもそも存在するのか。鼯鼠《むささび》かと考えたが、あれは木から木に飛び移るはずだ。わざわざ地面に降りて鳴かないだろう。ならば、これは何なのか。

天狗……という言葉が浮かび、慌てて頭を振る。

山の中を歩いていると突然、樹木が倒れるような大きな音がする。然し様子を見に行くと、木など倒れていないという天狗倒し。山道を辿っていると突風が起こり、山鳴りがして石がぱらぱらと飛んでくる天狗礫《つぶて》。何処からともなく笑い声が聞こえてくる。気味が悪くなり急いで進もうとしても、笑い声が追ってくる。そこで思い切って笑い返すと、これまで以上の哄笑が響く天狗笑い等々、確かに天狗の名の付く不可思議な現象は、日本の各地に昔から多く伝わっている。

でも、だからといって天狗だと思うのは、幾ら何でも莫迦々々しい。祖母に怪異な昔話を聞かされ震えた子供の時分ならまだしも、今では教育者になった人間が、そんな発想をするとはお話にならない。

殊更《ことさら》に強く否定した私は、その場から逃げるように足を速めた。無気味な叫び声から離れる目的もあったが、それ以上に辺りの薄暗さが気になっていた。樹木の所為で陽が翳《かげ》っているのではなく、陽そのものが傾き出している為ではないか。

大禍時《おおまがとき》が近付いていた。

山中の日暮れは釣瓶《つるべ》落としだと、幼い頃から散々《さんざん》聞かされている。まだ大丈夫だと思っているうちに、あっという間に辺りは暗くなる。それを思い出した私は、何としても見覚えのある地点まで戻ろうとしていた。

だが、進めば進むほど周りの様子は益々《ますます》異質に、より得体の知れぬ風景へと変貌するばかりで、次第に焦燥感が募る。恐らく来た道を戻ったつもりが、再び誤った方向へと足を踏み入れてしまったのだ。最早どうすることもできないほど自分が道を見失い、完璧に迷ったことを認めるしかなかった。

陽が落ちてしまう前に、兎に角安全に野宿できる場所を見付けよう。

冷静にそう考えられたのが、自分自身でも驚きである。二進《にっち》も三進《さっち》も行かなくなった事実を受け入れたのが、きっと良かったのだろう。

改めて心を落ち着ける。それから進むべき方向を定めようと、ゆっくり周囲を見回したところで、何とも妙な気配を覚えた。

これは……？

違和感というべきだろうか。勿論山に慣れ親しんでいない私にとって、山中にあるもの全てが異なる存在《い》である。然し、この感覚は山の中でも異質なものではないのか。そんな風に感じられる。なぜなら、この雰囲気は……。

そう、まるで何かに凝っと見詰められているような……。

いや、確かになにものかが息を詰めて、秘かに凝っと私のことを見ていた。その視線を肌で感じた途端、ぞわぞわっと二の腕に鳥肌が立った。

四

幼い頃に祖母から聞いた山女郎《やまじよろう》の話が、まざまざと蘇る。

昔、郷木《ごうき》家が雇っていた杣夫《そまふ》の一人が山に入ると、前方の樹木越しに、髪の長い着物姿の女が立っていた。神戸《ごうど》では山神様は女神と信じられている為、山中に女性が足を踏み入れることは堅く禁じられている。女である山の神様は醜く、自分より若くて美しい人間の女に嫉妬《しっと》し、山で仕事をする者たちに禍いを齎《もたら》すからだ。当然その仕来りを知っていた杣夫はとんでもない女だと憤《いきどお》り、すぐに山から降ろしてやると息巻いた。

ところが、足早に杣夫が近付いて行くと、すっと女は樹木の側から離れ、どんどん山の奥へと入り出した。このままでは見失うと男は慌て、必死に追い掛けた。山神様のお怒りを買う前に、何としても山から連れ出さねばならない。そんな使命感に似た気持ちを、いつしか男は覚えていた。

ただ、そのうち妙なことに気付いた。相手は着物姿なのに、なぜあんなに速く歩けるのか。どう考えても自分の方が身軽であり山にも慣れているはずなのに、なぜ一向に追い付けないのか……と考えたところで、ふと怖くなった。

そのとき、女が立ち止まった。どうやら崖の縁に出てしまったらしい。なのに女はそこで蹲《しゃが》むと、頻《しき》りに崖の下を覗いている。

何をしてるんだろう……？

恐怖心よりも好奇心が勝った杣夫は、そのまま女へと近寄って行った。気付かれないように横に回り込むと、朝日を受けて美しく輝く女の横顔が目に入り、はっと男は息を呑んだ。歳は四十前後くらいだったが、匂い立つほどの色気がある。

但し、なぜ女が熱心に崖下を覗き込んでいるのか、同じように見下ろしても杣夫には一向に分からない。兎に角女が何者で、何処から来たのか知りたくなった男は、

「もし……」と声を掛けた。

その瞬間——

「黙れ！」

凄まじい剣幕で女が叫ぶと同時に、立ち上がって杣夫に顔を向けた。

そこには左半分が色香を放つ年増女の、右半分が加齢を晒《さら》した老婆の、二つの容貌を合わせた異様な顔があった。

命辛々《からがら》逃げ帰った杣夫は、山での体験を皆に話した。すると頭《かしら》が、「山に入る前に、ちゃんと神様に拝んだか」と怖い顔をした。男は、その朝うっかり参拝を怠ったのである。

幼い私は、てっきり女が山神様なのだと考えたが、祖母はそれを否定し、山女郎という存在を教えてくれた。もし遭遇してしまったら、決して顔を覗いてはいけないという注意と共に。

まさか本当に、そんなものが……。

厭な話を思い出したことを後悔しつつ、私は息を殺したまま身動きできずにいた。

暫く一切の物音が止んだように思えた後、ざわざわっと斜め右手の藪《やぶ》から葉擦れの音がした。正に何かが、こちらへ出て来ようとしている。

咄嗟《とっさ》に動物ではないのか、と現実的に考えたが、もし熊だったらと別の意味で恐れた。だが、これまで付近の山に熊が出た話など聞いたことがない。狼は疾《と》っくに姿を消している。後は猪か狐狸《こり》の類《たぐい》、いや山犬かもしれない。

ところが、葉擦れの音と動きは藪の下だけでなく上からもしている。つまり恰《あたか》も二足で歩行をする何かが、そこから出ようとしている……ようにしか見えない。

やがて……。

鬱蒼と茂った藪の暗がりから、布袋に包まれた塊の如きものが、ぬうっと出て来た。それは人の形に見えるのに、なぜか人ではないと思える姿だった。そう感じたことが堪らなく怖かった。辛いほど恐ろしかった。

その布袋の塊のようなものは、こちらを凝っと見詰めながら山道の側までゆっくり進むと、徐《おもむろ》に止まって更に私を凝視した。いや、確かに見詰められていたと思うが、本当のところは分からない。深く被った襤褸々《ぼろぼろ》の頭巾の為所で、顔が見えなかったからだ。

と、それが急に近付いて来た。真っ直ぐ私に向かって来た！

ぞっとする震えが背筋に走ると同時に、このままではそれと対面してしまうと考えた途端、ぞわぞわっと全身の皮膚が粟立《あわだ》った。

山女郎の顔は、決して覗いてはいけない……。

祖母の忠告を思い出しているうちに、気が付くとそれは私の目の前に立っていた。

慌てて両目を瞑《つぶ》ったが、その姿は瞼《まぶた》に焼き付いてしまった。

薄汚れた茶色の頭巾を被り、元は紺色と見える擦り切れた着物を纏《まと》い、肩から脇に通して唐草模様の風呂敷包みを下げ、右手には杖を持っている。格好だけ目にすれば普通の老婆なのだが、そうではないように思えてならない。では一体、何だというのか。やはり山女郎なのか……。

　山の中で出会ってしまったら、相手がなにものであれ、それを上げなさい。

　突如として祖母の声が脳裏に木霊《こだま》した私は、ぱっと両目を開くと頭陀袋から布の財布を取り出し、お捻りを摑《つか》んだ右手を震わせながら前へと突き出した。

　するとそれが己の顔を、ぐぐぐっと私の手に近付けてきた。今にもお捻りごと右手を喰われるのではないかと慄《おのの》いていると、すうっと毛糸の手袋のようなものを嵌めた片手が出て、掌のお捻りを取ったのには驚いた。

　だが、もっと度肝を抜かれたのは、

「いま、なんじじゃ……」

　と軋《きし》むような声音で、そう尋ねられたときだった。

「…………」

　情けない話だが、私は全く声が出なかった。それでも左右の手首に腕時計がないことを、また懐中時計も身に付けていないのだと、身振り手振りで伝えていた。

　すると相手は、またしても私を凝っと見詰めながら、

「うずはらは、こっちか……」

はじめは何を言っているのか見当が付かなかったが、やがて神戸の東隣の〈渦原《うずはら》〉のことだと理解できた。然し、道に迷った私に方角など分かるはずもない。途方に暮れながらも、今の己の立場を再び身振り手振りで伝えると、それを察したのか周囲を見回す仕草をしてから、老婆らしき者は出て来た藪の正面に当たる別の藪へと、ゆっくり山道を横切って向かいはじめた。

これから渦原まで行くつもりなのか。でも、どう考えても途中で日が暮れる。第一あそこは何もない淋しい地ではなかったか。そんなところへ、なぜ向かうのか。それにどうして、わざわざ藪の中を歩くのか。神戸から渦原へ抜ける山道があるはずなのに。

何から何まで訳の分からない薄気味の悪いもの……。

後ろ姿を見送りながら、何とも言えぬ気持ちになっていると、ふと相手の動きが止まった。次いで半身をこちらに向けた格好で、

「ここから、はやく、でよ……」

山から立ち去るべきだという意味のことを、なぜか口にした。けれど言葉が不明瞭なうえ、少し離れていた為先程よりは聞き取り難い。

それでも驚くより前に私は、

「ここは、何処ですか」

咄嗟に訊いていた。このものなら当然それを知っているに違いない。そう思えたからであり、その考えは間違っていなかったのだが——。

「かなやま……」

相手の返答を耳にした瞬間、ぞっと身の毛がよだった。山中に入ってから、つい今さっきまでに感じた全ての恐れを凌駕するほどの戦慄に、私は包まれていた。

神戸で最も恐ろしい地とされる忌み山の名、それが〈乎山《かなやま》〉だった。

私は選りに選って、その山中に迷い込んでしまったのだ。詳細な位置関係は全く分からないが、大凡《おおよそ》三山《みやま》の北側に乎山が接している格好だろうか。神様の山の隣に入らずの山が存在するのは何とも皮肉だが、三山（眉山）にも棄老伝説が残っている。決して聖なる地というだけではないのだ。

姥捨て山……。

まさか先程のあれは、曾《かつ》て眉山の奥まで家族の者に連れて行かれ、そして捨てられた老婆が果てたものだったのではないか……。それが長い年月に亘《わた》り、眉山の周辺の山々を延々と彷徨《さまよ》っているのではないのか……。だから、あれほどまでに朽ちていたのでは……。

莫迦な、有り得ない……と即座に否定しながらも、老婆の後ろ姿に途轍も無い物悲しさが漂っていたように、急に思えてきた。

あのようにしてあれは、いつまでも彷徨《ほうこう》するのだろうか。

気が付くと、辺りには薄闇が降りていた。樹木の間には確実に暗がりが蟠《わだかま》り、それが徐々に広がり漂って、真っ暗な恐ろしい世界を現出させようとしている。もう幾らもしないうちに山中で、このまま夜を迎える羽目になりそうだった。

まだ視界がはっきりしている間にと、柳行李を下ろすと中身を確かめる。すると白木綿の浴衣と白の晒《さらし》の下に、乾パンの非常食、懐中電灯、蠟燭《ろうそく》と燐寸《マッチ》を見付けた。祖母が万一のことを考え、忍ばせてくれたのだ。ラジオや時計は取り上げながらも懐中電灯を入れている辺りに、孫を想う気持ちが表れている。柳行李を背負って行くよう執拗《しつよう》に主張したのも、これがあったからだ。

祖母に感謝しながら懐中電灯を取り出す。と急に、前方で異様な声が轟《とどろ》いた。すぐに懐中電灯を点して向けたところ、それは樹木の上にいる黒くて丸いもので……、同時に真っ赤にも光っていた。

な、何だ、あれは……？

私が身を強張《こわば》らせていると、突然それは飛び上がり、火の玉のような軌跡を描いて真っ直ぐこちらに向かって来た。

もう無我夢中だった。頭の中に天狗火という言葉を浮かべながら、私は地面に伏せて怪火をやり過ごし、それから脱兎の如く駆け出した。漸く懐中電灯を点《つ》けたのは、何かに足を取られて転びそうになってからである。

　天狗火に遭うと、病気になると言われていた。また呼ぶと近付いて来るので、遭ってしまったときは目を逸らし、その場で平伏《ひれふ》すのが良いとされている。だが、別に私は呼んだわけではない。なのに怪火は向かって来た。ここが乎山だからか……。

　なぜ乎山が忌まれるのか、その理由は殆《ほとん》ど分かっていない。「乎」とは呼び掛けの言葉であり、山中で誰かに呼ばれても絶対に返事をしてはいけない、という伝承があるくらいだ。なぜならそれは山魔《やまんま》という化物の為、応えてしまうと物凄い嘲笑を浴びせられるからだという。

「嗤《わら》われたら、どうなるの？」

　子供の頃、祖母に訊いたことがある。でも、返ってきたのは一言だけ、

「終わり……」

　その声音と言葉が、私には堪らなく恐ろしかった。終わりとは何なのか。自分が終わるという意味か。でも、自分自身の終わりとは、どういう状態を指すのか。

　当時、脳裏に浮かんだのは、山魔に嗤われると同時に辺りが暗闇に包まれ、そこから更に真っ暗な穴蔵の中へと落ちて行く……という光景だった。そして二度と日の目を見ることができない、そんな生活を山の中でするのだと震えた。

　ちょうど今、自分が陥っているのと近い状況かもしれない。

懐中電灯があるとはいえ、とっぷりと日の暮れた山中は、殆ど闇の世界である。慣れない私には、夜目の利かせようもない。まだ頭上が開けていれば、月明かりと星明かりで何とかなるのだが、こう樹木が茂っていては星を垣間見ることも難しい。

と、そのとき何か聞こえたような気がした。

おーい……

後ろの方から、微かに声が聞こえる。でも、単なる気の所為だと思い、振り返ることなく歩いた。

おーい……

確かに何かに呼ばれていると感じたが、敢えて無視して先を急ぐ。

おーい……

次第にその声が近付き、迫って来ていると分かった瞬間、またもや私は走り出していた。

昔、よく祖母から聞かされた。平山でなくとも山の中で「おーい」と呼ばれたら、決して返事をしてはいけないと。況《ま》して声のした方へ向かっては絶対にならないと。人であれば、山中に於いては必ず「やっほー」と声を上げる。そこで「おーい」と呼ぶのは化物だけである……と。

実際に山の中で「おーい」と呼び掛けられ、仲間が止めるのも聞かずに声のした方へと向かった者が、そのまま行方不明になった話は少なからずあるという。そんな忌まわしい例の一つに加わるつもりは、勿論なかった。

　漸く足を止めたのは、だらだらと続く坂道を登り切ってからである。乾パンの非常食と共に柳行李を放ってきたことに気付いたが、さすがに取りに戻ろうとは思わない。懐中電灯を手放さなかっただけでも御の字だろう。

　然し、これからどうすれば良いのか……。

　荒い息を吐きつつ、その場に留まらないようゆっくり歩いて移動しながら、私は必死で考えた。

　ここが乎山であれば、初戸《はど》に戻るよりも奥戸《くまど》の集落に出る方が近いかもしれない。忌み山であることなど、この際どうでもよい。例の熊笹の地点を探すより、奥戸に向かうべきだと決心する。夜の山中となれば、山の神であろうと山魔であろうと恐ろしいのは同じである。ならば、より人里に近い山を突っ切るのが取るべき道ではないか。尤も肝心の道が分かればだが……。

　一先ず身を落ち着ける場所を探すことにした。このまま闇雲に歩いても疲れるだけで、そのうえ余計に入らずの山の奥へと迷い込む恐れもある。やはり夜が明けるのを待って、充分に周囲を観察できる状態になってから、これと判断した道を進むべきだろう。

ところが、どういう場所が休むのに適しているのか、それが分からない。何となく洞窟や巨木の虚《うろ》といった穴を思い浮かべたが、そう都合良く見付かるものではない。また仮に発見しても、その中で本当に眠ることができるのかどうか、自分でも甚《はなは》だ疑問だった。

いつしか足元から、まともな道が消えていた。ただただ鬱蒼と茂る 叢《くさむら》 の中を、何処に進んでいるのかも全く分からない状態で、私は歩き続けているだけだった。

そのとき前方に、ちらっと明かりのようなものが瞬いた。

咄嗟に先程の怪火かと身構えたが、もっと人工的な明かりのように見える。こんな山の中で……と思ったが、歩くたびに樹木の間でちらちらと確かに輝いている。近付くに従って、それがランプの灯火のように思えて仕方がない。

やがて目の前に、信じられないものが現れた。

それは、黒々とした一軒の大きな家だった。

五

助かった……と喜んだのも束の間に過ぎなかった。どう見ても不自然だったからだ。こんな山中にこんな家を、誰が、何の目的で建てたのか。しかも高さから考えると、どうやら二階建てらしい。さすがに丸太と板材を組み合わせた無骨な造りだったが、山小屋と称するには大きくて立派で、本当に普通の家にしか見えない。

山女郎の棲む家……。

ここはあの老婆の住処《すみか》ではないのか。渦原に行くのはまた別の日のことで、あれから我が家に戻った為、今は中にいるのでは――。

そんな想像をすると、つい先程まで暖かく感じた明かりが、とても忌まわしい輝きを放っているように見える。だが情けないことに、かといって山中の暗闇へと戻る勇気も、私にはなかった。ただただ中途半端な地点に立ち尽くし、目の前の明かりと周囲の闇を見比べるばかりだった。

どれくらい佇んでいただろうか。

勇を鼓《こ》した私は家の玄関口まで進み、ほとほとと板戸を叩いた。

その瞬間、急に家内が寂としたように思えた。屋内から何かの気配がしていたわけでもないのにだ。にも拘らずなにものかが息を殺して、凝っと外の様子を窺《うかが》っている気がした。

いや実際、板戸の向こう側には何かがいた。扉越しに、こちらの気配を探っているのが感じられた。

回れ右をして、この場を立ち去りたくなった。勿論そんなことをすれば夜の山中を彷徨うだけだが、その方が増しかもしれない。この家の中にいるなにものかと対面するよりは、恐らく良いのではないか。なのに、どうしても足が動かない。一刻も早く離れなければ、目の前の扉が開かれる前に逃げなければと焦るのだが、気ばかりで身体が反応しない。

がたがたっと板戸の裏側から、大きな木の閂《かんぬき》を外すような物音がした。

ぎいぃ、ぎいぃぃぃぃと木材特有の軋む音がして、ゆっくりと観音開きの扉の片方が、外に向かって開きはじめる。

板戸の向こうには、無気味な人影が立っていた。逆光の所為で黒い姿にしか見えないが、どうやら若い男らしい。

「す、す、すみません……。み、道に、迷ってしまって……」

少なくとも老婆ではないと認めた途端、すっと言葉が出た。

「何処から来た？」

ぶっきらぼうながらも警戒している口調で相手が返す。

「初戸《はど》です。初戸の郷木《ごうき》家の者です」

「…………」

男は少し考えるような間を空けると、何も言わずに戸を閉めてしまった。

「えっ……ちょ、ちょっと……」

　私は慌てて再び板戸を叩いた。最初よりも強く執拗にである。

　相手が何者か分からなかったが、人間であるのは確かだ。なぜここ、、に家を建てて住んでいるのか知らないが、今夜一晩の宿としては申し分ない。何か事情があるにせよ、私は泊めてさえ貰えれば良い。あれこれ詮索《せんさく》する気など全くない――ということを、ちゃんと説明したかった。

「すみません。開けて下さい。決して怪しい者じゃありません。実は――」

　私は必死だった。人が住む家を目にしてしまった今、再び夜の山中を彷徨いながら野宿する場所を探すことなど、もうできそうになかった。

「それで、成人参りをする為に――」

　だから自分の陥っている状況を板戸越しに、なんと事細かに説明しはじめた。仮に第三者に見られていれば、かなり滑稽《こっけい》な姿だったかもしれない。完全に取り乱していたのだろう。

　と、いきなり目の前の戸が開いた。

「あっ……」

　驚いたことに向こう側には、五十代の半ばくらいに見える、先程とは別の男が立っていた。

「こ、今晩は……」

反射的に頭を下げると、男は「入れ」という風に顎をしゃくった。

「失礼します」

足を踏み入れると土間で、一般の民家と同様そこで履き物を脱ぐ造りらしく、上がったところが板間だった。但し土間は閉じておらず、そのまま左手へと続いている。幾つもの蓑《みの》が重ねて掛かっている壁沿いに延び、ぐるっと板間の外側を回ると、奥の炊事場に達していた。

然し私は、そんな特異な屋内の様子を確《しか》と認識する前に、呆然と立ち尽くしてしまった。

なぜなら家の中には、二人の男だけでなく、老婆と若い女、それに少女までいたからである。つまり一家族が、どうやらここで暮らしているらしいのだ。神戸《ごうど》の人々から忌み山と嫌われ、とても厭《いと》われている山の中に……。

「どうした？　上がれ」

年輩の男が不審そうに見ていることに気付き、私は慌てて草鞋を脱ぐと、手前の板間の中央に据えられた囲炉裏《いろり》の側へと座った。ちょうど出入口の板戸に背を向ける格好である。正面には最初に戸を開けた二十代半ばくらいの男が座しており、年上の男は私の右手へと腰を落ち着けた。そこが二人の定位置なのだろう。

ただ少し奇妙なのは、年輩の男の背後に、床の間かと思えるような空間があったことだ。そこには黒い馬に跨《また》がった聖徳太子の随分と古びた掛け軸があり、手前には布切れを被せた何か丸っぽいものが置かれている。供物かと思ったが、わざわざ隠すのは変だろう。それと布切れの横に、この家には不釣り合いに見える高級そうなライターが置いてあった。

年輩の男は中肉中背といった感じだが、全体にがっしりしている。若い男は上背がある分やや細く見えたが、私よりは遥かに屈強そうな身体だった。尤も二人とも襤褸を纏《まと》い、何処かの穴蔵に頭でも突っ込んでいたのかと思うほど、随分と顔も汚れている。その為町中で見掛ければ、場合によっては乞食と見紛うかもしれない姿をしていた。

家の奥半分も同じ板間だったが、先述したように左手は土間の炊事場で、煮炊きのできる竈《かまど》が二つ見える。奥の壁の左端にある戸は、民家でいう勝手口だろうか。そのすぐ右側に二階へと上がる階段があって、斜めになった下の空間には蒲団が積まれていた。更に右側の隅には大きな二つの衝立てが直角に交わるよう縦と横に置かれ、隙《す》間《ま》から風呂桶らしきものが少しだけ覗いている。恐らく土間で沸かした湯を桶まで運んで注ぎ、あそこで入浴するのだろう。床の間らしき空間と同じ右側の壁には棚があって、その半分には鍋や釜などの生活用具が、もう半分には同じような大きさの壺が所狭しと並んでいた。

そんな雑然とした奥の板間の真ん中、ちょうど若い男の後ろの辺りに、老婆と若い女が着物でも繕《つくろ》っているのか、向かい合わせで俯《うつむ》き何やら手を動かしている。二人の向こうでは、ぼさぼさながらもおかっぱ頭の女の子がお手玉で遊んでいたが、やがて祖母と母親の間を行ったり来たりしはじめた。そうしながら他所《よそ》の人が珍しいのか、二人の陰に隠れて私を窺っている。気付いた若い女が注意をするのだが、少女は一向に止めようとしない。

はじめは年輩の男と老婆が夫婦で、その息子夫婦が更に若い男と女であり、少女は若い方の子供だと思った。が、どうも様子が妙である。一家団欒の場に他所者が闖入《ちんにゅう》した所為かと考えたが、そういう訳でもなさそうな……どう言えば良いのだろう、兎に角何とも薄気味の悪い感じがするのだ。

早くも私は、この家の中に入ったことを後悔しはじめていた。家を目にした直後に感じた不安が再び胸の奥で沸き起こり、それが次第に広がっていく。

「腹は？」

黙ったまま居心地の悪い思いをしていると、年輩の男に訊かれた。

その途端、猛烈に自分の空腹を意識した。頭陀袋から一つだけ残しておいた握り飯を取り出すと、男が囲炉裏の自在鉤に鉄鍋を吊るした。忽《たちま》ち味噌《みそ》汁の香りが漂い出す。若い方が御櫃《おひつ》から御飯を装い、漬物と一緒に目の前に置いた。

一時その場の異様な雰囲気など忘れた私は、欠食児童のように飯と汁を掻《か》き込んだ。それから一息吐いて御茶を飲んで、さてどうしたものかと漸く考え出した。

この人たちがこの家に住んでいるのには、間違いなく何かの事情がある。然し私は今夜ここに泊めて貰うだけで良い。言わば通りすがりの旅人であり、今後の人生に於いて、この人たちと関わることは二度とないはずだ。ならば一切の詮索はせず、何も訊かずに済ませるべきではないのか。

そう思う一方で、好奇心と恐怖心が同時に頭を擡《もた》げるのが、自分でも分かった。好奇心とは無論、なぜ乎山《かなやま》に家を建てて住んでいるのか、ここが入らずの山であることを理解しているのか、という疑問である。そして恐怖心とは、この家族のことを何も知らずに、果たして無防備に泊まっても大丈夫なのか、という我が身の心配だった。つまり結局、行き着く先は同じになる。

この山で一体この人たちは何をしているのか？

でも、どう尋ねれば良いのか。さすがに単刀直入に訊くのは憚《はばか》られる。かといって遠回しに探る器用さなど、私は持ち合わせていない。

途方に暮れつつ、取り敢えず何か喋らなければと思っていると、

「初戸の郷木家の、一番下の息子か」

年輩の男が囲炉裏の火を見たまま、ぽつりと口を開いた。

「は、はい……。四男の靖美《のぶよし》です」

「確か東京に出たんじゃ――」

「ええ。大学に進んで、今は中学校で教師をやっております」

そのとき奥にいた老婆と女性の二人が、こちらを盗み見るような素振りをした。ただ、囲炉裏の周囲に比べると奥は薄暗く、二人がどんな表情を私に向けたかまでは分からない。こちらが奥を見ようとすると、恥ずかしそうに慌てて顔を伏せたから余計である。

「ほうっ、そりゃ出世したもんだ」

奥に気を取られている隙に、男は囲炉裏から頭《こうべ》を上げ、こちらを凝っと見詰め続けていたらしい。視線を戻すと、もろに目が合ってしまった。

それにしても気の所為だろうか。男の口調と眼差しに、妙に揶揄《やゆ》めいた感じを受けるのは……。

「で、郷木先生は、なんだって今頃、初戸の成人参りをなさってるので？」

そこで仕方なく、個人的な事情をできるだけ簡単に説明した。

「なるほど。郷木家の旦那をはじめ長男から三男までは、かなり腕っぷしの強い、屈強な男衆ばかりと聞いてはいるが――」

「はぁ、その通りです」

素直に応えながらも、やはり相手の言葉に含みがあるように思えてならない。

「それで、三山《みやま》で迷子になられた？」

「い、いえ、それだけじゃなく――」

神戸の男が山で迷うなど笑止千万、とでも言いた気な男の様子に私は焦った。そこで、ここに辿り着くまでに遭遇した無気味な出来事の数々を話した。道に迷っただけで取り乱したわけではなく、色々なことが重なったからだと説明した。

ところが、それが裏目に出たようで、

「いやはや近頃の大学では、妖怪や化物のことまで勉強せんと、どうやらお偉い先生にはなれんみたいじゃな」

透《す》かさず年輩の男が茶々を入れてきた。

「ほ、本当なんです」

まだ歳が近い分だけ理解があるかと、若い男に目を向けたが同じだった。莫迦にしたような眼差しを、こちらに注いでいる。それで思わず、

「あなた方は、ここが何処かご存じないのですか」

「乎山じゃろ」

年を取った男が即座に答えた。

「だったら今、私が話したような現象が――」

「忌み山だから、起こっても不思議でないと仰《おつしや》る？　大学を出た学校の先生が？」

二人の男は顔を見合わせ、にやにやと笑い出した。その振る舞いが父と兄たちを連想させ、私を大胆にさせたのだと思う。

「ところで、どうして皆さんは、この山の中に住んでらっしゃるのですか」

六

口に出してすぐ、私は後悔した。男たちだけでなく奥の女たち――ひょっとすると子供まで――もが、はっと身を強張らせたからだ。

そこには何か忌まわしい秘密がある。

この家から無事に出たければ知らない方が良い、そんな秘密が……。

咄嗟に警告めいた言葉が脳裏に浮かび、背筋がぞくっとした。余りにも大袈裟に考え過ぎだと思ったが、ここはあの乎山《かなやま》なのだ。何か理由があって住んでいるにしろ、やはり尋常ではない。

「あんたには、関係ないことだ」

不自然な沈黙の後、若い男がむっとした表情で応じた。その態度が私を頑《かたくな》にさせると同時に、皮肉にも恐怖を和らげる働きをした。

「差し支えなければ、聞かせて貰えませんか」

「だから、お前には――」

「まぁ、待て」

若い男が激昂《げっこう》するのを、年輩の男がやんわりと止めながら、

「初戸《はど》の郷木《ごうき》家の息子なら、家に戻ればすぐ分かることじゃ。今ここで隠しても仕方ない」

「けど……」

渋る若者を眼差しだけで抑えると、男は囲炉裏に視線を落としつつ、

「奥戸《くまど》の鍛炭《かすみ》家を知ってるか」

「炭焼人の元締めをされている――」

その鍛炭家の近くに、日下部園子が嫁入りする竈石《かまいし》家があったのでは……と思ったが、勿論口には出さない。

「昔、あんたの実家の郷木家とは、山林境界地のことで揉め続けていたからな。まぁ知らんわけがないか」

「いえ……。家業のことには前々から疎《うと》いもので、そういう争い事も詳しくは存じません。ただ、うちの祖父が若い頃、芝居好きが高じて妙な小屋を建てたのと同じように、鍛炭家の前の当主も大変な芝居好きで、競うように芝居小屋を建てたという話

は、よく祖母に聞かされましたが……」

「なるほど。そう言えば鍛炭の団伍郎《だんごろう》と郷木の虎之助《とらのすけ》は共に芝居狂いで、そっちの方でも争っていたな」

「はぁ……」

「けどな、そういったことに関係ないのは儂《わし》らも同じでな。今の鍛炭家の主人は立治《たつじ》というが、儂はその兄の立一《たついち》じゃ」

昨夜の祖母の話が蘇り、あっと声を上げそうになった。

盆前に奥戸の鍛炭家の長男が数十年振りにひょっこり戻って来た――。

「儂は若い頃……ちょうどこの息子の年齢くらいだったか、親父と衝突して家を飛び出してな。以来方々《ほうぼう》の山野を渡り歩いて来た」

やはり若い男は、年輩の男性の息子らしい。然し私がどきっとしたのは、立一が父親と喧嘩をして家を出たという事実の方だった。

「鍛炭家は代々、炭焼人の元締めをしておる。親父は儂に跡を継がせようと、人の上に立つ一番の人間になれと、この名を付けたわけじゃ。弟の立治は、人の上に立って治められるようにという意味がある」

「でも、あなたは跡継ぎを嫌い、それで家を――」

頷く立一に対して、私は急に親近感を覚えはじめた。

「儂はそんな安定よりも、もっと自由を求めておった。上下の関係などない、もっと暮らし易い世界を望んでおった。だから息子には、平人《ひらひと》と名付けた」

当の平人は、まだ父親が喋るのを快く思っていないのか、かなり険しい表情をしていたが、今のところ口を挟む素振りはない。

「それが今になって、息子さんご夫婦と戻ってらしたのは――」

うっ……と立一が言葉を詰まらせる様子を見せた後、大声で笑い出した。見ると平人も苦笑を浮かべている。但し息子の笑みには、なぜか随分と皮肉っぽさを感じる。

「あの若い女は、儂の女房のセリじゃ」

「えっ……」

どんなに年輩に見積もっても、女は三十代の前半である。二十代半ばの平人の母親にしては、幾ら何でも若過ぎるのではないか。

そんな疑問が顔に出たのだろう。にやけた笑みを浮かべながら立一は、

「あれは、儂の後妻じゃ。こいつは、先妻との間にできた長男でな。あそこにおるユリが、儂とセリの子供で、長女になる」

「す、すると、あの方は――」

私が老婆に視線を向けると、

「セリの母親のタツになる」

つまり立一が、鍛炭家を出て山野を巡っているときに出会ったのが先妻で、そのとき平人が生まれた。やがて妻は病死し息子と二人だけの生活が続いたが、セリと知り合い後妻とした。ただ彼女は母親のタツと一緒だったので、同時に引き取った。そしてユリが生まれた――ということらしい。

暗がりの奥を改めて見ると、やはりセリは二十代の後半くらいで、逆に老婆だと思い込んでいたタツは、実は立一と余り変わらないように映る。襤褸は着ていても、やはり女らしく何処か身綺麗に感じる。

この家族を一瞥《いちべつ》したときに囚われた妙な感覚は、夫婦の組み合わせを間違えた所為だったのかと納得し掛けた。が、本当の家族構成が分かった今も残る、この得体の知れぬ薄気味の悪さは一体何なのだろう……。

「こらっ！」

いきなり平人に怒鳴られ、自分の頭の中の考えを悟られたような気がして、私は仰天した。

だが、彼の視線の先を辿って斜め後ろを向くと、そこには懐中電灯に手を伸ばそうとしているユリがいた。目が合った途端、少女はびくっと身を震わせ、お手玉を落としたまま奥へと逃げ帰ってしまった。

「お客が来ることなど、滅多《めった》にないからな」

言い訳する平人に、

「あの、これ……」

薄汚れた襤褸々のお手玉を拾って差し出しながら、別に懐中電灯で遊んで貰っても構わないと言い掛け、やはり止めた。目が合った瞬間、相手は子供だというのに寒気を覚えたからだ。なぜかは分からない。どちらかと言えば、可愛らしい女の子である。全く恐れる必要などない。

恐れる？

あの少女を、私は怖がっているのか……。

やはりこの家には、何か秘密があるのか……。

片手を差し出したまま固まっていると、平人が側まで来てお手玉を受け取り、それをユリへと放り投げた。

そのとき私は遅蒔きながら、行衣から露出している自分の腕が、擦り傷や切り傷だらけであることに気付いた。いや、決して腕ばかりではない。脚絆の下の両足には、恐らく打ち身などの痕があるに違いない。

「あのー、すみません。傷の手当てをしたいのですが……」

遠慮がちに頼むと、立一が眼差しだけで息子を促《うなが》した。

一旦は腰を下ろした平人が、面倒臭そうに立ち上がって奥の棚へと向かった。ずらり並んだ壺の中から小振りの赤茶けた壺を取り出し、こちらに持って来ると渡しながら、ぶっきらぼうに言った。

「傷口に塗れ」

蓋《ふた》を開けて覗いてみると、どうやら蝦蟇《がま》の油か馬油《ばあゆ》に似たものが入っているらしく、鈍く光る軟膏のようなものが壺の中に見える。

「ここに昔から置かれてたようだが、まぁ効き目はあるだろう」

「助かります」

親切なところもあるではないかと少し安堵したが、だからといって不安が全て解消したわけでは当然ない。

取り敢えず立一との会話を続け、可能な限り相手から話を聞き出そう。そう考えた私は膏薬《こうやく》を傷口に塗りながら、

「あなた方は、山窩《さんか》のような暮らしをされていたのですか」

山窩とは定住せず、山から山へと移動しながら山奥や河原などに仮の住処を拵《こしら》え、山野の竹や蔓を使用した細工物を作ったり、川漁や山猟をして生活する漂泊民のことである。子供の頃、集落に竹籠を売りに来たのを見た記憶があった。

「うんまぁ、そんなものじゃ」

然し、立一は過去の生活を話題にしたくないのか、そこはあっさり片付けると、

「実はな、儂らも道に迷ってな」

「はっ……」

「今年の夏、ちょうどお盆の前頃になるか。神戸《ごうど》を通る予定はあったが、奥戸《くまど》に近付く気など更々なかった」

「それが選りに選って、この山に迷い込んでしまった……と？」

「ああ、これも因縁かもしれん」

「で、でも、この家は……」

建てられてから随分と年数が経っている。また仮に立一たちが山中に住処を設けるにしても、こんな二階屋を作るのは不自然である。

「これを建てたのは、儂の弟じゃよ」

「まさか、鍛炭家の立治さんが――」

神戸の中でも特に奥戸の人々に、この乎山が忌まれているのは言うまでもない。なのに炭焼人の元締めを務める家の当主が、態々《わざわざ》忌み山に家を造ったとは俄《にわか》に信じられなかった。

「尤も弟といっても、三男の立造《たつぞう》じゃがな」

こちらが誤解することを見越して、それを楽しんでいるらしい。だが、それに腹が立たないほど私は好奇心を刺激されていた。

「一体なぜ、その立造さんという方は、ここに家を建てたんです。いえ、そもそも鍛炭家の皆さんをはじめ集落の人々は、彼を止めなかったのですか」

「今から十九年前、神戸に吉良内立志《きらうちりつし》という山師が訪れた。やがて立造と懇意になった吉良内は、儲《もう》け話を切り出した。百万長者も夢ではない、そういう話をな」

「何ですか、それは？」

「金じゃよ」

「き、金？　この神戸で？」

「あんたは、乎山の別名を知らんのか」

立一が呆れたような声を出したが、思い当たる節がないので素直に認める。

「乎山の〈乎〉は〈金《かな》〉であり、要は〈金山《かなやま》〉とも記し、つまり〈金山《きんざん》〉でもある──という伝承が残っておる」

このとき記憶の奥底で、何か引っ掛かるものがあった。そう言えば子供の頃、誰かから似たような話を聞き、祖母に尋ねたような……。だが、全く取るに足りぬ莫迦げた噂だと一蹴《いっしゅう》された為、祖母に絶大な信頼を寄せていた私は、以後この話に興味をなくしたような……。

そう説明すると、立一は大きく頷きながら、

「あんたのお婆さんのように、奥戸でも信じている者は少なかったと思う」

「けど、立造さんは一攫千金の夢を見たわけですか」

「ああ、三男ということもあって、儂や立治よりは自由じゃったからな。ただ、色々な道具を揃《そろ》えはじめただけでなく、金脈の探鉱を効率的に行なう為には、山の中に家を建てて、そこを根城にするべきだと言い出した」

「当然、皆さんは反対された？」

「それが当時、鍛炭家の当主だった親父まで乗ってしまった。この山は鍛炭家と揖取《かじとり》家を隔てるように両家の間にあり、昔からどちらの持ち山とも決まっていなかった。そりゃ入らずの山じゃから、当たり前とも言えるが――あっ、勿論、揖取家は知ってるな」

初戸の郷木家に匹敵する奥戸の山林家である。

「向こうは山持ちとはいえ、その頃、鍛炭家と揖取家は互角じゃった。親父は揖取家の抗議を無視し、山中に家を建てることを立造に許した」

「金は出たんですか」

「ああ、少しはな。立造は四人の鉱夫を吉良内に言われるまま雇うと、ここで暮らしはじめた。何処から手に入れたのか分からんが、奴は兵隊服を着ておった。言わば指揮官気取りだったわけじゃ。けれど吉良内は探鉱を進めて少しでも金が出ると、前祝いだと称して終下市《ついかいち》の遊廓まで繰り出してばかりでな。同時に色々と資金が必要だと、少なくない金を立造から巻き上げていた。それでいて山の中では鉄砲を撃って猟をするなど、真面目に探鉱をしているのかと、皆が首を傾《かし》げるような振る舞いをしていたんじゃな」

「食料を調達する為でしょうか」

「食い物は全て鍛炭家から運んでいたらしいから、気紛れにというか暇潰しにというか、兎に角ちゃんと働いていなかった証拠じゃと、儂は思う」

「それで結局――」

「肝心の金脈は、全く見付からず仕舞いでなぁ」

立一が大きな溜息を吐いたので、吉良内という人物は詐欺師だったのではないか、と私は思った。

「その山師は、お金だけ持って逃げたんじゃないですか」

そこで気負い込んで訊くと、意外な答えが返ってきた。

「いや、探鉱をはじめて三ヵ月が経った頃、鉱夫の一人がいなくなった」

「えっ……」

「最初は、この山に金脈はないと見切りを付け、さっさと逃げたのだろうと思われた。だから二人目、そして三人目、遂に四人目と姿を消しても、誰も何とも思わなかった」

「山師と立造さんは？」

「最後に二人だけ残ったわけだが、すぐに吉良内が消えた。立造から巻き上げた金を置いてな」

「ど、どういうことです？」

「立治が様子を見に来たときには、立造の姿もなかった。ただ山の奥から、物凄い笑い声が聞こえたそうじゃ」

「…………」

「集落の誰もが思った。騙《だま》されたと悟った立造が一人ずつ殺して、山中の何処かに五人の屍体を埋めたんじゃなかろうか……とな」

七

「立造さんは、その後――」

「行方不明になったままじゃ。親父は揖取家《かじとり》に詫びを入れ、乎山《かなやま》の所有権を放棄して向こうに明け渡した。揖取家としては忌み山を持ち山に加えても仕方なく、有《あ》り難《がた》迷惑な話だったわけだが、一応それで手打ちにした。ただこの一件を機に、両家の均衡が破られた。鍛炭家《かすみ》は経済的にも精神的にも、揖取家に優位を与えてしまうことになった」

全ての話は終わったとばかりに立一が口を閉じた。だが、私の好奇心は治まるどころか益々膨れ上がるばかりである。

「立造さんが鉱夫たちを殺害したというのは、本当なのでしょうか」

「だから、屍体は見付かってないんじゃよ。ただ、あいつまでが姿を消したことを考えると、そういう噂が流れたのも頷ける」

「それとも、山魔の祟《たた》りだったか……」

そう呟《つぶや》いた平人に顔を向けると、何とも厭な眼差しで見返された。慌てて視線を逸《そ》らした私は、再び立一の方に話し掛けた。

「立治さんが聞いたという、その笑い声は？」

「立造のもののようにも、全く知らぬ声のようにも聞こえたらしい」

「何もかも謎《なぞ》のままですか」

「そういうことになるな。はっきりしてるのは、吉良内立志という山師が詐欺師であり、恐らく予め少量の金を塗った岩などを山中に置いておき、さもここに金脈があるように見せ掛け、鍛炭家の金で散々豪遊した挙げ句、まとまった金を巻き上げようとした——ということくらいじゃ。それ以外は儂も風の噂で知っただけで、確かな事実は何も知らん」

もう話は終わりだという立一の口調だったが、まだ肝心な疑問が残っていた。

「それで皆さんが、この家に住んでらっしゃるのは？」

「おっ、そうか……。そもそもの話は、そっちじゃったな」

立一は額に手を当てると苦笑いを浮かべつつ、

「金山騒動が起こっていたとき、儂は疾《と》っくに家を飛び出しておった。ちょうど十年くらい経っていた頃か。ただ今の揖取家の当主である力枚《りきひら》とは、子供のときから馬が合ってな。家を出てからも五年に一度くらいは、近状を手紙に書いて送っておった。向こうも儂のいる地が分かると、近くの郵便局留めで、奥戸の様子を知らせて呉れたりした。それで結構すぐに、立造のことも知ったわけじゃ。勿論だからといって帰りはしなかった。それどころか二ヵ月ほど前に、道に迷ってこの家を見付けたときも、まさか立造が建てた例の家だとは思いもしなかった。まぁ自分たちが乎山に足を踏み入れていたとは、これっぽっちも想像できなかったので、当たり前じゃが――」

「それで、どうされたんです？」

「山を降りて驚いた。そこに揖取家があったからな。尤も鍛炭家の方へ降りなかったのは、偶然とはいえ幸いじゃった。で、息子と二人で力枚を訪ね、暫くこの家を使用する許可を貰ったので、こうして住んでおる」

「でも、ここは入らずの山……」

「儂らのような生活をしている者にとって、屋根と床のある家がどれほど有り難いか、あんたのような育ちの者には分からんじゃろう」

「し、然し――」

もし立造が本当に事件を起こしているのなら、この家の中で鉱夫たちが殺されたかもしれないではないか……とは、さすがに言えない。若い頃に家を飛び出したとはいえ、立一の実弟を殺人犯呼ばわりすることになる。

「とはいえ儂らも、いつまでも居座る気はない。まぁ長くて一年くらいか……。適当なところで他所に行くつもりでおる。それが元々の生活なんじゃから」

「そうですよね」

取り敢えず相槌《あいづち》は打ったものの、心の中のもやもやは晴れない。立一が嘘を吐《つ》いたとは思わなかった。最初に彼が息子に言ったように、私が調べようと思えば簡単にできるからだ。だが、意図的に隠した何かがあるのではないか。第三者には話せない秘密が……。

ふと視線が彼の背後へと、奇妙な床の間へと向いた。それも聖徳太子の掛け軸の手前の、布切れを被せた何か丸っぽいものへ。

「あれは――」

「さぁ、もう休んではどうじゃ。明日になったら朝飯の後で、ちゃんと麓に通じる道を教えてやるから、心配は無用じゃ。まぁ道といっても揖取家と鍛炭家に通じる、その二つしかないがな」

立一が言い終わらぬうちに、平人がランプに火を点して立ち上がり、付いて来いとばかりに奥へと歩き出した。

「は、はぁ……」

この有無を言わせぬ二人の言動には従うしかなく、渋々ながら私も腰を上げると、立一と女たちに挨拶をしながら階段へ向かった。

奥の板間は本当に薄暗く、ランプの炎によって浮かび上がった様々な影が、無気味に揺れ動いている。平人が先に階段を上り出すと、ぎぃぎぃと足元の板が鳴り、それが段と段の闇に潜む魔物の呻《うめ》き声かと思えるほど耳障りがする。せめて自分は静かにと慎重に上がるが、やはり化物が発する如き奇声から逃れられない。忌まわしい階段だと思いつつ辿っていると、段と段の間からこちらを覗く目があった。

「ひぃぃ……」

辛うじて悲鳴は呑み込んだが、それでも足は止まった。

「どうした?」

平人がランプを向けたので階段の下を見たが、誰もいない……。板間の方に目をやると立一と女たちが、凝っと私を見詰めている。

「さぁ……」

上から促されたので、残りの段を一気に上がる。子供の悪戯に過ぎないと自分を納得させるが、ならば女の子は一瞬にして何処に消えたのか……。

階段が終わって数歩進むと、すぐ右手に曲がり、そこから廊下が真っ直ぐ延びていた。方角的には玄関へと向かっていることになる。廊下の左手は明かり取り用の小さな窓がある壁で、右手には板戸が四つ並んでいた。この奇妙な家の二階部分は、どうやら全て個室らしい。きっと立造と山師の吉良内立志、それに鉱夫たちのうち力関係が上の二人が二階の部屋で寝起きし、残りの二人の鉱夫は一階の板間を使っていたのだろう。

「ここだ」

一番奥の引き戸の前に立った平人は、そこを指差しただけで引き返して行った。

忽《たちま》ち周囲が真っ暗になった為、慌てて部屋の中に入る。すぐに黴臭《かびくさ》い空気に鼻孔を刺激され、思わず嚔《くしゃみ》が出た。普段は使っていない部屋なのかもしれない。室内には小さな窓があり、辛うじて月明かりが射し込んでいる。それでも目が慣れるまでは、殆《ほとん》ど暗闇の中にいるのと同じだった。

やがて部屋の片側に押し入れがあるのに気付く。但し襖などなく、上下にぽっかりと収納空間が口を開けているだけである。上段に幾つか風呂敷包みが見えたので取り出して開けると、刺子《さしこ》の頭巾《ずきん》、手甲、短衣、股引、足袋、草履などが出てきた。それから下段に蒲団が積まれているのを認め、取り敢えず広げて横になる。

今日だけで、まるで一生の間に遭遇する怪異の、その全てと出会してしまったような気がする。

山中での無気味な赤ん坊の泣き声、身の毛もよだつ正体不明の空中を飛ぶ絶叫、只管《ひたすら》私を見詰めていた悍《おぞ》ましい視線、迷い込んだ忌み山、本当に山女郎だったのではと思える老婆、飛び掛かって来た怪火、全身が粟立った山魔の呼び掛け、浅茅原《あさじがはら》の一つ家かと見紛ったこの家、そして何処か得体の知れぬ鍛炭立一とその家族……。

よく無事でいられたなと自分でも感心したが、すぐに個々の恐怖が鮮明に蘇り、思わず毛布を頭から被っていた。

どれほど震えていただろうか……。

それでも慣れぬ山歩きの疲れが出たのか、いつしか知らぬ間にうつらうつらしていたらしい。

ふと目覚めた。数分しか寝ていないようにも、数時間は眠っていたようにも思える。窓の外に目をやると、月に雲が掛かっているのか漆黒《しっこく》の闇が充ち満ちているばかりで、真っ暗である。時折、夜風にざわめく樹木の葉擦れが聞こえるものの、周囲は寂としたままだ。

いや、そうではない。何か物音がしている。それも家の中で……。だから目覚めたのだ。でも何処から……。

ぎぃぃ……

廊下だった。それも廊下の端、ちょうど階段を上がり切った辺りである。古びて少し反り返った板を、廊下の床を誰かが踏んでいるらしい。

立一か平人か、一階に最後までいた一人が、就寝する為に部屋へ向かっているのだと、私は思った。タツは孫のユリと二人で、立一は若い妻のセリと、そして平人は独りで、それぞれ二階の部屋を使っているのかもしれない。だから四番目の部屋は空いていたのだろう。

ぎぃぃぃ、ぎぃぃ……

足音が最初の部屋を通り過ぎる。そして二番目も……どころか三番目にも入らない。嫌な軋みを立てながら、更に足音が続いている。私のいる一番奥の部屋へと近付いて来る。

ぎぃぃぃ、ぎぃ。

ぴたっ……と耳障りな軋みが止まった。敷き蒲団の上に身を起こした私の目の前の、板戸の向こう側で……。

きっと立一が、何か話し忘れたことでもあるのだろう、と考えたのは一瞬だった。

廊下にいる誰かは身動き一つしない。用事があるのなら戸を叩くはずだ。寝ているのを起こしては悪いと思ったにしろ、ほとほと控え目に叩くのではないか。なのに板戸の向こうにいる何かからは、凝っと室内の様子を窺っているような、そんな気配が伝わってくる。

そろそろと寝床から這い出すと、私は板戸の隙間から廊下を覗こうとした。こんな山中に建てられた家としては立派だったが、所詮《しょせん》は安普請《やすぶしん》である。板を張り合わせただけの戸に、隙間の一つや二つ見付けるのは容易《たやす》い。

そう考えて引き戸に近付いたところで、ぎょっとした。隙間があるのに、廊下から明かりが少しも漏れていない……。二階に上って来たのが誰であれ、普通ならランプを持っているはずではないか。つまり真っ暗な廊下で、それは立っていることになる……。

戸を開けた途端、目の当たりにするのは何か……と想像しただけで、私は震え上がった。

そのまま後退りで寝床まで戻ろうとして、右膝の下で床が鳴った。あっと思って動きを止めたが、今度は左膝の下で床が呻いた。私が起きており、そっと板戸に近付こうとしていたのを、相手に悟られたかもしれない。

何とも奇妙な格好で四つん這いになっていると、私の顔のほぼ正面に当たる板戸の

向こうから、
　ここから、はやくでよ……

　囁くような掠《かす》れた声が聞こえてきた。男とも女とも分からぬ、子供とも年寄りとも判断し兼ねる薄気味の悪い声で、
　ここから、はやくたちされ……

　警告を発するような、または脅すような声音が続けて聞こえた。目の前に板戸があるとはいえ、まるで真正面に見えない顔があって、それと直に対面している厭な感覚に囚われ、瞬時に背筋がぞぞっと粟立った。

　あの山女郎が現れた……。

　自分の後から憑いて来たのではないか……。やっぱりこの家は山女郎の住処だったのでは……。乎山の山魔の正体は山女郎なのかもしれない……と、次々と有り得ない妄想が膨らんでゆく。

　すると板戸の向こうの廊下で、
　ごーどの、くまどの、むつじぞう……

　地の底から響いてくるような、何とも言えぬ悍《おぞ》ましい調子の、どうやら童唄《わらべうた》らしきものが聞こえ出した。

　しろじぞうさま、のーぼる……

くろじぞうさま、さーぐる……

あかじぞうさま、こーもる……

あおじぞうさま、わーける……

きいじぞうさま、やーける……

かなじぞうさま、ひーかる……

そこで唐突に歌声が止むと、暫く寂とした後で、
あーとは、むっつの、じぞうさま……

おひとりずーつ、きーえて……

のこったのーは……？

訳が分からないながらも、唄の最後に途轍も無く無気味な問い掛けをされた気持ちに、私はなってしまった。

残ったのは誰なのか……。

分かるはずがない。だが、それを知らないことが恐ろしくて堪らない。

ぎぃぃぃ、ぎぃぃ……

再び廊下から軋む音が聞こえてきた。耳を澄ますと、ゆっくりと遠離っているそれの様子が、階段の方へと戻って行くその光景が、脳裏に浮かぶ。

何がやって来たんだ、という恐怖心と、今なら相手に気付かれずに後ろ姿を目にで

きるかもしれない、という好奇心を、ほぼ同時に覚えた。

やめておけと止《とど》める己と、正体をはっきりさせるのだと促す己の板挟みになりながら、私は結局そっと板戸を開け、恐る恐る廊下に首だけを出していた。

真っ暗な闇の中、無気味な足音だけがそれの存在を教えている。然し、暫く目を凝らしているうちに、闇とは違った真っ黒な何かが蠢《うごめ》いている……のを認めていた。特にそれが階段の方へ、廊下の突き当たりを左手へと曲がる瞬間、ぼんやりした全体像が暗闇に浮き上がったように見えた。どんな格好をしているかまでは分からない。飽くまでもぼやっとした、真っ黒な塊のようなものが……。

すぐに階段を下りる物音を耳にしたところで、大胆にも私は部屋を出ると後を追いはじめた。それが何処に行くのか、こうなったら見届けるつもりだった。

足音を忍ばせながらも廊下を早足で進み、階段も同じようにして下りると、

「おい、どうした？」

突然、声を掛けられ肝を冷やした。見ると、まだ囲炉裏の側に立一と平人が座っている。

山女郎は……と一階を見渡したが何処にもいない。咄嗟に裏口から外に逃げたに違いないと確信した。階段を下りると土間は目の前で、裏口はすぐ右手にあったからだ。

然し、板戸には閂が下りている。山女郎が裏口から出た後、立一か平人のどちらかが閂を掛けた可能性も考えたが、それでは私が階段を下り切る前に、とても囲炉裏まで戻れそうにない。では、表の戸口はどうかというと、今度は山女郎が間に合わないだろうと判断した。

「さっき誰かが二階に上がり、たった今、下りて来ませんでしたか」

二人の様子を窺いながら近付いて行くと、

「いいや」

怪訝《けげん》そうな表情で立一が首を振った。但し透かさず、

「倅《せがれ》と話をしていたので、こっそり上り下りをされたら、そりゃ気付かんかもしれんが……」

と続けたところで、意味ありげに言葉を切って、

「とはいえ一階にいたのは、儂らだけじゃからな」

「裏口から入って来たとか——」

「夕方、閂は下ろしたな？」

平人に尋ねると、息子は当然という風に頷いた。それに実際に閂が掛かっていたのは、私も確認している。

「どうかしたのか」

少し躊躇したが、二階での体験を話した。てっきり大笑いされたうえ、また莫迦にされるかと身構えていると、

「自分で感じてる以上に、あんた疲れてるんじゃよ。まっ無理もない。兎に角今夜は、ゆっくり休みなさい」

「で、でも……」

「いやいや、あんたの言うことを、別に嘘と思ってるわけじゃない。山の中というのは、そりゃ不思議なこと、怖いこと、信じられないことが起こる場所じゃからな。なかなか他人《ひと》には信じて貰えないような目に遭ったりするもんじゃ」

そう言いながら立一は側まで来ると、二階の部屋に戻って寝るよう、子供に言い聞かせるような口調で階段へと促した。

途中、風呂桶を隠している二つの衝立てが目に入った途端、断わりもなしに向こう側を覗いたが、衝立ての裏にも桶の中にも誰もいない……。

「…………」

立一を見遣ると、大丈夫だとばかりに、訳知り顔で頷いている。

この状況では何を言っても仕方ないと諦めた私は、暗がりの中を手探りで部屋まで辿り着き、蒲団に横たわった。早く夜が明けて呉れないかと、そればかりを願《ねご》った。奥戸の集落に降りる道さえ分かれば、この入らずの山から抜け出し、すぐ初戸に帰っ

て――。

初戸の郷木《ごうき》家に戻ってどうする？

三山《みやま》の成人参りを遣遂《やりと》げることはできませんでした。なぜなら、これこれこういう怪異に遭った為です――とでも、父や兄に説明するのか。そして集落の簡単な通過儀礼さえ満足にできない男として、家中の笑い者になるのか。またしても郷木家の四男として、村中に恥を晒すのか。

嫌だ。そんなのは絶対に嫌だ。ならば奥宮まで行ったことにするか。そこで日が暮れたので、御籠り用の小さな堂で夜を明かしたのだと……いやいや駄目だ、駄目だ、駄目だ。嘘は吐けない。それに父の前では、きっとばれる。そんな羽目になったら、もう大変なことに――。

今、何か聞こえなかったか……。

蒲団に寝ながら頭だけを少し起こし、凝っと耳を澄ませる。ざわざわっと夜風に騒ぐ葉擦れの音に交じって微かに――

おーい……

幻聴に違いなかった。立一が言ったように、自覚していないだけで物凄く疲れているのだ。肉体的には勿論、精神的にも疲労困憊しているに違いない。だから――

おーい……

私は寝床を出ると、窓から外を覗いた。

家の横手には樹木が立ち並び、その間に黒々とした藪が広がっている。そこにそれはいた。腰から上を藪の中から出して、ぬぼっとそれは立っていた。まるで家を見上げるように、私のいる部屋の窓を凝っと見詰めているように……。

おーい……

意に反して返事をしてしまう前に、寝床に戻った私は頭から毛布を被り、今度こそ何があっても絶対に起きない決心をした。そう、夜が明けるまでは決して……。

八

瞼《まぶた》と耳のどちらが最初だったか分からない。外の明るさを瞼に感じたのが先か、姦《かしま》しいほどの鳥たちの囀《さえず》りが耳に聞こえたのが先か……。

「朝だ……」

思わず声に出した私は、文字通り飛び起きていた。

少し躊躇《ためら》ったものの窓から外を眺める。昨夜、あれが立っていた辺りを見るが、勿論何もいないし特に変わったところもない。

あれは、やっぱり……。

と想像し掛けたが、余計なことを考えるなと己を諫《いさ》める。それに、すぐ空腹感に見舞われた。昨日あれだけの目に遭いながらも、一夜明けると腹は減るのだと分かり可笑しかった。すると味噌汁の匂いが鼻を突いた。気の所為《せい》かと思ったが、この部屋の真下が囲炉裏の辺りだとすると、この匂いは本物かもしれない。

手早く行衣を整えると部屋を出る。階段に向かう途中で三つの板戸を叩こうとしたが、疾っくに起きているだろうと気付き止めた。田舎の朝は早い。それは彼らのような暮らしでも、きっと同じに違いない。

階段を下りつつ考える。取り敢えず朝食を摂らせて貰い、奥戸《くまど》への道を訊き、一刻も早くこの山から出ることだ。その後の身の振り方は、また改めて悩めば良い。初戸《はど》に戻れば、何か上手い知恵が浮かぶかもしれない。

ところが、階段を下りて板間に立った私は、

「お早うご……」

——ざいます、という言葉を呑み込んだ。

一階には誰もいなかった。

男は飯の前に一仕事し、女は味噌汁に入れる山菜でも採りに出ているのか——と思ったが、どうも様子が妙である。

竈では完全に飯が炊けており、自在鉤に吊るした鉄鍋の中で味噌汁もできているば

かりでなく、囲炉裏の周囲には、食べ掛けの飯や飲み掛けの味噌汁が残った椀をはじめ、やはり手を付けた途中の干し魚や漬物が盛られた皿や鉢などが、雑然と並んでいたからだ。

その光景はまるで、朝食を摂っている最中の家族が、いきなり忽然《こつぜん》と消え失せてしまったように見える。

「そんな莫迦な……」

目の前の状況を否定する言葉が、自然に口を吐いて出た。

きっと各々《おのおの》が何かの用事で、少し席を立っているだけに違いない。そう自分を納得させようとしたが、全員が同時にというのは余りにも不自然ではないか。食べはじめた飯を放り出し、すぐに済ませなければならぬ用事が皆にある状況など、ちょっと思い浮かばない。

本当にあの家族はいたのだろうか……。

ふと厭な疑念が脳裏を過る。実は彼らの存在そのものが怪異で、自分はあやかしを見せられていたのではないか。

だが昨夜、私が座っていた場所の近くに置き忘れた頭陀袋を見付け、いや彼らは本物だったのだと首を振った。確かに彼らと会い、飯を食べさせて貰い、長々と会話までしたのだから……。

しかも今また、その何よりの証拠が目の前にあった。ちゃんと作られ途中まで食べられている、朝食という名の痕跡が……。

私は暫くの間、皆が帰って来るのを待っていた。そのうち空腹に耐え兼ね、勝手に飯と味噌汁を装《よそ》って食べはじめた。然しお代わりをし、食後の茶を飲む頃になっても、誰一人として姿を現さない。

仕方がない。このまま挨拶はせずに帰ろう。

頭陀袋を肩から下げると土間で草鞋を履き、家の外へ出ようとしたところで、私は愕然とした。これは一体全体、何を意味しているのか。

板戸に閂が下りている……。

土間伝いに裏口まで、飛ぶように駆け抜けた私は、同じように閂の掛かった板戸を目にした。図らずも昨夜、確認した施錠状況そのままの……。

これは本当にどういうことなんだ？

裏の板戸の閂を外し、戸の開け閉めを繰り返す。安普請の為立て付けは悪く、戸と柱の間には細かい隙間も見える。だが、どう考えても外から閂を下ろすことは不可能だ。表の戸口へと戻り同じように調べるが、こちらでも同様の結論に達した。

つまり二つの出入口が内側から施錠されているにも拘らず、あの人たちは家の中から姿を消してしまったことになるのだ。

西側の土間に設けられた明かり取りも東側の壁の窓も、全てに格子が入っていた。二階の部屋の窓に格子はなかったが、あの高さから下りる為には、長くて且つ安定している梯子が必要になる。然し、そんな方法で家から出なければならない理由が、そもそも立一たちにあったとは考えられない。

そう否定しつつも私は二階へ上がり、まず廊下の窓を確かめた。だが、格子があるうえ小さ過ぎて人の出入りは不可能と分かる。次いで三つの部屋を調べてみた。手前の二つには押し入れの上段に衣類を包んだ風呂敷が幾つかあり、下段に畳まれた蒲団が積まれていたが、三番目は何もない空室の状態だった。そして肝心の窓は、どの部屋も内側から螺子《ねじ》錠が掛かっており、ここから出たのではないことが認められた。

ふらふらっとした感覚に包まれながら、何とか一階へと戻る。

愚かしいとは思いつつも、二つの衝立ての向こう側を覗き、風呂桶の中まで検めてみた。

誰もいない……。

前後の板間の真ん中に立って周囲を見回すが、目に付くのは食べ掛けの朝食の跡ばかり……。いや、床の間のような空間に置かれていた、あの布切れを被せた丸っぽいものがなくなっている。それと階段の下に積まれた蒲団が減っているような気がする。昨夜、寝る前に目にしたときよりも……。

咄嗟に奇妙な光景が脳裏に浮かんだ。外の地面に敷かれた蒲団の上に、二階の窓から次々に飛び下りる立一たちの姿である。

だが、そこまで危険な行為をする為には、恐らく全ての蒲団を積む必要があるのではないか。第一なぜ普通に戸口から出て行かないのか。それに二階の窓は、どれも内側から施錠されていたではないか。

この家で一体、何が起こったんだ？

突如として私は、家の中にいるのが恐ろしくなった。急いで表の戸から外へと転げ出る。外気に触れた途端、まるで閉所恐怖症から解放された気分を覚え、少しだけほっとした。

昨夜は分からなかったが、家の前には左右に山道が延びていた。太陽の位置から玄関が北向きらしいと見当を付けたが、東西どちらの道を進めば良いのか、どうにも判断できない。

この家から早く離れたかったが、取り敢えず一周しようと西側に回ると、物置き小屋と猫車が目に入った。小屋を覗くと内部が薄暗かったので、頭陀袋から懐中電灯を取り出し隅から隅まで照らしてみる。どうやらこの小屋は、金を掘り出す為の様々な道具類を仕舞っておいた場所らしく、余り目にしたことがない鑿《のみ》や臼《うす》のようなものが夥《おびただ》しいほど目に付く。特殊な形をした鎌などは、明かりを受けて刃先が鈍く無気味に光っている。なぜか思わずぞくっとした。

小屋を出て東側に回る途中で厠《かわや》を見付けるが、勿論そこにも誰もいない。序《つい》でとばかりに手早く小用を済ませる。

家の東に出ると、南の方へと延びている道があった。自分が辿って来た山道かと考えたが、この家に着く前に歩いていたのは、殆《ほとん》ど道なき道だったはずだ。それに立一は、奥戸の集落に降りる道は二つだと言っていた。家の前から東西に延びているのが恐らくそうだろう。だとしたら、この三番目の道は何処に続いているのか。

彼らが早朝から、しかも朝食の途中で突然、集落に降りたとはちょっと考えられない。となると三つ目の道の先へ向かった可能性が、最も高いのではないか。

そう思うのだが、目の前に延びる道に足を踏み入れるのを、私は躊躇した。二度と戻って来れないような、とても厭な気配を感じるからだ。

行くんじゃない……。

取り返しの付かないことになるぞ……。

消えた彼らになど構わず早くここから立ち去れ……。

本能が警告していた。でも、私は歩を進めた。探究心のない単なる好奇心だけの行動は身を滅ぼす危険がある――と分かっている癖に、このまま下山する気にはなれない。今は朝だという安心感も、恐らく私の背を押したのだと思う。

だらだらと何処までも延びる道は、両側を生い茂った樹木や藪に挟まれ、陽が昇っていても薄暗いままだった。先に行くに連れて自分が、どんどん乎山《かなやま》の奥へと入り込んでいる、という恐れを感じる。ついさっき覚えたばかりの好奇心が、次第に薄らぎはじめる。夜が明けようと、陽が天高く昇ろうと、忌み山の直中では全く関係がないのだ。そう思い知らされる。

もう戻ろうか……。

いつしか弱気になっていた。自然に足取りが鈍る。立ち止まりそうになったそのとき、地面が岩場に変化し出しているのに気付いた。視線を先に向けると、前方が開けている。やや早足で進むと、尾根へと出た。起伏のある岩場が巨大生物の背骨のように波打ち、南西の方向へと延びている。ただ妙なのは、そこに幾つもの穴があることだった。

「そうか、金を掘り出した跡だ！」

正確には金脈を探鉱した穴と言うべきだが、咄嗟にそう叫んでしまったほど、眼前に現れた光景は異様だった。不規則に間隔を空けた穴が、ぽつ、ぽつ、ぽつ、ぽつ……と、まるで何かの星座のように並んでいる。奇景と呼んでも良い眺めかもしれない。

樹木が途切れて周囲が完全な岩場になると、忽《たちま》ち風の強さを感じた。突風でも吹こうものなら落下の危険さえありそうで、やや腰を下げつつ進む。そうして足元に注意しながら、一つずつ穴を覗いていった。

穴の側には細い鉄の棒が打ち込まれ、襤褸々々になった布切れが辛うじて残っている。その旗のような切れ端は赤、黄、青と全て色が違っており、何かの目印だったのかもしれない。但し殆どは風化して、ほんの切れ端しかないところもある。

肝心の穴は、どれもが少し斜めに掘られている為か、なかなか底が見えない。ただ傾きがあるとはいえ、この井戸のような穴に落ちたら、自力で這い上がるのは無理だろう。曾《かつ》ては設けられていたはずの梯子も、今は見当たらない。その残骸なのか、幾つかの穴の中に丸太のようなものが残っているだけである。

穴から穴へと移動しているうちに、尾根の突端に着いていた。そこで慌てて振り返り、でこぼこした岩場の全体を見渡すが、何処にも立一たちの姿はない。この尾根から下に降りるのは、まず無理だろう。何処にも足場がないからだ。第一こんなところを降りて、どうしようというのか。南側の下には川が流れており、北側は鬱蒼と茂った森である。南の河原であれば水を汲《く》む、魚を獲るといった行為もできるが、それも無事に降りることが可能だった場合である。わざわざ危険を冒して、あんなところまで水や魚を求めに行くわけがない。となると他に考えられるのは――。

「穴の中……」

そう呟いた自分に驚いた。

「まさか……。そんなこと……」

首を振りながらも、私は最後に覗いた尾根の一番端の穴の側に蹲《しゃが》み、再び顔を突っ込んでいた。

「何方《どなた》か、いますか……」

有り得ないと思いつつも呼び掛けてみる。

だが、己の発した声が無気味に坑内に響くだけで、無論返事などない。それでも二つ目の穴、三つ目の穴と最初とは逆に辿り、地の底への問い掛けを続けた。

「誰もいらっしゃいませんか……」

四つ目の穴を覗いて声を掛けたとき、もし本当に返事があったら……と、ふと考えた途端に怖くなった。それが立一たちの一人だという保証があるわけではない。むしろ人ではないものの可能性の方が高いのではないか。

金脈の話で騙されたと悟った立造が一人ずつ殺して、山中の何処かに五人の屍体を埋めた……。

昨夜の立一の話に出てきた、恐ろしい噂が蘇る。山中で屍体を隠すのに最も適した場所は、この目の前の穴ではないのか。やっぱり立造は五人を殺害し、この中に遺棄して……。

穴の中から返事があった。

悲鳴のような声が、今さっき覗いた三つ目の穴から確かに聞こえた。恐る恐る戻り掛けると、今度は後ろの四つ目の穴から……。次いで一つ目、更に二つ目からも悲鳴が上がり、いつしか金の探鉱場は亡者の叫びに包まれていた。

何度も片足を突っ込み穴に落ちる恐怖と戦いながら、また尾根から転落する危険に晒されつつ、できる限り急いで岩場を後にする。両手で耳を塞《ふさ》ぎたかったが、平衡感覚を保つ為には両腕が必要だった。死霊の悲鳴も怖いが、穴の中や尾根の下に落下すれば命取りである。身の毛のよだつ叫び声が木霊する岩場を、私は必死で抜け出そうとしていた。

何とか尾根の付け根まで戻ると、急に足が震え出した。とても立っていられない状態で、その場に座り込む。

だが、一息吐いたのも束の間だった。岩場から山道へと変わる横の斜面にも一つ、穴が開いているのを見付けたからだ。どうやら来たときは岩場の方にばかり目を奪われ、こちらには全く気付かなかったらしい。這うようにして近付くと、先程まで覗いていた穴が人の手によって掘られたものだったのに対し、こちらは自然に出来たものだと分かった。また岩場のものは縦に穿《うが》たれていたが、目の前の穴は斜め横に延びていた。動物の巣かと思ったが、それにしては少し大きい。成犬くらい呑み込みそうな、ぽっかりとした口を開けている。

穴の周囲に目を凝らすと、生い茂った雑草の中に何かが見えた。両手で草を掻き分けて覗き、とても驚いた。そこに苔生《こけむ》した石塔が出現したからだ。しかも塔は大きく斜めに亀裂が入っており、その箇所には次のような文字が彫られていた。

一切呪詛霊等為善心菩提也

まるで何かを祀って……いや、封じているのかもしれない禍々しい雰囲気が、石塔そのものから漂ってくる。

山魔の棲む穴……。

厭な想像をしながらも、繁々《しげしげ》と穴の中を覗いてみた。すると少し入ったところに、小さな玉のようなものが落ちている。最初は木の実かと思ったが、妙に光沢がある。何だろうと手を伸ばすと、穴の奥からもにゅうっと手が伸びて……。

私は悲鳴を上げながら、来た道を脱兎の如く駆け戻った。

今のは何だ？

あれは何なのだ？

手か……いや、動物の脚か、尻尾か……でも、手のように見えた……。まるで泥でできた手のように……。

家の前に着くと、透かさず西の道を選ぶ。特に理由はない。然し幾らも進まないうちに、またもや岩場に出た。そのうえ道の先は崖になって、すとんと途切れている。

恐る恐る覗き込むと、二メートル以上の高さがある。但し下も岩場の為、飛び下りることはできない。しかも垂直に切り立った崖ではなく内部に抉《えぐ》れているので、鎖やロープを垂らして降りるのは、慣れない者には至難の業に違いない。梯子を掛けないと、きっと上り下りは難しいだろう。実際に崖の上には随分と錆《さ》び付いているものの二本の鉄の棒が打ち込まれており、曾てはそこに梯子の長い従棒が括り付けられていたと思われる。かなり昔のことだろうが……。

つまり立一たちは、こちらの道にも来ていないわけだ。勿論私も引き返すしかない。三つの選択肢のうち既に二つまで否定されてしまった。とても厭な予感を覚える。酷いようだが、もう立一たちの安否はどうでも良くなっていた。兎に角無事に下山すること、奥戸の集落まで辿り着くこと、それしか頭になかった。

再び家の前まで戻る。そこで東の道に入ろうとして、ふと家を振り仰いだ。

「ひょっとして帰っている……とか」

もう立一たち家族のことは放っておくつもりだったのに、つい家へと足が向く。

表の板戸の前に立ち、ゆっくりと開けてみる。誰もいない。大声で立一の名前を呼ぶが、家の中は寂としている。それでも土間で草鞋を脱ぎ、一階の板間を通り過ぎると奥の階段を駆け上がった。薄暗い廊下を進みながら、端の部屋から覗いていく。一番目と二番目の部屋には積まれた蒲団があるだけで、三番目の部屋には何もない。私が泊まった四番目の部屋も、今朝になって出て行った状態のままである。

朝食の最中に一家族が忽然と消え失せた……としか考えられない現象が、今朝、この家の中で起こった。その瞬間から何の変化もないように映る。唯一の動きは私という存在が家の内外を、ただただ右往左往している。それだけである。

この奇っ怪な現象は、自分の手に負えるものではない……。

漸く悟った私は慌てて家を飛び出すと、最後の希望である東側の道を目指した。

その道は少し進んだところで、突如として急峻《きゅうしゅん》な坂になっていた。しかも地面を穿《うが》って掘ったように、左右には土の壁が露出している。そんな下半分だけの隧道《ずいどう》の如き山道が、くねくねと蛇行しながら下っている光景が、目の前に延びていた。

ともすれば転びそうになるのを、ぬっと土壁から飛び出た樹木の根を摑みつつ降りて行く。そうして十数メートルほど下ったときだった。

おーい……

後ろの方から呼ばれたような気がした。

咄嗟に足が止まる。その瞬間、蹴飛ばした大きな石ころが、ががらと落ちて行く物音だけが辺りに響き、後には無気味な静寂が訪れた。

おーい……

確かに坂の上からなにものかが私を呼んでいた。

忌むべき入らずの山である乎山の「乎」とは、呼び掛けの言葉である。だから山中で誰かに呼ばれても、絶対に返事をしてはならない。なぜなら、それは山魔という化物の声であり、もし応えてしまうと物凄い嘲笑を浴びせられ、その者は終わってしまうからだ。

そのとき――

けたたましい嗤い声が、坂の上で爆発した。

それは乎山の全ての木々を震わせるほど甲高く、山のあらゆる生き物たちを慄《おのの》かせるほど忌まわしく、私の全身の鳥肌が立つほど悍《おぞ》ましい嗤い声だった。

振り向くな……。

逃げろ……。

そんな本能の叫びとは裏腹に、私は後ろを見上げてしまった。

今でも、このときの軽率さを後悔している。振り向くべきではなかった。見るべきではなかったのだ。悔やんでも悔やみ足りない……。

但し自分が何を目にしたのか、実は余りよく分からない。山道が下りになる手前が薄暗かったこともあるが、それ以上に、恐らく人の視覚では満足に認識できない、ものだった所為ではないか、という気がしてならない。

坂の上に、それはいた。辛うじて人の形はしていたが、かなり歪《いびつ》だったと思う。頭はとんがっており、身体中にうじゃうじゃと気味の悪いものが生えていて、黒っぽい中にも緑が交じっていたような印象しかない。目にしたのは一瞬だったので、この描写にも自信はない……。

間違いないのは、それが途轍も無く邪悪な存在だったことだけだ。

勿論すぐに私は逃げた。ならば最初からそうしておけば良かったと後悔したのは、もっと後になってからである。そのときは、あれが嗤いながら追い掛けて来るんじゃないかと思い、もう気が狂うほど怖くて怖くて、転げ落ちるように坂道を下り続けた。実際に二度ほど転《こ》けた。足を滑らせ尻餅《しりもち》をつく格好だった為、幸い大事には至らなかった。もし前向きに頭から倒れていたら、大怪我をしていただろう。そのうえあれに追い付かれて……。

いや、ひょっとすると本当に私の真後ろまで、あれは来ていたのかもしれない。走っている間中、凄まじい圧迫感が背後にあった。その邪《よこしま》な視線が、生臭い息吹きが、忌まわしき存在感が、犇《ひしひし》と伝わってきていた。

それほど切羽詰まった状況になって、漸く私は大変なことに気付いた。家を出るとき、祖母が首に巻いて呉れた白帯をしていない。昨夜、寝る前に外して、そのままになっている。

ああっ、今にも後ろからにゅうっと手が伸びて首筋を摑まれ、首のつぼからずるずるっと身体に入り込まれ、いつしか私自身が狂ったように嗤っている——そんな身の毛のよだつ想像をした途端、前のめりに倒れた。

幸い急峻な坂を下り切ったところで、目の前の藪に突っ込み事なきを得たが、そこからは悲鳴を上げながら逃げた。逃げ続けた。

坂道は九十九折《つづらお》りの山道に変わっていたが、相変わらず転げ落ちる危険を顧《かえり》みず駆け続ける。そうして何度目かの角を曲がったとき、行く手の道に立ち塞がっている黒い影が目に入り、気が付くと私の悲鳴は凄まじい絶叫に変わっていた。

九

ここから先は、余り書きたくない。

月曜の早朝に三山《みやま》へ向かい、翌日の火曜になって乎山《かなやま》から抜け出すまで、言うなれば全てが非日常的な体験だったことになる。その間の恐ろしい出来事は鮮明に覚えているのに、逆にその後の日常に戻ってからの記憶の方が、なぜか曖昧模糊《あいまいもこ》としているのはどうしてなのだろう……。

これが私には、途轍も無く気持ち悪かった。

だが、書かなければならない。奥戸《くまど》の集落で見聞きしたことを。それによって益々あの山のあの家での体験が、余計に訳の分からない不可解なものになってしまったという事実を。できる限り思い出して記しておかなければならない。

乎山の東の山道で私が出会《でくわ》したのは、揖取家《かじとり》の当主である力枚《りきひら》だった。彼は喚《わめ》き叫び続ける私を宥《なだ》めると、そのまま揖取家へ連れて行って呉れた。つまり東側の道は揖取家に、西側の道は鍛炭《かすみ》家に通じていたことになる。

揖取家で汚れた行衣を脱ぎ、昨日の残り湯を風呂場で浴びた後、衣服を借りて客間に落ち着いた私は、問われるがままに全てを話した。その間、力枚は口を挟むことなく静かに耳を傾け、眼差しだけで相槌を打っていた。立一と同じ五十代半ばくらいで、中肉中背のがっしりした体格も似ているように見えたが、力枚の方には見事な貫禄があった。そんな彼に安心感を覚えたのか、かなり細かい部分まで包み隠さず全て喋った。

私が体験した怪異を信じたのかどうか、相手の表情からは判断できなかった。それでも立一たち家族が消えた出来事に話が差し掛かると、さすがに驚いたようである。やや慌てた様子で色々と質問をはじめた。

一家消失がどのように起こったのか、力枚が理解したところで、私は続けた。

「立一さんたちが、なぜ急にいなくなったのか、どうやって閂の掛かった家から出られたのか、それは分かりません。ただ、東の山道から集落に降りたことは、少なくとも間違いないと思います」

「いや、それはちょっと考えられない」

難しい表情を浮かべながらも、極めて冷静な声音が返ってきた。

「どうしてです？」

「実は昨日の夕方、私は立一さんを訪ねていてね」

「ええっ、あの家に行かれたんですか」

「夕食に招かれて、そこで彼の息子の平人君と話をしたんだが……まぁ、それはいいでしょう。そのときライターを忘れたらしく――」

あっと私は思った。あの床の間のような空間に、確かに高級そうなライターが置かれていた。そのことを力枚に言うと、

「やっぱり、あそこに忘れたんだな。今朝になって、もしやと考えたものだから、朝食前に運動のつもりで行ってみようと思ってね」

「でも、山道でお会いしたのは――」

「あれは六時四十分くらいだったか。いや、今朝の夜明けは五時半頃で、私はその前から起きて出掛ける仕度をしていた。ところが、家を出て山道に差し掛かったとき、〈黒地蔵様〉と呼ばれる御地蔵様の祠の側まで来たとき、娘婿の将夫《まさお》君が後を追い掛けて来てね」

このとき、おやっと思った。何処となく鷹揚《おうよう》な雰囲気のある力枚が、娘婿の名前を口にした瞬間、ほんの微かにだが顔を顰《しか》めたからだ。

「そこで、かれこれ一時間も立ち話をする羽目になってしまって――」

「ち、ちょっと待って下さい。つまり、お二人がお話をしている間、誰一人として山から降りて来なかった……と？」

「うむ、それは間違いない」

「そうなると彼らは、西側の道を辿ったことに――」

「いや、それは無理だろう。あなたも見たように、あの崖を降りるのは危険過ぎる。しかも男だけでなく女子供、それに年寄りまでいるとなっては」

「で、でも――」

「まぁ待ちなさい。西の山道については、もっと確かなことが分かるかもしれん」

何か考えがあるのか、そう言うと力枚は少し席を立った。但し戻って来てからも、少し待つようにと繰り返すばかりである。

仕方なく立一たちのことを尋ねると、

「なかなか不思議な家族のようだが、ああいう暮らしをしていると、そんなことは気にならんのでしょうな」

力枚によると、立一は五十五歳になるらしい。にも拘らず後妻のセリは、二十代後半から三十代前半くらいだという。先妻との息子の平人が二十代半ばなので、この母と子は大して歳が違わないことになる。セリの母親のタツは六十前後で、立一とセリの長女ユリは八歳くらいという。

「正確な歳が、まさか分からないんですか」

「立一さんが把握しているのは、恐らく平人君とユリちゃんの年齢だけではないかな。とはいえ、余り子供の歳を気にしてるようにも見えない。セリさんとタツさんは、本人たちが知らなければ、誰にも確かめられないのかもしれんな。土地から土地へと流れて行く生活だから、ちゃんと戸籍があるのかどうか……」

先程の推定年齢も、四年ほど前に立一から来た手紙に書かれていた家族の近状報告を元に、自分が推察したものだと力枚は説明しながら、

「鍛炭の立治も、そのー色々と発展家なんだが、さすがに親子ほども歳の離れた女性とは、ちょっと付き合いがないでしょうな」

なぜか奥歯に物が挟まったような物言いをした。

やがて、三十半ばくらいの男性が客間に現れた。こんな田舎には珍しい端整な顔立ちと、すらっとした優男っぽい身体付きをしている。

「娘婿の将夫です」

そう紹介されちょっと興味を覚えたが、今は彼が義父に何を頼まれたのか、本人よ

り用件の方が大事だった。

「それで、どうだった？」

「はい、お義父さんの仰ってた通りでした」

将夫は非常に几帳面《きちょうめん》な性格らしく、まるで刑事のように小さな手帳を取り出し、それに目を落としながら、

「今朝は鍛炭家の近くの竈石家に、初戸《はど》から嫁入りがあるということで、近所の人たちは夜が明けるか明けないうちから、ちらほら表に出ていて、それは鍛炭家も同じだったようです。なので、もし平山から降りて来る者がいれば、必ず目にしたはずだが、そんな奴は一人もいなかった。そう広治《こうじ》君も言ってました」

広治というのが立治の三男で、その立治は立一のすぐ下の弟だと力枚が説明して呉れたが、私の頭を占めていたのは全く別の名前だった。

日下部園子……。

今朝は彼女が嫁入りをする、とても特別な時だったのだ。しかも有ろう事かその嫁入りの儀式が、立一たちが乎山の西側の道も使わなかったことを、偶然にも証明したのである。

「広治さんという方は何らかの理由で、嘘を吐いたのでは……。お父さんの立治さんに頼まれたとか。そう息子に言わせることが、立治さんにとっては、お兄さんの立一

さんを何かから庇《かば》う唯一の方法だったとか……」

　自分でも受け入れられない考えだったが、私は口にした。すると案の定、力枚も首を振りながら、

「兄弟とはいえ、あそこの二人は立一さんが家を飛び出してから、完全に没交渉状態で……。一ヵ月半ほど前になるか。立一さんたちが乎山に迷い込んだ結果、あの家に住むことになったときも、立治からは余計な真似をするなと、すぐに追い出して欲しいと、わざわざ間に人を立てて、かなりきつく言われてね。まぁ私も立治とは昔から仲が良くないけど、立一さんと立治の、あの兄弟の関係に比べれば、まだまだ増しな方でしょう」

「それに鍛炭家だけでなく、近所の人たちも表に出ていたわけですから、こっそり山から降りたとしても、誰かに見られたはずです」

　義父に加勢するように将夫が補足した。だが、一人だけ蚊帳《かや》の外に置かれていることに苛立ったのか、

「ところで、何があったんです？　広治君は何も訊きませんでしたけど、変な質問をするなぁという目で見られましたよ」

　将夫が不満そうな面持ちをしたので、私は簡単に一家消失の出来事だけを説明した。

「出て行ったんですか、あいつらは——」

「いえ、出て行ったというより消え失せてしまった、という状況なんですが……」

「いずれにしろ、いなくなったわけでしょ」

その清々《せいせい》したという感じに、義父と娘婿の間に蟠《わだかま》る確執の原因は立一たちにあるのかもしれない、と私が思っていると、

「自らの意思で家を出たのかどうか分からないんだから、ここは彼らの安否を気遣うべきだろう」

予想通り力枚が、娘婿を窘《たしな》める台詞を口にした。

どうやら将夫は、あの家に立一たち家族が住むことを快く思っていないらしい。勿論、山窩《さんか》と関わりを持つのを嫌う人は多いので別に不自然ではないが、何か他にも理由があるようだった。

だが、今の私にはどうでも良いことである。力枚に世話になった礼を述べると、そのまま鍛炭家へ向かった。如何《いか》に仲が悪く長年に亘って没交渉とはいえ、立一は立治の実兄である。私としては当然、今朝のことを知らせる義務があると思った。

ところが、乎山を挟んだ反対側の鍛炭家で出迎えたのは、左半身が少し麻痺したような感じの七十代半ばくらいの老人だった。

「何じゃお前は？　何しに来た？」

玄関で案内を乞うと奥の方から現れ、いきなり詰問《きつもん》された。見るからに癇癪《かんしゃく》持ちといった人物である。それにしても余りに常識外れの傲慢な態度に、私が呆れ果てていると、

「他人の家に来て、黙ったままの奴があるか！」

益々いきり立って始末に負えない。そんな老人に恐れをなし、慌てて立一たちの話をした。が、これが余計に相手の癇癪を爆発させてしまったようで、

「た、た、立一じゃとぉ！　あんな親不孝者のことなど、わ、儂が、し、知るかぁ！　なんじゃ、お前は――ああっ、や、奴の回し者じゃなぁ。ううっ、ぬぅ……」

そのうち妙な唸《うな》り声まで上げはじめた。興奮し過ぎて倒れるのではないかと、こちらも気が気ではない。

ただ、この老人が間違いなく立一と立治、そして十九年前に行方不明となった立造たち三人の父親だ、と確信することはできた。家業を継がせるつもりだったのに、その家を捨てて出て行った長男に対しては、何十年経っても恐らく怒りが治まらないのだろう。

気持ちは分からなくもないが、どう対処したものかおろおろしていると、

「ど、どいつもこいつも……わ、儂を蔑《ないがし》ろにしおって！　さ、最近では、た、た、立治たちまでが、わ、儂を放って……見捨てようと……し、しておるのを、わ、わ、

儂は、ちゃんと、わ、分かっておるんじゃ！　き、きっと、み、み、眉山に……わ、儂を……す、す、捨てる気なんじゃ！」

そのうち身近な家族にまで、罵声の鉾先《ほこさき》を向けはじめた。

「あらあら、お義父様――、どうなさったんですぅ」

そこへ何処となく媚びを含んだ場違いとも思える声がして、ちょっと年齢不詳の女が現れた。まだ娘だと言っても通用しそうだが、少し崩れた色気のようなものが漂い、実際は三十路を疾っくに越えているようにも見える。兎に角田舎町の、鍛炭家のような旧家には似合わない女性である。

力枚が立一の家族のことを話したとき、立治も発展家だと言っていたが、ひょっとすると目の前の女性は、その立治とややこしい関係にあるのかもしれない。

そのとき奥から、女中と思われる娘が慌てて駆けて来た。

「も、申し訳ありません……。ちょっと用事をしておりましたら――」

「お吉！　駄目じゃないか、ちゃんとお義父様のご面倒を見なきゃ！」

当の義父に話し掛けた声音とは打って変わった激しい口調で、女はお吉という名の女中を酷く罵倒しはじめた。それから一転して元の猫撫で声に戻すと、立ち所に上手く老人を宥めてしまったのには驚いた。

二人を奥へ返してしまった女は、改めて訪問者を繁々と眺めてから、

「どうも、とんだ失礼を致しまして――」

「いえ。立治さんに、お目に掛かりたいのですが」

「あら、それは生憎《あいにく》でしたね。旦那様はお出掛けになってます」

「そうですか」

相槌を打ちながら考えた。息子の広治は、伯父の立一のことを知っているのだろうか。祖父や父親から、鍛炭家の恥ずべき存在として聞かされている可能性はある。仮に知らなくても事情を話しておけば、立治に早く伝わるかもしれない。

「それでは、広治さんは？」

「えーっと、確か旦那様と一緒に……」

「いえ、つい先程、揖取家の将夫さんがお見えになって、広治さんとお話しをされたと思います」

「あらまぁ、そうですか……。それじゃ、まだいるのかしらね」

最後は独り言のように頼りなく呟くと、女は私に頭を下げつつ確かめて来ますのでと断わって、奥へと姿を消した。

これで広治もいなければ、また出直さなければならないなと思っていると、

「あの山に入ったの……？」

急に後ろから声が聞こえ、肝を冷やした。

振り返ると、玄関扉の向こうから男の子が顔を出している。頭こそ坊主だったが、こんな田舎には珍しい色白の可愛らしい少年だった。

「君は、この近所の子かい？」

「ううん、この家の子だよ」

そう言って玄関の奥を指差したので、ふと応対して呉れた女の子供かもしれないと思った。こんな大きな息子がいるようには見えなかったが、あの女が生んだのだとすると、少年の容姿が垢抜けているのも納得できる。

手前勝手な想像に浸っていると、

「ねぇ、それで、あの山に入ったの？」

「ど、どうして、そう思うの？」

「だって、立一伯父さんの話をしてたから——」

「伯父さんのことは、ここの家の人、全員が知ってるのかい？」

こっくりと頷く少年を見て、ならば広治への話も早いと喜んだ。だが、こちらを凝っと見詰める眼差しに、私は次第に居た堪れなさを覚え出した。

「うん、山には入ったけど……それは、ちょっと事情があってね。だから——」

「何か見付けた？」

「えっ……何かって、どんなもの？」

「とても凄いものだよ」

「いや、そんな大したものは見付けてないなぁ」

「そう、僕はね、見付けたんだ」

大いに得意そうな、但し秘密だと言わんばかりの口調である。だが私はこのとき、この子が乎山に入った経験があるという事実の方に注目した。

「君が山に登ったのは、こっちの道から？」

鍛炭家の外の、西側の道の方向を指差すと、

「あの道はね、途中までしか行けないいんだ。だから今は、御山《おやま》の麓に祀られた〈白地蔵様〉の祠に御参りする人しか通らないよ。祠は西の山道がはじまるところにあるからね。それで僕は揖取さんの方から、〈黒地蔵様〉の祠の前を通って……あっ、でも僕が喋ったことは、絶対に内緒だよ。これがばれたら、とても怒られるもの」

急に心配し出したので大丈夫だと安心させつつ、念の為今朝のことを尋ねた。すると昨日の悪戯の罰として、竈石家の嫁入りは見物させて貰えなかったという。こう見えて、結構やんちゃな子供なのだろう。その元気さを今朝も発揮したらしく、皆に隠れて家の横から——それも乎山側の方から——こっそり覗いていたと分かり、私は忽ち興奮した。

「けど、あんまり面白くなかった。近所の人たちは、花嫁さんの衣装や持って来たも

のを見て、何か騒いでたけど——」

辛辣《しんらつ》な感想に苦笑しながらも、子供の話を一通り聞いた後で、

「その最中に、山から誰も降りて来なかった？」

「えっ……うん。誰も見なかった」

「でも、反対の方を向いてたわけだろ？」

「そうだけど……裏庭の垣根越しに覗いてたから、もし御山の方から誰かが出て来れば、きっと分かったと思う」

「例えば、その誰かが君に気付いて、一旦は山道を少し戻り、嫁入りの見物人がいなくなってから出て来たとしたら——」

「だってその頃には、もう田圃《たんぼ》や畑に出ている人たちがいるから駄目だよ。どっちにしろ見付かってるよ」

成程《なるほど》。近所の人たちに確認する必要はあるが、怪し気な一行が入らずの山からぞろぞろと降りて来る姿を目撃した者がいれば、疾っくに噂が広まっているはずだ。ならば将夫が来たときに、その話を広治は教えたに違いない。

私が沈思黙考していると、少年は囁くような声で、

「ねぇ、山魔と出会った……？」

「…………」

「僕は見たことがないけど、本当にいるんだよ」

「い、いや、それはどうかな……」

「山魔の正体って、知ってる？」

そのとき家の奥から誰かの近付いて来る気配がして、すっと少年がいなくなった。

やがて先程の女が姿を現すと、やっぱり広治も出掛けているようだと詫びた。

また後で伺いますと断わり、鍛炭家を後にする。玄関を出てから周囲を見回したが、少年の姿は何処にも見えなかった。

山魔の正体……。

一体あの子は、何を言いたかったのだろう……？

十

揖取《かじとり》家に戻る途中、乎山《かなやま》の麓に御堂のような建物があるのを目に留め、私は少し驚いた。鍛炭《かすみ》家へ向かう際に気付いてもおかしくないのに、どうやら全く目に入らなかったらしい。

御堂に向かって山裾を左手の東へ進むと揖取家に、逆に右手の西へ進むと鍛炭家に行き着く。双方への距離は同じくらいに見えるので、御堂は両家の中心に位置していると言える。

揖取家から鍛炭家へは、半円を描く山裾のかなり外側を通る「コ」の字型の未舗装路を歩くことになる。尤も力枚の話から、殆《ほとん》ど両家の間で交流のないことが分かった。今朝、この道を片方の家からもう片方の家へと二人も行き来したのは、本当に久し振りの出来事だったのかもしれない。

そもそも私が御堂に興味を持ったのは、乎山へ入る東西二つの道が望める位置に、それが建てられていたからだった。

「コ」の字の道の内側は全て田圃で、御堂へのみ細い畦道《あぜみち》が、ちょうど道の中間から延びていた。辺り一面、黄金色の稲穂が風に揺れ、まるで光輝く波間の直中を歩んでいるような、何とも幻想的な気分になる。それとは別に何処か懐かしい郷愁の念が起こったのは、初戸《はど》での子供時代を想起させられたからだろうか。

御堂の前まで来ると、内部に人の気配を感じた。やや意外に思いつつも遠慮がちに声を掛けると、細かい十字格子の戸が開いて、まだ二十代半ばくらいの若い僧侶が姿を現した。

挨拶をしてから、今朝こちらの御堂に御参りをしなかったかを訊くと、驚いたことに一週間前から寝泊まりしているという。

「ここにですか」

「はい。この御堂は〈御籠り堂〉と呼ばれておりまして、全国を行脚している宗教者や巡礼者が、自由に寝泊まりしながら修行をする場でございます。水道も電気も通っているので、自炊することも可能です。ここ奥戸《くまど》には〈六地蔵様《むつじぞう》〉という霊験あらたかな御地蔵様の祠が、ぐるりと集落を取り囲むように祀られていますので、日に何度も参拝を致すわけです。この堂の側には〈金地蔵様〉がいらっしゃいます」

恵慶《えぎょう》と名乗った僧は五年もの間、日本の各地を旅しているという。乎山と御籠り堂と六地蔵様のことは、そんな修行の中で出会った奥戸の出身者の、ある男から教わったらしい。

「なんという方です？」

まさかとは思いながらも、なぜか予感があった。だから私は普通なら気にしない男の名前を、わざわざ尋ねた。

「若い頃に家を捨てられたということで、名字は仰いませんでしたが、お名前はタツイチさんと。立つ座るの〈立〉に数字の〈一〉ですね」

「そ、それは何年前のことです？　また、どちらで？」

「二年……くらい前でしょうか。山梨の乙冲《おつおき》という集落でした」

「立一さんという人は、その当時で五十代前半くらいの――」

「ええ、それくらいの年齢だったと思います」

興奮する私を不思議そうに見詰めつつも、恵慶は丁寧に応じて呉れた。

「若い奥さんと、その奥さんのお母さん、それに二十代前半の息子、そして若い奥さんとの間にできた……そうですね、六、七歳くらいの可愛らしい、おかっぱ頭の女の子――という家族連れではありませんでしたか」

「皆さんの関係は分かりませんが、同じような顔触れの方々と、ご一緒に住んでおられた記憶はあります」

乎山の上と下、または内と外で、過去に縁のあった全国を旅する者同士が、一週間とはいえ滞在時期が重なっていた……というのは単なる偶然なのだろうが、場所が忌み山だけに少し薄気味悪い。

それよりも恵慶は、そもそも立一たちが背後の山にいたことを知っているのか、と思って訊くと、

「えっ、そうなんですか！　いえ、全く存じませんでした。本当に奇遇ですね」

かなりびっくりしたようである。ただ、驚いた理由について、

「家を捨てた話を立一さんから伺ったとき、もう故郷へは決して帰るつもりがないことを、とても強く感じた所為なんですが――」

と説明して呉れたが、次いでとんでもないことを口にした。

「ああ、きっと小さな娘さんが亡くなったので、それで急に、ふっと生まれ故郷に戻

りたくなったのかもしれませんね」

「はっ？　ちょ、ちょっと待って下さい。娘さんが亡くなった……？」

「拙僧がお会いした、すぐ後らしいのですが、先程あなたも仰っていた六、七歳くらいのおかっぱ頭の女の子が、可哀想に風邪を拗《こじ》らせて――」

「な、何かの間違いじゃありませんか」

「いいえ、そのとき近くで修行されていた山伏の方と、後にお会いすることがありまして、その際に教えて貰いましたので、確かな情報かと思います。山伏の方も、立一さんたちとは交流がございましたから」

では昨夜、あの家で私が会った女の子は……。

なぜ私は、あの子のことを怖いと思ったのか……。

「あのー、どうかなさったのですか」

呆然と佇むばかりの私を心配してか、恵慶が顔を覗き込んでいる。然し私は、何も答えることができない。

「立一さんがご滞在なら、ここを発つ前にご挨拶したいですね」

そう言われて、漸く正気付いた。御堂まで来た目的を思い出し、かなり唐突に今朝のことを尋ねると、僧侶は特に気にした風もなく、

「夜明け前に起床し、まず朝の御務めをします。それから御堂の周りの掃除を致しま

す。そのとき既に、西側の家々の前には、もう結構な人出がありました」

「あの端の家はどうです？」

透かさず鍛炭家を指差すと、

「ええ、あそこの家の方々も、すぐに出て来られました」

「すっかり明るくなった頃には、あの辺りは人々で一杯だったと？」

「そうですね。何やら芝居の一座のような人たちも、御祝いに呼ばれたんでしょうか、交じって賑やかなことになっていました」

「反対の東側は？」

「全く人影が見られずに、とても対照的な眺めでした。あっ、でも当主の力枚さんらしき人が出て来られ、山道の方へ行かれると、次いで将夫さんと思われる人が、その後を追う姿があって、それからずっとお二人で立ち話をなさっていたようです。数日前、揖取家には夕食にお招き頂き、力枚さんたちにはお会いしておりますから、恐らく間違いないと思います。掃除が済むと、六地蔵様を巡りますので、その後のことは存じませんが――」

ということは揖取家の力枚の話と、その力枚に命じられ将夫が鍛炭家の広治から聞いてきた話と、どちらも第三者によって裏付けが取れたことになる。

つまり立一たちは、東西どちらの道からも山を降りていないのだ。尾根に続く道は行き止まりだった。ならば彼らは、只管《ひたすら》道なき道を山奥へと入って行ったのだろうか。でも一体どうして？　何の為に？　それに死んだはずの少女は……と考えて、ぞわぞわっと背筋が粟立った。

「この御山から降りる道が、何か問題になっているのでしたら――」

質問するばかりで少しも説明をしない私に嫌な顔一つ見せず、然しながらまたしても驚くべき事実を恵慶が口にした。

「御堂の裏にも、石段がありますけれど」

「えっ……そ、そうなんですか」

興奮する私を御籠り堂の裏へと連れて行きながら、

「尤も注連縄《しめなわ》が張られているうえ、雑草で覆われ足元も危なそうですので、そう容易《たやす》く登ったり降りたりはできないかもしれませんが」

見上げると、漸く一人だけが辿れるほどの細い石段が、御堂の裏の山裾から延びていた。まるで素人が積んだような石の一段ずつに、今にも崩れそうな脆《もろ》さが感じられる。確かに足を掛けるのを躊躇しそうな、そんな不安定感を覚えずにはいられない。

「これは、山頂まで続いてるんですか」

「だと思います。拙僧は登っておりませんので、何とも言えませんけど――」

「も、もし今朝、この石段を誰かが降りて来たとしたら、気付かれましたか」

「それは間違いありません。でも、そんな方はいらっしゃいませんでした」

本当は恵慶に確認するまでもなかった。目の前の石段を立一たち一家が、ぞろぞろと皆で降りたのだとすれば、雑草が踏み潰されているはずだ。でも、そういった痕跡は何処にもない。

「す、すみません。色々とありがとうございました」

私は恵慶に礼を述べると、揖取家に戻ることにした。今、この問題を相談できるのは、力枚しかいないと思ったからだ。

ところが、私の顔を見た揖取家の当主は、

「あっ、良かった。戻られましたね。乎山の家を見に行こうかと、ちょうど出掛けるところだったんですよ」

「えっ、あ、あの家を……」

「いや、別にあなたの話を疑ってるわけじゃない。もしかすると立一さんたちが帰って来ているかもしれないし、仮に姿が見えないままだとしたら、それはそれで確認をしておく責任が、私にはあるでしょう」

自覚はなかったが、私の表情や反応が余りにも異常だったのか、やや慌てた様子で力枚は、

「勿論、私だけでも大丈夫なので――やっぱり、あなたは休んでいた方が良いでしょ

う。私も何回か、あの家には行っているので――」

「ご一緒します」

嫌だという心の中の拒絶に逆らい、無理に応じていた。なぜなのかは自分でも確《しか》と分からない。何が起こったのか知りたいという気持ちは強かったが、あそこに戻りたいとは絶対に思わなかったからだ。後になって振り返ると、きっと私はこのとき憑かれていたのだ。山女郎か、山魔か、それとも……。

こちらの身体を気遣う力枚を大丈夫ですからと安心させ、我々は乎山へと向かった。九十九折りの山道を辿りながら、鍛炭家での出来事を話すと、

「その癇癪持ちの老人は団伍郎《だんごろう》さんといって、あなたの睨《にら》んだ通り、立一さんら三兄弟の父親です。去年の春頃から、少し惚けはじめたという噂も聞いていたが、怒りっぽいのは相変わらずのようですな。年齢不詳の女性は……まぁ言っても差し支えないでしょう、立治の妾《めかけ》の春菊《しゅんぎく》かと」

「お妾さんでしたか……。し、然しあの家は――」

「ええ、言わば本宅ですな。それ故に、ちゃんと本妻の志摩子《しまこ》さんもいらっしゃる」

「妻と妾を一緒に……」

「その奥さんも後妻です。というより元々は彼女も、お妾さんだった。志摩子さんが四十代後半で、春菊は若作りをしているものの三十代の前半くらいでしょう。立治は

年子だったから、立一さんより一つ下の五十四歳か。二人は兄弟の縁を切ったような仲だが、女性に対する積極性だけは、どうも似ていることになりますな」

失礼かと思ったが力枚の歳を訊くと、五十六だという返答と共に、そんな体力は自分にはないと苦笑いされた。

「可愛らしい少年に会ったのですが——」

「立治と春菊の息子の立春《たつはる》で、十歳くらいだったか」

「すると広治さんは?」

「彼は立治と志摩子さんの子供で——といっても、もう二十五になるか。そうそう血は争えないなぁという例が、ここにもあってね」

「何でしょうか」

何処となく皮肉っぽい力枚の物言いに、私はおやっと思った。

「立一さんと平人君が、我が家を訪ねて来たとき、実はよく知っているはずの立一さんが、すぐには分からなかった。まぁ三十年近く会っていないうえ、彼の弟の立治とも長い間、碌に顔を合わせていなかったのだから無理もないが……。でも、二人が誰なのか、平人君を見た途端に分かった。なぜなら彼が広治君と、とても似ていたからです」

「彼らは、従兄弟同士になるわけですね」

「立一さんら三兄弟も似ていたが、平人君と広治君ほどじゃない。あっ、似てると言えば……」

力枚は何かを思い出したようだったが、そのまま口籠っている。

「どうかされたんですか」

「確かな話ではないんだが……数年前、村医者の駒潟《こまがた》先生が所用で山梨に行かれたとき、そこで鍛炭家の立造を見たと仰って……」

「えっ、この山で行方不明になった？」

立一から十九年前の出来事を私が聞いているのを確認すると、

「なら話は早い。最初は立造が生きていたと、誰もが思った。ところが、先生の目撃談を聞いてるうちに、立造が当時のままだということが分かってきて……」

「と、歳を取っていない？」

「まだまだ医者としての腕は確かながら、何分にも先生もご高齢ですからな。見間違い、あるいは他人の空似だろうという結論になった。然し、その人物が、もし立造の息子だったとしたら……」

「似ていても決しておかしくない——ということですか」

「立一さんと平人君、立治と広治君、この二組の親子は似ずに、従兄弟同士の平人君と広治君が似ている。それに対し、立造の息子は父親に似たのかもしれない。そういう可能性は考えられる」

「つまりお医者さんが目撃された人物は、平人さんや広治さんとは、特に似ていなかったということですよね？」

この頃になると私は、奇っ怪な一家消失の件だけでなく、鍛炭家の人々に対してかなりの興味を覚えるようになっていた。

「そういうことになる。もし二人に似た青年を見ただけなら、それが立造の息子ではないかとは、普通は考えんでしょう。飽くまでも若い頃の立造に似ていた為、ひょっとすると……という憶測が生まれたわけです」

「成程。ところで、立治さんと違い息子の広治さんの方とは、その—交流があるのですか」

立治は呼び捨てなのに広治は「君」付けだったので訊くと、力枚は困ったような口調で、

「私とではなく、うちの末娘の月子《つきこ》と、どうやら広治君は交流を深めたいようでしてな」

力枚には、花子《はなこ》、鷹子《たかこ》、風子《ふうこ》、月子と、花鳥風月から命名した女ばかり四人の娘がいるらしい。長女の花子は将夫を婿養子に取り、次女の鷹子は終下市《ついかいち》の料理屋の長男に、三女の風子も同市の石炭問屋の長男に嫁入りさせ、残るは二十一歳の月子だけだ

という。

「まさか平人さんも同じように、月子さんのことを――」

「いや、それが逆じゃないか……と」

「はっ？」

「つまり月子の方が、平人君に好意を覚えているように、私には見えてね」

それが本当だとすると、かなり複雑な三角関係である。力枚は立一と仲が良く、立治とは仲が悪い。その立一と立治は、兄弟にも拘らず犬猿の仲らしい。力枚の娘の月子は、立一の息子の平人に好意を持っているが、向こうはそうでもない。立治の息子の広治は、月子に好意を持っているが、やはり相手はそうでない。父親同士の仲と本人同士の仲が、全く噛《か》み合っていないのだ。

「立一さんの家族だが――」

私が二重の三角関係について頭の中で図式化していると、力枚が肝心の話へと戻した。

「平山から降りたと考えるには、夜が明ける遥か前に家を出た、とするしかない。ところが、ほぼ夜明けと同時に起きられたあなたは、まだ朝食が温かかったのを、食べはじめたばかりの状態だったのを、ちゃんと見ている。夜明けは五時半頃だった。つまり立一さんたちは、最大限に見積もっても十五分くらい前までは、まだ家にいたはずですな。三十分も一時間も前に出て行ったとは、その状況からは、ちょっと考えられない」

「そうですね。十五分が限度でしょうか」

「平山の家から揖取家まで、普通に下って二十分です。夜明け前に起きた私が、この道に足を踏み入れたのが、ほぼ五時半頃でしょう。となると、その前に通り過ぎるのはかなり難しい」

「仮にぎりぎりだったとしても、御堂にいた恵慶さんには、必ず目撃されていると思います」

「あの御坊に？」

「恵慶さんは、あなたが家から出て来られるのも、その後を将夫さんが追って出たのも、偶々《たまたま》ご覧になっています。その前に山道から、ぞろぞろと人が現れていたら、間違いなく目に付いたはずです」

そう説明してから、恵慶から聞いた話を詳しく伝えた。

「成程。もう一方の西の道は、例の崖がある為に問題外だが、仮に検討しても同じなわけか。鍛炭家の人たちが表に出て来る前に、ぎりぎり山を降りられたとしても、もうその頃には近所の人たちが集まっていたと、御坊も申されたというのだから。そんな中を横切ることは、まずできない」

「無理ですね。ただ、もう一つ道があって——」

そこで私が、恵慶から教えられた石段のことを話すと、

「あっ、そう言えば……ありましたな。ただ、それも使われた気配がなかった？」

「はい……」

「となると、やはり立一さんたちは、山の中に入っただけではないかな。朝食の途中で突然なぜかは分からないが……。そう考えるのが最も自然ではないだろうか」

「はぁ……」

そこで九十九折りの山道が終わり、例の坂道がはじまった。咄嗟に今朝の悪夢が蘇り、自然に足が止まる。先を歩いていた力枚が気配を察したのか振り返り、こちらを見て何か言い掛けそうになったところで、何とか私は足を踏み出した。

「行きましょう」

家の前に着くまで、前半の道程が嘘のように、二人とも一言も喋らなかった。私が黙ってしまったこともあるが、力枚自身も何かを感じていたのだと思う。頻《しき》りに辺りを見回していたからだ。坂道を登り切ってから彼は警戒するように、周囲に注意を向け続けていた。

やがて家が見えてきたところで、その正面の藪をまず調べようと力枚に提案した。勿論石段を探す為である。もう夏は疾っくに過ぎ去っているのに、むっとする草いき

れの中を進んで行くと、急にすとんと落ち込んだ斜面に石段の天辺が現れた。

「どう見ても、この数年間、ここを通った者はいないな」

力枚の意見に、私も賛成した。一人だけでも痕跡が残るのに、数人では隠し切れるわけがない。念の為に石段を見下ろしてみたが、そこにも同じことが言えた。

元の山道に戻ると家の前に、表の板戸の前に、二人揃って立つ。

どうぞと私は先を譲る身振りをし、彼は少し躊躇った後で板戸を叩いた。はじめは軽く、次いで大きく、最後は声を出して。だが、何の応答もない。

「まだ戻ってないな」

独り言のように呟いた言葉に、「違う！　彼らは消えてしまったんだ！」と叫びそうになるのを必死で堪えた。先程の理路整然とした力枚の解釈に、反論することができなかったからだ。だが、それは飽くまでも理性の上での話である。私の本能は、頻りに異を唱えていた。

「入りますよ」

わざわざ断わってから、力枚は板戸を開けた。勿論、家の中には誰もいない。ただ土間に足を踏み入れたところで、とても妙な違和感を覚えた。その感覚が何処からくるのか、最初は全く分からなかった。

が――

「あっ……」

私は絶句したまま棒立ちになった。そこからすぐ囲炉裏へと駆け寄り、次いで奥の土間へと飛んで行き、狂ったように周囲を見回していた。

なぜなら朝食の痕跡が、跡形もなく消えていたからだ。

食べ掛けの飯や飲み掛けの味噌汁、手を付けた途中の干し魚や漬物が盛られた椀や皿や鉢などが見えないだけでなく、釜には飯も、自在鉤に吊るした鉄鍋には味噌汁も入っていない。

いや、そもそも朝食を作った形跡さえないのだ。釜も鍋も、棚に仕舞われた椀も皿も鉢も、完全に乾き切っている。少なくとも今朝、それらが使用された痕跡が一切見当たらない。

ど、どういうことだ……？

一体この家で、何が起こったんだ……？

まだ自分が怪異の直中にいることを、そこから少しも抜け出せていないことを、強烈に悟らされた私は、私は………

第一章　原稿

江戸時代には武家屋敷が立ち並んでいた神田の神保町は、明治になると文教地区に変わり幾つもの学校が創立された。そのため多くの書店が生まれ、次いで古書店が軒を並べると、やがて出版社が集まり出して「本の町」になった。昭和に入ると更《さら》に喫茶店が店を出し映画館が作られ、学生街という新たな顔も現れてきた。そして第二次世界大戦の最中《さなか》、幸いにも空襲を免《まぬが》れたこの町は、戦後も書物文化の地として活動を続けていた。

その一端を担《にな》っている出版社が、〈紙魚園《しみぞの》ビル〉の一室に入る〈怪想舎《かいそうしゃ》〉である。戦前から戦中に掛けて弾圧された探偵小説が戦後になって、早くも昭和二十一年から新雑誌の創刊ラッシュという形で華々しく復活を果たした際、この新興出版社も『書斎の屍体』という月刊誌を出して産声を上げた。

ただし、数が多かった故に雑誌の質は玉石混交《ぎょくせきこんこう》であり、また『宝石』や『妖奇』などの一部を除き、ほとんどの雑誌が創刊一年から四年ほどの間で廃刊の憂き目を見ている。

例を挙げるなら『ロック』が四年間に二十九号、『トップ』が四年間に十五号、『ぷろふいる』が二年間に五号、『探偵よみもの』が四年間に十号、『黒猫』が二年間に十一号、『真珠』が二年間に七号、『新探偵小説』が二年間に八号、『小説』が三年間に十号、タブロイド版四頁の『探偵新聞』が三年間に五十五号、『Gメン』が二年間に十三号、『フーダニット』が二年間に六号、『ウインドミル』が二年間に九号、『仮面』が一年間に七号、『影（シャドー）』が創刊号のみ、『Gメン』の後身『X』が一年間に十号、『マスコット』が一年間に七号、『探偵趣味』と『探偵と綺譚』は創刊号のみ――という有り様である。

このように尽《ことごと》く短命な雑誌が数を占める中で、怪想舎の『書斎の屍体』は立派に月刊誌として存続していた。

特に昨年の十二月に発売した新年号は、『宝石』からデビュー後あれよあれよという間に人気作家となった江川蘭子《えがわらんこ》の本格推理小説『血婚舎《ちこんしゃ》の花嫁』の新連載と、迷宮社という地方出版社の刊行にも拘《かかわ》らず処女作『九つ岩石塔殺人事件』が好評だった東《とう》城雅哉《じょうまさや》の読み切り怪奇中篇『黒ん坊峠』を掲載したところ飛ぶように雑誌が売れ、創刊以来の新記録を樹立したほどである。

ちなみに東城雅哉とは怪奇小説と変格探偵小説を書く作家で、本名を刀城言耶《とうじょうげんや》といった。彼は文壇で「放浪作家」とも「流浪の怪奇小説家」とも呼ばれているほど、ほとんど年中、日本各地を旅しては、趣味と実益を兼ねた怪異譚の蒐集《しゅうしゅう》に励んでいる。それだけであれば少し変わった作家という程度なのだが、なぜか行く先々で奇っ怪な事件や不可解な現象、奇妙な出来事や信じられない怪異に遭遇し、気が付くと何となく解決している――という変わった経験が豊富だった。

その噂《うわさ》がいつしか業界に広まり出すと、様々なところから刀城言耶に執筆依頼ならぬ事件の解決依頼が、各出版社気付で舞い込むようになる。尤《もっと》も本人は嫌がったため、そのたびに各版元の担当編集者が苦労して断わっていた。怪想舎で刀城言耶を担当する祖父江偲《そふえしの》は別にして――。

なぜなら彼女に齎《もたら》される依頼は、ほとんどが田巻《たまき》編集部長からであり、その元を辿れば社長に行き着いたからだ。恐らくその都度、会社として何か政治的な思惑があったのだろうが、もちろん刀城言耶には何の関係もない。よって偲は、いつも両者の板挟みとなり大変だった。実はこの一月にも株小路町《くひこうじまち》という御屋敷町で発生した元公爵家の令嬢殺人事件について、渋る言耶に協力を仰いだばかりである。

とはいえ彼女もそれだけでは終わらせず、ちゃっかり『書斎の屍体』の次号に、事件の顚末《てんまつ》を綴った東城雅哉の短篇「首切の如き裂くもの」を載せていた。まだまだ新人ではあったが、そこはやっぱり編集者である。なかなか抜け目がない。

ただ今回、郷木靖美《ごうきのぶよし》が記した原稿をわざわざ刀城言耶の滞在先に送ったのは、珍しく会社のしがらみとは全く無縁だった。その内容が彼の気を惹くことも確かだったが、それとも違った。最大の理由は、昨年の晩秋に言耶が奥戸《くまど》の集落を阿武隈川烏《あぶくまがわからす》と訪ねており、そこで揖取《かじとり》家の力枚《りきひら》と会っていたからである。

阿武隈川烏という珍しい名前の人物は、刀城言耶の大学時代の先輩だった。家は京都の由緒ある神社なのだが、本人は言耶と同じく怪異譚に目がないため、それを求めて全国を旅している。そして行く先々で、奇っ怪な伝承や不思議な出来事や謎めいた事件の情報を仕入れると、片っ端から後輩である刀城言耶に手紙で——その多くは怪想舎気付だった——知らせるのである。言耶がクロさんと呼ぶ先輩の情報を参考にして、旅の計画を立てることも屡《しばしば》だった。

普段は単独行動が主の二人だが、昨年はひょんなことから一緒に、奥多摩の更に奥に位置する媛首《ひめかみ》村に向かった。淡首《あおくび》様という数百年前から祀られている祟り神と、首無《なし》という正体不明の化物について、民俗採訪をするために。

ところが、滑万尾《かつまお》の駅に向かう列車の中で知り合った媛首村の駐在所の巡査から、山魔《やまんま》という聞いたことのない化物の話を耳にした刀城言耶は、なんと予定を変更して途中下車し、奥戸の乎山《かなやま》を目指してしまった。

実は彼には一つ、誠に困った癖があった。それは自分の知らない怪異に少しでも触れると、途端に周りが見えなくなり、その対象物に猪突猛進するという奇癖である。目の前の人物が未知の怪異譚に詳しいと分かると、たった今まで大喧嘩をしていた相手であろうと関係なかった。とにかく肝心の話を聞き出せるまで、言耶は付き纏《まと》うのである。これには大抵の人が参ってしまう。けれど本人には、とんでもない迷惑を掛けたという自覚がない。何とも厄介な癖なのだ。

怪想舎の編集者である祖父江偲が、担当する作家・東城雅哉こと刀城言耶と顔を合わせたのは、その年の四月上旬のとある昼下がり。場所は神保町の喫茶店〈エリカ〉である。ここはジャズ喫茶、歌声喫茶、美人喫茶といった店が主流の当時、音楽も女性の店員もなしという、正に珈琲の味だけで勝負しようと開店した喫茶店だった。この店の珈琲を言耶がとても愛したことから、偲との打ち合わせは大抵ここと決まっていた。

「ご無沙汰してます。昨日、お帰りにならはったんですか」

戦後、関西から上京して来た偲は、なかなか向こうの言葉が抜けない。

「いや、今朝、夜行で……」

眠そうに目をしょぼつかせながらも、言耶が風呂敷包みに何冊も本を積み重ねて持っていることから、午前中一杯、古書店を回っていたのだと即座に分かる。恐らく民俗学関係の書籍を買い込んでいたのだろう。

「お昼は？」

「楽洋軒のライスカレーを――」

「ああっ、あそこのカレー美味しいですよね。カレーの辛味と福神漬けの甘酸っぱさ、あの取り合わせが何とも言えへんいうか。けど先生、好養亭の焼飯はご存じですか。いえ、あそこは悪い油で炒めてないいんですよ。ちゃんと本物の豚肉も使うてるし。それに特製のソースの辛さと入ってる具の甘味が、これまた絶妙の――」

「祖父江君は、相変わらず食欲旺盛ですね。うん、それが何よりだと思うよ」

美味しそうに珈琲を飲みながら、のほほんと言耶が宣《のたま》う。

「先生、それじゃ私が食い気以外には、何の取り柄もないみたいやないですか」

「えっ、そうかな……。そんなことないよ」

「なら私の、特に編集者として優れた点を挙げて下さい」

「そんなの簡単だよ。まず――」

「…………」

「…………」

「先生……、うちをおちょくってはるんですか」

彼女が自分のことを「私」ではなく、「うち」と言いはじめると要注意である。完全に調子に乗って周りが見えなくなり出しているか、もしくは怒りはじめているときだったからだ。

「そ、そんなことはありません。それより、いつも言ってるけど、先生って呼ぶのは止めてくれよ。とても年寄りになった気がするから」

なかなか端整な顔立ちをしながら、まだ当時は珍しかったジーンズを無造作に穿《は》いている刀城言耶の姿は、かなり摑みどころのない人物に見える。少なくとも「先生」と呼ばれる存在だとは、誰も思わないだろう。言耶自身は地方から地方に旅する自分を、「異人」のようなものだと常々言っていた。

「それじゃ先生――、今度お会いするとき、うちが編集者として優れているところを十点、箇条書にして持って来て下さいね」

「はっはっはっ、君が言うと、冗談に聞こえないから――」

「うち、冗談で言うてません」

「はい……分かりました」

言耶が神妙な面持ちで頭を下げると、偲は宜《よろ》しいとばかりに頷いてから、

「ところで、原稿を読まれた感想は、いかがです？」

急に真面目な表情と口調になった。この切り替えの早さも、彼女ならではかもしれない。

「手紙にも書いてあったけど、郷木氏が原稿を怪想舎に送ってきたのが二月の初旬

で、ここに記されている体験は昨年の秋のことなんだよね？」

「はい。『書斎の屍体』では原稿の募集はしてませんけど、やっぱり持ち込みはあります。その中には、誰々先生に是非ご笑読を賜りたいという手紙が入ってることもあって――それで私、その原稿もそうやと思うて、しばらく放ってたんです。ところが、あるとき何気のうぱらぱら見てると、〈奥戸〉いう文字が目に入って……これって先生が訪れはった土地やないか、そう気付いて原稿を読んでみたら、ほんまにそうやったんで、それで慌てて旅先の宿へとお送りしたんです」

「なるほど。こんな偶然があるとは……」

「もっと早うに目を通しておくべきでした。すんません」

「いや、他の持ち込み原稿と混同したのは無理もない。むしろ、よく奥戸の名を覚えていてくれたと感謝したいくらいで」

「編集者として優れているところの、まず一点ですね」

「うっ……そ、そうなるかなぁ」

素直に同意しない言耶を軽く睨《にら》みつつ、それでも偲は不思議そうに、

「でも、先生と阿武隈川先輩が奥戸の揖取家と鍛炭《かすみ》家を訪ねたとき、この郷木靖美さんの話は全く出なかったんは、なんででしょう？」

「はっきりした日付が分からないけど、郷木氏が成人参りを執り行なったのが秋口だ

とすると、僕らが集落を訪れたのは晩秋だから、確かに彼の体験の方が先になる」

「ならなんで——」

「ただ、鍛炭家の方は門前払いを食ってるから、話どころじゃなかったわけだ」

「あっ、そうでしたか」

「仮に話を聞けていても、鍛炭家の立治《たつじ》氏の場合、仲の悪い兄の立一《たついち》氏一家のことになるから、端《はな》から喋る気はなかったんじゃないかな。一方の揖取家の力枚氏は、飽《あ》くまでも土地の伝承、昔話、怪談として、乎山や山魔のことを話すのは問題ないけど、実際に起こった騒動を教えることで、妙な噂が不用意に立っては困ると判断したのかもしれない」

「原稿を読む限り、揖取力枚という人は真面目そうですものね」

「それ故に、最後は郷木氏の体験そのものを疑っていた可能性もある。だから、そんなあやふやな話は、僕たちにしない方が良いと考えた」

「あっ、そもそも朝食を作った痕跡が、家の中の何処にもなかったという……」

「あそこで力枚氏は、はじめて郷木氏の精神状態を危ぶんだんじゃないだろうか」

「それで先生と阿武隈川先輩に、何も言わへんかったんですか」

「うん……まぁ、そのクロさんがいたお蔭で、上手く話を聞き出せなかった所為《せい》も、あるとは思うけど——」

言い難《にく》そうに別の理由を言耶が口にすると、偲は呆れ顔で、

「どういうことです？」

「ほら、あの人は僕が側にいると、ちょっかいを仕掛けないと気が済まないところがあって――」

「お二人とも、わざわざ民俗採訪をしてはるわけでしょ？　なのに、そんな足を引っ張るようなことして、あの人は何を考えてはるんです？」

「クロさん独りなら、また違ってたと思うよ。逆に郷木氏の体験を聞き出してたんじゃないかな。もちろん僕だけでも、そうできてたかもしれない」

「だったら二人で旅する必要が――」

「そう、全くないどころか逆効果なんだ、本当は……」

一頻《ひとしき》り阿武隈川烏の話題で盛り上がった後、作家と編集者は再び問題の原稿へと話を戻した。

「それにしても初戸《はど》の成人参りって、妙なことをしますよね」

「いや、三山駈《さんざん》けというのは熊野三山や出羽三山にもあるから、そのこと自体はそれほど珍しくもないと思う。ただし、他の三山登拝は規模が大きいというか、それなりの高さの山を縦走するわけだけど、初戸の三山《みやま》は各々が大して高くない。例えば出羽三山の主峰である月山は、二千メートル近い山なんだ。そこに羽黒山と湯殿山を合わ

せて、出羽三山となる。普通は羽黒山の登山口から登って月山に参り、湯殿山へと降りるんだけど、その逆を辿ることもある。また大佐渡三山の場合など、金北山《きんぼくさん》と檀特山《だんとくせん》と金剛山に登るのが一般的なんだが、金剛山ではなく妙見山とする地域もある。そもそも、こういった三山登拝というものは――」

「あっ、先生――そういう話は今度、うちの田巻にしてやって下さい」

「田巻編集部長に？」

「はい、ああ見えて、その手の話が好きなんです。もう延々とすればするほど喜びますから」

「へぇ、それは知らなかったなぁ」

素直に驚く言耶は、なぜか偲の頬が不自然にひくひくしていることに気付かない。

「それで話を元に戻すと、郷木靖美氏には連絡が取れたのかな？」

「いえ、お電話をしたら、従兄だという方が出られて――」

「確か高志《たかし》さんと仰《おつしや》る、高校で教鞭を取られてる人ですね」

「高志さんのお父さんが、靖美さんのお父さんのすぐ下の弟、いう関係でした」

「つまり高志氏も郷木姓か。でも父親が家を出て他所で結婚し、そこで彼が生まれたため、成人参りをする必要がなかったんだろうな」

「なんか不公平ですね」

「で、靖美氏の方は中学校の先生をしている」

「両校とも近くの猿楽町にあるんですが……従兄さんによると、あの原稿を書き上げてから学校を休みがちになって、今では休職扱いになってるとか……」

「どういうことです？」

「東京に戻って来た靖美さんは、従兄の高志さんに全てを話さはった。けど、他人《ひと》に話したことですっきりするどころか、益々何かに取り憑かれたようになった。そんな彼を見て高志さんが、刀城先生に相談したらどうやと助言したそうです。先生が日本各地の怪異伝承に詳しいこと。そういった伝承が絡んだ奇っ怪な事件に何度も遭遇し見事に解決してはること。高志さんは先生の活躍を知ってはったわけです。ちなみに彼は、『書斎の屍体』の愛読者ですよ」

最後の台詞を偲は、やや誇らし気に口にした後、

「そしたら靖美さんが、自分の体験を原稿に書くと言い出した。高志さんによると、奥戸や初戸の実家で何度も喋ったのに、結局は信じて貰《もら》えんかったことが、その一影響してるんやないかと」

「有り得るな」

「ところが原稿を書き進むに従って、余計に靖美さんは変になったいいますか、おかしゅうなってしもうたと、高志さんは嘆いてました」

「自分の過去を一つの作品として昇華させることで、それを乗り切れる場合もあるけど、執筆することによって図らずも再体験してしまい、更に過去が身近になる場合もあるからね。残念ながら靖美氏には、悪い影響が出たのかもしれない」

「それで高志さんは、乎山で何があったんか、なぜ一家は消えてしもうたんか、それら諸々の謎が解けん限り靖美さんが元に戻る道はない、と確信し直したわけです」

「なるほど」

「二つしかない出入口には、両方ちゃんと内側から閂《かんぬき》が下りてたという家と、二つしかない山道の、どちらからも出た者はいなかったという山と、二重の密室状態から一家が消えたわけですから、これはもう刀城先生の出番やと——」

「祖父江君、相変わらず君は、事件を不可能犯罪扱いするのが好きだねぇ」

「別に私が、勝手に不可能な状況を強調してるわけやありません。あの原稿を読んだら、誰でも家と山の二重密室やと——」

「うん、分かった。ごめん。それで？」

「ええっと……高志さんは、逆に靖美さんをせっついて原稿を仕上げさせると、それを弊社に送らせたいうことです」

「全く連絡がないので、さぞ高志氏も心配しただろう」

「先生が旅がちなんは知ってはったので、それは覚悟してたそうです。ただ、靖美さん本人に任せんと、自分がちゃんと事情を記した手紙でも別に用意して、それを原稿に同封すれば良かったと、後悔しはったらしいです」

「靖美氏には大学時代、色々と世話になったようだから、今度のことは恩返しだと思ってるのかもしれないね」

「ですから先生、私が電話を掛けたら物凄う喜びはって――いえ、先生が引き受けるかどうか、それは分かりませんって。そもそも先生は、こういった依頼を受ける仕事をしてるわけやありませんからって、すぐに言うたんですけど……」

祖父江偲は困ったように口を噤《つぐ》むと、やや上目遣いで刀城言耶の様子を窺った。

言耶が山魔という化物に魅せられ奥戸の地を訪れたのも、郷木靖美の体験記を興味深く読んだのも事実だったが、かといって乎山に纏《まつ》わる怪異現象を「実際に全て起こったこと」として捉え、その謎について「何らかの解釈を下す」という行為をする必要など、言うまでもなく何処にもない。そのとき言耶も奥戸にいて、乎山を降りて来たばかりの靖美から直に話を聞いていれば、また別だったかもしれない。だが、こういう状況では、彼に多くを望むのは酷だろうと偲は思っていた。

ところが、刀城言耶はあっさりと、

「まず靖美氏にお会いして話を聞き、それから奥戸へ行くよ。えーっと、住まいは神田の――」

「えっ？　引き受けはるんですか」

「靖美氏が恢復《かいふく》するためには、本当は何が起こったのか、それを教えるしかないという高志氏の考えは、僕も正しいと思う。真相と言うと大袈裟かもしれないけど、一家消失の真実を知らせ、そのショックで言わば憑き物を落とすわけだよ」

「はぁ、なるほど――」

「あれ？　何か不服そうだね」

「今年の一月、うちが株小路町の〈首切〉事件のことお願いしたとき、先生は断わろうとしはった」

「いや、だって、こっちは人助けだし――」

「あの事件もそうです！　そりゃ被害者は殺されてしもうた後ですけど、犯人を捕まえることが立派な供養になりますし、何よりあの町の安寧が保たれるやないですか」

「やれやれ……分かったよ。次に君から事件の解決を頼まれることがあったら、二つ返事で引き受けさせて貰います」

「ほんまですか！　やったぁ。おおきに、ありがとうございます」

単純に偲は喜びながらも、本当にどうして刀城言耶はこの件に関わろうと決めたのだろうと、ふと疑問に感じた。

「先生……」

「うん？　あっ、それは何回まで有効ですか、なんて質問はなしだから」

先回りし過ぎている言耶の反応は可笑しかったが、疑問は膨らむばかりである。

「違うんです。人助けやいうんは分かりますけど、本人に会うだけやのうて、わざわざ奥戸まで行かれるのは何でやろう……って」

「話だけでは埒《らち》があかない、実際に現場まで行って見てみないとね」

「けど、それは靖美さんの話を聞いてから決めても、充分やないですか」

「………」

「その熱心さは、何処からくるんでしょうね？」

矢継ぎ早に問い掛けた偲だったが、途中から黙り込んだ言耶が、さも関心があるように風呂敷に包んだ古本に目を向けはじめた顔を見た途端、ようやく理解した。

郷木靖美が父親との間に確執を抱えている——という事実が、恐らく刀城言耶に少なからぬ影響を与えたのだ。

刀城家の祖先は、徳川家の親藩だった。そのため明治二年に行政官が出した布告（達）によって誕生した華族階級では、公爵に叙せられた。華族とは元の家柄と国家への功績、この二つから選ばれた特権階級である。前者では元の皇族や公卿《くぎょう》や諸侯から僧侶や神官、また忠臣といった家が対象となり、後者では政治家や官僚や学者や実業家などの文功と、軍人などの軍功に分かれた。爵位は公爵、侯爵、伯爵、子爵、男爵と五つあったが、刀城家は公爵に叙せられたわけだから、その家柄は自然と偲ぶことができる。

ただ言耶の父親の刀城牙升《がじょう》は、華族などという特権階級を嫌っていた。将来、長男である自分が公爵を継がされる現実に反発し、家を飛び出して私立探偵の大江田《おおえだ》鐸真《たくま》に弟子入りを果たし、それが原因で刀城家から勘当されてしまう。

ところが、どうやら牙升には探偵の才が元々備わっていたらしく、瞬く間に数々の難事件や怪事件を解決するようになる。やがて新聞は挙《こぞ》って「昭和の名探偵」と讃えはじめ、冬城牙城《とうじょうがじょう》が誕生する。この冬城牙城というのは、勘当された実家に対する一応の遠慮から、彼が考えた名義だと言われている。

その後、歴史は繰り返されることになる。今度は牙升の息子である言耶が、父親の探偵事務所の跡継ぎを嫌い、家を飛び出した。そして半ば放浪しつつ怪異譚蒐集を行ないながら作家稼業を続ける、という現在の生活に落ち着くわけである。

祖父江偲は、この二人の間に蟠《わだかま》る父と子の確執がいかなるものか、実は余りよく知らない。言耶の前で元華族の話をするのは控えた方が無難であり、冬城牙城については内容の如何《いかん》を問わず禁句であると、彼の担当編集者を命じられる前、そう田巻編集部長から聞かされただけで――。

元華族、刀城家の本家、牙升の家庭、牙升と言耶――様々な関係が絡み合って、恐らく偲など想像もできない何かどろどろとしたものが、そこに蠢《うごめ》いているような気がする。よって彼女に分かるのは、二人の「事件」に対する姿勢の違い、それのみと言えた。もちろん言耶の場合は依頼を受けるわけではなく、ほとんどが巻き込まれて已《や》む無《な》く事件に関わるのだが、最終的に父親と同様「探偵」の役目を務めてしまうのは、何とも皮肉だった。それ故に、二人の考え方の相違が余計に問題となるのではないか、と偲は睨んでいた。

父の冬城牙城は、完全な合理主義者である。何よりも人間の理知を重んじ、論理を尊《とうと》んでいる。怪談などは一笑に付し、たちまち考え得る解釈を二つも三つも提示してしまう。その癖なぜか妖怪は好きという変わり者だった。当然その存在を信じているわけではなく、飽くまでも昔話として楽しむ趣味を持っていた。

息子の刀城言耶は、その立ち位置が常に不安定だったが、それには理由があった。偲は、これまで交わした彼との会話の中で、とても印象に残っている言葉がある。

「この世の全ての出来事を人間の理知だけで解釈できると断じるのは、人としての驕《おご》りである。かといって安易に不可解な現象そのものを受け入れてしまうのは、人として余りにも情けない」

怪異譚を蒐集する場合、彼はお話として怪談を楽しむだけで、決して野暮な解釈を試みたりはしない。それが莫迦《ばか》げた不粋な行為だと分かっているからだ。しかし、その地方特有の怪異な伝承が、実際の殺人事件などに関わってきた場合は別である。怪異譚が伝える本当の意味や裏に隠された真実を突き止めようと、彼も必死になる。事件を祟りや呪いの所為にし、受け入れるしかないと考える人がいれば、そうではないと説得をする。いや、それを証明するために、何より事件を合理的に解決しようとする。ただし徹底的に調査、推理、検証をした結果、どうしても拭《ぬぐ》えない怪異が残った場合は、その事実を認めるべきだと彼は考えているらしい。

そういう意味では刀城言耶という人物は、快刀乱麻を断つ名推理によって事件を解決する所謂《いわゆる》〈名探偵〉とは程遠い存在だった。常に此岸と彼岸を行き来しながら事件の核心へと迫って行く――それが彼の姿勢だった。つまり本人にも自分が関わっている「謎」が論理的解決に至るのか、はたまた不条理な決着を見るのか、最後の最後まで分からない、何とも厄介な「探偵役」を常に務めることになるのである。

本人をよく知る編集者は、彼のことを〈怪異蒐集家〉と呼ぶ。だが、その中でも、この特殊な刀城言耶の立ち位置を理解している者は、秘かに彼のことを〈反探偵〉と呼称していた。

とはいえ大抵の場合、彼は最終的に事件を見事に解決してしまう。故に噂を聞き付けた人たちが助力を仰ごうと、執筆依頼ならぬ探偵依頼を版元に寄越す事態が起こる。郷木靖美の場合も、これに近かった。

　祖父江偲は時折こう思うことがある。刀城言耶が全国を旅しながら怪異譚蒐集を行ないつつ、次々と奇っ怪な事件に遭遇し、それを片っ端から解決しているのは、いつの日にか何処かで、正真正銘の怪異と対峙《たいじ》するためではないのか……と。

　ただし、今回の件はそれ以上に、郷木靖美が父親に抱く複雑な思いが言耶を動かしたのだ、と偲には確信があった。だから彼との別れ際に、

「先生、今度の件は、いつも旅先で巻き込まれはる事件とは、随分と勝手が違います。内容もそうですけど、何より先生の関わり方が、ちょっと異質や思うんです。せやさかい何ぞあったら、すぐ私に連絡して下さいね」

　かなり鋭い分析を偲がしていることなど、もちろん全く気付いていない言耶は、きょとんとした表情だった。それでも、にっこり微笑むと、

「うん。奥戸について一段落したら、経過報告を兼ねた連絡を入れるよ」

　ところが、そんな暇などできる前に、何とも凄惨な殺人事件に巻き込まれようとは、さすがの刀城言耶もこのとき想像できなかったのである。

奥戸絵図

（刀城言耶のスケッチより）

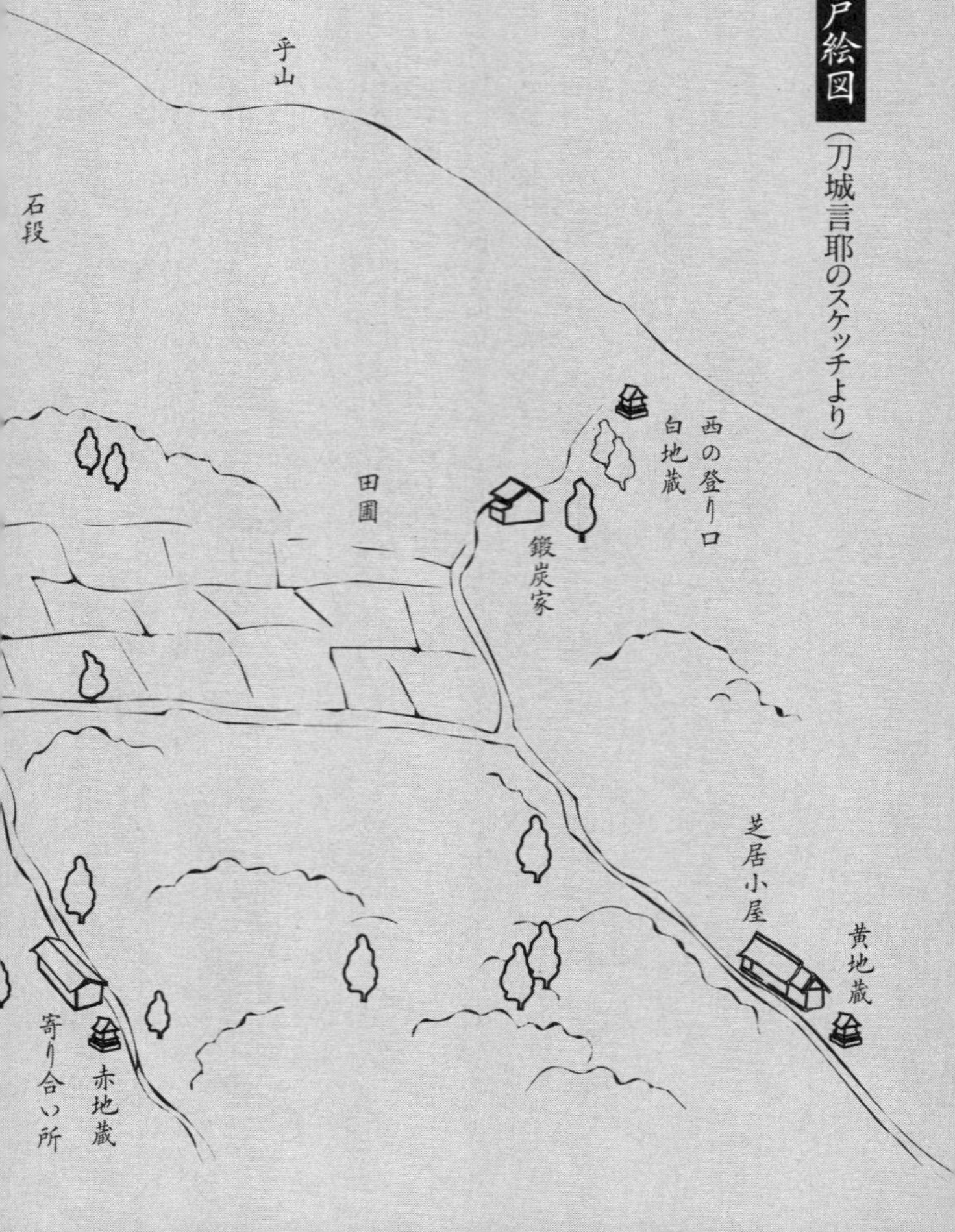

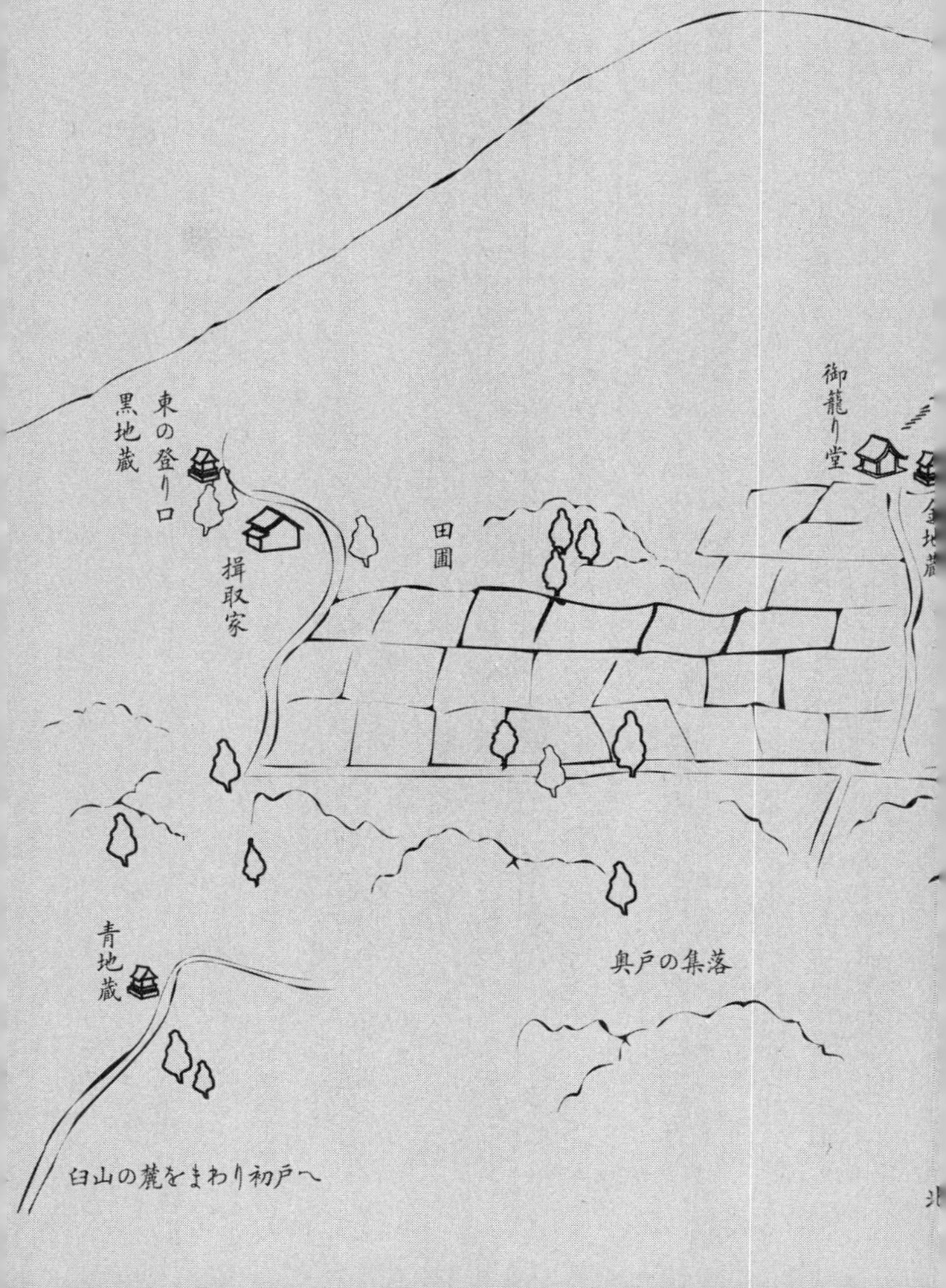

黒地蔵
東の登り口
揖取家
田圃
御籠り堂
地蔵
青地蔵
奥戸の集落
臼山の麓をまわり初戸へ

第二章　奥戸

電気鉄道の客車が大垣外《おおがいと》の駅に停車すると、刀城言耶は何とも懐かしい気持ちで下車した。

昨年の晩秋、当初の予定を変更して阿武隈川烏《あぶくまがわからす》と降り立ったのが、この駅だった。尤も阿武隈川は最後まで抵抗していたが、言耶が有無を言わせなかった。なぜなら電車で向かい側の座席にいた媛首《ひめかみ》村の北守《きたもり》駐在所の高屋敷元《たかやしきはじめ》という巡査から、神戸《ごうど》に伝わる〈山魔《やまんま》〉という化物の存在を教えられたからである。

そんな魅力的な怪異を知らされた言耶が、そのまま捨て置くわけがない。すぐに地図を調べ、図らずも次の停車駅が山魔の棲むという奥戸の乎山《かなやま》に最も近いことを突き止めると、阿武隈川を急き立て下車してしまった。

ただし、その後の道程が大変だった。大垣外から初戸《はど》までは木炭バスに揺られ、初戸に着くと今度は馬車で臼山の麓《ふもと》まで行き、そこから山裾沿いにしばらく進み、道が途切れてからは徒歩にて山を回り込み、ようやく奥戸に辿り着く始末である。三山《みやま》か乎山を越えられれば早いのだが、聖なる山や忌み山を交通路に使うわけにはいかない。そのため初戸から奥戸へは、かなり遠回りをしなければ行けない地理的に不自由な状況が出来上がっていた。

当然もう疾《と》っくに日は暮れていたうえ、宿などなさそうな雰囲気である。言耶が早々と野宿に適した場所を探していると、突然、阿武隈川が近くに見える大きな屋敷を訪ね、

「私は京都でも由緒ある、その名を聞けば誰もが『おおっ』っと有り難《がた》がる神社の、将来を嘱望される大事な跡取り息子の阿武隈川烏と申しますが――」

と、まるで口上のように喋り捲《まく》った結果、何とそこに泊めて貰うことになった。その家が揖取《かじとり》家であり、彼らを快く迎えてくれたのが当主の力枚《りきひら》だった。

部屋に通され先輩と二人だけになった言耶が、

「クロさん、こんな強引な手段で、いつもいつも泊めて貰ってるんですか」

半ば呆れながら訊くと、阿武隈川は物凄く心外そうな口調で、

「何を言うか。最終的には相手が、何卒《なにとぞ》お泊まり下さい――そう言うてやな、頭を下げはるさかい、そこまで仰るならと泊まるだけで、こっちがごり押ししとるわけや決してない」

二度と先輩とは旅をしない。言耶が改めて誓ったのは言うまでもない。

今回は東京を発つ前に、揖取家と鍛炭《かすみ》家には連絡を入れてある。力枚には「是非また当家にお泊まり下さい」と言われたので、有り難く世話になることにした。一方の立治は露骨に迷惑そうな態度を示したが、今度の目的が民俗採訪ではなく他に――郷《ごう》木靖美《きのぶよし》の件として――あるのだと伝えると、逆に興味を持ったようで、何とか協力して貰えることになった。

途中、初戸では郷木家に寄り、靖美の祖母の梅子《うめこ》と面会した。言耶が孫を助けるために来たと知ると、彼女は涙ぐみながら「どうぞ宜しくお願いします」と、畳に額を擦《こす》り付けんばかりに頭を下げ、とても彼を恐縮させた。

「あの子は成人参りに出たまま、午後の随分と遅い時間になっても、一向に戻って参りませんでした。私も最初から、夕方にはなるだろうとは思っていたのですが、そのうちお日様が沈み出したので、もう心配で心配で、何かあったのではないかと居ても立ってもいられなくて――」

そこで梅子は、「一晩くらい野宿しても大丈夫だ」と笑う彼の兄たちを説き伏せ、渋々ながらも三山に様子を見に行かせたらしい。ただ、その頃には恐らく彼は、もう既に乎山へと迷い込んでいたのだろう。しかし戻って来た兄たちは、弟が逃げ出したのだと嘲笑《あざわら》った。だから御山《おやま》の何処にもいないのだと。梅子は絶対に違うと否定したが、まさか彼女も孫が、ほぼ一本道と言っていい三山で迷うとは思いもしなかったという。

　翌日の昼前、奥戸の揖取家の力枚から、「御宅の息子さんを預かっています」という連絡が入った。父親の虎男は激怒し、兄たちは大笑いした。結局、彼女が迎えに行ったらしい。だが、靖美は郷木家に戻ったものの、一泊しただけで東京に帰ってしまった。

　その後すぐ、虎男が揖取家に怒鳴り込んだ。成人参りを無茶苦茶にしたのは、忌み山を放置している揖取家の責任だという、とんでもない理由でだ。それに対し力枚は憤《いきどお》ることなく、冷静に応じたらしい。

　しかし次いで虎男は鍛炭家に向かい、入らずの山の家に立一たち一家が住んでいたことを問題にした。そして、そんな罰当たりな人間が隣山にいたからこそ、聖なる成人参りが失敗したのだと言い放った。もちろん立治は激怒した。言い掛かりも甚《はなは》だしいうえ、なぜ兄の立一のことで自分が非難されなければならないのか、彼としては我慢できなかったに違いない。広治《こうじ》が止めるのを聞かず、よい歳をした男同士が、あわや摑み合いの喧嘩になろうかというところへ、郷木家の息子たちが駆け付け父親を引っ張って帰ったという。

「虎男が奥戸に向かったと、うちの使用人から聞いた私は、すぐ孫たちに追い掛けさせました。揖取家の力枚さんは人格者ですから、滅多なことはないと思っていましたが、鍛炭家とは昔から山林境界地のことで争っておりましたので、ただでは済まないだろうと――」

　そこで老女は大きく溜息を吐くと、

「この地方の習慣とはいえ、やはり慣れない儀礼を無理にさせたのが、あの子には良くなかったのでしょう」

　孫の靖美が不憫で仕方ないと、頻《しき》りに嘆いた。

　言耶は成人参りが悪いわけではないと慰めつつ、自分もできる限りのことをしますからと約束して、郷木家を辞した。靖美の父親と兄たちには会わなかった。彼には珍しく少し感情的になっていたのかもしれない。

　集落で馬車を雇うと、言耶は臼山に向かった。御者は昨年と同じ老人で、言耶のことをよく覚えていた。いや、彼が記憶にあるという以上に、どうやら阿武隈川烏という強烈な人物を忘れられなかったらしい。さもありなん、と言耶も思う。

　山麓に着くと馬車は、去年と同じように山裾沿いの道を東の方へと回り込むように進んだ。

「この道は、何処まで延びました？」

「それが、困ったことに去年から少しも進まず、大して変わらんのです」

　言耶の問い掛けに対し、その言葉とは裏腹に、余り困惑していない様子で老人が答えた。

神戸の高地は低山地帯とはいえ、昔から集落間の行き来が大変だった。どういう道程を選ぼうが、結局は峠越えをしなければならない。もちろん戦後は道も造られ、その行き来は随分と楽になっている。ただしそれも地域差があるようで、初戸から奥戸へ延びる道の工事は、どうやら半ばまで進んだところで停滞しているらしい。

「えっ、それじゃ、またあの細い山道を歩くことに……」

「御山《みやま》の秋の例大祭に間に合うようにと、取り敢えず人が歩ける山道だけ先に通しましたが……はい、あれっきり進んでおりません」

「あのー、お爺さんは、それほど困っておられないようですね」

ふと疑問に感じて訊くと、

「集落から集落へ何処も彼処《かしこ》も道が通って、そこを車が走るようになったら、儂《わし》の馬車を雇う者が減りますからなぁ」

便利になって利益を得る者が現れる反面、従来の仕事を失う者も出てくる。そういう現実を言耶は、地方を巡るたびに嫌というほど見てきた。なのに老人の不安を忖度《そんたく》できなかったことに、彼は忸怩《じくじ》たる思いを抱いた。

黙り込んだ言耶を乗せた馬車は、とことこと軽妙に進んで行く。

「この馬もそろそろ年なので、ちょうど引退するのに良い時期ですわ」

乗客に気まずい思いをさせた、と老人は遅蒔《おそま》きながら感じたのだろう。如何《いか》にも呑気そうな声を上げた。

そんな老人に対し、ここは話を合わせようと言耶は思った。相手を傷付けないよう相槌《あいづち》を打ちつつ仕事の思い出話をせがむと、老人が嬉しそうに喋りはじめた。

「お爺さんも馬も、大活躍だったんですね」

話が一段落付いたところで、素直な感想を口にした。それで止めておけば良かったのだが、

「で、最近はどうです？　細いとはいえ、こうして山道が通ったわけですから、やっぱり馬車の利用者は減ってるんでしょうか」

と余計な一言を発してしまい、すぐに自分でも慌てた。

「あっ……いえ、その……」

だが、これが刀城言耶にとっては、正に願ってもいない話の展開へと繋《つな》がったのである。

「昔に比べると、どうしても減っておりますが……」

それほど気にした風もなく老人は応えると、

「ただ、そんなに多くないとはいえ、奥戸の六地蔵《むつじぞう》様を参拝される方がいらっしゃいますから、まぁ儂の馬車もまだまだ役に立つわけで――」

「それは何よりですね」

「はい。実は数日前にも、旅の巡礼さんをお乗せしました。柳行李《やなぎごうり》を背負《しょ》ってらしたので、儂の馬車を雇えたことを随分と喜んで……」

急に老人が黙り込んだ。その様子が余りにも妙だったので、

「その人が、どうかしたんですか」

「いえ、普通の巡礼さんでした」

「はぁ……」

言耶が当惑した声を出すと、しばらく老人は逡巡《しゅんじゅん》しているようだったが、

「いえね、初戸に与三郎《よさぶろう》という男がいたんですが、こいつが数年前に臼山の麓で、柳行李を拾いましてなぁ……」

突然、そんな話をはじめた。

もちろん当時は、まだ山裾沿いの細道も通っておらず、峠を越えるしか奥戸に行く交通手段はなかった。だから与三郎も山道に入ったのである。すると側の藪の中に、放置された柳行李を見付けた。欲深かった彼は、何か金目のものが入っているかもしれないと思い、いそいそと中を検《あらた》め驚いた。すっぽりと仏壇だけが納まっていたからだ。しかも観音開きの戸を開けると、なんと位牌がぎっしり詰っている。

これは厭《いや》なものに関わったなと思ったが、与三郎は人一倍臆病だった。このまま見

て見ぬ振りをし捨てて置いたら、どんな障りが自分に降り掛かるかもしれない。かといって初戸に戻っている暇はない。仕方なく彼は、その柳行李を背負って行くことにした。奥戸に着いて用事を済ませてから、安寧寺《あんねいじ》の大信僧侶に届ければ良い。

とんだお荷物を文字通り背負い込んだと思いながら、与三郎は山道を登りはじめた。それでも最初は順調だった。仏壇を運んでいるとは思えないほど、すいすいと足取りが軽い。

ところが、しばらくすると妙な気配を感じ出した。ざわざわしている。近くの藪に動物でもいるのかと思ったが、そういう雰囲気ではない。なのに、ざわざわしている。立ち止まって辺りを見回す。誰もいない。でも、ざわざわしている。山道の上か下で村人が喋っているのかと耳を澄ます。何も聞こえない。が、ざわざわしている。いや、何も聞こえないわけではない。ざわざわしているのだ。自分の背中が……。ぼそぼそと籠ったような人の声が、背中から聞こえていた。

与三郎は狂ったように山道を駆け登りだした。だが、ずっと声は憑いてくる。そこで自分の迂闊《うかつ》さを呪った。背負っている柳行李を捨ててないからではないか。

その途端、彼は山道に倒れ込んでいた。転ぶというよりも、それは引き倒された、または押し潰されたような感じである。いきなり、ばたんっと倒れたのだ。起き上がろうとしても無理だった。柳行李が異様に重い。身体が山道に減《め》り込むかと思うくらい、物凄い重さである。

南無阿弥陀仏、南無阿弥陀仏……、南無妙法蓮華経……、南無大師金剛遍照……与三郎は知っている念仏を無茶苦茶に唱えた。だが、全く効果がない。絶望的な気分になり、こんなところで自分は野垂れ死ぬのかと嘆いていると、すうっと背中が軽くなった。恐る恐る立ち上がる。何ともない。しかし、この隙に柳行李を下ろそうと、支えている紐に片手を掛けるや否や、ずんっと再び重くなる。引き倒されそうになってしまう。

彼は泣く泣く柳行李を背負ったまま歩き出した。こうなれば一刻も早く奥戸まで行き、安寧寺に駆け込むしかない。そう思って急ごうとするのだが、どうしても背中のぼそぼそという声が気になる。聞きたくないのに、つい耳を傾けてしまう。いつしかその内容を聞き取ろうとしている自分がいる。そのとき彼は気付いた。ぼそぼそという声が、何人もの話し声だということに……。

ぼそぼそ、ひそひそ、ざわざわ……話し声がずっと続いている。両手で耳を塞《ふさ》ぎたかったが、そんな格好で山道は歩けない。仕方がないので意識をなるべく足に集中し、少しでも早く歩を進めるよう努めていると、峠が見えてきた。

やれやれと一息吐き、一気に越えようとしたところで、背中のざわめきが大きくなった。驚いた与三郎が駆け足になると、更にざわざわと騒ぎ出した。もう彼は怖くて怖くて堪《たま》らなかったが、ここで柳行李を下ろそうとしても、また同じ目に遭うだけである。ならば峠を越えた後は、そのまま残りの山道を駆け降りようと決心した。

だが、彼が前へと進むに従い、背中のざわざわという声音が、何か具体的な言葉として聞こえ出した。それればかりでなく、その声の主たちが柳行李から這い出して来そうな気配がして……。

気が付くと与三郎は山道から外れ、山中を彷徨《さまよ》っていた。

「ここですか。違う？　もっとこっち……」と独り言を、いや、背中の何者かたちと会話しながら、彼らの指示通りに動いていたのである。

その日の夕刻、彼は臼山の奥戸側の麓に立っていた。やけに背中が軽くなったと感じ、柳行李に手を掛けると、難無く下ろすことができた。慌てて中を見ると仏壇はあったが、内部に詰っていた位牌は一つ残らず消えていたという。

以来、与三郎は初戸の集落の家に入り込んでは仏壇の位牌を盗み出し、それを周辺の山々に撒くようになった。皆は対応に困ったが、彼の活動範囲が近隣の集落にまで広がったため、已む無く渦原《うずはら》の精神科の病院に入れることにした。

——という老人の話が終わると同時に、

「ほうっ……」

とても満足そうな溜息が、言耶の口から漏れた。

「平山だけでなく臼山にも、そんな怪談があったんですねぇ」

「いえ、とんだ痴《し》れ者の話で、お耳を汚してしまって……」

しかし、当の老人は喋ったことを後悔しているのか、頻りに恐縮している。

「そうそう、先程は訊くのを忘れましたが、そもそもこの道の工事は、どうして止まってるんでしょう？」

思わぬところで思わぬ土地の怪談を蒐集することができ、とても上機嫌になった言耶は、飽くまでも老人と会話を続けるために、全く何気なく尋ねた。よって深い意味などなく、すぐ答えが返ってくるものと思っていた。

「…………」

ところが、またしても老人の様子が妙になった。

「あのー、何かまずい問題でもあるんでしょうか」

「いえね……都会から来た人には、まぁ笑われるような……何とも莫迦々々しいことでして……」

「はぁ……もし差し支えなければ――」

「いや、本当にお恥ずかしい限りですわ」

「そうですか……」

「こんな田舎ですからねぇ」

「はぁ……」

村の恥だからと躊躇っているのを、無理に聞き出すのも大人気ないかと言耶は思い掛けたが、

（まさか……）

今の話の流れと老人の態度から、ぴんっとくるものを覚えた。

「ひょっとすると、この御山で何かあったとか」

「……」

「それも現実的な事故などではなく――」

「……」

「何か怪しい出来事が――」

「……」

「与三郎という人の話にあったような、その手のことが――」

「……」

「もしもし？」

「出るんですよ……」

老人が、ぽつりと呟《つぶや》いた。

「出る……？」

言耶が首を傾《かし》げたのは、僅《わず》か一、二秒だった。次の瞬間、

「で、で、出るって、な、何が一体、出るんです！」

その余りの勢いに、がばっと老人が振り返る。

今まで自分の思い出話に優しく相槌を打ち、怪談めいた話も静かに凝《じ》っと聞いてくれていた育ちの良さそうな青年が、いきなり大声を上げて何やら興奮しているのだから無理もない。

「えっ……い、いや……」

「誰もが完成を望んでいる二つの村を結ぶ道の工事が、途中で止まってしまった。それも昨年のままだとすると、僕の記憶にある限り、特に難所へ差し掛かったからでもなさそうです。資金の問題は考えられますが、それほど当初の見積もりから狂うこともないでしょう。後は工事を止めるほどの余計な出費があった場合か――と僕は邪推していましたが、今、あなたは『出る』と仰った。その前の会話から、工事が進まない原因が『出る』という現象に繋がることは確かです。では何が『出る』と支障を来すのか。まず考えられるのは、熊や猪などの動物です。でも、この辺りに熊など棲息していないという事実よりも前に、大きな物音がする工事の現場に、わざわざ動物が出てくるでしょうか。そうですよね？」

「は、はい……」

正に老人は蛇に睨まれた蛙のように、言耶から全く目が離せないまま呆然と佇《たたず》んでいる。

「となると次に有り得るのは、何らかの怪異ということになる」

かなり強引な飛躍した思考の流れだったが、本人には全く自覚がない。ただもう目の前に怪異譚の存在を嗅ぎ付け、何としても聞き出さんと意気込むばかりである。

「は、はぁ……な、なるほど……」

もちろん老人が、そんな悪癖を馬車に乗せた青年が持つなど知る由もなく、逆に言耶のいい加減な断定に感心している。

「あっ、この論理展開を分かって頂ければ良いのです。それで、何が出るんですか」

すっかり寡黙になった老人に対し、言耶は説得と懇願を繰り返した。その甲斐あってか再び動き出した馬車の上で、山魔とも山女郎とも付かない化物の話を仕入れることができた。

すっかり彼がご満悦になった頃、前方に何となく見覚えのある土砂の山が現れ、そこで道は唐突に途絶えた。頭上を仰ぐと、ちょうど臼山峠の真下辺りらしい。

「ここからは歩きですね。お名残り惜しいですが、仕方ありません。どうも色々とありがとうございました」

「こ、こちらこそ……。い、いやぁ、ほんとに残念ですなぁ……」

言葉とは裏腹に、老人には少しも残念そうな様子は見られない。むしろ安堵しているのが、よく分かる。これで恐らく阿武隈川烏とはまた別の意味で、刀城言耶も非常に奇態な人物として、老人の記憶の中に残りそうだった。尤も言耶本人は、そんな心配など少しもしていなかっただろうが――。

引き攣《つ》った笑みを浮かべる老人に見送られながら、やっとオートバイ一台が通れるほどの幅の狭い山道へと、慎重に足を踏み入れる。取り敢えず通したというだけあって、ほとんど足元が均《なら》されていない。いつも通りジーンズに登山靴という格好のため歩くのに苦労はしなかったが、ここを毎日のように通る必要があるとすれば、やはり大変だろうと感じた。

やがて両側に茂っていた樹木が疎《まば》らになり、奥戸の集落へと出ることができた。最初に出迎えてくれるのは〈青地蔵様〉と呼ばれる、ちょっと変わった御地蔵様である。恵慶という僧侶が説明したように、この地には〈六地蔵様〉と崇められる祠が六つ祀られていた。そのうちの一体が臼山の麓、初戸から道を通そうとしている地点となる集落の北東にあった。

噂を聞いて参拝に訪れる宗教者が籠ることもあるため、祠は小屋のような造りになっている。朝と夕、全ての祠の前には必ず近くの家の者が御供え物を用意するほど、集落の人々が日々の生活の中で極自然に信仰している御地蔵様である。

普段は閉ざされたままの祠の戸の前で、言耶は再訪した挨拶と共に、乎山での不可思議な一家消失の謎解きの成功を祈願した。

集落の中を縫って、揖取家から鍛炭家へと通じる「コ」の字型の未舗装路まで出ると、御籠り堂の方から畦道《あぜみち》を歩いて来る若い女性を認めた。

「月子《つきこ》さんじゃありませんか」

近付いたところで言耶が声を掛けると、

「あっ、刀城先生！　今お着きになったんですか」

驚きを露《あらわ》にしながらも、月子がはしゃぐように駆け寄って来た。

「また山魔のお話を聞きに、家にいらっしゃったんですね」

「うん。度々《たびたび》で申し訳ないけど、お世話になります」

どうやら力枚は少なくとも四女には、刀城言耶が何のために再訪するのか教えていないらしい。彼女と平人《ひらひと》と広治を巡る奇妙な三角関係のことを鑑《かんが》み、敢えて話していないのかもしれない。

「御籠り堂に行ってたの？」

「はい。御布施として、夕御飯をお持ちしたんです」

「それは恵慶という御坊の――」

「恵慶様……？　ああ、昨年の秋にいらした御坊様ですね。先生、幾ら何でも、疾っくにお発ちになっておられます」

「そりゃそうか……」

「今は胆武《たんぶ》様と仰る、巡礼者かとお見受けする方が、数日前から修行をなさっておられます。当家でご夕食をとお招きしているのですが、なかなかご承諾を頂けず――」

「御籠り堂を訪れる宗教者の方々の食事のお世話を、いつも揖取家が見てらっしゃるのですか」

「毎食ではありません。でも、一度は当家で食べて頂くようにと、父が――」

「お父様は、お変わりありませんか」

「はい、お蔭様で元気にしております。刀城先生とお話しするのを、それは楽しみに待ってるようで、ここ二、三日そわそわしてばかりで」

そう月子は無邪気に話しながら笑ったが、力枚には何か心配事があるのではないか、と言耶は少し身構えた。

やがて、豪壮な揖取家の屋敷が近付いてきた。家の手前で道は左手に弧を描き、大きな門に突き当たる。その曲がる地点で、ほんの一瞬だったが月子が妙な素振りを見せた。屋敷の塀に沿って延びる右手の細い道に、ちらっと視線を飛ばしたのだ。その仕草がいかにも盗み見るような感じだったので、逆に言耶は気付いてしまった。

だが、そこから目に入るものなど何もない。屋敷の塀と、その途中に設けられた勝手口、それに裏の蔵、後は六地蔵様の一つである〈黒地蔵様〉の祠と、乎山に消える山道くらいである。

(彼女は一体、何が気になったんだろう?)

この小さな疑問を頭の片隅に仕舞い込むと、言耶は素知らぬ振りで門を潜った。

「やあ、いらっしゃい。今か今かとお待ちしてました」

すぐ客間に通されると、月子が言っていたのが強ち《あなが》嘘ではなさそうなほど、大いに力枚から歓待された。

「すみません、遅くなりまして。初戸の郷木家に寄って、梅子刀自《とじ》とお会いしていたものですから」

「そうでしたか……」

途端に力枚が声の調子を落とし、心配そうに眉を顰《ひそ》めながら、

「娘婿の将夫などは、余り関わりにならない方がいいと言うのですが、私は何とか力になりたいと思ってましてな」

「こちらにご協力を頂け、大変助かります」

「いえ。うちは女ばかり四人ですから、逆に郷木家の息子さんたちが羨ましくて――ですから靖美君の世話をしたのも、私だけなんですよ。ただ、刀城先生がお見えになることは、家族の誰もが喜んでおりますので全く問題はありません」

「恐れ入ります」

「それで、彼の様子は？」

「従兄の高志《たかし》氏と二人で、貸家に住んでいると聞いたので、そこを訪ねました。その前に僕は、図書館で調べものをしたり、何人もの学者や専門家に会って、それなりに準備したのですが――あれで靖美氏に会えた、話ができたと言えるのかどうか……」

「どういうことです？」

「彼は蒲団《ふとん》に潜ったままでした。従兄の高志氏によると、今年になってから彼は郷木家のお祖母様に頼んで奥戸の伝承を、それも乎山や山女郎や山魔などに関する話を、何度も何度も送って貰っているそうです」

「彼なりに、何とか解決しようとしてるんでしょうな」

「はぁ、それなら良いのですが……。高志氏が言うには、どっぷり浸かり過ぎていると。それも怪異な伝承にだけですから、どう考えても良い影響があるとは思えないし、むしろ余計に症状が酷くなるのではないかと。実際、蒲団に潜ったままでしたからね」

「なるほど」

「高志氏は頻りに失礼を詫びてましたが、無理に起こさない方が良いとは、従兄の彼も感じていたようで――」

「しかし、それでは手の打ちようがありませんな」

「取り敢えず原稿に記されていた怪異について、一通りの解釈を施してはおきましたが——」

「えっ……な、謎を、先生は解かれたと？」

力枚が両目を見開いて詰め寄りそうになったので、言耶は慌てて右手を顔の前で振ると、

「この場合の解釈とは、こういう風に考えると、それまで怪異と見えていた現象が、そうではなくなりますよ——という一種の対症療法みたいなものです」

「はぁ……」

「つまり一見とても不可解に見える現象について、でも、こんな見方をすれば、こんな解釈もできますよ、と示唆するわけです。止まってしまった相手の思考に刺激を与え、再び働かせる。怪異な現象を怪異そのものとしてしか捉えていない、視野狭窄《きょうさく》に陥っている相手の目を再び開かせる。そのための手段ですね」

「しかし、それは謎解きの行為と同じなのでは？」

不思議そうに力枚が首を傾げる。

「例えば、行き止まりの路地に入った男が、そこで消えたとします。路地には怪談めいた話が伝わっており、呪いだ祟りだと騒がれる。このまま放っておけば男の消失そ

のものが、一つの怪談として後世に残ります。でも、こう考えれば姿を消せたはずだ、という解釈を試みることによって、不可思議な現象に合理的な説明を付けられる、その可能性が生まれる。もっと言えば、そういった可能性があるという事実に人々は気付き、ならばこうも考えられるのではないか――と自ら思考しようとするはずです」

「つまり真相を突き止めるための謎解きではなく、謎を解くという手段が存在することを教えるのが目的だった。靖美君への対症療法というのは、そういう意味ですか」

「はい。それに、どのようにして、そんな不可解な現象が起こったのか――その方法を説明するだけなら、それほど難しくはありません」

「そ、そうですかなぁ……」

「物理的な面だけを解決すれば良いため、言葉は悪いですがこじつけでも済みます。しかし、なぜ起こったのか、という心理的な面の解明は、そうはいきません。探偵小説では、よく密室殺人が扱われます。どういった方法で密室を作ったのか、これは物理的な謎です。一方、なぜわざわざ密室などという面倒な状況を作る必要があったのか、これは心理的な謎になります」

「なるほど。確かに密室を作る方法だけなら、幾らでもこじつけができそうですな。まぁ私には無理ですが……。ただ、その理由を考えるとなると、ちょっと難しい。しかし仰ってることは理解できましたが、とはいえ先生は、靖美君の怪異体験に対して、何らかの合理的な解釈をされたことになる。いやはや、それだけでもやはり驚きですよ」

「い、いえ……今の段階では、本当にこじつけも良いところでして……。怪異にどっぷりと浸っている靖美氏に対してだからこそ、そのー話せたわけで……」

急に恥じ入って頭を掻きはじめた言耶を、優しい眼差しで力枚は見詰めながら、

「それで、どういったご協力をすれば、私は宜しいのでしょう？」

「色々と調べたいことはあるのですが、まずは乎山と、その山中に建てられた家について、一通りお伺いできれば有り難《がた》いです。お話を訊くのは、鍛炭立治氏の方が相応《ふさわ》しいのかもしれませんが、ご自身の身内が関わったことも含まれますので、口が重くなる可能性があります」

「そうでしょうな。いや、分かりました。それは後でゆっくりお話しするとして、先にお風呂をお使い下さい。それから何もありませんが、夕食にしましょう」

「ところで……」

「はっ？　何でしょう？　ご遠慮なく仰って下さい」

「前にも申しましたが、そのー先生と呼ぶのは、ちょっと……。月子さんも真似をされ、同じように呼ばれるものですから……」

力枚に笑い飛ばされ相手にして貰えなかった言耶は、そのまま恐縮しつつ風呂に入り、夕食をご馳走になった。月子が給仕をしてくれたこともあり、食事の間は意図的に、なるべく今回の件と関係のない東京の話題を選ぶようにした。

夕食の後片付けが終わったところで、力枚は居住まいを正すと、

「昨年、見えられたときと同じ話をするかもしれませんが、それはご勘弁を願うとして――」

改めて言耶に顔を向けながら、まずそう断わって話しはじめた。

「乎山については、古来忌み山として畏怖されていたこと以外、ほとんど何も分かっておりません。ただ、古文献に〈金山《かなやま》〉という表記があることから、実は金山《きんざん》ではないかという噂は、かなり昔からありました。それでも入らずの山である、山魔の住処《すみか》である――その思いが奥戸の集落をはじめ、神戸一帯の人々から、あの山を遠ざけていたわけです」

「山魔の伝承は神戸のあちこちにあると、前にお聞きしましたが、その中心に存在しているのは乎山なんですね」

「ええ。昨年もお話ししましたように、神戸の山々一帯に伝わる山女郎の話もあれば、三山だけに纏わる蛇神様や姥捨て山の伝承もあります。尤も臼山にも、曾《かつ》ては棄老伝説があったそうですから、一概に決め付けることはできませんが……」

言耶は馬車の老人から聞いた与三郎の話を思い出した。あの消える幾つもの位牌という怪異は、どうしても姥捨て山を連想させたからだ。

「しかし、やはり山魔という存在は、極めて特異なのかもしれませんな」

「なかなか興味深いです」

「この乎山の金山伝説を上手く利用したのが、今から二十年前、ふらりと奥戸を訪れた吉良《きら》内立志《うちりつし》という山師でした。金鉱探しが己の人生そのもの、仕事であり趣味でもあるという男です。ちょうどこの頃、世間では東郷平八郎元帥の国葬が話題になっていたことを、今でもよく覚えております。吉良内は、まず芝居好きだった鍛炭家の団《だん》伍郎《ごろう》さんに近付いた。なにせ道楽で芝居小屋を作ったほどの男でしたから、山師には金蔓《かねづる》と映ったのでしょう」

「その小屋というのは、集落の北西にある――」

「黄地蔵様の近くですな。ただ芝居小屋といっても回り舞台だけで、観客席は露天という代物でした。それでも舞台の上手には旅芝居の一座が寝泊まりできる部屋があり、下手には芝居で必要な道具類まで揃えた小屋がありましたから、こんな田舎に建てたにしては、立派なものだったと思います」

「そこに旅回りの役者たちを、団伍郎氏は招いたんですね」

「もちろん来るのは三流役者ばかりでしたが、そのうち贔屓《ひいき》もできはじめます」

「芝居と言えば当時、初戸の郷木家の当主も大層な芝居好きで、それが高じて同じような小屋を作られたとか」

「実は芝居小屋を作ったのは、郷木家の虎之助《とらのすけ》さんの方が先でした。先祖代々に亘《わた》って両家は山林境界地の件で争ってましたから、そんな趣味の点にまで競争心が芽生えたのでしょう」

「集落は違っても、山は隣同士で続いていますからね」

「うちと鍛炭家のように、その間に乎山の如き存在があれば、まぁ明確ですが」

それでも両家の仲が良くない事実を、力枚は嘆いていた。そんな彼の気持ちが、言耶にもよく分かった。

「当時、鍛炭家の当主は、既に立治氏だったのでしょうか」

「ええ、だからこそ団伍郎さんは芝居に現《うつつ》を抜かしていたわけですが、まだまだ実権は握っていたはずです」

「では、どうして吉良内氏は、陰の権力者である団伍郎氏ではなく、息子の立造《たつぞう》氏と懇意になったのでしょう？」

「うーん、その経緯については、ちょっと分かりません。ただ、長男の立一さんが家を出てしまい、次男の立治が家を継いでいる。そんな中で三男の立造としては、何かを成さなければならぬという気持ちが強かった。そう私には思えます」

「それで立造氏の方から山師に近付き、吉良内氏が口にする乎山に金が眠る話に飛び付いた、というわけですか」

言耶が納得すると、力枚は少し面白がっている口調で、

「吉良内は、乎山から炎のような光が空に昇って見えた――と言ったそうですが、これが何を意味するか、お分かりでしょうか」

「江戸時代前期から中期の農政学者である佐藤信景《さとうのぶかげ》は、鉱山学を集大成した『山相秘録《さんそうひろく》』の中で、金精は『華の如く、黄赤色の光金』であり、銀精は『龍の如く、青白色の銀光』であると記しています。実際に鉱脈そのものが、金属の硫化物や酸化物であるわけです。取り分け硫化物は、湿気によって発熱することもあるらしいので、そういった現象が――つまり自然現象ですね――起こっても不思議ではありません。問題は、本当に吉良内氏が見たのかどうか、むしろそっちだと思います」

「いやぁ、あなたと話していると、ほんとに楽しい。面白いですよ」

「と、とんでもない。これも俄《にわか》勉強の賜物《たまもの》というだけで――。こちらに伺うのが遅くなったのも、東京を発つ前にもう一度、色々と調べものをしていたからなんです」

必死に謙遜《けんそん》する言耶を可笑しそうに眺めつつ、力枚は話を続けた。

「それで立造は、すっかり金に取り憑かれてしまった。わざわざ私の親父にまで頭を下げ、乎山を掘る了解を取ろうとしたことでも、のめり込みようが分かるでしょう。

そうそう御山《おやま》に入ってからは、なぜか兵隊服を着るようになりましてな」

「過去に徴兵されてたんですか」

「いえ、満州事変のとき、既に三十路は越えてましたから。本人は軍隊に入りたかったのかどうか知りませんが、文字通り御山の大将になったわけです」

「あっ、なるほど」

その上手い喩《たと》えに言耶が微笑むと、力枚も笑みを浮かべたが、すぐ真剣な表情になって、

「もちろん親父は反対しました。何も相手が鍛炭家の息子だったからではなく、金脈の話など端《はな》から眉唾物《まゆつばもの》だと思っていたうえ、やはり忌み山に関わることに危惧を覚えたからでしょう」

「けど立造氏は、聞く耳を持たなかった？」

「最終的には喧嘩別れ――いや、それも向こうの一方的なものですが……。要は、乎山はどちらの家の持ち山でもないのだから、鍛炭家が使用するのに何の問題もないという理屈ですな。だから、揖取家も山を利用したければすれば良い。ただし、この山の金脈については、自分たちが先に目を付けたのだから、一切の手出しを禁じる――と、一方的な宣言をしたわけです」

「それに対して先代は？」

「団伍郎さんと話しましたが、同じことで……。後は向こうの好きにさせました。何かとんでもないことが起こる前に、目が覚めればよいけれど……と言いながら。あのときの親父は、本当に惨劇を予兆してたのかもしれません」

「どういう意味です？　立造氏が起こしたという殺人事件のことですか」

思わず身を乗り出した言耶だったが、すぐ我に返ったように、

「いえ、その前に肝心なことがありました。実際に金脈は発見されたんですか」

「それが――見付かりました」

「えっ……」

「詐欺を働く山師たちが、よく使う手口として、予《あらかじ》め砂金を塗り付けておいた岩石を現場に置き、それを上手く掘り出したように見せ掛ける、という方法があります。私も当時、少し勉強しましてね。親父は好きにさせておけと言ってましたが、もし乎山が金山だった場合、やはり鍛炭家だけが独占するのは問題だろうと、お恥ずかしい限りですが、独りで憤っておったわけです」

「それが、普通の反応だと思います。なかなか先代のように、達観することはできません。で、発見された金脈は本物だったのですか」

「実際に掘った岩場の穴の中から、金が見付かったそうです。つまり事前に金を仕込むには、全く不可能な状態の岩の中にあったんですな」

「にも拘らず吉良内立志という人物は、やはり詐欺師だったんでしょうか」

言耶が怪訝そうに尋ねると、困ったように力枚は首を傾げた後、

「そう思うのですが、なかなか断定まではし難《にく》いという……。ところで、金の鉱石を掘る手順については、ご存じですかな？」

「一通りは勉強してきたつもりですが――」

「中世までは、砂金採りが主でした。自然の力によって金の鉱石が掘り崩され、それが川に流れ込むことにより更に水流の力で砕かれ、その結果、金の粒になるわけです。それが中世末期に地質、製鉄、採掘、冶金《やきん》に関する知識と技術が海外より齎《もたら》され、金鉱石そのものから金銀を取り出すことができるようになります。あの有名な佐渡金山が幕府によって開発されたのは、江戸時代のはじまりと同時でした」

「金の鉱脈というのは、金を含んだ鉱石が連なっている部分のことで、余り深いところにはできないそうですね。佐渡金山でも数百メートルくらいの箇所を掘っていた。つまり地表に近い上部ほど、金の含有量が多いという傾向がある。掘っても精々《せいぜい》、地表から千数百メートルくらいまでだと」

「そうです、そうです」

話が早く進みそうな気配に力枚は喜びながら、

「鉱脈は『立合《たてあい》』と呼ばれました。これは掘ると、帯状の白い筋が地中に向かって延

びているように見えるからです。この白い岩脈は石英《せきえい》で、その筋の中に黒っぽい部分がある。ここに金銀は含まれており、昔の人は『百足《むかで》』と呼んでいました。もちろん立合の形は様々で、金銀の含有量にも大きな差があった。専門家であれば大体の予測はできたが、実際は掘ってみないと分からないのが、探鉱の世界でした」

「立合の先端が地表に出ていれば、鉱脈を探すことも掘ることも楽だった。上から掘って、そのまま採取できますからね」

「最初に行なう探鉱ですな。尾根の端などで鉱脈が露出している露頭を見付け、そこから立穴法といって地下に掘り下げたり、溝掘《みぞほり》法といって溝状に掘ったりする」

「でも、露頭掘りは限界がくるのが早いですよね。鉱脈は傾いているうえ、そこ独自の地形の問題もある。そこで犬下がり法といって、鉱脈沿いに斜めに掘り下げる方法に移る。ただ、それは本格的な穴掘りになるため、照明、換気、排水、機材の調達から、安全維持や坑内整備の必要も出てくる。排水坑道や換気坑道も掘らなければならず、ほとんど坑道掘りと同じになってしまいます」

「ええ、だから探鉱によって、地中での鉱脈の様子が大凡《おおよそ》ながら推定できれば、露頭から鉱脈を探る必要はなくなるわけです。地中の立合に向けて、山腹から水平に探鉱坑道を鉱脈の中心にぶち当たるまで、掘り進めばよいのですから」

「そう考えると、平山の岩場の尾根に掘られたという穴は、飽くまでも探鉱のために、露頭を立穴法によって掘り下げただけということになりますか」

「あれは、むしろ狸穴に近いのかもしれません」

「狸穴？」

「鉱山の開発期に、探鉱目的のために掘られた小坑道のことです。人が這って出入りするだけで精一杯というほどの、小さな穴ですな」

「つまり探鉱ばかりを繰り返しただけで、本格的な採掘を行なうまでには至らなかったと？」

「穴を一つ掘るごとに、金が見付かった。そのたびに終下市《ついかいち》まで出て、前祝いだと称して豪遊していたようです」

「ところが穴を掘り進むと、もう金は出ない。それで次の穴を掘る。すると、また金が出る。その繰り返しだったわけですね」

「どうも、そのようです」

「うーん、確かに詐欺臭いですねぇ。ただし、実際に地中から金は出ている……。で、幾つ穴を掘ったのですか」

「六つです。一つ掘るたびに六地蔵様に倣《なら》って、赤や青の旗を穴の縁に立てたみたいです」

「その六地蔵様に纏わる奇妙な歌が、こちらの地方には残っていませんか」

そう言うと言耶は、予め旅行鞄《かばん》から取り出しておいた取材ノートを広げ、力枚に差し出した。そこには、次のように記されていた。

ごーどの、くまどの、むつじぞう
しろじぞうさま、のーぼる
くろじぞうさま、さーぐる
あかじぞうさま、こーもる
あおじぞうさま、わーける
きいじぞうさま、やーける
かなじぞうさま、ひーかる
あーとは、むっつの、じぞうさま
おひとりずーつ、きーえて
のこったのーは？

「最近はとんと聞きませんが、子供たちが、特に女の子が歌いながら遊ぶ、昔の童唄《わらべうた》ですな。六人で手を繋いで円になり、それぞれの地蔵様を演じて遊ぶのだと思います。かごめかごめに似た遊び方もあるようですが……これが何か？」

「乎山が本当に金山であることを、歌っているのではないかと思うのです」

第三章　乎山

刀城言耶がノートの頁を捲《めく》ると、漢字に直された歌が現れた。

神戸《ごうど》の奥戸《くまど》の六地蔵《むつじぞう》
白地蔵様　登る
黒地蔵様　探る
赤地蔵様　籠る
青地蔵様　分ける
黄地蔵様　焼ける
金地蔵様　光る
後は六つの地蔵様
お一人ずつ消えて
残ったのは？

「うーむ、これは……」

ノートに目を落としたまま、力枚《りきひら》は頻りに唸《うな》っている。

「この漢字が正しいのかどうか、特に『登る』や『探る』などの動詞の部分ですね、それは分かりません。ただ、ここまで揃うと、金山での探鉱↓採掘↓搬出↓精錬という全体の流れを暗に表しているのではないか、と気付いたんです」

「確かに昔から、この童唄は乎山《かなやま》が金山であることを歌っているのだと、そんな解釈をする人はいたようです。ただ、徳川の埋蔵金というわけではありませんからな。誰もが単なる戯《ざ》れ言《ごと》と思ってきたわけですが……こうして漢字に直された童唄を改めて目にすると、どうも信憑性が高まってくると言いますか、いやはや、お恥ずかしい限りです」

「いえ、元々が女の子の遊び歌らしいですし、まず子供のときに耳で覚えたため、わざわざ漢字に変換してまで、改めて考える機会もなかったでしょうから。それに戦後は、子供たちも余り歌わなくなってるんじゃありませんか。また乎山は忌み山だという摺《す》り込みが邪魔をして、逆に金山かもしれないという伝承を最初から胡散臭《うさんくさ》いと判断してしまう。そういう傾向が、この土地の人々にはあったのだと思います」

「それはそうなんですが……。やはり忸怩《じくじ》たるものが……」

恥ずかしさと悔しさが交じった表情を、力枚は浮かべている。

「そうなると白地蔵様の『白』は立合で、黒地蔵様の『黒』は、いわゆる百足《むかで》のことに？」

「なるのかもしれません。その後の『赤』『青』『黄』が金の精錬を表しているのか、そこはちょっと疑問ですが、最後に『金』がきているため、そう捉えても不自然ではないでしょう」

「『登る』は、そもそも平山に入ることですか」

「入らずの山ですからね。登らないことには何もはじまらない。そのため基本的な行為を、まず示唆してるのではないでしょうか」

「なるほど」

「次の『探る』は探鉱に通じ、『籠る』は坑道の中に入ること、『分ける』は鉱石から金銀を含まない脈石を取り除く石撰《いしえ》りと呼ばれる作業を指し、『焼ける』は石から金を取り出す作業で、最後の『光る』は精錬された金そのもの、と解釈することができます。このうち『焼ける』は文法的には『焼く』が正しいわけですが、他の動詞と統一するために『焼ける』としたんでしょう」

「あなたの考察に疑義を呈するつもりは全くないのですが、問題の動詞を並べると工程の途中を大幅に省いていること、『掘る』という直接的な動詞や、『金脈』や『金鉱』といった具体的な言葉が見当たらないことなど、やや不審な点が気になるのですが……」

「ご尤もです。これは仮説ですが、乎山に金の鉱脈があるのではないか、そう考えた、または実際に発見した当時の集落の誰かが、既に祀られていた六地蔵様を折り込んだ歌を残した。そのとき各々の地蔵様に纏わる色も加えられた。ただ最初から地蔵様が六体しかなかったので、歌を簡略化する必要があった。それと一番重要なことは、あからさまにではなく暗に金の存在を知らせながら、決して手を出してはいけないと戒《いまし》めることだった」

「わざと……ですか。『掘る』や『金脈』や『金鉱』といった言葉を使わなかったのは……。それに最後の、六地蔵様が消えてしまうと言っている不吉な歌詞は、警告の意味だと……」

「ここでは『六地蔵様《むつじぞう》』と呼ばれてますが、六体の地蔵様といえば、普通は墓地の入口などに祀られている『六地蔵《ろくじぞう》』を指します。『源平盛衰記』には京都の七口の辻《つじ》ごとに西光法師が六地蔵を立て、悪霊や疫神の侵入を防いだという記述があり、これが六地蔵の起源とされている。この地の六地蔵様は、まるで集落を取り囲むように、つまり守る如く祀られていますね。そして乎山は、六地蔵様の囲みの外側にある。しかも山から降りて来た二つの道には、それぞれ白地蔵様と黒地蔵様が控えておられる。

更に揖取《かじとり》家と鍛炭《かすみ》家の中間に当たる乎山の麓には、金地蔵様が鎮座されている。それほどあの山は、警戒されていたわけです」

「記録には残っておりませんが、その昔、乎山を巡って金の騒動があったのかもしれませんな」

続けて力枚は重苦しい口調で、

「しかも、それが原因で何かが起こった。それも、記録に残せないほど忌まわしい何かが……」

「そのとき恐ろしい事件が起き、もしかすると犠牲者が出たのかもしれません。しかも、それが六人だったとしたら……。六地蔵様の六体……、探鉱のために掘られた穴が六つ……、そして二十年前に姿を消した立造氏、山師の吉良内立志氏、四人の鉱夫たちも、また六人……。何やら六尽くしのようではありませんか」

「吉良内が自分と立造を入れて、作業に携わる者を六人としたのは、『今昔物語』で能登の砂金採りが佐渡に渡って金を採る話があり、〈その鉄《くろがね》取る者六人有りけるが、長《おさ》也ける者の、己等がどち物語りしけるついでに、『佐渡の国にこそ金《こがね》の花栄《さ》きたる所は有りしか』と云いけるを〉という記述によったらしいのです」

「さすがに色々と、こじつけるのが上手い人物ですね」

「ただ、二十年前は六人では済まなかった……」

「えっ、他にも……」

驚いた表情を言耶が向けると、力枚は余り喋りたくなさそうな様子で、

「何でも因縁めいて考えると、そうなってしまいます。ただ、逆にそうとしか思えないような出来事というものが、この世にはあるんですなぁ」

「教えて頂けませんか」

「当時の立治には、先妻の咲枝《さきえ》さんとの間に、一治《いつじ》と長治《ちょうじ》という二人の息子がおりました。長男と次男ですな」

「後妻の志摩子《しまこ》さんとの間の息子さんが、三男に当たる広治氏になるわけですね」

「そうです。咲枝さんが本妻のときの、お妾《めかけ》さんが志摩子さんでした。咲枝さんが長治君を生んだとき、志摩子さんは広治君を出産してます。そして志摩子さんが本妻になったときの、お妾が春菊《しゅんぎく》で、二人の間の子が四男になる立春《たつはる》君です」

「なるほど。なかなか複雑な――」

「いえ、一治と長治は二十年前に行方不明となったまま……つまり死亡したと、今では見做《みな》されていますので――」

「二十年前……。まさか……」

「ええ、立造たち六人が次々と姿を消した後……ですな。最後に彼が見えなくなってから、三、四日くらい経った頃でしょうか。当時七歳だった一治君が『叔父さんが呼

んでる』と、頻りに咲枝さんに言うようになった。もちろん金山騒動について、子供には何も教えていない。ただ大人たちが騒いでましたから、それが耳に入って叔父さんのことを口にしたのだろう。そう咲枝さんは思った。ところが数日後、一治君がいなくなった」

「平山に入ったんですか」

「それを見た者がおりません。でも鍛炭家では、他に考えられんかったんでしょう。村の消防団の協力を仰いで山狩りをしました。しかし――」

「見付からなかった？」

ここで力枚は俯《うつむ》くと、しばらく黙り込んでしまった。何やら呻吟《しんぎん》しているように見えたので、言耶も口を閉じたまま静かに待つことにした。

やがて力枚は決断したのか、すっくと顔を上げると、

「これからお話しすることは、飽くまでも伝聞です。これまでも伝聞に頼った話を少なからずしておりますが、集落を捜せば裏付けてくれる人物は、まぁいるでしょう。ただ、この話だけは逆に否定されるのが落ちでしょうな」

「あなたからお聞きしたことを黙っているだけでなく、他所では喋らない必要があると？」

力枚が力強く頷いたので、言耶も承諾の印に「分かりました」と頭《こうべ》を垂れた。

「残念ながら、一治君は発見されませんでした」

中断などなかったように力枚が話を続ける。

「その代わり、とんでもない場所から、とんでもないものが見付かったんです……」

「何です、それは？」

相手が喋り易いようにと、透《す》かさず合いの手を入れる。

「尾根の穴の中にあったそうです。吉良内立志と四人の鉱夫たちの屍体が……」

「ひ、一つの穴に、一人ずつ入れられてたんですか」

力枚が首を縦に振る。

「それで、立造氏は？」

力枚は首を横に振ると、

「六つ目の、金色の布が付けられた穴の中にだけ、誰もいなかった。つまり立造が五人を殺《あや》め、五つの穴の中に屍体を捨ててから、何処《いずこ》へともなく逃げてしまった……そう考えるしかない状況だったわけです」

「当時、集落に流れた噂は本当だったわけか……。しかし、遺体が発見されたのに——えっ……そういうことなんですか」

目を見張る言耶に、再び力枚は頷くと、

「山狩りに参加していた立治が、すぐに鍛炭家の息の掛かった者だけを残し、後は山から降ろしたそうです。穴の中で屍体を見付けたのが、そもそも鍛炭家と繋がりのある家の者だったらしい。だから口止めできたんでしょう。ただし、噂話までは防げなかった……」

「遺体は、どうしたと思われます？」

言耶の問い掛けには応えず、力枚は続けて、

「露頭掘りが行なわれた尾根の付け根に、天然の穴がありましてな。昔から〈六壺《むつぼ》の穴〉と呼ばれております」

「はぁ……」

「一説によると穴は、周辺の五つの山々と通じているとか。その一つが三山《みやま》です。尤も〈眉の山〉という意味を持つ、眉山の方になるのですが――」

そこで力枚は少しだけ微笑みを浮かべると、

「ちょっと話は逸れますけれど、刀城先生のお好きそうな伝承があります。ひょっとすると昨年、既にお話ししているかもしれませんが――。

昔、奥戸に住むある男が他所へ出掛けた帰り、何処をどう間違ったのか乎山に迷い込んだ。自分が忌み山に足を踏み入れていると知った男は、もちろんとても怯《おび》えました。ところが早く出よう、早く降りようと焦れば焦るほど、どんどん山の奥深くへと入り込むばかりで、どうすることもできない。そのうち男は、妙に後ろが気になり出

した。どうも誰かが、いや何かが跟《つ》いて来ているのではないか……そんな気がして仕方がない。でも、男が足を止めて様子を窺うと、後ろの物音も止んでしまう。錯覚かと思ったが、どうしても薄気味の悪い気配が消えない。そこでゆっくり歩きながら、凝っと聞き耳を立ててみた。

したしたしたっ……。

確かに何かが後ろから跟いて来ている！

慌てた男は走り出した。すると後ろの物音も、たったったっ……と早くなった。もう無我夢中で山道を駆けていると、前方が開けて岩場へ出た。しかし、そこは尾根だった。尾根の両側は切り立った崖で、何処にも逃げ場がない。取り敢えず先端まで逃げた男が振り返ると、尾根の付け根に山女郎が立っていた。そして男の方を、ひたすら凝っと見詰めている。

やがて、ひた、ひた、ひたっ……と山女郎が近付いて来た。

男が尾根の下を覗くと、片方は河原で片方は森だった。川に飛び込むには距離があり過ぎる。ならば森の樹木の上に飛び下りようとしたが、なかなか決心が付かない。そうしている間にも、ゆっくりと山女郎は迫って来る。ひた、ひた、ひたっ……と近付いて来る。もう駄目だ、逃げられないと観念した男は蹲《しゃが》み込むと、思わず『お母さん！』と叫んでいた。

どれほど、そうしていたか。気が付くと山女郎の姿は消えており、そこから男は、それまで迷っていたのが嘘のように入らずの山から出ることができた。

後日、男は厄祓いのため三山に参った。ところが二の中宮から奥宮に行く途中で、なぜか迷ってしまった。もう何度も来ているのに、どうしてだろうと思っていると、数年前に眉山の奥へ捨てたはずの母親が目の前に現れる。幽霊かと恐れ慄《おのの》いたが、心を落ち着かせて見ると生身の人間である。よく生きていたなと驚いて訊くと、乎山で数日前にお前が遭った山女郎は私だ、と母親が答えた。

姥捨て山に捨てられた老婆が、六壺の穴を通って乎山まで至り、そこで山女郎になるのだという。ただし再び穴を通って眉山に戻れば、元の人間になれる。けれど、ここに人間のままでいれば、いずれ死ぬことになる。だから、また忌み山へと抜けて山女郎となる。山女郎でいる間は、ほとんど人としての記憶を失う。人としての意識はない。

なのにあの日、私にはお前の『お母さん！』という声が聞こえた。だから、またこっちに戻って来た。でも、近いうちに向こうに行かなければならない。そうして何度も行き来を繰り返していると、そのうち人には戻れなくなる。完全に山女郎と化す。

それを聞いた男は後悔の涙を流しながら、一度は捨てた母親を家に連れて帰ろうとする。ところが、母親をおんぶした男は、またしても乎山に迷い込んでしまう。そのうち後ろから何かが跟いて来る気配がする。いや、真横の樹木の陰からも、斜め前方の藪の中からも、したしたしたっ……と同じような気配を無数に感じる。

　母親が下ろしてくれと頼むので、言われた通りにすると、お前独りで山を降りなければならないと告げられる。もう私は、どうやら人に戻ることができないらしい。だから、ここでお別れだ。ただし一歩でも歩き出したら、決して振り返ってはならぬ。絶対に後ろを向くでないと念を押される。

　男は改めて母親と今生の別れをすると、その場を後にした。山道などなかったが、どんどん進んだ。すると、しばらくは跟いて来ていた何かの気配が、次第に減ってゆくのが分かった。そうして到頭したしたしたっ……という一つの気配だけになり、やがてそれもすうっと消えてしまった。

　最後まで跟いて来ていたのが母親だと思った男が、さよならの想いと共に振り向くと、すぐ真後ろに無数の山女郎が鈴生《すずな》りになって、彼を凝っと見詰めている光景があった。

　命辛々御山《いのちからがらおやま》を降りた男は、高熱を出し三日三晩に亘って寝込み、恢復してから自分の体験を語ったと伝わる。

　以来この地では、姥捨てを行なわなくなったということです」

「お聞きした覚えはありますが、怖いだけでなく物悲しい話だなぁと、今回も感じました」

「長くなりましたが、そんな曰くのある六壺の穴の近くに、鍛炭家は一連の騒動の後で石碑を建立しました。表向きは忌み山そのものを鎮めるため、という理由だったのですが――」

「そこに五人の遺体が、実は埋葬されている？」

「はい、そういうことですな」

「ところで一治君は？」

「姿が見えなくなってから数日後、当時六歳だった長治君が『お兄ちゃんが呼んでる』と、頻りに言うようになって……」

「な、なんですって！」

「怯えた咲枝さんが、我が子を側から離さなかったそうですが、ちょっと目を離した隙にいなくなってしまった」

「まさか、一治君も長治君もそのまま……」

「ええ……。それから咲枝さんの言動がおかしくなって、精神に異常を来したような状態になり、一月後に死にました」

「…………」

「平山に石碑を建立したのは、その後です。そういう意味では五人の供養というより、本当に御山を鎮めるためだったのかもしれませんな。それから乎山を、そっくり当家に明け渡したわけです。こちらとしては迷惑なだけでしたが、それで全てが治まるのであればと、親父も向こうの申し出を受けました」

話が一段落したところで、力枚が家人に言い付け新たに茶を淹れさせた。夕食のとき酒は出されていたが、言耶が頭をすっきりさせておきたいと言ったため、二人ともほとんど呑んでいない。

「立一氏とやり取りされていた手紙ですが――」

力枚が充分に喉を潤《うるお》し、茶を淹れた月子が客間から退室するのを待って、言耶が口を開いた。

「それに金山騒動のことを書かれたんですよね？」

「ええ、鍛炭家の団伍郎さんが当家に見えられ、乎山のことで詫びを入れられた頃でした。ちょうど立一さんから手紙が届いたので、その返事に」

「そのとき、五人の遺体が露頭掘りの穴から見付かったらしいという噂については？」

「さすがに書いておりません。金山騒動のあと山師と鉱夫たちがいなくなったことや、立造が何処かに消えてしまったことは、軽く触れたと思いますが……」

「その後の手紙では、どうです？」

「うーん……いえ、そもそも金山騒動に纏わる話を記したのは、その手紙だけですね。もちろん立一さんも、風の噂は耳にされたでしょうが。しかし、それが何か今回の件と関係あるのですか」

この力枚の問いに対して、

「なぜ立一氏たちは、乎山に現れたんでしょうね？」

また言耶も問いで返した。それも意味深長な口調で――。

「それは、道に迷ったからじゃありませんか」

「でも、乎山で道と呼べるのは、揖取家と鍛炭家にそれぞれ通じる東西の道と、御籠り堂の裏に出る石段、そして金脈があるとされた尾根に出る南の道――この四つになります。但し、南の道は行き止まりです。つまり乎山は、奥戸の集落にのみ開かれており、外部に対しては閉ざされているわけです。そこに郷木《ごうき》靖美《のぶよし》氏が迷い込んだのは、彼が山について素人だったからだと思われます。でも、立一氏たちは山から山へ移動する一種の漂泊民であり、山道には慣れているはずではないですか。しかも、まだ道があるのであれば迷い込んだという可能性も残りますが、ほとんど道なき道を掻き分けないと、周囲の山から乎山に入り込むことはできません。全くの不可抗力で乎山に侵入し、たまたま山中の家を見付けたという話ですが、本当にそうでしょうか」

「最初から乎山を目指していたと？　何のために？」

「もちろん、目的は金です。ここで生まれ育ったため、立一氏も金山の言い伝えは知っていた。でも、他の人々と同様そんなものは信じていなかった。ところが、あなたからの手紙で立造氏の金山騒動を教えられた。しかも実際に乎山から金が出たという。奥戸にいて、すぐ側で騒動を見ていた人にとっては、明らかに吉良内立志という山師は詐欺師臭く映ったでしょう。また、次々と姿を消す鉱夫たちに加え、当の山師もいなくなる。そのうち遺体発見の噂が広まり、そして立造氏までが行方不明になってしまう」

「うーん……」

「以上の状況から、集落の人々が生々しい事件を連想するのは、自然だったと思われます」

「確かに……」

「でも、それを手紙だけで知らされた立一氏は、果たしてどう受け止めたか」

「言い伝えが本当だった……と勘違いした？」

「立造氏たちの行方不明も見方を変えると、非常に大量の金が出たため、このままでは実家をはじめ集落中の人々から集《たか》られると思い、慌てて金を持って姿を晦《くら》ました風にも取れます」

「確かに、そうですな」

「立一氏一家が山中で、どんな生活をしていたかご存じですか」

ここからが本題だというように、言耶が少し身を乗り出した。

「あの家に落ち着いたのがお盆の前で、それから姿が見えなくなる十月のはじめ頃まで、五回ほど訪ねました。最初は八月の末でしたな。ちゃんと暮らせているか心配になって、ちょっと覗きに行ったんです。ところが留守で——」

「何時頃ですか。それに誰もいなかったんですか」

「昼過ぎだったと思います。ええ、誰一人いませんでした」

「扉の鍵は？」

「あの家は、外から鍵を掛けられません。それで翌日もう一度、今度は午前中に訪ねてみました。けれど、やっぱり留守だったので、悪いとは思いましたが中に入って、書き付けを残しておきました。何か不便があれば、遠慮なく言って欲しいと」

「その二回の訪問とも、岩場の尾根の方には行かれなかった？」

「行ってません。それじゃ……」

「その可能性は大いにあると、僕は睨んでいます」

「うーむ……」

力枚が大きな溜息を吐いた。自分は立一に騙されたのかもしれない——と考えたところで思わず漏れた、それは溜息のように言耶には映った。

「それから、どうされました？」

「数日後、平人君がやって来て、留守のことを詫びましたが――」

「何処に行っていたと？」

「食料の調達だということ以外、余り詳しくは言いませんし、こちらも詮索《せんさく》するのはどうかと思ったので……。ただ、私が山の家を訪ねたいと言うと、いついつに夕飯を食べに来て下さいと、日時を指定されましてね。行くと全員が揃ってましたが、囲炉裏の側で夕餉を囲んだのは立一さんと平人君だけで、奥さんのセリさんと、その母親のタツさん、そして立一さんとセリさんのお子さんのユリちゃんは、奥の板間の方で食べていました」

「そのときの皆さんの様子は？　例えば顔や衣服が汚れていたとか」

「そ、そうです！　最初からそんな格好でしたから、ああ普段も同じなんだと全く気にもしませんでしたが、あれはまるで穴蔵の中にでも入っていたような……」

「どんな話をされたのですか」

「二人とも余り饒舌《じょうぜつ》ではなく、ここに来る前の山中や河原の暮らし振りを、ぽつぽつと……。ただ、それが私には興味深かったものですから、またお邪魔しても良いかと訊くと、同じように日時を指定されて――」

「ひょっとして、また夕食を一緒にと言われませんでしたか」

「はい。あっ、そ、それは陽が昇っている間は穴に入り、金脈を探していたから？」

「恐らく、そうでしょう。それで二回目の招待があり、最後となった三回目でライターをお忘れになった」

「はい。三回目は少し遅くまで話し込んでしまいました」

「この二度の夕食のときも、同じような状況だったんですか」

「そうです。女性二人と子供の食事は、奥の板間で――。この三人は言われてみれば、ずっと人見知りをするように、私には近付きませんでしたね」

「漂泊民特有の人見知りにも見えますが、むしろ迂闊なことを口にしないように立一氏から注意されていて、それで自然と距離を取っていた可能性も考えられます」

「それにしても、なぜ今頃になって……」

「昨年の夏頃、何らかの事情で急に生活が逼迫《ひっぱく》した。常に移動しているわけですから、なかなか生活が安定せず不測の事態が起こったとしても、そう不思議ではない。そのとき昔の手紙に書かれていた金山騒動を思い出し、駄目で元々という気持ちで帰って来た」

「で、彼らは肝心のものを、見付けたと思いますか」

「床の間の聖徳太子の画の前に、布切れを被せた何かが置かれていたんですよね？」

そう言耶が尋ねると、力枚は興奮も露に、

「き、金を含んだ鉱石が、私の目の前にあったのですか……」

「黒い馬に跨《また》がった聖徳太子——即ち黒駒太子《くろこまたいし》は、岩手の金山関係者の間で信仰されている、という資料を図書館で目にしました。ひょっとすると昔、全国を渡り歩いていた山師の吉良内立志氏が、ここに持ち込んだのかもしれません」

「となると彼らが消えてしまったのは、もう金を充分に採ったから——にしては、消えた状況が尋常じゃありませんな」

「自らの意思で姿を消したと考えるには、仰る通り不自然過ぎます」

「何者かが、それこそ拉致《らち》したとでも？」

「かといって第三者の介入を考えると、より一層の不可思議さが増すばかりで……」

「一人や二人でなく、一家の全員が消えたんですからなぁ」

「しかも極めて奇妙な状況下で、です」

二人は、ほぼ同時に黙ってしまった。力枚は立一たちの隠された目的が分かり、少しは合点がいったように見える。だが言耶は、それを暴《あば》いたことにより一家消失の謎が余計に深まったような気分を覚えていた。

そのうち時計を見た力枚が、もう今夜は休んで夜明けと共に乎山に登ろうと提案し、それに言耶も賛成した。

翌日の早朝、まだ夜も完全に明けぬうちから起き出し、手早く朝食を済ませた二人は、月子に見送られながら揖取家の裏口から出た。まず黒地蔵様に御参りをし、それから乎山へと続く東の山道を辿りはじめる。

「ところで、月子さんのことなんですが――」

九十九折りの道を力枚が登り出したところで、その後ろから言耶が声を掛けた。

「はい、何でしょう？」

「鍛炭家の広治氏と立一氏の息子の平人氏、この二人と三角関係にあるのではないか、という件についてですが」

「ほうっ、そんなことまでご存じでしたか」

「あっ、決して興味本位ではなく――」

「いやいや、先生に限って、そんなことは思ってもおりませんよ。広治君はともかく、平人君とのことが気になってらっしゃるのでしょう」

「はぁ、実はそうなんです。月子さんは彼が消えたことを、どう受け止めているのかと」

「この三角関係には、ちょっと複雑なものがありましてな」

苦笑しながらも困惑を感じさせる口調で、

「立造の一件以来、すっかり揖取家と鍛炭家は付き合いがなくなりましたが、まぁ子供というのはまた別で、遊びもすれば喧嘩もするわけです。向こうもこちらも、子供の関係にまで口出しはしませんでしたからな。それが大人になると、互いに我が家と相手の家の関係を知るようになり、自然と疎遠になったようです。ところが、昨年の春でした。間に人を介して、なんと広治君が月子を嫁に貰いたいと言ってきた」

「そうなんですか」

「ただ、それが月子には気に入らなかったようで――。長女の花子には将夫《まさお》という婿養子を取り、次女の鷹子と三女の風子は、それぞれ終下市《ついかいち》の料理屋と石炭問屋の長男に嫁入りさせました。そんな三人の姉の姿を見てきた所為か、あの子は自分だけは自由恋愛をするのだと、かなり早い時期から宣言しておりましてな」

「月子さんとしては、広治さん自身の口から聞きたかったわけですね」

「それまでの二人にどんな経緯《いきさつ》があったのか、私は知りません。うちの家内に言わせると、思春期に入ってからは昔のように、気軽に会うことが減ったらしいので、広治君の申し出は些《いささ》か唐突過ぎたんでしょうな、あの子にとっては」

「手段を過《あやま》ったわけですか」

「それと広治君に、ちょっと良からぬ噂があったことも……」

「えっ、それは何です？」

無邪気に言耶は尋ねたのだが、はっと力枚は我に返ったようになって、

「これは……私としたことが、申し訳ない。いえ、単なる集落の下世話な噂話に過ぎ

ませんので……」

「はぁ……。で、それから二人は？」

「何となく距離ができ、より疎遠になったようです」

「そこに現れたのが、広治氏と似た容姿の従兄弟の平人氏だった」

「これは私の勝手な想像ですが、汚れて見窄《みすぼ》らしい身なりをした平人君に、あの子は広治君にはない自由さや野性味を感じた。ああいう人たちに特有の人見知りも、あの子には新鮮に映った。漂泊民ならではの謎めいた部分もあり、そこにも魅せられたのではないでしょうか」

「若い娘さんであれば、取り分け自分の夢を破られたばかりの月子さんにしてみれば、一気に心が平人氏に傾いた可能性はありますね。それにしても……いえ、こんなことを言うのは何ですが、平人氏と結婚させても良いと思っておられる？　そう感じたのですが」

「そのときになってみないと分かりませんが、特に反対はしない気はします」

「僕は随分と方々を回っていますが、村の素封家《そほうか》である御宅の当主で、そこまで子供に、特に娘の嫁入りに理解のある方には、ちょっと出会ったことがありません」

「はっはっはっ、随分とはっきり仰る」

楽しそうに笑った後で力枚は、やや真面目な口調で、

「戦後になって華族制度も廃止され、日本国民は皆、平等になった。とはいえ、まだまだ家に拘《こだわ》る風潮は残る。それは田舎へ行けば行くほど根強い。自由恋愛など夢のまた夢かもしれません。そう考えると、せめて末の娘だけは好きにさせてやりたい。そう思うようになりましてな。尤も――」

　そこで再び笑いを含ませると、

「月子を嫁にやるのではなく、彼には婿養子になって欲しいくらいは、まぁ言うでしょうが」

「娘さんのご様子は、いかがですか」

「うむ……。最初は取り乱したようだったが、そのうち元気がなくなって静かになり、次いで落ち着かない様子を見せはじめ、今ではそれら全ての症状が表れている有り様でして……」

「急にいなくなったわけですからね」

「ところで、先生――」

「はぁ……」

「このような田舎暮らしはお嫌いですかな」

「いえ、こういう土地ばかりを巡っておりますから、しばらく東京に戻っていると、そのうち妙に落ち着かなくなって――」

は？」

「なるほど。ならどうです？　いっそ月子の婿になって頂き、ここで小説を書かれて

「はぁ……」

「うちには静かな離れもありますから――」

「えっ……？　ええっ⁉」

「私も先生のような息子ができると、とても嬉しいし楽しいでしょうな」

「い、いやぁ……僕なんか風来坊ですから、とてもとても……」

「やっぱり無理ですか」

少しも冗談に聞こえないところが怖い、と言耶は思った。

「娘ばかり四人も――父親としては詰まらんですよ。あなたのお父さんが、私は羨《うらや》ましい。こんな立派な息子さんがいらっしゃるのだから」

「……………」

不自然な沈黙の後、言耶は何事もなかったかのように、

「後で月子さんとお話しをしても、宜しいでしょうか」

「ああ、もちろん構いませんよ」

力枚は快諾したが、さすがに言耶が何を考えているのか気になったらしく、返事をする瞬間だけ後ろを向いた。それでもすぐ前に目をやると、

「次の角で、九十九折りの坂道は終わりです。そこからはお椀の内側のように道の両側が反った、ちょっと歩き難《にく》い坂に変わりますから、どうか足元に気をつけて下さいよ」

その説明の通り山道の角を曲がると、まるで巨大な蟒蛇《うわばみ》が山中をくねくねと掘って登った跡のように、ほぼ丸く抉《えぐ》られた坂道が左右にうねりながら延びていた。

何となく二人の会話が途切れた所為もあるが、気が付くと言耶は周囲の状況を探っていた。言うまでもなくここは忌み山である。足を踏み入れてから先程まで、力枚と話をしていたため余り意識しなかったが、明らかに普通の山とは違う気配が最初から漂っていた。それが今、微妙に変化したのだ。より濃くなった感じだろうか。

（入らずの山を侵して、無事で済むのかどうか……）

遅蒔きながら我が身の心配をしたが、今更もう戻ることなどできない。それに力枚が同行してくれるだけ増しと思うべきだろう。

黙々と蟒蛇坂を登り切ったところで、山道が右手へと延びていた。そのまま歩を進め続けていると、やがて斜め左手の樹木の間に、ちらちらと家らしき建物の姿が見えはじめた。

仮にここが入らずの山でなかったとしても、それは非常に奇異な眺めだった。山中には不釣り合いな二階建てだったからでも、鉱夫たちには不相応な家屋だったからでもない。そもそも存在すべきでないという圧倒的な違和感があるのだ。

異様な家を凝視する言耶に気付かず、力枚はその横の道を指差しつつ、

「この南に延びるのが、金を採掘した尾根へと出る道です」

「あっ、六つの穴が掘られているところですね」

透かさず言耶が、問題の道へと視線を向ける。

「誰が言うでもなく、いつしか皆〈六墓《むつぼ》の穴〉と呼ぶようになりました。もちろん〈六壺の穴〉を捩《もじ》っているわけですな」

漢字の説明に耳を傾けながら、言耶は鬱蒼と茂る樹木の奥へと延びる薄暗い山道の、更に先へと視線を凝らせていた。

「この道は、家を見た後にしましょう」

力枚に促《うなが》され、家の正面まで歩を進めた言耶は、

(ここに人間が住む家を建ててはならない……)

ふと心の底からそう感じた。

「どうです？　想像していた以上に大きいでしょう」

家の戸口に立った力枚が振り返りつつ声を上げたが、すぐ言耶の様子に気付いたらしく、

「どうしました？　大丈夫ですか」

「あっ、は、はい……。こんなものを建ててはいけないと、そう強く感じたものですから」

「霊感とでも呼ぶのでしょうか、そういったものが――」

「いえ、僕には全くありません。極めて普通の平凡な人間です。ただ、そんな僕でさえ、この光景は途轍《とてつ》も無く忌まわしいものに映ります」

「そうでしょうなぁ」

力枚は大きく溜息を吐くと、

「とはいえ中は、ご覧になるでしょう？」

言耶が頷くと同時に、表の板戸に手を押し当てた。

「うん……おかしいな？」

ところが、なかなか板戸を開けることができない。

「がたがきて扉が開きませんか」

「いや、というよりも、これは……閂《かんぬき》が下りているような……」

「ええっ！　なんですって？」

思わず駆け寄った言耶は、板戸の取っ手を揺すった。だが、確かに内側から閂でも掛けられているらしき手応えがある。

「それに何だか、煙ったくありませんか」

言われてみれば、確かに何やら焦臭《きな》い。

「裏口に回りましょう」

力枚を促すと同時に、もう言耶は家の東側へと走り出していた。後ろから慌てて付いて来る足音が聞こえる。

(物凄く厭な予感がする……)

家の裏に着くと、かなり東寄りに設けられた板戸が目に入った。表の観音開きとは異なる一枚戸だが、開かないのは同じだった。

「どうやら、こちらにも閂が下りてるようです」

言耶が取っ手を揺すりながら首を振るのを見て、力枚は薄気味悪そうな表情で、

「つまり家の中に、誰かがいる……と?」

「そうとしか考えられない状況ですが……」

徐《おもむろ》にお互いの顔を見合わせたところで、

「確か物置き小屋がありましたよね。何か戸を破る道具を見付けましょう」

そう言うが早いか、先に言耶が動き出した。

家の西側へ回り込み、物置き小屋の戸を開けて中を覗き込む。手っ取り早く斧を探したが見付からない。仕方ないので目に付いた玄翁《げんのう》と鏨《たがね》を手に取り、どちらの戸口に向かうか一瞬だけ迷った後で、近い方の表へと走った。

「閂は、この辺りでしょうか」

板戸を揺すりながら言耶が閂の位置を探っていると、力枚が記憶を頼りに大凡の当たりを付け、そこを指差してくれた。その少し上に鑿の先端を当てる。それから言耶は玄翁で叩きはじめた。板に小さな穴が開いたら、すぐ横に鑿を移動させ再び叩く。その繰り返しである。

やがて、ようやく片手が入るほどの穴が開いたところで、一先ず言耶は家の中を覗いた。が、すぐに穴に右手を入れると閂を外し、慌てて板戸を開け切った。

「うっ……」

後ろで力枚の息を呑む気配がした。

前の板間の囲炉裏の側に、男性らしき人物が倒れていた。手前に両足を、頭頂部を奥に向けた格好で、炉に顔を突っ込んだまま、頭をぼうぼうと燃やしながら……。

第四章　しろじぞうさま、のーぼる

「み、水……、水、水！」

　刀城言耶は叫びながら家の中に飛び込むと奥の土間まで走り、並んだ大きな瓶《かめ》の蓋《ふた》を片っ端から開けはじめた。そのうちの一つに水が溜まっているのを見付け、今度は柄杓《ひしゃく》を探して右往左往し、見当たらなかったので食器が重ねられた棚まですっ飛び丼を二つ摑むと、それに瓶の水を汲《く》んで囲炉裏まで走って戻り、盛んに火を吹く頭部に打《ぶ》ちまけた。

　その途端、じゅっという物凄い音と共に、もうもうたる白煙が上がり、何とも言えぬ人肉の焦げる厭な臭いが鼻を突き、一気に噎《む》せる。もちろん、それまでも臭っていたに違いないが、消火にばかり気を取られほとんど感じていなかったのだろう。

　片手で鼻と口を被《おお》いながらも、言耶は慌てて倒れた男の左手首の脈を確かめた。囲炉裏の熱の所為か、妙に手首が生温かくて気持ち悪い。それでも我慢して脈を探り続けたが、残念ながら事切れていることを確認しただけだった。

一つ家見取図

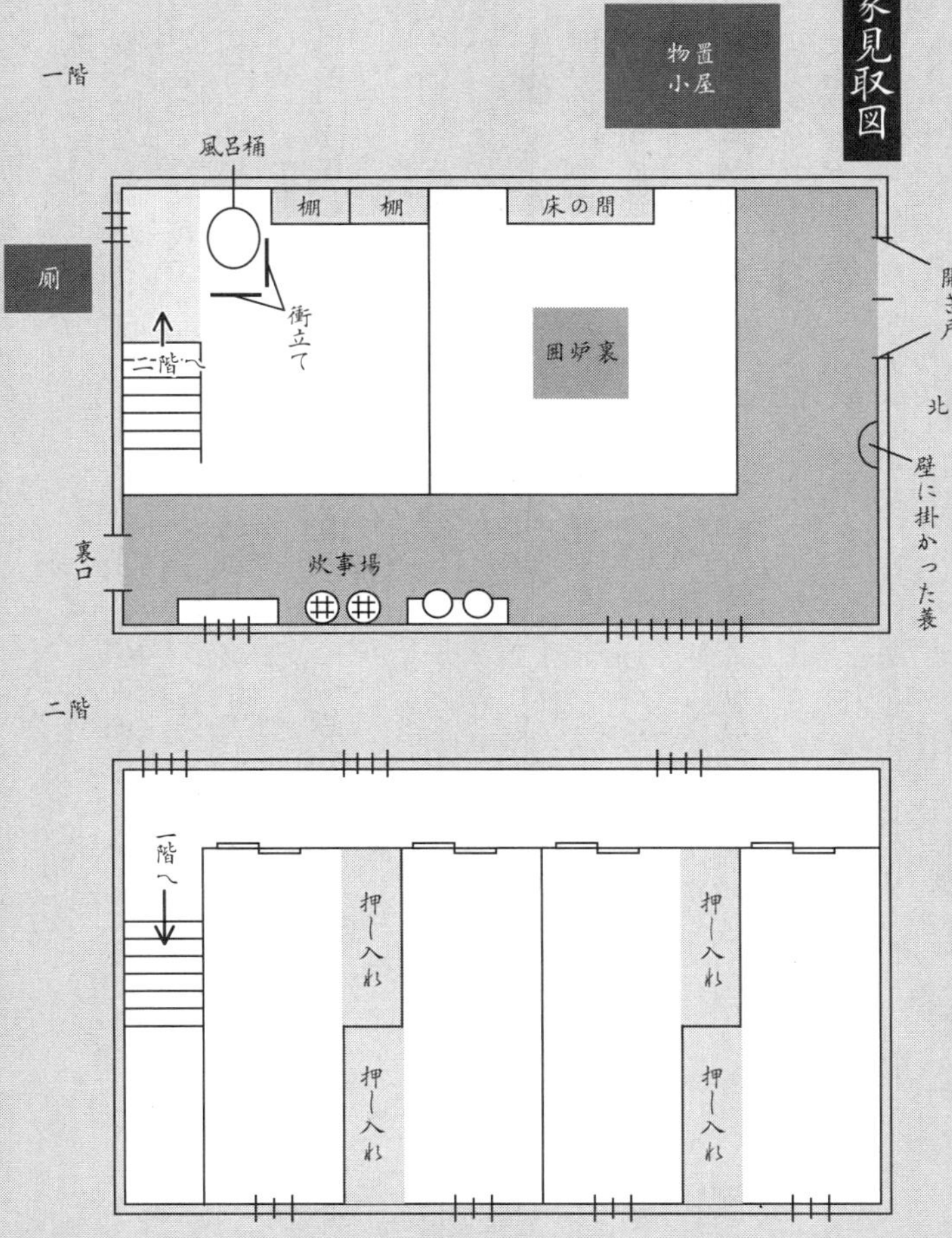
一階
物置小屋
風呂桶
棚
棚
床の間
厠
衝立て
二階へ
囲炉裏
開き戸
北
壁に掛かった蓑
裏口
炊事場
二階
一階へ
押し入れ
押し入れ
押し入れ
押し入れ

「こ、これは……」

振り返ると、表の土間と囲炉裏の中間で力枚が呆然と立ち尽くしていた。

「まさか、立一氏ですか」

言耶が問い掛けると、頷きそうな素振りを見せてから慌てて首を振り、

「いや、この服装は立治でしょう」

こざっぱりとした洋服は、確かに山から山へ移動する漂泊民のものとはとても思えない。

「立治氏だとすると、どうしてこの家に……」

「か、彼は、こ、殺された……？」

「この状況から判断すると、そうなりますね。それにしても何とも奇妙な――」

「囲炉裏の中に焼《く》べられてるのは、蓑《みの》ですな」

力枚の指摘通り、男の顔面の下には蓑が二つほど、そこで燃やされようとした形跡があった。

表の板戸から入ると左手の壁に、蓑が幾つも重ねてぶら下がっている。恐らくそこから取ったのだろう。

(でも、なぜ顔を燃やしたんだ？)

ジーンズの尻ポケットから取り出したハンカチで鼻を押さえつつ、言耶は恐る恐る

焼けた屍体の顔を観察した。だが、もちろん何も分からない。

「それとこの格好……。ちょっと不自然じゃありませんか」

遺体の両手は万歳をしていたが、右手の方が左手よりも上がっている。それに呼応するように両足も膝を曲げた状態で、やはり右足の方が左足よりも少し上がっており、まるで今にも這い出しそうな格好である。

「妙ですね。仮にこの人物が後頭部を殴られ、それで前のめりに囲炉裏へ倒れたのだとすると、こんな格好にはならないはずです」

「つまり犯人が……」

「わざわざ遺体の手足を動かしたことに……あっ！」

そこで言耶は大声を上げると、囲炉裏の中に顔を突っ込まんばかりの姿勢で、遺体を再び観察しはじめた。

「と、刀城先生……一体な、何を……」

驚く力枚を他所に、言耶は遺体の胸元を繁々《しげしげ》と覗き込んでから、立ち上がって不自然なその格好を凝っと見詰めている。

「ど、どうされたんです？」

「はっきり確認できませんが、この人物は白い前掛けをしているようなんです」

「はっ？　前掛け……ですか」

「ええ、御地蔵様がしているような――」

「御地蔵様……前掛け……白い……ええっ！」

その意味に力枚が気付き驚きを露にしたところで、言耶は遺体を指差しながら、

「神戸《ごうど》の奥戸《くまど》の六地蔵《むつじぞう》……白地蔵様、登る――。この人の格好は、山や崖を登っている姿に見えませんか」

「な、な、何なんですか、これは一体……」

「分かりません。ただ表も裏も、板戸には閂が下りていました」

そう口にして言耶が家の中を見回すと、

「つ、つまり犯人は、まだ家の中に、いる……」

途端に力枚は、忙《せわ》しなく辺りに目を配りはじめた。それを言耶は、落ち着いてという風に片手の仕草だけで伝え、家の中を一通り調べた。しかし、何処にも誰も隠れてはいない。

「僕は二階を見て来ます。あなたには、僕をやり過ごして誰かが階段から下りて来ないか、そこで見張っていて欲しいのです。お頼みできますか」

慌てて力枚が頷く。

「それで、もし誰かを見たら大声を上げて下さい。宜しいですか、絶対ですよ」

相手が自分の頼んだことを理解したのを見取ってから、言耶は奥の階段へと向かっ

た。

疾っくに陽は昇っていたが山の中である。そのうえ二階の廊下の窓が小さいためか、行く手には闇と言ってもよい真っ暗な世界が待っていた。

(犯人が潜んでいる場合、待ち伏せには格好の状況だな……)

言耶は上着の懐から巻物めいた細長い包みを取り出すと、縛ってある紐を解いて広げ、その中から万年筆型ライトを選んだ。

彼が手にしている特殊な布巻きには、幾つもの小さな袋が設けられており、万年筆型ライト以外にも蠟燭や硫黄燐寸といった明かり取りから、小型のナイフや鑢《やすり》やペンチ、細引きや針金や磁石といった細々としたもの、それに細長い非常食用のチョコレートや乾パンまで収納されている。彼と親しい編集者たちが、〈怪奇小説家の探偵七つ道具〉と何処か矛盾した名で呼ぶ、それは特製の秘密道具袋だった。

まず小さな明かりの輪で階段の上を照らし、誰もいないことを確認してから慎重に上がる。狭い踊り場で廊下の曲り角の気配を探るが、寂とした雰囲気が漂っているだけで待ち伏せは感じられない。意を決して飛び出すと同時にライトを向ける。が、そこには長い闇が延びているばかり……。

手前の部屋から順に覗くが、やはり誰もいない。片側に設けられた押し入れの上段には風呂敷の包みが幾つか、下段には蒲団が積まれているだけである。風呂敷の中を改めると、すっかり黄ばんだ刺子の頭巾や手甲、短衣や股引、足袋や草履などが出てきた。念のため窓も調べるが、全て内側から差し込み式の螺子錠が閉められている。

（この家そのものが、密室状態というわけか……）

立一たちの一家消失が起こったのと同じ状況下で、今度は殺人事件が発生したことになる。

（二つの出来事には関係があるのか、ないのか）

最後の部屋を調べ終わった言耶は急いで階下へ戻り、誰も下りて来た者がいないことを力枚に確認すると、

「上の部屋も、全て空っぽでした」

「どういうことです？　二つしかない出入口に内側から閂を下ろし、それから一体どうやって犯人は外へ出たんです？」

「それも謎ですが、もっと分からないのは、なぜこの家を密室状態にする必要があったのか――ですよ。これが集落の家なら内側から施錠することにより、遺体の発見を数日は遅らせられるかもしれません。でも、この家で同じ理屈は通らない。むしろ板戸が開かないと、不審に思われるのが落ちじゃありませんか。現に僕たちは、異状を感じたわけです。いや、そもそもこの家を訪ねようなどという人はいないでしょうから、閂を下ろす必要などないはずです」

「うーん、全て仰る通りです」

「しかも遺体を弄《いじ》って、童唄に見立てている……」

そこは独り言のように呟いたが、はっと我に返り、

「警察を呼ぶには、お宅から電話を掛けるのが一番早いでしょうか」

「そうですね。まず奥戸の駐在所に知らせて、後は任せるべきだと思いますが……」

「お願いできますか」

「分かりました。し、しかし先生は？」

「現場を取り巻く状況を考えますと、見張りが必要でしょう」

「こ、ここに残る……と？」

力枚は一緒に山を降りるべきだ、と言耶を説得しはじめた。だが、本人の意思が堅いと分かったのか、充分に気を付けるようにと約束させたうえで、揖取《かじとり》家へと早足で向かった。

刀城言耶は相手の姿が東の山道に消えるのを見届けてから、表の板戸の周囲を調べた。そして近くの板壁から頭を出している釘を見付けると、探偵七つ道具袋から細引きを取り出し、板戸の取っ手と壁の釘とを極めて特殊な結び方で縛り付けた。これで細引きが切れていたり結び目が違っていたら、何者かが家の中に入ったと分かる。

「本当は、ちゃんと家の前で見張る必要があるんだけど――」

わざわざ口に出したのは、力枚に対して少し後ろめたかったからだが、迷わず家から離れ西の山道へと入った。

幾らも進まないうちに岩場へ着き、すとんと落ち込む崖に行き当たる。腹這いになって下を覗くと、確かに梯子でもない限り降りるのは無理に見える。壁面が内部へ抉《えぐ》れているため、縄を伝うとすれば相当な熟練でないと不可能だと分かる。

透かさず家まで戻り、物置き小屋を調べる。しかし細長い丸太が数本ほど隅に立て掛けてあるだけで、梯子のようなものは何処にもない。念のためロープや丈夫な縄の類も探すが、やっぱり見付からない。

(待てよ。そもそも立治氏が、もし鍛炭《かすみ》家の方から西の山道を登って来たのだとすると、あの岩場に梯子か何かが残っていたはずだ)

そう気付いた言耶は、家の真正面の藪へと足を踏み入れた。麓の御籠り堂の裏から延びている石段を調べるためだったが、すぐに異変を認めることができた。

(これは……明らかに人が通った跡じゃないか)

肝心の石段も上から見下ろしてみると、石と石の間から生えた雑草が踏み潰されている。

(立治氏にしてみれば、西の山道は崖があって登れない。かといって東の山道は揖取家の側を通る必要がある。残るのは、この石段しかない。筋は通ってるな)

まず被害者の足取りを確認した言耶は再び家の前まで戻ると、今度は南の山道を辿った。立治殺しに関係があると思ったからではない。警察が到着すれば山中を自由に動くことができなくなるため、今のうちに六墓の穴を見ておくことにしたのだ。

薄暗く狭い山道を進んで行くと、やがて視界が開け問題の尾根へと出た。巨大な四つ足の未知の生物が身体をくねらせたような格好で、尾根は南西の方向へ延びている。その先端から付け根まで、ぽつぽつと六つの穴が穿《うが》たれている光景は、まるで巨大生物の外科手術に失敗したかに見えるほど、途轍も無くグロテスクな眺めだった。

言耶は尾根の先まで慎重に歩を進めると、一つずつ穴を覗きはじめた。本当は穴の中に下りたかったが、梯子もロープもない状態では危険過ぎると思い我慢する。物置き小屋にあったのと同じ丸太が見えたので、恐らく梯子の残骸なのだろう。それ以外は万年筆型ライトで穴の奥を照らしても、特に変わったところは見当たらない。

（六地蔵様に倣った旗は、尾根の付け根の穴から先端の穴に向かって、白、黒、赤、青、黄、金と続いているのか）

もちろん長年の風雨により、旗は千切れて吹き飛ばされていたが、辛《かろ》うじて残った切れ端から何とか色を確認する。

（ここに金脈が埋もれているのか、それともいないのか……）

不可解な一家消失と凄惨な立治殺しが結び付くとすれば、それは乎山《かなやま》に眠る金によってなのかもしれない。

六つの穴を全て覗き終わると、最後に尾根の付け根にある六壺の穴に向かう。側に建立された石塔には、無惨にも大きな斜めの亀裂が入っている。その割れ目を観察する限り自然に見えるが、こんなものが滅多にできるとは思えない。しかも、そこに彫られているのは、
一切呪詛霊等為善心菩提也
とても供養塔に彫る言葉とは思えないものである。

崩壊の兆しを孕《はら》む苔生《こけむ》した石塔、眉山で捨てられた老婆が這い出し山女郎となる六壺の穴……それらを目にしてるうちに、言耶の背筋には冷たいものが伝い下りはじめた。

（この禍々《まがまが》しさは尋常じゃないな）

伊達に忌み山と恐れられているわけでない。その事実を実感すると同時に、よくこんな場所で探鉱を繰り返したものだと感心した。余程のこと怖いもの知らずだったのか、余りにも鈍感だったのか。いや、それほど金という存在は、きっと絶大な魅力を放っているのだ。

少し躊躇いつつも蹲み込むと、言耶は片膝を付いた状態で穴の中を覗いた。

細い木の根が無数に垂れ下がった穴蔵は、確かに小動物の住処に見える。ただし動

物の巣穴からは決して漂ってこないであろう忌まわしい気が、穴の奥から流れ出していた。凝っと見詰めているうちに、すっぽり頭を吸い込まれそうな恐怖を覚える。もしくは、自分から頭を突っ込みたいという衝動に駆られる。

(何を莫迦なことを……)

慌てて穴から言耶は離れたが、そのとき妙なものが目に留まった。

(今のは……)

恐る恐る穴に顔を寄せると、黒くて小さな丸い粒が一つ、手を伸ばせば届きそうなところに落ちている。小動物の糞《ふん》かと思ったが、どうも違う。咄嗟《とっさ》に取ろうとし、急いで右手を引っ込めた。

にゅうっと穴の中から手が出て……。

そんな映像が、立ち所に脳裏に浮かんだからだ。やや身体を離す姿勢で、万年筆型ライトで穴の中を検める。

(何もいない……。当たり前か……)

それでも彼は、できるだけ素早く謎の物体を拾い上げた。

「数珠の玉？」

右手の親指と人差し指の間に挟んだ黒くて小さな玉は、中心に穴が開いていて、どう見ても使い込まれた数珠の一部に見える。

（石塔に御参りした人のものかな……）

それが最も納得のいく解釈だったが、なぜ数珠が切れたのだろうと考えた途端、再び背筋が寒くなった。

足早に来た道を戻っている途中、東の山道の方から話し声が聞こえてきた。慌てて更に足を速めながら、しかし足音を立てないように家の前へと急ぐ。

すると間一髪で、力枚と将夫が姿を現した。恐らく彼らには言耶が、ずっと家の前で見張っていたように映ったに違いない。

「遅くなりました。駐在の熊谷《くまがい》さんが根掘り葉掘り訊くものですから、説明するのに手間取りましてね。初戸《はど》の駐在所の大庭《おおば》巡査にも連絡をして応援を頼むというので、とにかく早く来るようにと頼んで、私だけ先に戻って来ました」

力枚が喋り終えるのを待って、頻りに家の中を気にしていた将夫が、

「それで殺されてるのは、本当に鍛炭家の立治なんですか」

「顔が焼かれているので、確認できたわけではありません。しかし、服装から判断すると立治氏かと思われるのですが――何か、お心当たりでも？」

相手の物言いを妙に思った言耶が尋ね返すと、ちらっと義父を見てから将夫が、

「立一という可能性はありませんか」

「どういうことです？」

「この山の金を巡って、兄弟が争ったんですよ。服装は立治のものだけど、顔の見分けは付かないと聞いて、ひょっとすると被害者は立一の方ではないか、それを立治は自分に見せ掛けることにより、犯人は立一だと誤認させ――」

「ちょ、ちょっと待って下さい。将夫さんは、立一氏たちが乎山の金を掘り出すために、この家に住んでいたとご存じだったんですか」

「いや……別に本人たちに確かめたわけでも、その現場を見たわけでもないです……が、それは立一が奥戸の出身であることを考えれば、簡単に察しが付くでしょう。ここが忌み山だと知っているのに、なぜ住んだのか。それは金山の伝説も知っていたからだ、という風に」

「なるほど。ただ、そこに立治氏は、どう絡むんです？」

「決まってるじゃないですか。家を捨てた長兄が、のこのこ奥戸に戻って来たばかりでなく、有ろう事か立造が手を出して失敗した乎山の金を、我が物にしようとしている。それを黙って見過ごすことは、立治には出来なかった。だから――」

「そんなはずはないと、ちゃんと説明しただろう」

それまで大人しく娘婿の話を聞いていた力枚が、苦虫を嚙み潰したような口調で、

「もし仮に、立治が立一さんに絡んでたとしたら、私に相談したはずだ」

「お義父さんに言うと、金を探してることがばれるから――」

「少なくとも私は金など——先程の刀城先生のお話を聞くまでだが——この山にはないと思っていたので、そのことは立一さんにも話した。つまり、もし立治に悩まされていたのなら、逆に助けを求めたはずだ。なぜなら立治に対し、乎山に入るなと言えるのは、揖取家の当主だけだからだ。仮にそのとき立治が、兄は御山の金を狙っていると告げ口したとしても、私が信用しないであろうことは、立一さんも分かっていたと思う。よって金を巡る兄弟の争いなど考えられない」

「でもお義父さん、西の山道の途中にある崖には、梯子がないんですよね。これは立治の介入を阻止しようとした立一たちが、きっと外したに違いありません」

「ああ、あれは立造の事件があった後、もう鍛炭家は一切この山に関わらないという印に、団伍郎さんが外させたんだよ。当家と集落の者に対する意思表示だな。けど本心から、もう決して関わりたくないと思っていたのは事実だろう」

「ならば、どうして揖取家で、この山を管理しないんですか。そうしていれば怪しい一家に占拠されることもなく、こんな恐ろしい事件も——」

「亡き父は、忌み山はそっとしておくべきだと考えていた。それは私も同様だ。そのことは、これまで何度も話しただろ」

「そんな腫《は》れ物に触るような対応をした結果が、陽子《ようこ》の——」

「まだ言うのか。あの子とこの山が関係あるのか、それは誰にも分からない。仮に因縁があったとしたら、入らずの山を荒らすことによって、もっと多くの障りが出る羽目になっていたはずだ」

「違います。いつまでも見て見ぬ振りをするから、この山もずっと禍々しい存在であり続けるのです。立造たちのように中途半端にではなく、もっと本格的に採鉱をすれば──」

「な、何を言うか！」

「あのー、すみません……」

すうっと言耶が二人の会話に割って入ると、はっとお互い我に返ったように、急に口を閉じてしまった。

「どうも途中から、何やらお話が逸れていたようなんですが──」

「いやなに、若い者は夢も野心もありますからな。彼は、この山には本当に金が眠っていると信じておるんですよ。それで本格的な探鉱を行ない、それで金脈を発見できれば、ちゃんと採掘の計画を立てて、ここを金山として開発することを考えてましてな」

「信用のおける業者を入れれば、強ち夢ではありませんよね。もちろん肝心の金が出なければ、お話になりませんけど」

「金ならあります。現に立一たちが──」

将夫が口を滑らせたと思って閉じたときは遅く、力枚が怒ったような顔付きで、

「まさか君は、彼らの留守中に、家の中へと入ってたんじゃなかろうな？」

「…………」

「どうなんだ？」

「一度だけ……。しかしお義父さん、彼らは金脈を含んだ岩石を、ちゃんと持っていたんですよ」

そこで将夫は手帳を取り出すと、その岩石がどんなものだったか、わざわざ特徴を記しておいた箇所を読み上げはじめた。どうやら彼は、一種の記録魔らしい。

「は、恥を知りなさい！」

しかし、それが余計に力枚の怒りを誘ったようで、

「この家を立一さんに貸した以上、ここは彼らの家だ。揖取家の者であろうと、彼らの許可なしに入るということは――」

「ええっと将夫さん、その岩石なんですが、聖徳太子の画が掛かった床の間に、布を被せて置いてあったものじゃありませんか」

「あっ、そうです」

「やっぱり、そうだったんですね。昨夜の話の裏が取れました」

言耶が喜んだ素振りを見せたので、力枚も仕方なく相槌を打つ格好になった。

「ところで、陽子と仰るのは何方《どなた》なんですか」

うっと喉を鳴らしたのは、どちらだったのか。いずれにしろ二人とも、余り喋りたくなさそうに見える。だが、ふっと力枚が力のない溜息を吐いて、

「陽子というのは、孫娘です。将夫君と花子の長女で、今年――」

「八歳になります」

力枚が少し考えそうになったのを目にし、将夫が後を続ける。

「もう、そんな歳になるか」

「はい……」

「何か事情がおありのようですが、宜しければお聞かせ頂けませんか」

しんみりしてしまった二人に対し、言耶が控え目に声を掛けると、今度は将夫が口を開いた。

「三年前……いえ、正確には二年と半年くらいでしょうか、当時六歳だった陽子が、神隠しに遭いまして……」

「えっ……」

「黒地蔵様の祠の辺りで遊んでいるのを、月子さんが見たのが最後で……そのまま行方が分からなくなったんです」

「平山に登った？」

「皆がそう思ったので、山狩りをしたのですが、見付かりませんでした」

「当時から神戸には、追い剝《は》ぎが出没してましてな。行脚《あんぎや》の御坊や修験者までが狙われる始末で——。陽子も攫《さら》われたのではなかろうかと、八方手を尽くして捜しましたが……」

「そうでしたか。そんな辛い過去を思い出させてしまって、お二人には申し訳ないことをしました」

どうやら簡単に図式化すると、保守的な力枚と革新的な将夫、迷信深い当主と合理的な娘婿——という平山を巡る関係が、二人の間にはあったのだろう。ただ、辛うじて均衡を保っていた。それが陽子の神隠しを切っ掛けとして一気に悪化した。恐らく御山と陽子失踪の因果関係など、二人にも分からなかったに違いない。要は愛しい孫娘を失った、可愛い愛娘をなくした、その悲しみを二人は別の問題に摩《す》り替えたのではないか。

(祖父と父の争いなど、陽子ちゃんが一番望んでいないと思うけど)

そう言耶は思ったが、もちろん口には出さない。力枚ほどの人物なら、ちゃんと話せば分かるはずである。いや、理解したうえでのことか。だから余計に始末が悪いのかもしれない。なまじ家族であるだけに一度でも関係が拗《こじ》れると、その修復は容易ではないのだろう。

（父親か……）

ふと思考が別の方向へ飛びそうになったのを抑えると、言耶は今後のことを力枚に尋ねた。

「初戸の大庭巡査が、終下市《ついかいち》から来る捜査班を出迎え、奥戸へと道案内をする手筈《てはず》になっています。ただ、捜査班がここへ到着するのは、早くてもお昼過ぎにはなるでしょう。ですから我々は熊谷巡査がここに着くのを待ち、この家の見張りを任せ、一旦当家に戻ろうと思います」

そこからは専《もっぱ》ら、言耶が立治について二人に質問をするという格好で会話が進んだ。ただし両家の間の付き合いが途絶えているため、過去の話はともかく最近の動向などは分からないという。辛うじて将夫が集落の青年団を通じて、鍛炭家の広治と接点があるくらいらしい。

一時間ほど待って、ようやく奥戸の駐在である熊谷巡査が姿を現した。

「色々と手間取りまして、遅くなりました。いや、揖取さんにはご迷惑をお掛けし、大変申し訳ないです」

まず力枚に頭を下げ、将夫には軽く頷いた。それから繁々と言耶を見詰めると、

「あなた……」

と何やら言い掛けたので、不審がられないうちに、先に自己紹介をしようとしたと

ころ、

「東京からいらしたという作家の先生ですか」

「えっ……は、はい！　刀城言耶と申します」

「ああ、そういうお名前でしたよ」

「はっ？」

「ここに登る前に揖取家へ寄ったのですが、月子さんが、東京の出版社から電話があったと言われまして――」

「ぼ、僕にですか。ひょっとして怪想舎の祖父江偲君からでは？」

「ええ、その方です」

「そ、それで何と彼女は？」

熊谷巡査は手帳を取り出すと、ゆっくり読み上げるように、

「郷木《ごうき》靖美《のぶよし》さんが今朝、怪想舎の祖父江さんを訪れ、こう言ったそうです。『乎山から山魔が追い掛けて来た』と」

第五章　山魔が来る！

　終下市署《ついかいちしょ》の鬼無瀬《きなせ》警部をはじめとする捜査班が、奥戸《くまど》の揖取家《かじとりけ》に到着したのは、午後も随分と遅くなってからだった。一番の原因は、選《よ》りに選《よ》って初戸《はど》から奥戸への交通路の問題を、大庭巡査が前もって充分に説明しなかったためらしい。その結果、警部たちは山越えの旧道を通り、臼山峠を越えるのに多大な手間暇を要してしまった。

　よって奥座敷で捜査班を出迎えた刀城言耶たちは、かなり立腹している鬼無瀬警部を前に、立治の遺体を発見した経緯《いきさつ》を語る羽目になった。その際に言耶が何者で、なぜ奥戸にいるのかを説明したところ、

「すると君は、その郷木《ごうき》とかいう男の妄想を信じて、わざわざ奥戸までやって来たわけか」

「はぁ……。ただの幻覚や思い込みとは、どうも違う気がしたものですから……」

「刀城先生は、その道の専門家でしてな」

　横から力枚が助け船を出してくれたが、警部はインチキ占い師でも見るように一瞥《いちべつ》

したただけで、早くも言耶に対する評価を下したようである。

名前に〈鬼〉の漢字が入っている所為でもないのだろうが、よく見ると警部は、鬼瓦を少し優しくした容貌に似ていなくもない。ただし彼が相手に対し、侮蔑、反感、憤怒《ふんぬ》といった負の感情を持つと、それが有り有りと表情に出るらしく、少し優しい鬼瓦が、たちまち途轍も無く恐ろしい鬼瓦へと変貌する。ちょうど言耶を一瞥したときのように。

一通り言耶と力枚の話が終わると、鬼無瀬警部は更に険しい顔付きで、

「揖取さん、あなたには現場に同行を願いたい。もう一度そこで詳しく、どのように被害者を見付けたのか、改めて訊きますので」

「ならば、刀城先生もご一緒に――」

「いや、あなただけで結構です。同じことを別の人間から、二度も聞く必要はありませんからな」

そう言うと少し待つようにと断わり、警部は奥座敷を出て行った。恐らく乎山《かなやま》に登る者と鍛炭《かすみ》家へ事情聴取に行かせる者などに捜査班を分け、今後の活動について指示を出すためだろう。

「いやはや私などより刀城先生の方が、こういう場合は余程のこと適任であるはずなのに、あの警部さんは何を考えているのか」

「お役目、大変だと思いますが、僕の分まで宜しくお願いします」

ぼやく力枚を宥《なだ》めた言耶は、やがて乎山に向けて出発した一行を見送ると、将夫に「少し出掛けて来ます」と断わり揖取家を後にした。

警察の捜査に加わりたいと思う気持ちもあったが、既に現場は目にしており、山の気になる場所も調べ済みである。むしろ今は、警察の鑑識が出す様々な結果を如何にして教えて貰うかという、その先の問題を考えていた。

(それに今なら、まだ集落内をうろついても咎《とが》められる恐れはない)

捜査員の多くが乎山と鍛炭家に集中している間に、できるだけ動いておく心積もりだった。何と言っても彼が奥戸に来た第一の理由は、不可解な一家消失の謎を解くためなのだから。

(しかし祖父江君の電話は、一体どう考えれば良いのか)

乎山から降りて揖取家に戻った言耶は、すぐ力枚に電話を借りると、慌てて怪想舎の祖父江偲に連絡を入れたのだが――。

「あっ、先生！　伝言は聞いてくれはりました？」

「うん、靖美《のぶよし》氏が訪ねて来て、妙なことを口にしたとか」

「そうなんです。今朝、会社の方に急に見えて……。でも、先生が奥戸へ発つ前に言うてはったほど、そんな寝込んでる風には見えんかったんで――ああ、恢復してはるんや、やっぱり先生が色々と言うたんが、ちゃんと効いてるんやって、私、嬉しゅうなって」

「ところが、違ってた？」

「はい……。早朝やったらしいです。突然なぜか目が覚めた途端、山魔が来る！　自分に向かって、真っ直ぐ近付いて来る！　そう感じた言うんです」

「早朝……そ、それは今朝のこと？」

「そうです。目覚めてからも、蒲団の中で震えてたらしいです。しかもそのうち、ひょっとしたら山魔は自分を喰いに来るんやないか……そう思えてきたそうで――」

「山魔に喰われるだって？」

「さすがに私も、この人ちょっと大丈夫やろうか、そう心配したんです。けど、ほら『新潮』の三月号に、武田泰淳さんの『ひかりごけ』が載って、とても話題になったやないですか」

　彼女が口にしたのは、昭和十八年に日本軍　暁《あかつき》　６１９３部隊の徴用船〈第五清進丸〉が遭難し、船長が人肉を食べて生き延びた話を、作中では羅臼《らうす》村郷土史に因《よ》るという設定で描いて評判を呼んだ小説のことである。

「ああ、興味深い作品だったね」

「あれの影響でも受けてるんとちゃうか、なんて疑いの目で見たんですけど……」

「そうではなかった？」

「第一印象は恢復してはるんや、顔色も良うて健康そうや……思いました。それから山魔が来るいう話を聞いて、逆に普通に見える人が、そんなことを言う恐ろしさに気付き……ぞっとしました。その後、喰われるいう話になって、冗談やないか感じたんですけど……わざわざ先生に、そんなこと言いに来るかなって考えたら、これは嘘や妄想やない、ほんまやって……」

「うーん……単なる偶然に違いないけど、どうも薄気味の悪い暗合だな」

「えっ、何のことです？」

「実は今朝、鍛炭立治氏が殺害された」

「ええっ！」

「しかも殺されたのは、靖美氏が山魔が来ると感じた時刻と、大して違わない可能性がある」

「な、な、なんですってぇ！」

言耶が掻《か》い摘《つま》んで立治の遺体を発見した模様を伝えると、

「ほんまに先生は、死神みたいなお人ですねぇ」

「ひ、人聞きの悪いこと言うなよ」

「せやかて、先生が到着した翌日に、もう殺人が――」

「はい。事前に回覧板で、恐らく伝わっていたはずです」

その予定を立一たちも知り得たのかどうか、それを言耶は確かめたかった。もし分かっていれば、彼らが自分の意思で消えた場合、仮に崖の障害問題を除いたとしても、端《はな》から西の山道を辿るはずがなかったからだ。そしてこれは何者かが彼らを秘かに拉致《らち》した場合にも、その犯人の立場によっては使える情報だった。

「あっ、でも――」

園子は急に思い出したように、

「これまで初戸から奥戸へ行くためには、臼山峠を越える必要があったんです。それが昨年、臼山の麓に道が作られはじめて、私の嫁入りのときには、そんな苦労はなくなるかと思っていたら、全く間に合わなくて――」

「残念でしたね」

「でも、途中まで道は出来てましたし、嫁入りの二日前には、ようやく人だけ通れる細い道が通じました。それで本来なら夜が明けてから奥戸に着くため、正式な嫁入りは翌日になるはずだったのが、新しい道の途中まで馬車が使えるということで、夜明け前に着けるはずだと見当が付いて――。その日の早朝に嫁入りができると分かったんです」

「神戸地方では嫁入りをする際、花嫁は実家を出るときには夕陽を拝み、婚家に入るときには朝日に参る。その風習のためですか」

「はい。それで慌てて竈石の家に連絡を入れましたが、その変更がご近所に回覧板で伝わったのは、前の日の夕方から夜だったと聞いています。後で、こんなに時間の掛からなかった嫁入りは、私がはじめてだと近所の奥さんから言われましたから」

前日の夕方から夜とは、力枚が乎山の家にいた頃から、靖美が道に迷って訪ねた頃までになる。つまり、もし仮に立一たちが竈石家に嫁入りがあると知っていても、それが一日早まったことまでは知る由がなかったわけだ。

（ということは、立一氏たちが西の山道を選んだ可能性は依然として残るのか）

言耶は己の推理を進めるために、まず立一たちが辿った可能性のない道を削ろうと試みたのだが、どうやら失敗に終わったらしい。尤も仮に西の山道を選択しても、あの岩場の崖と嫁入りの見物人という二重の障害は依然として残るわけだが……。

「嫁入りの時間は短かったかもしれませんが、その代わり賑やかだったと思います」

当日のことを思い出したのか、園子は微《かす》かな笑みを浮かべながら、

「何方《どなた》が呼んで下さったのか、初戸の郷木家の芝居小屋に逗留している太平一座の役者さんたちが、私たちの周りで御祝いの踊りをして下さったり、近所の子供たちに花嫁さんの歌を送って貰ったり、本当に恵まれた嫁入りの儀礼でした」

（少なくとも彼女は、この結婚が不本意だったわけじゃないんだ）

ふと言耶は思った。それが郷木靖美にとって喜ばしいことなのかどうか、そこまでは分からなかったけれど。

日下部園子を訪ねた目的は達せられたが、念のため立一たちについても訊いてみることにした。その結果、とんでもない事実を知る羽目になるとも知らずに――。

「昨年のお盆から秋口くらいまで、乎山に住んでいた人たちのことを、ご存じでしょうか」

「鍛炭さんの家の、随分と昔に出て行った上のお兄さんが、ひょっこり帰って来られて、乎山の家に住んでいるという話は、初戸でも聞いて知ってました。でも、それだけです。後は、いつの間にか、ふいっと出て行かれたというだけで――」

不可解な状況下で一家が消失したことは、一つも耳に入っていないらしい。

「あなたのお嫁入りについて、ご存じだったと思いますか」

「えっ、乎山に住んでいた方のことですよね？　さぁ、どうでしょう……？　でも、集落の出来事など知りようがないと言いますか……まぁ少なくとも私の嫁入りになど、ご興味があったはずがないと思いますけど……」

そう言って苦笑いをした。だが、何か思い付いたことでもあるのか、少し気になる表情を見せたので、

「どうされました？」

「あっ……い、いえ……」

「ひょっとして上のお兄さんのことで、何か思い出されたとか」

「はぁ……」

「宜しければお聞かせ願えませんか」

猶《なお》も園子は躊躇う素振りを見せたが、言耶が熱心に促し続けると、

「そのー……上のお兄さんと今の鍛炭家の当主の立治さんとは、物凄く仲が悪くて、お兄さんが帰って来てからも、全く交流はなかったという話なんですが……」

「ち、違うんですか」

「いえ、ご本人同士はそうだったかもしれませんけど――」

「どういうことか、詳しく教えて貰えませんか」

「義母が言っておりましたが、昨年のいつだったか、白地蔵様に御供えを持って行くと、鍛炭家の裏庭で何やら人の争う声がする。ふと覗くと、汚い衣服を着た若い男が、団伍郎さんに問い詰められていた。恐らく物乞いが勝手に入ったところを、ご隠居さんに見付かったんだろうと義母が思っていると、驚いたことに男は、自分のことを広治だと言い出した。ちらっとだけ目に入った男の顔付きは、確かに広治さんに似ていたそうです。けど、誰がどう見ても彼ではない。なのに遂には、団伍郎さんを納得させたというんですよ。そのーご隠居さんは、少し惚《ぼ》けはじめておられるので、き

っと騙すことができたんでしょうね」

「平人氏が、こっそり鍛炭家を訪ねていた……と」

そこで言耶は、従兄弟同士である立一の息子の平人と立治の息子の広治が、とても良く似ていることを園子に説明しつつ、

「他にも誰かが、鍛炭家に姿を現したということはありませんか」

「いえ、御山から降りて来た人で、義母が見たのは、その平人さんくらいのようですが……」

否定しながらも含みを持たせた園子の物言いに、言耶は引っ掛かった。

「もしかするとあなたのお義母さんは、御山から降りて来た人ではなく、鍛炭家から御山へと登る人をご覧になった――のではありませんか」

途端に園子が俯いた。が、意外なことに恥じらっているように見える。

「他所者が妙なことに興味を持って、どうして首を突っ込むのかと、不審にお思いでしょうが――」

「いえ、そんなことは……」

「これには、色々と事情がありまして――」

「あのー……」

「はい？」

「鍛炭家の春菊さんは……春菊さんについて、ご存じでしょうか」

「立治氏の、そのーお妾さんですよね」

「ええ……。元は終下市の色町の芸者だったのを、立治さんが身請けして囲っていたらしいです。ところが先妻の咲枝さんが亡くなり、志摩子さんを後妻に貰って一年も経たないうちに、春菊さんを家に入れたというのです」

「その志摩子さんも、元々はお妾さんだったとか」

「そうなんです。ただ、志摩子さんは非常に信心深いうえに身持ちが良かった……と義母は申すのですが……」

「春菊さんは、そうではない？」

「はぁ……。義母が言うには、御山に登る道をしばらく進むと岩場に出る。そこには平らな岩があって、そのー逢い引きをするのにちょうど良いとか……」

「つまり平人さんと春菊さんが？」

しかし、それ以上の具体的なことを、園子は一言も喋らなかった。いや、全ては彼女の義母の推測のため、喋りたくても何も言うことがなかったのかもしれない。

言耶は丁寧に礼を述べると竈石家を辞し、そのまま鍛炭家に向かおうとしたが、予想通り警官たちが出入りする姿が目に付いたため、御籠り堂を訪ねることにした。

「こんにちは。胆武さんは、いらっしゃいますか」

御堂の前で声を掛けると、内部で人の動く気配がして、

「はい……」

ゆっくり十字格子の戸が開き、乞食坊主かと見紛《みまが》うばかりの男が姿を現した。

四国八十八箇所を回る巡礼者が着ているのに似た白装束を身に纏った男は、無理な断食でもしているのか両の頬は瘦《こ》け、顔色も悪く、剃り跡が青々とした剃髪も痛々しく映るほどで、苦行中の巡礼者というより幽鬼の如き存在に見える。

「あっ、胆武さんですね。突然お邪魔して御務めを妨げ、誠に申し訳ございません」

それでも言耶は丁重に挨拶をした。

こういった巡礼者たちは、なかなか他人《ひと》には言えない事情を抱えて全国を行脚している場合が多い。決して見た目だけで判断するべきではない。この男も老けていそうで、まだ結構若いように思える。要はそれだけ尋常ではない問題を抱えているのかもしれない。

ところが、当人は度重なる訪問者にうんざりしたのか、

「今朝は、一体どうなってるんでしょうね。つい先程も刑事だという方が見えられ、何か変わったことはないか、ここから見える東西の山道から、後ろの入らずの山に入った者を見なかったか、と散々《さんざん》に尋ねられたばかりなんですが……あなたも同じご用件で？」

「はい。ただ僕の場合お訊きしたいのは、この御堂の裏の石段を、今朝の夜明け前頃に通った人がいなかったかどうか、それだけなんです」

「ほうっ……」

なぜか胆武は、言耶が口にした内容に感心した風に見えた。

「あっ、もちろん乎山の両側の道、東西の山道ですね、そこを通った人を見掛けられていたら、それも教えて頂きたいのですが」

「で、あなたは？」

そこで胆武が、文字通り頭の天辺から爪先まで刀城言耶を繁々と眺め回したので、

「申し遅れました。僕は――」

「いや、やっぱり結構です」

しかし言耶が自己紹介をしようとした途端、急に興味をなくしたように首を振ったので、協力が得られないのかと心配していると、

「私如きが他人様《ひと》のお役に立てるなら、これは喜ぶべきことだと、そう考えるべきでした。どうもとんだ失礼を致しました」

逆だったようで、満面に笑みを浮かべながら、あっさりと了承してくれた。その窶《やっ》れ具合から老けて見えるが、喋った感じでは二十代のようにも思える。

「ありがとうございます」

やや戸惑いながらも言耶は礼を述べると、

「確かに今朝、まだ夜が明ける前に、この裏の石段を登る何者かの気配を感じました。最初は金地蔵様に御参りに来た人だと思ったのです」

胆武が指差した御堂の右手に、六地蔵様の一つの祠があった。

「それにしては早過ぎますが、有り得ないことではない。ところが祠の方に回った気配が、そのまま御堂の裏へと移動したので不審に思っていると、どうも石段を登り出したようなので、ちょっと驚きました。この乎山が入らずの山であることは、ここに来る前に聞いてましたから」

「その人物の姿は……」

「見ておりません。そもそも御堂から出ませんでした。忌み山に早朝から登るというのは、余程の訳があるのだろうと思いました。本人にしか分からない色々な問題を、人間という存在は抱えているものです。相談でもされたのならまだしも、私の方から口を挟んだり、首を突っ込むべきではないでしょう。また、他人様を救えるような力を、そもそも私は持ち合わせておりません」

そう言って頭《こうべ》を垂れた胆武だったが、顔を上げたところで興味深そうに、

「でも、どうしてあなたは、今朝の夜明け前に御籠り堂の裏の石段を登った者がいたはずだ、と考えられたのですか。いいえ、先程の刑事さんは、そんなこと少しも分かっ

ていなかったようなので」

　言耶は少し躊躇したが、乎山で殺人事件があったこと、その被害者が石段を通ったらしい痕跡を見付けたこと、などを掻い摘んで話した。

「なるほど、そんな事件が……。痛ましいことです。それにしてもあなたは、まるで探偵のようですね。いや、謙遜なさらなくても――。それで、何か他にご質問は？」

　言耶が東西の山道について尋ねると、

「私が起きたのは完全に夜が明けてからですし、特に両方の山道を注意して見ていたわけでもないので、絶対に確かとは言えませんが――西の方は、誰の姿を見ておりません。一方の東は二人の男性が、今から思うに片方はあなたのようでしたね、山道へと入って行くのを目にしました」

「逆に山から降りて来た者は？」

「いいえ。私は一人も見ておりません」

　修行の邪魔をしたことを詫び、改めて礼を述べた言耶は、鍛炭家の方を観察しながら田圃の畦道を戻りはじめた。警官の姿が減っているようなら、もちろん訪ねるつもりだったからだ。

　ところが、警察官だけでなく集落の消防団と見られる若者たちまでが、家の周囲で右往左往しているではないか。そればかりか西の山道へも頻繁に出入りを繰り返している。一瞬あの中に交じってしまえば分からないのでは、と考えたが、きっとジーンズ姿の自分だけが浮くと気付き止めておいた。

(今の時点で動けるのは、これくらいか)

畦道が終わった地点から揖取家へと足を向けつつ、冷静に状況を分析する。後はどのようにして鍛炭家の人々に話を聞くか、その算段が必要だと悩んだが、

(そうだ。月子さんと話したかったんだ)

身近に事情を聞くべき人物がいたことを思い出し、言耶の足取りは速まった。

「ただいま戻りました」

「先生、何処に行ってらしたんですか」

しかし揖取家では、力枚が彼の帰りを待ち構えていた。取り敢えず月子は後回しにして、力枚と客間に入る。奥座敷は警察のために、一時的に提供されることになっていた。

「それで山上の様子は、いかがです?」

「いやはや大変です。初戸から運んで来る荷物の中に、鑑識に必要な機具が入っているとかで、その到着を待たなければならなかったり。例の西の山道の崖を行き来できるようにと、消防団の協力を仰いで梯子を掛けさせたり。遺体が立治かどうかを確かめるのに、志摩子さんは気絶し、春菊も気分が悪くなり、かといって広治君は仕事で

出掛けておらず、夕方にならないと帰って来ない始末で、完全な確認が——」

「それじゃ被害者は、立治氏だったと認められたわけでは？」

「いやいや、志摩子さんも春菊も、身体の特徴から間違いないとは証言したんです。ただ、最後まで確かめることは無理だったようで……」

「そうでしょうね。あの状態じゃ……。でも、だとすると何だって犯人は、わざわざ顔を焼いたりしたんでしょうね」

「家族が見れば、すぐ身元など分かることくらい、誰にでも予測はできますからな」

「それについて、鬼無瀬警部は何と？」

「恐らく怨恨だろうと。殺しただけでは飽き足らず、顔まで無くそうとしたに違いないと」

「充分に考えられる動機ですね。ただ、そこまでの恨みを被害者に持つ人物が、果たしているのかどうか」

「志摩子さんは、全く心当たりがないと言ってましたが、春菊はしばらく凝っと考えた後で、もしかすると立一さんではなかろうかと呟いて……。そんなはずないと思わず口出しした結果、私はお役御免になって御山から降ろされましてな」

力枚は苦笑しながらも、そこから先の捜査に立ち会えなかったことを、どうやら言耶のために後悔しているようだった。

「家が密室状態だったことについて、警部はどうお考えでした?」

「ああ、それについては何度も確認させられました。ちゃんと表と裏の両方に、内側から閂が下りていたのか。我々が家の中に入ったとき、そこには本当に誰もいなかったのか。もう執拗《しつよう》に何回も訊かれましたよ」

「警察は極めて現実的ですから、一家消失や密室殺人などという現象を何よりも嫌うものです」

「ただ、私も見たままを証言したので、最後はその一先生を疑ってるような――」

「はっはぁ……板戸を破って穴を開け、そこから片手を入れたものの、実際には閂など下りていなかった。本当は戸が何かに少し引っ掛かっていただけだった。でも騒いだ後では、それを認めるのが恥ずかしかったので、如何にも閂が下りていたように振る舞った――とかですか」

「い、いやぁ、さすがというか、見事なもんですなぁ。ほぼその通りです」

頻りに感心する力枚に対し、言耶はやや困ったような笑みを返すと、

「そういう誤解はこれまで何度も受けていますので、まぁ何となく分かると言いますか……」

ここで言耶は、日下部園子から聞いた平人と春菊の話を、力枚にするべきかどうか迷った。目の前の人物が立治殺しの犯人だとは思わなかったが、広い意味では関係者

である。そういう立場の者に打ち明けて良いものかどうか。

だが、今は力枚に協力を求めた方が、得る情報も多いに違いないと考えた。ただし、園子の義母が目撃した事実だけを話すことにした。そこから力枚が果たして何を導き出すのか、少し試してみようと思ったからである。

「うーむ、平人君が鍛炭家に……。そして春菊が西の山道に……」

言耶の話を聞いて、明らかに力枚は驚いたようである。それでもしばらく考え込む様子を見せてから、

「有り得るのは、春菊が平人君を誘惑した、ということでしょうな。ただ二人に接点はないので、ひょっとすると平人君は立一さんに内緒で、鍛炭家を訪れたことがあり、そのとき家には春菊しかいなかった、または彼女だけが彼に気付き、そこから関係がはじまったのかもしれない」

「平人氏が鍛炭家に行ったのは、好奇心ですか」

「自分の父親の実家ですからなぁ」

「でも、どうやって西の山道の崖を？」

「若い男ならロープ一本で、まぁ何とかなるでしょう。それに彼のような生活をしている場合、そういった場面に出会《でくわ》すことも多いでしょうからな」

「山から山へと移動する生活では、確かにそうですね」

「鍛炭家で団伍郎さんに見付かり、広治君の振りをしたということですが、それも最初は春菊が彼を広治君と間違えたので、そのときの体験から咄嗟に従兄弟を装ったのではないか、と私は思ったのですが」

「なるほど。そもそも平人氏が、広治氏のことを知るはずありませんからね。立一氏が息子に、捨てた実家に住む弟の家族のことを話していたとは思えません」

「ええ。仮に話していても、二人がよく似ていることなど、立一さんに分かるわけがない」

「ところで、春菊さんが平人氏を誘惑したというのは？」

力枚は話し難《にく》そうな表情を少しだけ浮かべたが、すぐに割り切った様子で、

「昨夜、咲枝さんが本妻のときのお妾さんが志摩子さんで、咲枝さん亡き後、志摩子さんが本妻になったときの妾が春菊だと申しました」

「はい」

「そういう意味では、志摩子さんと春菊は境遇が似ていたわけです。ただし、全く違っていたのは信心深さと身持ちの堅さでした」

園子の義母が言ったのと全く同じことを、力枚は口にした。

「つまり、志摩子さんは信心深いうえに身持ちも堅かったけど、春菊さんは神仏になど興味はなく、また奔放だったということですか」

「お祭しの通りです。これは飽くまでも集落の噂話として、それも悪意のある噂であることを承知のうえでお聞き願いたいのですが——」

力枚の断わりを耳にし、昨夜、彼が広治について何か言い掛けて止めてしまったことを、言耶は思い出した。

「分かりました。何でしょう？」

「春菊が広治君を誘惑している。こそこそと二人で御山に入るのを見た。ただならぬ関係が息子と父親の妾の間にある……といった下世話な噂が広がりまして」

「根拠はないわけですね？」

「——と思います。火のないところに煙は立たないと申しますが、火がなくても熾《おこ》りそうな環境さえあれば、人は見えない煙を見てしまうものです」

「そうですね。ただ、春菊さんと広治氏の本当の関係は置いておくとしても、この噂話は、春菊さんが広治氏とよく似た平人氏と出会ったときに何が起こり得るのか——を推測するために、とても役立つ手掛かりになると感じるのですが、いかがでしょう？」

「うむ。だからこそ竈石家の奥さんも——あっ、園子さんのお義母さんですな、そういう風に勘繰ったのだと、私も思います」

それから夕方まで、立治殺しについて二人は検討を進めた。しかし密室の謎、見立ての謎、顔の無い屍体の謎、動機の謎、犯人の謎、一家消失との関係性の謎など、どれ一つとして納得のゆく解釈を打ち出すことができない。

「鑑識の結果を知りたいですね」

そう言耶が呟いたときだった。

「失礼します」

襖の外から声が掛かり、客間に刑事が入って来た。確か鬼無瀬警部から「谷藤」と呼ばれていた二十代後半くらいの男性である。

「刀城さん、警部がお話を伺いたいので、奥座敷まで来て頂きたいと」

「あっ、はい。事情聴取ですね」

「いえ、刀城言耶さんのご意見を伺いたいと――」

第六章　捜査会議

「はぁ？　ぼ、僕の意見をですか……」

「そうです」

戸惑いを露にした刀城言耶を、谷藤刑事は面白そうに見詰めると、ここから聞こえるはずもないのに奥座敷の方を気にする様子で、

「あなたは、あの冬城牙城《とうじょうがじょう》先生のご子息ではありませんか。ご存じとは思いますが、昨年の秋、終下《ついか》市《いち》の繁華街で大量猟奇殺人事件が発生しました。容疑者が全く浮かばない中、ただただ犠牲者のみが増えるという悪夢のような事件でしたが、それを冬城先生は出馬して僅か二日後には解決されたのです。普通であれば警察の面目は丸潰れですが、先生は警察の上層部に人脈をお持ちですし、あの事件についても警視総監から内密にご依頼があったのは、公然の秘密となっておりますので、我々は本当に感謝するばかりでした」

「…………」

「こちらに到着して、あなたのお名前を耳にしたとき、私はすぐ分かりました。刀城言耶――流浪の怪奇作家にして、地方で起こった不可思議な現象や事件を見事に解き明かす素人探偵でもある。それもそのはず『昭和の名探偵』と讃えられるあの冬城牙城のご子息なのですから――」

「いえ、僕は怪奇譚蒐集を愛する小説家というだけで、冬城牙城のように必ずどんな事件でも解決する探偵ではありません。また仮にそうなったように見えても、それはたまたまです。別に僕の手柄でも何でもないのです」

「まぁまぁ、そうご謙遜なさらずに。それにしても自信家のお父様とは、正反対ですね」

　父と息子の違いに谷藤は驚いたようだったが、急に声を潜めると、

「それで警部に、あなたの素性をお話ししたわけです。ただ、これはご理解を頂きたいのですが、警部にも立場があります。如何に冬城牙城先生のご子息とはいえ、一般人を捜査に加えるわけにはいきません」

「当たり前だと思いますし、どうか僕と冬城牙城とは別にお考え下されば――」

　しかしながら谷藤は、どうやら言耶が遠慮をしていると勘違いしたらしく、

「とは言いましても正直なところ警部も、あなたのご意見を伺いたいわけです。そこで飽くまでも非公式に、この事件に関わって貰えないかというお願いを、私の方から

させて頂きたいのですが、いかがでしょう？」

言耶の心は千々《ちぢ》に乱れていた。非公式とはいえ捜査に加われるのは大歓迎だった。だが、それが父親の七光りの所為で与えられた特権であることが、どうしても納得できない。自分に探偵の才があるとは、本当に感じていない。民俗採訪をした地方で奇っ怪な事件に巻き込まれることは多く、それを気が付けば何となく解決しているのも事実である。しかし、決して探偵の才がある故ではないだろう。真の名探偵であれば、そもそも連続殺人など許さないのではないか。自分はいつも試行錯誤を重ねに重ねて、何とか真相に到達している。いや、それも真実かどうか、実際は分からない場合も多々あるのだ。なのに世間では、やはりあの冬城牙城の息子だからという見方をされてしまう。

「刀城さん？」

言耶が黙って俯いてしまったため、谷藤が困惑したような声を出している。

利用できるものは何であろうと利用すれば良いのだ、そう彼は割り切ろうとしたが、どうしても素直に頷くことができない。

（くそっ、尻の青い餓鬼じゃあるまいし）

己に腹を立てながら言耶が顔を上げると、こちらを見て微笑んでいる力枚と目が合った。

その瞬間、昨年の滞在中に接した力枚と月子の親子の睦まじさが、ふと頭に浮かんだ。すると、なぜか心の中にあった頑《かたくな》なものが、すうっと流れ去って行くような気がした。どうしてかは自分でもよく分からない。だが、楽な気持ちになったのは確かだった。

「それじゃ参りましょう。揖取《かじとり》さんも、ご一緒しませんか」

谷藤に先導されて奥座敷へ入ると、そこには鬼無瀬警部ともう一人の刑事がいた。「柴崎」と呼ばれていた四十代半ばくらいの男性である。

「お連れしました」

谷藤は警部に一礼すると、大きく横に長い机の端に座った。そこにノートが広げられていることから、どうやら彼は捜査会議で書記の役目を務めているらしい。

「どうぞ、お座り下さい」

鬼無瀬警部が机を挟んだ自分の前を手振りで示したので、言耶は軽く頭を下げてから座った。続いて彼の横に座を占めた力枚を警部はちらっと見たが、特に何も言わない。暗黙のうちに同席を認めたということだろう。

「この谷藤が、こういった奇妙きてれつな事件に関しては、あなたは専門家だと言うものだから、ならば参考までに話を伺おうかと、まぁそう思った次第で——」

「はぁ、僕などが、お役に立てるようでしたら……」

どうにか警察官の体面を保とうとしている警部の様子が可笑《おか》しくて、言耶は笑みを浮かべそうになるのを必死で堪えた。と同時に、この機会を最大限に利用してやろうと、ようやく完全に気持ちが吹っ切れた。

「それでは、まず鑑識の結果を話しておこう。まず被害者だが――」

ところが次の瞬間、言耶は不可思議な感覚に包まれた。敢えて近いものを挙げれば、既知感ということになるだろうか。ただし、それを何に対して覚えたのかが全く分からない。

目の前には、どうやって探ろうかと頭を悩ませていた鑑識の報告を、これから喋ろうとしている鬼無瀬警部がいる。その左手には柴崎刑事が、右手の机の端には谷藤刑事がそれぞれ控え、前者は言耶を凝っと見詰め、後者はいつでも筆記できるように構えている。そして言耶の左隣には、力枚が座っていた。それだけだった。しかも奥座敷に入ってから交わした会話は単なる挨拶程度で、何ら事件には触れていない。

（な、何だ？　一体この妙な既知感は、何処から来たんだ？　何に対して覚えたんだ？）

幾ら考えても分からない。でも、とても重要なことのように思える。

実際このとき言耶が、もしこの奇妙な既知感の正体に思い至っていれば、事件は連続殺人に発展しなかったかもしれない。だが、この時点で彼にそれを求めるのは酷というものだった。

「君……。おい、君！」

気が付くと警部に呼ばれていた。

「は、はい……。あっ……す、すみません」

「ちゃんと聞いてるのかね」

「えっ……い、いえ、そのーはじめからお願いします」

「な、何ぃ？　はじめからだとぉ！」

本物の鬼瓦と化しそうな鬼無瀬警部を、柴崎刑事と力枚が頻りに宥めてその場は収まった。

「譲歩するのは今度だけだからな」

それでも捨て台詞《ぜりふ》のような独り言を呟くと、警部は最初から、

「まず被害者だが、ほぼ鍛炭《かすみ》立治、五十五歳と断定された。ほぼというのは、身元を確認した妻の志摩子《しまこ》と同居人の春菊《しゅんぎく》とが、遺体に見られる身体の特徴から判断した結果であり、完全とは言えんからだ。今、鍛炭家から押収した立治の指紋が付着した物品を調べて、遺体の指紋と照らし合わせているところだ。すぐに確かなことが分かるだろう」

そう断わりながらも警部は、被害者を鍛炭立治と見ているらしい。

「ちなみに春菊という女はあれだ、立治の妾だな」

「死因は何でしょう？」

「後頭部に何度も殴られた痕があった。かなり硬いものだ。鑑識は、玄翁ではないかと見ている。ただし顔を焼かれたとき、まだ被害者は絶命していなかった可能性があると――」

「何ですって！」

「とはいえ後頭部の傷は致命傷らしいから、遅かれ早かれ死んでいたわけだ」

「そうですか……。それで争った痕跡は？」

「ない。ただし現場に残された血痕から、被害者は囲炉裏の反対側で、つまり奥の方で後頭部を殴られたと思われる」

「それを犯人は、わざわざ逆の位置へ、つまり表の戸口に近い方へと移動させてるんですか」

「ああ、そうだ。現場の痕跡と言えばそれくらい――いや、君が水瓶を探し回って被害者に水を掛けた騒動の跡は、実にはっきりと残っておる。後はあちこちに埃が溜まっていたことを除けば、綺麗な現場だったと言える」

「はぁ……。死亡推定時刻は？」

「正式には解剖の結果を待つ必要があるが、大凡《おおよそ》今朝の五時から六時の間と見られるな」

「そ、それじゃ僕たちが家に着く直前に、立治氏は殺害されたかもしれないと？我々が家の前に立ったのは、ちょうど六時頃でしたよね？」

「ええ、間違いありません」

相槌を打つ力枚を警部は一瞥しただけで、再び言耶に顔を向けると、

「そういうことだ。君は被害者の手首の脈を探り、その生死を確かめたそうだが、そのとき遺体はまだ温かかったんじゃないのか」

「はい。ただ両手が上に伸ばされ、その先には囲炉裏の火がありましたので、その熱の所為かと思ったものですから」

「まぁ素人は、そんなものだ」

「立治氏が夜明け前に起き出して家を出たのを、鍛炭家の人は誰も気付かなかったんですか」

「被害者は志摩子とも春菊とも、寝所を別にしていたらしい。まぁ何だ。その都度どちらか好きな方に忍んでいたんだろう」

「彼はなぜ、あの家に行ったんでしょう？」

「確かなことは分からんが、恐らく呼び出されたんだと私は見ている」

「どういう理由で、誰にですか」

「それが分かれば、こんなところで君を相手に、こんな話などしとらんだろうが」

鬼無瀬警部が半ば呆れ半ば怒ったような声を出したが、言耶は独り言を呟くように、

「呼び出しの理由など、幾らでもあるか……」

「今朝、被害者を見掛けたのは、山の麓の御堂に籠っていた何とかという坊主だけだ。尤も堂の石段を登る気配だけだから、それが犯人だったという可能性もある」

しかし警部が彼の呟きを無視して話を進めると、柴崎刑事が横から、

「胆武という巡礼者に関しては現在、本人が持っております納め札を手掛かりに、身元の確認を行なっております」

「えっ、そんなことまで調べてるんですか——」

思わず驚く言耶に、警部は苦笑を浮かべながら、

「事件が起こったとき、この奥戸にいた他所者は二人だけだ。一人は君、そして一人はあの坊主。前者は身元が分かったのだから、次いで後者を調べるのは当たり前だ」

「さすがに手抜かりがありませんね」

「当然だろう。我々は素人探偵じゃないんだからな」

「ちなみにあの方は坊主ではなく、巡礼者だと思うのですが——」

「そんなものは、どっちでも宜しい！　君は警察を嘗《な》めてるのか！」

「立治氏が御堂裏の石段から御山に登ったとすると、犯人が辿ったのは東の山道になりますね」

立腹する警部に取り合わず、言耶は話を先に進めた。

「被害者が西の山道を辿った可能性は低いだろうから、そうなるな。もしくは、あの坊主が目覚めるより遥か前に、犯人は石段を登ったのかもしれん。被害者よりも先に家に入り、待ち伏せたと考える方が自然だからな」

「今朝の夜明けは、五時半頃でした。胆武氏が石段を登る何者かの気配を感じたのは、五時から五時半までの間と思われます。僕たちが家に着いたのが六時ですから、犯人にしろ被害者にしろ石段を登った時間を三十分と見積もると、犯行は五時三十分頃から六時前までの間ということに――」

「田舎の朝は早い。既に起きている者もいた。だからこそ関係者の現場不在証明《アリバイ》もはっきりせんのだ。昨日から終下市へ行っている鍛炭広治については、向こうで足取りを追わせている」

「平山《かなやま》への出入りと現場不在証明《アリバイ》――この二つから犯人に迫ることは難しそうですね。次に犯行現場の、被害者の状況についてですが、白い前掛けのようなものをしていませんでしたか」

「していた。揖取さんの助言により、鍛炭家の近くの何とか地蔵を調べると――」

「白地蔵様です」

横から谷藤が素早く囁く。

「そう、その白地蔵の祠を調べると、地蔵が掛けているはずの白い前掛けがなくなっていた。つまり犯人は、わざわざ地蔵の前掛けを盗み、それを被害者の首に掛けたことになる」

「やはり、そうでしたか」

「揖取さんから、この奥戸には奇妙な童唄が伝わっているとお聞きしたが――」

「いえ警部、童唄の歌詞の謎を解かれたのも、白地蔵様の前掛けに気付かれたのも、共に刀城先生なんです」

力枚が異議を唱えたが、それを鬼無瀬は煩《うるさ》そうに頷くだけで片付けると、

「君は、その童唄の歌詞と被害者の格好が同じだと考えたそうだが、どうしてだね？」

「立治氏は白い前掛けを首に掛けているように見えました。そして壁を這い登るような格好をしていた。つまり『白地蔵様　登る』という言葉通りに。そのうえ実際に彼は、もう既に乎山《かなやま》に登っていたことになります」

「いや、私が聞きたいのは、なぜ犯人がそんなことをしたのか、その理由だよ」

「それは、まだ分かりません」

「確固とした理由もないのに、そんな莫迦げた解釈をするのか」

「見立ての動機の見当が付かないからといって、被害者の状態と歌詞の類似を無視するのも、僕には問題のように思えるのですが」

「ふん、まぁいい。しかし歌には黒地蔵がどうの、赤地蔵がどうのという続きがあるんだろ？　つまり君は何か、また歌と同じ格好をさせられた被害者が、これからも出ると考えてるのか」

　とても厳しい表情を浮かべながら、しばらく言耶は黙っていたが、

「その可能性はある、と思います。なぜなら犯人が、単に六地蔵様の歌を暗示させるのではなく、わざわざ白地蔵様だけを示したからです」

「後に五つの地蔵が続くという意思表示だと？　全部で六人が殺されるという予告だと？」

「飽くまでも可能性の問題です。ただし無視をするには、余りにも危険ではないでしょうか」

「うーむ……」

「警部は、ご存じですか。立治さんの兄の、立一氏について？」

「ああ、数十年も前に家を出たとかいう――」

　相手の口調から、最初に会ったときに話した一家消失の謎について、碌《ろく》に覚えてい

ないのだと判断した言耶は、昨年の出来事の全てを改めて説明した。

「おいおい、そんな大事なことを、あなたはどうして――」

鬼無瀬警部が力枚に抗議し掛けたが、当人は澄ました様子で、

「立一さんが犯人じゃないかと春菊が言ったとき、そんなはずはないと私が説明しようとしたら、警部さんに御山から降ろされたんじゃありませんか」

「それはだな、何十年も前に家を出た者のことなどで、初動捜査の貴重な時間を浪費したくなかったからだ。しかし、その人物が村へと帰って来ていて、尚且つあの家に住み、そのうえ姿を消しているとなれば、話は全く別じゃないか。志摩子も春菊も、そんなこと一言も喋らなかったぞ」

「広治君がいれば、また違ってたんでしょうが……けど警部、立一さん一家の件については、最初に刀城先生が説明なさったじゃありませんか」

「えっ……ああ、そんなこと言ってたか……。あ、あのときはだな、殺人事件の方に気を取られていて、そんな世迷い言に関わっておれんかっただけだ」

要は、まともに聞いていなかったのだ。

「それにしても金山《きんざん》かぁ……あの山がなぁ……」

ようやく金脈の話に実感を持ったのか、警部は唸るような調子で呟くと、

「となると有力な動機として、乎山の金脈を巡る争いが浮かんでくるな。立一が犯人

だと言った、あの妾の言葉も捨てておけないかもしれん」

「しかし警部、その立一さんたちは、極めて不可解な状況下で消え失せているんですぞ」

「家が密室だった、乎山が密室だったという、その隣村の頼りない青年の妄想のことかね」

力枚の言葉に、うんざりした表情を警部は浮かべたが、言耶は怯《ひる》むことなく、

「確かに妄想ではないかと思える体験もありますが、一家が全員いなくなったのは事実です。それに家の密室状況など勘違いのしようがありませんし、乎山に関しては体験者以外の人々の証言から、その密室性が――」

「もう分かった、分かった。それで、君の意見は？」

「そ、それが、まだ……」

「その謎を解明するために、わざわざ君はやって来たんだろう？　一体これまで何をしとったのかね」

「はぁ……」

「しかし何だなぁ。立治殺しの密室といい――」

「あのー、それについてなんですが……」

「何だ？　どうした？」

「なぜ犯人が、わざわざ犯行現場を密室にしたのか、その最も蓋然性のある解釈が一つ、存在するのではないかと――」

「な、何ぃ！　ほ、本当か？」

鬼無瀬だけでなく両刑事までも身を乗り出したが、すぐ警部が不審そうに、

「密室にした理由だけでなく、どうやって密室を作ったのか、それが分からなければ駄目なんじゃないのか」

「密室作成の方法は、その気になれば色々と考えられます。問題は、なぜ密室を作る必要があったのか、です。特に立治氏殺しの場合、わざわざ密室にする意味が全く見えません」

「そりゃ、そうだが……」

「あっ、大丈夫です。なぜ犯人が密室にしたのか――その見当が付くと同時に、その方法も分かりますから」

「聞かせてくれ。どうして犯人は、あの家を密室にしたんだ？」

「犯行後、犯人が家から出る前に、僕たちが家を訪ねたからです」

横で思わず息を呑む力枚の気配がした。

「あ、あのとき犯人は、まだ家の中にいたんですか！」

「出ようとしたところに、僕たちがやって来た。しかも家の中に入ろうとしている。

このままでは見付かる。それで咄嗟に閂を下ろした」

「なるほど。一応の筋は通るな」

取り敢えず警部は納得したようである。

「あの家の板戸は、外から鍵が掛かりません。よって立治氏と犯人が来たとき、表の戸は開き、裏の戸のみ内側から閂が下りていた。その状態で表の戸にも閂を掛けたため、家が密室になった」

「しかし、そのとき君たちは裏に回ったんだろ。だったら犯人は、なぜその隙に表から逃げなかったんだ？」

「理由の一つは、表の戸の前に、まだ誰か残っているかもしれないから。家の外に二人以上いることは分かっても、正確に何人いるのか犯人には確認できません。理由の二つ目は、もし表の戸から逃げた場合、そこに戻って来た僕たちに戸が開いていることを悟られ、次いで家の中の遺体を見付けられると同時に、たった今まで犯人がいたと知られてしまうからです」

「そうか！　そんな事態になると、すぐ追われる危険があったからか」

「外にいるのが三人だった場合、東西の山道と石段、全てに追っ手が掛かるかもしれません。下手をすれば捕まってしまいます」

「で、犯人は一体どうやって、君たち二人をやり過ごしたんだね？」

今や鬼無瀬警部は、すっかり言耶の推理に引き込まれている。

「家を密室にした理由が分かれば、後は簡単です。犯人の立場になって考えてみましょう。外の奴らは表の戸を破ろうとしている。逃げるには、外の奴らによって開けられたそこを通るしかない。そのためには全員を家の中に入れる必要がある。屍体があるから大丈夫とは思うが、不安は残る。少なくとも全員を、表の土間から板間へ導かなければならない。できればもっと奥へと」

「ま、まさか……」

「はい。それで犯人は、まず被害者を動かした。表の土間から見て、囲炉裏の奥から手前へと。なぜなら囲炉裏の奥に被害者がいると、入って来た者が炉を回り込んで、表の戸口の方を向く格好になるからです。そのうえで顔を焼いたのは、奥の土間に水瓶があったから。それを表にいる者は知らないかもしれません。でも、水の存在に知恵を回すくらい普通はするでしょう。蓑を囲炉裏に焼《く》べたのも、一石二鳥を狙ってでした。煙を出して僕たちの視線を引き付けるためと、二着分の蓑がなくなった空間に自分が隠れるためと」

「何処に隠れたって？」

「板戸を入った左手の壁には、何着もの蓑が重ねて掛けられていました。犯人は下の二着を取って囲炉裏に放り込むと、その空いた部分に身を潜ませたのです。やがて板戸が破られ、一人が計算通り奥の土間の水瓶へと飛んで行く。もう一人も入って来て、土間と囲炉裏の中間に佇む。後は誰も板戸から入って来ないのを確認してから、犯人は逃げた」

「だからといって、何も顔を焼かなくても……」

力枚が遣切れないという風に溜息を吐くと、言耶は思案げな様子で、

「ええ、仰る通りです。蓑だけを焼べて炎を大きく高くするだけでも、一石二鳥の目的は達成できますからね。もちろん囲炉裏の火は立治氏か犯人が、予め熾《おこ》しておいたものでしょう。夜明け前の山中は冷えますから――」

「いや、鑑識が言うには、囲炉裏の火は慌てて熾されたものらしい」

「えっ……」

「本来なら使用されるはずの炭が、囲炉裏の中に見当たらない。炭そのものは土間の目立つところにあったので、それに気付かなかったとは思えない」

「要は炭を使って悠長に、火を熾している時間がなかった……ということは、やはり我々の目を家の中へと引き付けることが目的だったわけか。でも、顔をわざわざ焼く必要まであったのか。犯人の心理を考えると、どうも腑《ふ》に落ちません。やはり別の理由があったような気が、僕はするんです。それが結果的に一石三鳥になった可能性も、今の段階では否定できないと思います」

「だが、その顔を焼いた理由は、まだ分からんと言うのだろ？」

と口にしながらも警部の表情には、一縷《いちる》の望みがあるように見えた。しかし、それも言耶が頷くことにより綺麗に消えてしまった。

「失礼します」

そこに廊下から声が掛かり、熊谷巡査が顔を覗かせた。

「鍛炭家の広治が帰って参りました」

「よし、ここに連れて来てくれ」

しばらく鬼無瀬警部は凝《じ》っと刀城言耶を見詰めていたが、やや横柄に――ただし無理にそう装っているように見える仕草で――谷藤刑事とは反対側の机の端に移動するよう指示した。つまり言耶の同席を認めたわけである。彼の動きに合わせて力枚も、いそいそと腰を上げて場所を移ったのは言うまでもない。だが、それを警部は認めなかった。

「刀城先生、それでは私は、ここで失礼します」

ところが、そう言って奥座敷を出て行く力枚の表情には、微かな笑みが浮かんでいた。恐らく言耶が捜査班に加えられたことが、我が事のように嬉しいのだろう。

広治が奥座敷に連れて来られると、鬼無瀬警部は一応の悔みを述べてから立治殺しの詳細について説明した。遺体は解剖のため、既に終下市の大学病院に搬送されている。戻って来るのは、早くて明後日になるという。

「それで犯人についてですが、心当たりはありませんか」

黙って警部の話を聞いていた広治は、ほとんど茫然自失状態に見えた。

「広治さん、お父さんを殺害した犯人が誰なのか、あなたは分かりませんか」

「あっ、ええ……。ちょっと想像できないというか……なぜ親父が殺されなければならないのか、全く見当も……」

「そうですか。あなたの家の同居人である春菊さんは、お父さんの兄である立一さんが犯人ではないか、と言ってるんだが――」

「えっ、立一……伯父さんが……」

「伯父さん一家が乎山の家に住んでいた期間、お父さんやあなたとの間に、一切の交流はなかったのかね？　ちなみにお母さんと春菊さんは、自分たちは会ったこともないと証言している」

「親父が家族に対して、絶対に関わるなと命じたから……」

「なるほど。にも拘らず立一さんが犯人だと、どうして春菊さんは思ったのか」

「そ、それは……、それは本人に訊いて下さい」

言耶が遠慮がちに発言を求めると、警部は嫌そうに顔を顰《しか》めた。それから渋々といった感じで認めたが、その癖どんな質問を彼がするのか、明らかに興味津々の様子である。

「立一氏の息子の平人氏が――あなたにとっては従兄弟になりますね――鍛炭家の裏庭で、団伍郎氏と話されたと聞いています」

どう見ても警察関係者とは思えない言耶の存在に、広治は少し困惑したようだった。しかし警部が何も言わないうえ、言耶が余りにも自然に振る舞っているためか、彼も普通に応じてくれた。

「祖父《じい》さんは、ちょっと惚けてるから……。きっと家に入り込んだ乞食巡礼か何かを、孫の平人と思い込んだんだよ。家を捨てた立一伯父さんのことは許さなかったけど、孫がいると分かると、やっぱり会いたいと思ったんじゃないか」

「団伍郎氏は、家を捨てた立一氏の家族のことを、そこまでご存じだったんですか」

「揖取の力枚さんと――」

そう言って広治は――この部屋に入る前に本人と廊下で擦れ違ったのか――ちらっと自分が入って来た襖の向こうに目をやると、

「立一伯父さんは幼馴染《おさななじ》みで、極偶《ごくたま》に手紙のやり取りをしていた。伯父さんから手紙がくると、人を介して親父にも見せてくれていた。尤も親父は、そんなもの喜ばなかったけど……」

「手紙の内容は、団伍郎氏の耳にも入るわけですね。すると立一氏一家が平山の家に住みはじめたという話も、お祖父さんはご存じだった？」

「ああ、親父が話した。どうせ噂は流れるから、隠しても仕方がない」

「ところで、団伍郎氏と平人氏が会っていたというのは、実は第三者の証言なんですよ」

「えっ……」

「しかも平人氏はそのとき、自分は広治だと言って、団伍郎氏を欺いたらしい」

「俺を騙《かた》った……」

「でも、そうすると平人氏は、自分と従兄弟のあなたが、非常に良く似ているという事実を知っていたことになる」

「…………」

「あなたが生まれたのは、立一氏が揖取家を出た後です。それから彼は、一度も奥戸に戻って来ていない。立治氏にしたところで、平人氏が生まれたことを知ったのは、立一氏が力枚氏に出した手紙によってでしょう。つまりお互い相手に息子がいることは分かっていても、その容貌が似ていることまで知りようがないわけです」

「…………」

「つまり平人氏とあなたは会ったことがあるか、二人が似ていることを誰かが平人氏に教えたか、そのどちらかになります」

「…………」

「でも、あなたは立一氏一家とは没交渉だという。それを信用すると、どうしても家族のうちの誰かが、伯父さん一家と関わっていたことになる。もちろん立一氏一家の誰かが、偶然にもあなたを見掛けた可能性はあります。しかし、ほとんど乎山から降りなかったらしい彼らに、そんな機会があったかどうか」

「…………」

いつまで経っても黙ったままの広治に対し、言耶は大きく溜息を吐くと、

「嫌なことを言いますが、怒らないで聞いて下さい。飽くまでも下世話な噂にしか過ぎませんが、集落では春菊さんとあなたの、ただならぬ関係が――」

「そんなのはデマだ！　あ、あの女が家に来てから、お袋がどれほど肩身の狭い思いをしたか……。普通は逆だろ。そ、そんな女と俺が、どうして……。い、いや、そもそも、お前は誰だ？　何の権利があって、俺にそんな質問を――」

「あっ……そ、そう言われると、何とも申し訳ないのですが……ただ僕は――」

「だ、黙れ！　他人《ひと》を侮辱しておいて――」

「質問の権利は、私が与えた。文句あるかね？」

鬼無瀬警部の一言で、その場は寂とした。普通の声音だったにも拘らず、とても迫力があったからだ。実際、柴崎と谷藤の両刑事も、言耶も広治も、誰もが固唾《かたず》を呑ん

とだろう。

だように身動きしない。ただし力枚がいれば、きっと一人だけ笑みを浮かべていたこ

「で一体、君は何が言いたいんだ？」

何事もなかったように、警部が言耶を促す。

「あっ、はい……。つまり広治氏にその気は全然なくても、春菊さんにはあったのではないか。そこに彼とよく似た平人氏が現れた。どうして二人が知り合えたのかは分かりません。先程の言とは少し矛盾しますが、平人氏が好奇心から、こっそり鍛炭家を覗きに来たのではないか、と僕は想像しているのですが――」

言耶の目的が、春菊と平人の関係を暴くことにあると察したらしい警部は、そんな矛盾など無視したようで、

「春菊というのは、そんなに身持ちの悪い女なのか」

言耶は、ここに来る前に力枚と交わした彼女に関する話を繰り返した。

「これは直接、本人に訊く必要があるな」

「もう俺は、家に帰っていいでしょ？」

むっとした面持ちの広治だったが、そこには不安の色も有り有りと出ている。

「まだだ。終下市での行動を知りたい。昨日の朝に奥戸を出てから今日の夕方に戻るまで、何処で何をしていたか、誰と会っていたか、詳しく聞かせて貰おう」

その結果、本人の証言の裏さえ取れれば、事件関係者の中では珍しく現場不在証明《アリバイ》の成立することが分かり、ようやく警部は彼を解放した。

言耶は遠慮がちに、鍛炭家に警護を兼ねた見張りを付けるべきではないか、と警部に提案した。もちろん見立て連続殺人に対する恐れが、どうしても頭から離れなかったからだ。まだ犯人も動機も分からなかったが、立一の一家と乎山の金、この二つが事件の中心にあるとすれば、第二の被害者も鍛炭家から出る可能性は高い。

「そんなこと、君に言われるまでもない」

警部には怒られたものの、既に警官が配備されている事実を知り安堵した。

遅い夕食の後、鬼無瀬警部と両刑事は、そのまま揖取家に泊まることになった。宿屋は初戸《はど》まで戻らないと一軒もないため、力枚が東棟の客間を提供したのである。警部が刀城言耶を受け入れただけでなく認めた所為だとは、恐らく二人のどちらも考えさえしなかっただろう。

西棟の客間を与えられていた言耶は就寝前に、広治の事情聴取について、力枚の好奇心を満足させる必要があった。

「それはまた……何とも怪しいですなぁ」

「広治氏と春菊さんの関係が、ですか」

「ええ。てっきり私は、ただの下世話な噂話だとばかり思ってました。しかしならば、なぜ春菊と平人君の関係を、彼は認めんのでしょう？　確かに身内の恥ですが、かといって彼が春菊を庇《かば》う理由もないはずです。平人君に対しても同じことが言えるでしょうに」

「嫉妬ですか、平人氏に対する？　だから自分の口から二人の関係を認めるような言葉は、絶対に発したくなかった？」

「うーむ……もし本当に広治君と春菊の間に、男女の関係があるとすれば、彼の心境は尋常ではないでしょう。志摩子さんが春菊のために、気苦労をしているのは確かですからな。それなのに自分は、相手の色香に迷ってしまった……となると、なかなか複雑な心境でしょうから」

「彼の口を割らせるのは、大変そうですね。明日、警部は春菊さんに事情を訊くようですけど」

「いやいや春菊の方が、遥かに大変ですよ」

「あっ、なるほど……。いずれにせよ問題は、それが立治氏殺しに関係があるのか、ということなんですが……」

言耶の問い掛けに力枚が黙り込んでしまったところで、ささやかな素人探偵の捜査会議はお開きとなった。

旅慣れている刀城言耶でさえ、その夜はさすがに寝付けなかった。事件のことを考えると余計に目が冴えるため、なるべく頭の中を空っぽにしようとするのだが、どうしてもあれこれと思い浮かべてしまう。

それでも言耶は、いつの間にかぐっすりと寝入っていた。正に絹を裂くような、けたたましい女の絶叫に起こされるまでは――。

第七章　くろじぞうさま、さーぐる

刀城言耶は蒲団の中で目を覚ますと、凝っと耳を澄ませた。

(確かに悲鳴が……)

そう思うのだが、もう何も聞こえない。

逡巡したのは束の間だった。蒲団から跳ね起きると手早く丹前《たんぜん》を羽織り、客間から縁側に出て下駄を突っ掛けると裏庭に下りる。そこで周囲の気配を少し窺ってから、揖取《かじとり》家の西の塀に設けられた裏口を目指した。

悲鳴が乎山《かなやま》の方から、忌み山へと続く山道の辺りからしたように感じたからだ。

朝まだきの空は、まだ薄暗い。見上げると、入らずの山が自分を睥睨《へいげい》している。途端に肝が冷え、思わず足取りが鈍る。

(何を莫迦なことを……)

己を叱咤《しった》して裏口まで来ると、板戸の差し込み錠が外れていた。どうやら誰かが、ここから外へと出たらしい。

そっと裏口を開けた彼が、まず首だけ出して塀の右手を確認し、そして左手に目を向けたところで、山道の入口に蟠《わだかま》る影を認めた。

「…………」

どきっとしたものの声は立てず、ゆっくり裏口から外へと出る。懐に忍ばせた〈怪奇小説家の探偵七つ道具〉から万年筆型ライトを取り出し、いつでも点せる用意をしつつ前方に向けると、問題の影へと近付きはじめた。

それは黒地蔵様の祠の前にいた。その黒くて不定形な塊を目にすればするほど、まるで御山から降りて来た、何か超自然的な存在のように思われて仕方がない。山が見下ろしていたのは自分ではなくこれだったのではないか、という莫迦げた考えさえ、ふっと浮かぶ。

ところが――

「あっ……」

言耶は声を上げると同時に、その影に駆け寄っていた。ようやく人が蹲《うずくま》っているのだと分かったからだ。

「つ、月子《つきこ》さん……じゃありませんか」

そこにいたのは力枚の四女の月子だった。ただし彼女の両目の焦点は合っておらず、腰でも抜かしたように地面に座り込み、完全に茫然自失の状態である。

「月子さん、大丈夫ですか。何があったんです？」

肩に軽く手を掛けて揺するが、全く何の反応もない。

途方に暮れた彼は、一旦は山道の先に目を凝らした。が、はっと何かに気付いたように彼女の視線の先へ、そこに鎮座する黒地蔵様の祠へと目を向けた。

（この中に何かがいる……？）

ライトの明かりを点すと、祠の戸に手を掛ける。ゆっくり手前に引くにつれ、微かに板戸の軋《きし》む音が響く。そして真っ暗な祠の中に、さっと光明が射し込んで――。

「うわっ！」

言耶が上げた短くも鋭い叫びが祠の中に籠り、無気味に反響した。

そこには全ての衣服を剝がれた状態で、柘榴《ざくろ》が爆《は》ぜた如く後頭部を叩き割られ、無惨にも腹部をかっ捌《さば》かれ内臓を摑み出された、男の屍体が横たわっていた。ただし全裸ではない。その胸には黒い前掛けを着けていたのだから……。

「こ、こ、これは、鍛炭《かすみ》家の広治氏？」

余りにも凄惨な被害者の様子に確《しか》とは見極められなかったが、昨日の夕方、奥座敷で対面した鍛炭広治のように思える。

「月子さん、あなたは一体なぜ――」

ここにいるのかと訊こうとして、それが無理だと判断した言耶は、彼女の両の二の腕を摑んで抱え起こそうとした。だが、当人の身体に全く力が入らない。仕方なく両手で抱え上げると、揖取家の母家へと急いだ。

そこからは力枚を起こして事情を伝え、まず月子を任せてから東の離れへと駆け込み、鬼無瀬警部に事件を知らせた。

「な、何ぃぃ？　こ、この家の近くで、広治が殺されただとぉ！」

言耶に発見した状況を説明させながら、警部は手早く着替えを済ませると、柴崎と谷藤両刑事を従え黒地蔵様の祠まで駆け付けた。

「うっ……酷いな、これは……」

「確かに広治のようですね」

遺体の側に蹲んだ柴崎が、しばらく被害者の顔を観察してから口を開いたが、

「しかし、立一の息子の平人というのも、広治と似た容貌なんだろう？」

厄介だなと言わんばかりに警部が、言耶に問い掛ける。

「ええ、そうなんです。遺体に衣服がありませんから、今はどちらとも……」

透かさず鬼無瀬警部は、谷藤には鍛炭家へ行って広治の安否を確かめるように、柴崎には揖取家の電話を借り終下市《ついかいち》署に連絡して鑑識を呼ぶよう指示した。

「どうやら、君が恐れていた通りになったな」

二人の刑事が姿を消したところで、ぼそっと警部が呟いた。

「でも、鍛炭家の警護と見張りは――」

「してある。しかしそれは、飽くまでも外部からの侵入者を警戒してのことだ。家の者が警官に見付からないよう外出しようと思えば、幾らでも可能だろう」

「そうですね……」

「あの黒い前掛けは、黒地蔵のものか」

「地蔵様の前掛けがありませんから、恐らく――」

「うーむ、前掛けだけでも全て、残りの地蔵から回収しておくんだったな。まぁ、それで犯人が殺人を思い止まったかどうかは、心許《こころもと》ない限りだが」

「似た色の布を代用すれば済みますからね」

「それにしても何だって、こんな酷いことを……。後頭部の傷は立治殺しと同じで、まず被害者の自由を奪って殺害し易くするためだろう。だが、あそこまで殴打する必要はないはずだ。それに腹部を裂き内臓を取り出すなんて、一体この犯人は何を考えているのか……。それほど被害者に対する憎悪が激しいということか……」

「探ったんじゃないでしょうか」

「ああ？　何をだね？」

不審そうな顔をする警部から、言耶は敢えて痛ましい遺体へと目を向けながら、まるで歌うように薄気味の悪い節を付けて、

「くろじぞうさま、さーぐる……」

「き、き、き、君は……、は、犯人が、被害者の頭の中や腹の中を、さ、探ったと？」

「はい。もちろん、その真似をしただけです」

「そ、そんなことのためだけに、こんな酷い行為を……」

「こういう演出をしなければ、『黒地蔵様　探る』という見立ては成立しませんから」

「狂っとる！」

怒りも露に鬼無瀬警部は叫んだが、すぐ首を横に振ると、

「いや、それは別にいい。問題は、なぜ犯人は童唄に拘るのか、ということだ。仮に頭がおかしいとしても、狂人なりの理由があるだろう」

「もしくは、実は非常に頭の切れる犯人が、極めて冷静に見立て殺人を行なっているのか――」

「何のために？」

「さぁ……」

頼りない返事をする彼を忌々しそうに一瞥《いちべつ》した警部は、彼を無視するように独りで祠の中を調べはじめた。

「凶器は残ってないな。被害者の衣服もない。いずれも犯人が持ち去ったわけか」

一方の言耶は、祠の右隣に生えた背の低い樹木に注目していた。なぜなら一本の枝から、少し短い吹き流しのような緑色の布が垂れていたからだ。

「警部さん、ここに妙なものがあります」

「今度は何だ？」

事件が奇っ怪なのは、刀城言耶の所為だとでも言わんばかりの様子で、鬼無瀬警部が祠の中から出て来た。

「これは何かの目印か」

「僕にも、そう見えます。実は――」

そこで言耶は、揖取家の月子を巡る広治と平人の三角関係について話した。

「すると何か、これは逢い引きの合図だとでもいうのか」

「祠の中で待ってる、という印ではないかと」

「そ、そうなるとこの被害者は？」

「月子さんが会いに来た事実を考えれば、広治氏ではなく平人氏という可能性の方が強くなります」

「うーむ……」

警部が唸っているところへ、終下市署に連絡を入れに行っていた柴崎刑事が姿を現した。すぐに手配はしたものの、何と言っても昨日の今朝なので、こちらに戻るのに時間が掛かるという。

　更に警部が唸り続けていると、鍛炭家まで駆けて行った谷藤刑事が、同じように走りながら戻って来て、

「警部、鍛炭家に広治はいませんでした。家人に聞いても、いつ出て行ったのか誰も知りません。見張りには熊谷巡査と大庭巡査が当たっておりましたが、二人とも広治が家を出たことに全く気付かなかったと言っております」

　鬼無瀬警部は素早く言耶の顔を見たが、すぐに柴崎と谷藤の両刑事に視線を転じながら、

「まず谷藤、志摩子に遺体が息子かどうか、何とか確認して貰え。それから柴崎、鑑識が到着したら真っ先に被害者の指紋を取らせろ。そして鍛炭家から、広治の指紋が付着していそうな物品を借り出して、その二つを早急に照合するんだ」

「分かりました」

　谷藤が再び鍛炭家へ走り去るのを見送った警部は、「後は任せる」と柴崎に一言だけ残し、塀の裏口から揖取家の母家へと歩き出した。

「月子さんに話を聞くんですね」

「彼女が誰と会おうとしていたのか、それが分かれば被害者も判明するだろう」

「僕も同席して構いませんか」

相手が不機嫌に唸ったのを同意の印と解釈した言耶は、そのまま一緒に正面玄関から上がった。

「広治君が酷い殺され方をしたというのは、本当ですか」

すぐに興奮した将夫が現れたが、左手に包帯を巻いている。どうしたのかと言耶が尋ねると、力枚に抱かれるように月子は家の中へと入ったらしいが、突如として暴れ出し、祠に戻ると言い出したのだという。騒ぎを聞き付けた将夫が、義父に加担して彼女を宥めようとしたが、揉み合っているうちに廊下に飾ってあった壺が落ちて割れ、その破片で少し切ってしまったのだと、恥じ入るように説明した。

「それは災難でしたね」

相手の怪我を心配する言耶とは対照的に、ちらっと包帯に目をやった警部は、怒ったような口調で、

「月子さんは、何処だね？」

「自室で休ませています。義母《はは》と花子が付き添ってますが、とても満足に喋れる状態じゃ……」

「案内してくれ」

それでも将夫を促すと、警部は家の奥へと入って行く。言耶も後に続きながら、花子というのは力枚の長女で、将夫の妻だったなと心の中で確認した。ちなみに力枚の

妻は、成子《しげこ》という。

「あっ、警部さん……」

月子の部屋の前では、力枚が落ち着かなげに廊下を行ったり来たりしている姿があった。

「娘さんの様子は、いかがですか」

「最初はどうなることかと、ぞっとしました。こちらの問い掛けに、全く無反応だったんです。それから急に暴れ出して……。でも取り押さえると、わっと泣き出しましてね。ようやくまともな感情を取り戻したようで……」

「今は？」

「泣き疲れたのか、ぐったりしております」

「少し事情を聞くことはできませんかな？」

「いや、それは……」

かなり躊躇っている様子だったが、絞り出すような声で「お待ち下さい」と言って、力枚は娘の部屋へと入った。

「さすがに今すぐは、無理なんじゃないでしょうか」

「事件の目撃証言は、時間が経つほど曖昧になるものなんだ」

小声で喋る言耶に対して警部が普通に答えていると、力枚が部屋から出て来た。

「家内が申すには、ちょうど寝入ったところなので、このまま目が覚めるまで休ませた方が良いだろうと――」

「うーん……」

力枚の言葉に、鬼無瀬は考え込んでいる。

「警部さん、そうしましょう。今、無理に起こして質問しても、良い結果は出ないと思います」

言耶も強く主張したためか、取り敢えず村医者の駒潟《こまがた》に往診を頼むことになった。その結果、午前中一杯は様子を見るようにと、医者には注意された。

それから昼を迎えるまで、黒地蔵様の祠の周囲は騒然たる雰囲気に包まれた。

まず志摩子は遺体を満足に確認することができず、代わりに頼んだ春菊は役目そのものを拒否する始末である。団伍郎は平人を広治と認めた過去があったため、最初から当てにはできない。仕方がないので将夫をはじめ、青年団の数人で遺体は検められ、ようやく「被害者は鍛炭広治である」とされた。ただし実際の確認は、指紋の照合を待つしかなかったと言える。そのうち鑑識班が到着し検視がはじまった。

鬼無瀬警部は祠を柴崎刑事に任せると、谷藤刑事を従え鍛炭家へと向かった。主たる目的は春菊の事情聴取を行なうためである。言耶も同行しようとしたが、「後で教えてやるから」と冷たくあしらわれた。

「刀城先生の探偵としての才を、あの警部さんは認めたものと思ってましたがな」

　とても不満そうな力枚に、言耶は苦笑を浮かべながら、

「さすがに真っ昼間の捜査に、一般人を連れ歩くわけにはいかないんでしょう。僕としては、後から事情聴取の内容を教えて貰えるだけでも、もう御の字ですから」

「ふむ、まぁ先生が、そう仰るなら――。で、これからどうされます？」

「残り四つの祠に行ってみようかと思います」

「白黒以外の地蔵様の祠に？」

「はい。もちろん前掛けは、犯人によって疾っくに持ち去られているでしょうが、念のため確認だけはしておきたいので」

「では、御供しましょうか」

「月子さんの側にいなくて、宜しいんですか」

「家内と花子がおりますからな。こういう場合、父親の出番は余りないのですよ」

　そんな会話をしつつ揖取家を出た二人は、まず金地蔵様の祠へと向かった。

　途中、擦れ違う集落の人々は力枚に話し掛けたそうだったが、見知らぬ言耶が一緒のためか、誰もが一様に黙って会釈をするだけで通り過ぎる。

「胆武さん、いらっしゃいますか」

　御籠り堂の手前まで事件について話をして来たが、先に巡礼者には挨拶をしておく

べきだと考えた言耶は、遠慮がちに声を掛けた。だが、隙間の小さな十字格子の戸の中に見える微かな後ろ姿は、何やら一心に祈禱《きとう》をしているようで、邪魔をするのは忍びない雰囲気がある。

「また何か重要なことを、彼なら目撃しているかもしれません。ただ、警察も同じように質問しに来るでしょうから、ここは余り煩《わずら》わせない方が良いでしょう」

囁くような声で説明する言耶に、無言の頷きで力枚も賛意を表したため、二人は静かに金地蔵様の祠へと移動した。

「やっぱり前掛けはありませんね」

祠の板戸を開けて言耶が内部を確認すると、力枚がお手上げだと言わんばかりに、

「六地蔵様には、集落の誰もが御参りをしますから、前掛けだけを盗むのは簡単でしょうな」

「ええ、何ら目立つ行動ではないうえ、前掛けも畳めば嵩張《かさば》りません。六枚くらい隠すのは、とても容易《たやす》いことです」

「つまり犯人は、まだ四人も殺すつもりだと？」

「正直なところ分かりません。童唄と前掛けの見立てを考えれば、そう捉えるべきではないか、とは思いますが――」

「狙われているのは、やはり鍛炭家の面々ですか」

「団伍郎氏、志摩子さん、春菊さん、立春君——と残っているのは、ちょうど四人ですよね」

「た、立春までが……。まだ十歳の子供ですぞ！」

　力枚の声が大きくなりはじめたため、言耶は青地蔵様に向かって歩きはじめた。

「もちろん四という数字は、偶然の一致かもしれません。しかし、この無気味な暗合は無視するべきではないとも感じます」

「うーむ、確かにそうですが……。だとすると犯人の動機は、何だと思われます？」

「立一氏の一家消失事件が、影を落としてるんじゃないでしょうか。袂《たもと》を分かったとはいえ、同じ鍛炭家の兄一家が消えた後、今度は弟一家が次々と殺されているのですから、両者の事件が全く無関係というのは、逆に余りにも不自然ですよね」

「その一家消失について、何か思い付かれたことは？」

「実は食事中という状況から、毒殺ではないかと疑っているのですが——」

「毒？　つ、つまり立一さん一家も、こ、殺された……と仰る？」

　再び力枚が興奮した声を上げ、道行く集落の人々の注意を集めてしまったので、言耶は急ぎ足になりながら低い声で、

「全員が一度に消えた理由——そんな状況が、どうして生まれたのか——を突き詰めたとき、それは全員が一度に死んだからではないか、と考え付きました。では一つの

家族が、ほぼ同時に死んでしまう場というのは、どんなときでしょう？」

「なるほど。食事中の毒殺なら、それが可能になる……。あっ、でも郷木《ごうき》家の靖美《のぶよし》君も、同じ御飯を食べたんじゃなかったですか」

「そうです。しかし彼は、死んでいない」

「ならば――」

「恐らく毒は、漬け物の壺に入ってたのではないか、と僕は睨んでいます」

「ええ、まぁ漬け物なら、誰もが食べますからね。それに立一さんたちの朝食であれば、そんなに品数があったと思えませんから、漬け物も貴重なおかずになります。ただ、それは靖美君にも言えることでは？」

「いえ、彼は幼い頃から好き嫌いが激しく、漬け物に関しても実家の祖母が漬けたものしか食べられないんですよ」

「そうなんですか」

「この偏食が、幸いにも彼を救うことになったのかもしれません」

「正に間一髪だったわけですな」

「ただ、毒殺説の弱いところは、現場であるはずの囲炉裏の周辺をはじめ、あの家の一階が全く乱れていなかった点です」

「そう言えば……確か、たった今まで食事中だったような、そんな状況だったと」

「マリー・セレステ号の如く――」

「な、なんですか、その何とか号とは？」

ちょうどそのとき、集落の北東に祀られた青地蔵様の祠が見えてきた。一昨日の夕方、言耶が初戸《はど》から辿って来た細い土道の、やや右手寄りに位置している。

「うーん、ここの前掛けも既にありませんね」

祠の板戸を開けて言耶が内部を確認しつつ、少し考える仕草を見せたので、力枚は不思議そうな口調で、

「全ての前掛けが盗まれていることは、予想されてたんでしょう？　恐らく犯人は、立治を殺《あや》める用意として白地蔵様の前掛けを盗んだ際に、他の五つの地蔵様の前掛けも一気に集めておいた。そういうことじゃありませんか」

「いえ、ところが昨日の早朝、我々は乎山に登る前、黒地蔵様に御参りをしましたよね。あのとき確かに地蔵様は、黒い前掛けをされてたんです」

「えっ……あっ！　そうですよ。間違いありません。これは一体……どういうことですか？」

「立治氏を殺害した後で、連続殺人を決意した――ように見えますね。または、そ、その結果、い、いとして連続殺人を行なわざるを得なくなった――とも取れます」

「どうも益々こんがらがってきましたな、頭の中が――」

てきた。

「赤地蔵様に行きましょう」

言耶が促して歩き出した途端、力枚がマリー・セレステ号に関する話の続きを求め
「一八七二年十二月五日、デイ・グラチア号という帆船がニューヨークとジブラルタルの間を航行中に、奇妙な船と遭遇しました。それは二本マストを持つ横帆船でしたが、まるで酔っぱらいが舵《かじ》を取っているような動きをしていたんです」

「それがマリー・セレステ号？　難破船ですか」

「はい。デイ・グラチア号が合図を送っても、相手から返答はありません。そこで船長は二隻を並べるとボートを降ろし、二等航海士らと共にマリー・セレステ号に上がり、舳先《へさき》から艫《とも》まで船中を調べました。でも、誰もいない……」

「まぁ難破船であれば――」

「ところが、船はとても綺麗なままでした」

「えっ……」

「航行が不能となるような破損など、何処にも全く見当たらなかった。それに船倉には積荷である酒樽《さかだる》が残っており、また食料と飲み水の蓄えも完璧だったんです」

「なのに乗組員だけ、消えていた？」

「それだけではありません。船長室では食べ掛けの朝食が、そのまま残っていた。調

理室では炉の上に、料理の入った鍋が掛かっていた。航海士の部屋では、何かの計算を途中まで行なった紙切れが残っていた。船室の一つでは、子供用のナイトガウンが縫い掛けの状態で置かれていた。水夫部屋では、使用済みながらも錆のない剃刀《かみそり》が発見された。船の金庫には、札束や宝石が仕舞われていた。救命ボートは吊り下がったままだった——という具合に、船内の様子が正に日常の状態そのままだったのです。何とも無気味なことに……」

「うーむ、確かに立一さん一家の消失と似ていますな。ただ、その船の乗組員は全員が海に落ちたと考えれば説明は付きますが、立一さんたちは何処に行ってしまったのか……」

「ただ、全員が海に落ちるような状況とは何か、それが分からない。そこに船内の様子を加えると、不可解さは増すばかり……。そういう意味では、立一氏一家の消失も同じですね」

「ちょっと待って下さい。使用済みの剃刀が錆びていないこと、船長の朝食が食べ掛けだったことなどから、少なくとも乗組員が船を離れたのは、発見された日よりも精々数日前ということが分かりませんか」

「それが妙なんです。航海日誌が書かれた最後の日付は、十一月二十四日でした。発見される十日前です。その頃この船が航行していた海域、当時の風向き、発見された地点など全ての状況から判断すると、十一月二十四日以降も誰かが舵を操っていたことになる。そうでないと、船は全く違う海域へと流されていたはずですから……」

「…………」

「立一氏一家が乎山の家から消えた後、誰かが内側から戸締まりをした……。似ていると見るのは、こじつけでしょうか」

そのまま二人は無言で真北に位置する赤地蔵様の祠まで来ると、言耶が内部を検め、赤い前掛けが消えていることを確認した。ちなみに祠の近くには奥戸の集落の寄り合い所があり、昨日そこに警察の捜査本部を設けられるよう、近所の村人たちが片付けをしたばかりである。

「ところで、先程の毒殺説ですが――」

北西の方向にある黄地蔵様の祠へ向かう途中、力枚が口を開いた。

「遺体は、どうしたとお思いですか」

「物置き小屋の横に猫車がありましたので、遺体の運搬は可能でした。問題は遺棄する場所ですが、それも墓穴と言ってもよい格好の穴が――」

「六墓の穴……」

「曾《かつ》て鍛炭家の立造氏が、吉良内立志という山師をはじめ四人の鉱夫を殺害し、その遺体を遺棄したのではないか――と見られている穴ですね」

「歴史は繰り返される……ですか」

「もちろん調べられれば終わりです。でも、立一氏一家が漂泊民だったことから、単に出て行っただけだと見做される可能性の方が高い」

「よく立一さんのことを知らない集落の人は、山窩《さんか》だと思っていたので、いなくなって清々したくらいでしょうな」

「その山窩という呼称についても、色々と誤解や偏見があるのですが――まぁ、今はいいでしょう。そう考えると、乎山の家が綺麗に片付いていたのも頷けます。毒殺の痕跡を隠すために、そもそも朝食を摂ったという事実さえなかったことにしようとした」

「筋は通りますな。ただ……あのとき、家の中を見た私としては……」

「納得いきませんか」

「何て言えばよいのか……そのー、単に後片付けをしたという状況ではなく、はじめから朝食など作られていない雰囲気があったといいますか……そう正に、そもそも朝食を摂ったという事実さえなかった、としか思えなくて……」

「全ては忌み山の一つ家が見せた幻だった……？」

「いえ、そこまでは――」

「あなたの、揖取力枚という第三者の証言があるわけですから、この件は厄介です」

「はぁ……。それで、もし立一さん一家が毒殺されたのだとすれば、その犯人は？」

心当たりはあるが自分の口から名前は出したくない、そう力枚が思っていることは言耶にもよく分かった。

「最有力容疑者は、やはり立治氏でしょうか。もちろん息子の広治氏が共犯ということも、充分に考えられます」

「動機は、乎山の金脈ですか」

「はい。しかし、この容疑者では色々と謎も出てきます。まず立治氏は、なぜ乎山に金脈があると思うようになったのか」

「鍛炭家にとってあの山は、本当に忌み山だったわけですからね」

「次いで立治氏が兄の一家に近付いた場合、その事実を立一氏があなたに教えるのではないか、という疑問です」

「将夫君にも言いましたが、その通りですよ」

「かといって、突然やって来た立治氏を兄の一家が受け入れ、そのうえ毒まで盛られてしまったと見るのは、余りにも無理が有り過ぎます」

「そうですな」

「また、立一氏一家が消えた朝は、初戸の日下部園子さんが、奥戸の竈石家に嫁入りをする日でした。その旨を記した回覧板は、前の日の夕方に回ったわけですが、犯行を思い止まるには充分な時間があったことになる」

「そんな特別な日に、何も兄一家殺しを実行する必要はない」

「どうやって西の山道の崖を登り、また降りたのか、その問題もあります」

「まぁ男だけであれば、ロープを使えば不可能じゃないでしょう。とはいえ時間は掛かります」

「あの日、乎山の東の山道で、あなたと将夫氏が一時間も立ち話をすることは、誰にも予測できません。つまり忌み山の密室状態は、飽くまでも偶然そうなっただけです。ひょっとすると立治氏は、西側が嫁入りで騒がしい間に、立一氏一家は東の山道を辿って出て行ったように、見せ掛けたかったのかもしれません」

「ほうっ……」

「尤もそんなに早く、兄の一家が入らずの山から姿を消したことに、あなたが気付くとも思えませんよね。ですから、これは運悪く兄一家が姿を消した日時まで、何らかの理由で特定されてしまったときの、用心くらいのものでしょうか」

「うーん……、先生の推理に文句を付ける気は毛頭ありませんが、逆に言いますと、そこまで立治が頭を働かせたとは――」

「あっ、なるほど。確かに僕の考え過ぎかもしれませんね」

「しかしですな。もし立治と広治が、立一さん一家を殺《あや》めたのだとすると、この連続殺人はその復讐ということに――」

「なります。ただし、そうなると一体その復讐を誰がしているのか。立一さん一家が殺害されているならば、犯人がいないことになってしまう」

「それと、どう考えても実行犯は、立治と広治の二人だけでしょう。つまり、これ以上の復讐殺人はもう起こらないはずなのに、なぜか地蔵様の前掛けが消えてしまっている……」

その最後の確認を行なう必要のある黄地蔵様の祠が、ようやく言耶の視界に入ってきた。そこから後は足早に進むと、慎重に祠の内部を検めた。

「ないですね。これで残った四地蔵様の前掛けが全て、前もって盗まれていることが判明したわけですが――」

「犯人は、連続殺人を続けるつもりなのか、団伍郎さんたちまで狙っているのか、どうも分からなくなってきましたな」

「ただ、坊主憎けりゃ袈裟まで憎い――の可能性は残ると思います」

「何ですって！　つ、つまり本来は関係のない団伍郎さんたちまで……」

「立一氏一家の皆殺しが事実だとすれば、目には目を、歯には歯をという考えで、犯人が行動したとしても不思議ではありません」

「うむ、そこまで立一さんたちに肩入れする人物――それがこの事件の犯人像ですか。しかし、ちょっと思い当たらないですなぁ」

途方に暮れたように天を仰ぐ力枚の横で、祠の左手に組まれた石垣の上を言耶は見上げていた。そこに芝居小屋の廃屋があったからだ。

「この上にあるのが、鍛炭家の団伍郎氏が建てられた芝居小屋ですか」

「ええ、ちょっと上がりましょうか」

石垣の中央には石段があり、そこだけ見れば社寺でも建立されているように思える。だが、言耶の瞳に飛び込んできたのは、朽ちた板間の野外席、がらんとして侘しい回り舞台、上手と下手の両側に建つ廃屋という何とも荒んだ光景だった。

「芝居が掛かる日には、何本も幟《のぼり》が立ちましてね。ちょっとした祭のようでした」

「沢山の役者さんが、ここで興行したんですか」

「いや、こんな田舎までわざわざ来るのは、もう三流より下の役者崩ればかりでしたよ。それでも団伍郎さん御贔屓《ごひいき》の一座はあったみたいですな。というのも、あの人は『蜘蛛絲梓弦《くものいとあずさのゆみはり》』が演じられさえすればご満悦だったので、やって来る一座も新しい演《だ》し物を考える必要がなく、かなり気楽だったわけです」

「その芝居は確か、たった独りで、傾城《けいせい》、座頭、童、番頭新造《ばんとうしんぞう》、薬売り、女郎蜘蛛の精と、六変化を演じる芝居じゃありませんか」

「ほうっ、さすがに何でもご存じですな。私は終下市の芝居小屋で、それなりに名のある一座のものを観たことがありますが、女郎蜘蛛の精よりもおかっぱ頭の童の方が、よっぽど怖かった」

「はっはっ、言われてみればそうかもしれません。ちなみにこちらの芝居小屋では、余り鑑賞されなかったのですか」

「ええ、ほとんど。元々が大して芝居に興味がなかったのと、鍛炭家が興行主のようなものでしたから……。それにうちの父など、よく初戸の郷木家の虎之助さんから招待され、わざわざ臼山峠を越えては、あちらの芝居小屋まで通ってましたよ」

「今でもあるそうですね」

「この半年ほど太平一座とかいう者たちが、すっかり住み着いていると聞いております。芝居小屋を我が家のようにして、そこからあちこちに出掛けて行くというのですから、まぁ図太いというか何というか」

「肝心の芝居は、初戸ではやらないのですか」

「さぁ、どうでしょう？　そういう噂は余り聞きませんね。仮にやっても昔と違い、わざわざ初戸へ観劇しに訪れる者などいないと思いますよ。もっと町の方へ、皆も出るでしょうから。それに何でも太平一座は、やや年輩の夫婦と若い夫婦、若い方の夫婦の子供くらいしか、座員はいないそうです。となると演し物も限られてくるでしょうし……」

舞台の両側の小屋を覗くと、上手は役者たちの住居になっており、下手は楽屋と道具置場を兼ねていたらしいことが分かった。

「そろそろ昼です。帰った方がいいでしょう」

力枚に促され、二人は揖取家へと戻った。

だが、そこで刀城言耶を待っていたのは、またしても祖父江偲から掛かってきた電話の、何とも薄気味の悪い伝言だった。

第八章　山魔は何をする？
「祖父江君？　刀城です。先に言っておくけど、二人目の被害者が出てしまった」

「ええっ！　だ、誰なんです？」

鍛炭《かすみ》家の広治氏だよ」

再び揖取《かじとり》家の電話を借りた刀城言耶は、怪想舎の祖父江偲《しの》に連絡を入れていた。

「連続殺人ですか……。それも鍛炭家の人ばかり……」

「ああ、警戒するようには、前もって警察にも言ったんだけど――」

「そんなぁ、先生の所為《せい》じゃありませんよ」

「でも、僕が来てから立て続けに……」

「ですから、それは偶然です。第一いいですか。先生は作家であって、探偵やないんですよ。目の前で連続殺人が起きたからいうて、責任を感じる必要が何処にあります？」

「…………」

「先生？　聞いてます？」

「あっ……ごめん。まぁ、そうなんだけど……僕は死神だから――」

「うちに喧嘩を売ってはるんですか」

「け、喧嘩を売るって、そもそも君が――い、いや、そんなことはどうでもいい。それで、あの伝言はどういう意味なんだ？」

「そのままです。『昨日よりも山魔《やまんま》が近付いてる』っていう……」

「郷木靖美《ごうきのぶよし》氏が会社に訪ねて来て、そう言ったんだね？」

「はい。昨日よりも遅かったですが、午前中に見えられて。彼の説明ですと、山魔は少しずつ自分に近付いて来てる。でも、奥戸《くまど》でやらんとあかんことがあるから、それが済むまでは一気に東京まで来られへん――」

「そ、そ、祖父江君！」

「は、はい！」

「今すぐ彼の家を訪ねて、山魔が奥戸でやらなければならないこととは何か、それを尋ねてきてくれないか」

「ええっ、うち独りで、あの人に会いに行くんですかぁ」

「何も危険なことないだろ？　もう恢復したようだって――」

「せやから余計に、怖いんやないですか。先生は面と向かうて、彼と話してはらへん

と思っている月子の横顔を、言耶は交互に見詰めるばかりだった。

「あのー……」

このままでは全く進展が望めないと感じた彼が、それでも遠慮がちに声を出すと、

「先生――、お願いします」

急に力枚が後ろを向いて、深々と頭を下げた。そして娘の枕元から一歩退く格好で、改めて座り直した。

「いえ、僕など何のお役にも立てませんが――」

そう言いつつも逆に言耶は、ずいっと二歩ほど前へ膝を進めながら、

「でも月子さん、警察はそれでは済まないんですよ」

「…………」

問い掛けるような眼差しが返ってきたが、自分の言葉の意味を彼女が理解しているのは、言耶にも分かっていた。

「少なくとも今日中に――いや、鬼無瀬警部が鍛炭家より戻って来られたら、あなたは事情聴取を受けることになります。何と言っても事件の第一発見者ですから、かなり根掘り葉掘り聞かれるはずです。お父さんやお母さんの同席が許されるかどうか、それも分かりません。むしろあなただけの可能性が高いでしょう。そうなると事情聴取も、情け容赦のないものになるかもしれません。これは決して脅してる訳ではない

のです。できればそんな状況を迎える前に、お父さんと僕に、何があったのかを話して貰えないでしょうか」

「…………」

「全てを話して頂けたら、それを僕たちから警察に伝えます。あなたのことは、そっとしておいてくれるよう頼むつもりです。もちろん僕たちには何の権限もありませんが、警部を説得します。完全なお約束ができないのは心苦しいですが――」

「いえ……」

月子は微かに首を横に振ると、次いで言耶を見ながら軽く頷いた後で、

「ところで殺されたのは、何方《どなた》だったのでしょう？」

「ひょっとするとあなたは、被害者が平人氏だと思われたんじゃないですか」

息を呑む気配が力枚から伝わったのと同時に、再び月子が軽く頷いた。

「これまでにも黒地蔵様の祠の中で、平人氏と会っていたのですね」

「はい……」

「いつからです？」

「最初は、立一さん一家が御山を出て行ってから、一週間くらい後でした」

言耶は思わず身を乗り出したが、辛うじて口を挟むことだけは思い止まった。

「私は朝夕、黒地蔵様の祠に御参りしております。その日の夕方も参りますと、山道

の藪の中から名前を呼ばれて――。それが平人さんでした」

「彼は、何か言いましたか」

「ある事情があって姿を隠していると。立治さんたちに見付かると大変なので、自分に会ったことは誰にも言わないでくれと」

「その訳は言わなかった?」

「はい。訊いたのですが、逆に鍛炭家の様子を尋ねられました」

「それから?」

月子は恥ずかしそうな表情を浮かべつつ、

「祠の横の木に緑色の布切れが下がっていれば、自分が祠の中にいる印だと……彼は言いました。ただ来られるのは陽が沈んでからだから、日中に布切れがあれば、その日の夜から翌日の明け方に掛けて、自分が祠に行くという合図になると……」

言耶が奥戸を訪れた二日前の夕刻、御籠り堂から戻って来た月子と出会い、二人で揖取家まで歩いた。あのとき彼女は家の中へ入る前に、乎山《かなやま》へと続く山道の方を頻りに気にしていた。あれは目印の布切れが樹木に下がっていないかどうかを確かめていたわけだ。

「どの程度の割合で、彼とは会いました?」

「一、二週間に一度ほど……。でも、昨年の十二月から今年の二月までは、雪のため来られなかったようです。三月も終わり頃になって、ようやく目印が下がっているのを見付けて……」

「それじゃ今年は？」

「昨日……いえ今朝で、まだ四回目でした。ですから私……」

「はい？」

「先生とお父様が御山に登ろうとなさった朝、後からお二人を追い掛けたんです。もし山の中で、彼と遭遇することになったら……と思って……」

「なるほど」

「でも、途中で引き返しました。お二人を止めるつもりだったんですが、適当な言い訳を思い付かないうちに、どんどん山道を登って行かれましたから……」

「今になってみると、我々があなたに気付いていれば——と思います」

「それで、この前のとき……数日前なんですが……。彼は……」

「…………」

「彼は……」

「はい？」

「一緒に村を出ようって……」

「あなたは、何と？」

「考えますって……。ただ、彼もすぐじゃないとは言ってました。今に大きなお金が手に入るから、そうなったら――」

「大金の入る当てがある、と彼が言ったんですか」

月子が頷くのを目にした言耶が力枚に視線を移すと、そこには複雑そうな表情で娘を眺めている父親の顔があった。

「ところで平人氏は、家族のことを何か喋りませんでしたか」

「いいえ、一言も。でも、あなたと村を出た後、お義父様たちと一緒に暮らすのって訊いたら、自分たち二人だけでだって答えてました」

「平山の家を出てから何処に住んでいるのか、それも口にしなかった？」

「訊いたのですが……言えないって……」

「なぜ平山を出たのかも含めて、あの山での生活からその後の暮らしまで、とにかく何でもいいですから、彼が喋ったことはありませんか」

しばらく月子は考えているようだったが、やがて弱々しく首を振った。

「そうですか……。ところで今から、あなたにとっては非常に辛い質問をすることになりますが、どうか許して下さい。黒地蔵様の祠で亡くなっていたのは、平人氏でしたか」

言耶の問い掛けに両目を閉じてしまった月子は、そのまま永遠の眠りに就きそうに見えるほど、微動だにしなかった。それが余りにも長かったので、力枚は何度も声を掛けそうな素振りを見せ、その度に言耶が片手を上げ制止した。

やがて、ぱっちり両の瞼《まぶた》を開けた月子は、

「正直なところ、よく分かりません。もちろん最初は彼だと思いましたが、絶対にそうだと言い切れるのかと問われると、私には分かりませんとしか……」

「無理ないですよ。あの――」

遺体の状態ではと言い掛けて、言耶は賢明にも口を閉ざした。

「では、月子さんもお疲れでしょうから、この辺りで――」

力枚に質問が終わったことを知らせると、月子には礼を述べて、言耶は部屋を出た。すぐに力枚も廊下に姿を現し、妻の成子を呼んで娘を任せてから、彼を西の離れの客間へと誘った。

「ありがとうございました。あの子が素直に全てを話せたのは、先生のお蔭です」

「と、とんでもない。彼女の心根が、やはり澄んでいたからです」

一通りの感謝と謙遜のやり取りが続いた後、

「被害者は結局、広治君なのか平人君なのか、どっちなんでしょう？」

「今のところは、本当に五分五分ですね。犯人が被害者の衣服を持ち去っているため、すぐには判断できない」

「それが犯人の狙いですか」

「ただ、遺体には指紋があります。つまり遅かれ早かれ、被害者の身元は割れるわけです。精々一日か二日だけ身元を隠すことに、一体どんな意味があるのか……」

「確かに、何とも妙ですな。しかし、あの子の話から考えるに、やはり被害者は平人君じゃないでしょうか」

「ええ……」

肯定する言耶の口調に躊躇いを感じたのか、力枚が怪訝そうな眼差しを向けつつ、

「少なくとも娘は、嘘は吐《つ》いていないと思うのですが――」

「い、いや……そうじゃありません。月子さんの仰ったことは、全て本当だと思いますし、何かを隠してらっしゃる気配もないと僕も感じました」

「ならば、やっぱり被害者は――あっ、ま、まさか先生は……」

「な、何です？」

「殺されたのは広治君で、立治殺しも含めた犯人が平人君だ、とお考えなのでは？」

「なるほど。そういう解釈も成り立ちますね」

「えっ？　違うんですか」

気負い込んだだけに力枚は落胆したようだったが、透かさず言耶の意見を聞きたがった。

「ふと僕は考えたんです。立一氏の一家が消えた後、黒地蔵様の祠に現れたのは、本当に平人氏だったのか――と」

「な、何ですって！」

「ひょっとすると平人氏の振りをした、実は広治氏ではなかったのか――と」

「…………」

「いいですか。広治氏は月子さんに恋愛感情を持っていた。月子さんは平人氏に好意を抱いていた。平人氏は月子さんに余所々々《よそよそ》しかった。この三角関係の中で、立一氏の一家消失が起こった後、急に平人氏は月子さんに接近したことになります。不自然ですよね」

「なるほど、言われてみれば……」

「邪魔な平人氏はいなくなった。かといって月子さんが自分の方を向いてくれるわけではない。ならば自分が平人氏になればいい。そう広治氏が考えたとすれば、どうでしょう？　一緒に村を出ようと言ったのも頷けます。奥戸で鍛炭広治として、正式に結婚することはできませんから」

満足に言葉が出てこないのか、力枚は腕を組んだまま天井を見上げている。曾《かつ》て娘の婿養子にしても良いと思った男が、あるときを境に鍛炭広治に摩り替わったのかもしれないと知らされ、かなりの衝撃を受けたようである。

「失礼します」

そこに成子が現れ言耶に一礼した後、かなり慌てた様子で、

「あなた、鬼無瀬警部がお戻りになって、月子と話がしたいと仰ってます」

「ここは、僕に任せて下さい」

揖取夫婦の顔を交互に見遣った言耶は、深々と頭を下げる二人に大きく頷いてから、今や警官たちの詰所となった東の離れへと急いだ。

「何だ、君か」

刀城言耶の顔を見た鬼無瀬警部は憎まれ口を叩いたが、既に月子から事情を聞き出した事実を彼が伝えると、意外なことにあっさり納得した。

「それで、月子さんの証言なんですが――」

そこからは言耶の話を、警部と柴崎刑事は一言も口を挟まずに聞き、谷藤刑事は黙々とノートに書き込み続けた。

やがて言耶が話し終わったところで、警部が徐に、

「被害者の身元は明日になれば分かるが、もし鍛炭広治ではなく平人だった場合、行方不明の広治が犯人という可能性が出てくるな」

「その二人の関係なんですが――」

続けて言耶は、力枚に披露した自分の解釈を述べた。

「うーん、またややこしいことをしたもんだ」

「いえ、飽くまでも可能性の問題として――」

「謙遜しなくてもいい。被害者が鍛炭広治と分かれば、君の推理はかなり蓋然性が高まる。ただ、そうなると犯人は平人ということになるのか」

そこで言耶は、立一の一家が毒殺されたのではないかという、まだ不完全な考えまで述べる羽目になってしまった。

「しかし君はよくまぁ、そう次から次へ色々と思い付くもんだな」

「はぁ、何となく……」

「それじゃ平人も、家族と一緒に殺されてるわけか」

「毒殺という手段が使われたのであれば、ほぼ皆が同時に、死に至ったのではないかと思われます」

「そうかな。乾杯する酒の中に毒が入ってるのなら別だが、それが漬け物となると、皆が一斉に食べるとは限らんだろう」

「ええ、しかし朝食の品数は、少なかったみたいですから」

「確率は高かったというわけか。それでも実は一人だけ、辛うじて助かったのかもしれんぞ」

「それが平人氏ですか」

警部は珍しく、にやっと言耶に笑い掛けると、

「何とか生き残った平人が、やっぱり月子に会いに行ったんじゃないか。だが、それを広治に気付かれてしまい、冬の間に始末された。ほとぼりが冷めるのを待って広治は、平人の振りをして月子に会いに行った——とも考えられんか」

「つまり黒地蔵様の祠に現れた、昨年の平人氏は本人だったけど、今年の彼は広治氏だったというんですか」

最初は何を言い出すのかと言耶は思ったが、この解釈も有り得るかもしれない、そう考えはじめていた。

「立一氏の一家殺害から、もし平人氏だけが生き残ったとしたら、取り敢えず自分に好意を寄せていた月子さんを利用して、鍛炭家の様子を探ろうとした可能性はありますね」

「そういうことだ」

「しかし警部、冬の間は本当に雪の所為で、平人氏は祠に来られなかっただけかもしれません。そして、彼と月子さんが祠で逢い引きしているのを知った広治氏が、その状況を春が訪れる前に利用し、自分が平人氏に成り済ました。それに気付いた平人氏が、広治氏を殺害した。その前に、もちろん立治氏を殺《あや》めているわけですが——」

「取り敢えず指紋の照合結果が出てからでいいだろう、そういう解釈を施すのは」

「はぁ……」

「立治殺しについて、鑑識の報告が出た」

鬼無瀬警部は驚く言耶を余所に、さも当たり前のように話しはじめた。

「被害者は鍛炭立治、五十五歳と判明した。死因は脳挫傷。玄翁《げんのう》と思われる凶器で、後頭部を数度にわたって殴打されたのが致命傷になった。ただ顔を焼かれた時点では、まだ息はあったらしい。肺から少量ながら煤が検出されている。死亡推定時刻は午前五時から六時の間、これは例の坊主と君たちの証言から、五時三十分頃から六時前までと短縮できるが、その間の現場不在証明《アリバイ》は関係者のほとんどにないので、余り意味はない。ちなみにあの坊主の身元は確かだったよ」

「えーっと四国の人で、もちろん胆武というのは本名じゃありませんが――」

谷藤がノートの頁を捲《めく》りながら説明しようとしたが、警部は煩そうに手を振ると、

「顔が焼かれていたのは、それほど長時間ではない。君が水を掛けて火を消したお蔭で、その辺りの調べも進んだわけだ。つまり君が説明したように、揖取さんと二人で家の前に着いたとき犯人は屋内にいて、脱出のために被害者の顔を焼いたという解釈も、強ち有り得んことではないと分かったんだが――」

「否定する材料も出てきたとか……」

「ふん、察しがいいな。囲炉裏に炭を熾した痕跡がなかったことは話したが、燃え残

った蓑の一部から、動物性と植物性の油脂分が検出された」

「えっ……じゃあ犯人は、最初から被害者の顔を焼くつもりで、油を持参していたことに？」

「なるとは思わんかね」

「指紋を調べれば、すぐ鍛炭立治氏だと分かるにも拘らず、なぜ犯人は被害者の顔を焼く必要があったのか……」

「君は、犯人が脱出のためだけに被害者の顔を焼いたのではない——と疑っていたんだろう？　その可能性が濃くなったわけだ」

「ただ油を持参していたとなると、最初から顔を焼くつもりだったことに……」

「ふむ。どちらの殺人も、調べれば簡単に被害者の身元は判明してしまうのに、犯人は顔を焼いたり衣服を持ち去ったりと、全く理解に苦しむ行動を取っておる」

「ところで警部さん、鍛炭家の警護は？」

「大丈夫だ。人数は倍にしてある。また家人の外出にも目を光らせるよう、きつく言い渡してあるから心配はいらん。で、その鍛炭家の連中なんだが——」

鬼無瀬警部は苦虫を嚙み潰したような表情を浮かべながら、

「これが、どいつもこいつも話にならん。まず団伍郎だが、ありゃ半分ほど惚けておるな。一応お吉という女中が付き添ってるようだが、何かと春菊が扱《こ》き使うものだから、満足に老人の世話ができんと嘆く始末だ」

「はぁ、大変そうですね」

「大変なのはこっちだ。息子と孫が殺されたことは、団伍郎も理解している。だが、その心当たりを訊くと、二十年も前の話をするばかり。立造という三男が金に取り憑かれ、乎山を掘り返したというあれだな」

「その祟りだとでも？」

「そういうことなんだろう、恐らくは――。とにかく具体的な話ができんので、どうしようもない」

「立一氏については何か？」

「そ、それだよ。立一の名前を出した途端、もう激怒して手が付けられなくなる。だから結局、何も訊けず終《じま》いだ」

「裏庭に入り込んだ平人氏が、自分は広治だと言い逃れをした件については、どうです？」

「ああ、それに関しては団伍郎に訊くまでもなかった。あっさり春菊が認めたからな」

「えっ、平人氏との関係を？」

「こっそり鍛炭家を覗きに来た彼を、たまたま彼女が見付けた。立一たちのことは噂で知っていたから、難なく彼女は相手の正体を察した。で、すぐに誘惑したらしい」

「…………」

「あの山の西の山道をしばらく辿ると岩場に出る。そこには平らな岩があり、逢い引きするには格好の場所だという話でな。いやはや、あの春菊という女には参るよ」

竈石家に嫁いだ日下部園子の義母が言っていた内容と、春菊の話は一致する。

「本人は、二度ほどですよ、と全く悪怯《わるび》れておらんから始末に悪い」

「広治氏との噂については？」

「さすがに、それは否定しておったな。けど私の見るところ、それが事実だったとしても驚かんよ」

「志摩子さんは、いかがでしたか」

「これが春菊と正反対でな。彼女も元々は妾の身だったとか。やっと本妻になれたと思ったら、春菊のような妾ができたばかりでなく、本宅にまでやって来たわけだから、志摩子という女も苦労が耐えんかったろう。春菊によると志摩子は四十七歳らしいが、十歳以上は老けて見えたからなぁ。一方の春菊は、とても三十三歳とは思えん若さだ。逆に十歳はさばを読めるだろう」

「これから二人は、どうするつもりなんでしょうね」

「立治が死に、跡取りの広治も死に、残るのは立春という子供だが、何と言ってもまだ十歳だ。それに如何に大人しい志摩子と雖《いえど》も、それを認めるかどうか」

「それは……」

「いや、そんなことはどうでも宜しい。で、犯人の心当たりについてだが、団伍郎は役に立たん。志摩子は相変わらず全く思い付かないという。ただな、物凄く怯えておるのは確かでな」

「実は犯人を知っている？」

言耶の言葉に、警部は困った表情を浮かべると、

「うむ、そこがよく分からんのだ。ただし、事件に関わりのある何かを知ってる風には見えたな。ところが脅そうが賺《すか》そうが、知らぬ存ぜぬの一点張りでなぁ」

「やはり犯人の心当たりがあって、庇っているとか」

「違うな。あれは完全に恐れ慄《おのの》いている者の反応だ」

「犯人が怖過ぎて喋れない？」

「警備は完璧だ、あなたは安全だと説得したんだが……駄目だった。少し間を空けてから、また彼女には訊くつもりだが」

「その方が良いかもしれません」

「春菊は前と同じで、立一が犯人だと主張した。尤も根拠はない」

「彼女はどうです？　恐れている雰囲気は？」

「いや、ないな。どうやら乎山の金が原因で、二人は殺されたと思ってるらしい。よって自分たちが命を狙われるはずがない、そう確信してるようだった」

「志摩子さんと春菊さんの違いは、二人の性格的な差からきたものだと感じられましたか」

「うん？　ああ、そう言われれば……そうかもしれん」

「ところで立春君は？」

「あの子供か。別に何も訊いてないが、何かあるのか」

「それは何とも……。僕が接触しても、その―宜しいでしょうか」

「ああ、別に構わんが」

その後、これからの捜査方針について鬼無瀬警部と話し合っている間に、いつしか奥戸には逢魔《おうま》が刻《とき》が訪れていた。

やがて、花子が夕食の用意ができましたと知らせてくれたので、言耶と警部は母家の広間へと移動した。両刑事たちを含む捜査班には、離れの方に食事が運ばれる段取りになっている。

「奥さん、お世話を掛けます」

挨拶に現れた成子に、慇懃無礼に警部が頭を下げる。

「今、集落の寄り合い所に、捜査本部を設置する準備を進めています。もう少し辛抱して下さい」

「いえ、お気になさらずに。主人からも充分お世話をするようにと、重々に言われておりますので――」

そのとき一人の女中が現れ廊下に正座すると、

「奥様、旦那様が何処にもいらっしゃいません」

「あら、おかしいわね……」

結局その日の夕食に、力枚は姿を現さなかった。

いや、そればかりでなく何処《いずこ》へ出掛けたのか、夜になっても一向に揖取家へ帰って来なかったのである。

第九章　六墓の穴

「力枚さんは何処に行ったんだろう？」

もう何度も繰り返している独り言を、またしても刀城言耶は口にすると、揖取《かじとり》家の表門から夜の闇に沈んだ奥戸《くまど》の集落を凝っと見詰めた。

鬼無瀬警部には、捜索隊を組むべきではと進言した。だが、相手は立派な大人である。夜になって家に戻らないからといって、警察が動くほどのことかどうか。これが鍛炭《かすみ》家の者であれば別だが、揖取家の当主となると俄《にわか》には判断でき難《がた》い。下手をすると、後で本人が大恥を掻くかもしれない。それで取り敢えず一晩だけ待ち様子を見よう。そう決まったのだが――。

(でも、どんな用事であれ、こんなときに出掛けるだろうか。しかも、家族の誰にも何も言わずになんて……やっぱり変だ)

成子によると、力枚には出掛ける素振りがあったという。ただし「ちょっと今夜は、気分転換になればいいいな」と言っただけで、何処に行くとも帰りが遅くなるとも、それ以外は何も言わなかったらしいのだ。

(気分転換？)

幾ら考えてもこの奥戸の地で、気分転換ができるような場所など思い至らない。

「力枚さん、何処にいるんです？」

そう口に出したところへ、ぼうっと闇の中から人影が現れた。

「り、力枚さん！」

思わず駆け寄ろうとした言耶の瞳に映ったのは、衣服を汚して軽く右足を引き摺っている将夫の姿だった。

「あっ、刀城先生……。あちこち村の中を捜したんですが、何処にも……」

「どうされたんです？」

「それが、畦道で足を踏み外しましてね。懐中電灯を持って出れば良かったんですが、まだ陽があるからと油断したのが失敗でした」

「大変でしたね。大丈夫ですか」

心配する言耶に、何でもないと将夫は首を振ると、

「義父《ちち》が立ち寄りそうなところを考え、それを一つずつ回ってみました」

予め手帳に書き出したらしく、その場所を全て読み上げたものの、力枚が立ち寄った形跡を見付けることはできなかったと項垂《うなだ》れた。

「そうですか……。それは遅い時間まで、お疲れ様でした」

相手の労を労《ねぎら》いつつ、言耶は自分が何ら行動していないことに忸怩《じくじ》たる思いを抱いた。そんな気持ちを察したのか、

「しかし義父のことですから、何か考えがあって、きっと出掛けてるんだと思います。さぁ、もうお休み下さい。私も一風呂浴びて汚れを落としたら、今夜は床に就くつもりですから」

将夫が気遣いを見せたので、せめて背中でも流しましょうと申し出た。

「と、とんでもない……」

「いえ、僕も風呂はまだなんです」

揖取家には来客用の大きな風呂があり、昨日から使用されている。

頻りに遠慮する将夫をやや強引に誘うと、言耶はさっさと風呂場へ向かった。彼を慰安するつもりは本当にあったが、この機会に鍛炭家についての情報を引き出そうと思ったことが、実はそれ以上に大きかった。

まずお互い湯舟に浸かりながら、事件のことをあれこれ話し合った後で、言耶は洗い場で将夫の背中を流しつつ、

「春菊さんという方は、何かこう独特の色香を漂わせてますねぇ」

「ええ。ただ、それも多分に毒気を含んだ、質《たち》の悪いものだと思いますが……」

「なかなか多情な女性らしいですが、集落の若い男性の受けなど、どうなんでしょう？」

「どうも一部の男たちの間では、あわよくば……という雰囲気があるのは事実です。ただ、団伍郎や立治が怖くて、実際に行動に移した者は皆無だと思います」

「なるほど。しかし、男衆から行かなくても、彼女の方から──」

「それが厄介なんですよ。あの人は自分の立場というものが、丸で分かっていませんから」

「あなたも、誘惑されたんじゃないですか」

これだけの男前である。彼女が放っておくわけがない。そう思って言耶は尋ねたのだが、半ば当たって半ば外れたような反応を相手は返してきた。

「い、いえ……私など……そんな……。まぁ、お妾さんと婿養子など、その家の中での立場が似ていると言えばそうですけど──」

「なるほど。お互い理解し合えるかもしれない？」

「そ、そういう意味ではありません。それに……」

「どうされました？」

「ここ数日、妙な眼差しを彼女から感じると言いますか……」

「誘ってるようなものではなく？」

「幾ら何でも、こんな事件が起こってるのに、それはないでしょう。第一その視線というのが、媚びを含んだものとは全く違うんです」

「…………」

春菊本人に訊いても素直に答えるわけがないか、と言耶は、目の前の背中に散らばる黒子《ほくろ》の列を眺めつつ思った。

「この黒子、もう一つあれば無理矢理ですが、北斗七星になりませんか」

「はっ？　ああ、背中の――」

余りに突然の問い掛けだったので、将夫は驚いたようだった。だが喋り掛けた途中で、慌てて言耶の方を向き直ると、

「こ、広治君の背中にも、ほ、黒子が……。特徴的な黒子があったのを思い出しました！」

暑い夏の盛りに青年団の集まりで飲んだとき、上半身裸になった広治の背中を目にしたことがあるらしい。そのとき、アルファベットの「W」を形作るような五つの黒子が並んでいるのを見て、面白いなと思ったというのだ。

風呂から上がった言耶は、早速この情報を鬼無瀬警部に伝えた。なぜ母親の志摩子が思い付かなかったのか、少し気にはなった。しかし、そんな余裕などなかったのだろうと察した。それについては警部も同意見だった。そして明日の朝一番で遺体を確

認させるという警部の言葉を聞いてから、西の離れへと引き取った。

　これで黒地蔵様の祠で発見された第二の被害者が広治か平人か、すぐ判明するだろう。少しだけ捜査は進むことになる。だからといって心は晴れない。いずれ身元は分かるから黒子の有無など大した手掛かりではない、と考えた所為とは違う。もちろん力枚が心配だったからだ。

　彼は客間に落ち着いても、裏庭の闇を見続けていた。まるで漆黒の夜の中に力枚が埋もれており、それを見付けようと凝視するかの如く――。

　蒲団に入ってからもまんじりとせず、そのまま夜明けを迎えたように思えるほどだった。

　寝不足のまま起床すると、真っ先に成子に確認したが、昨夜は到頭《とうとう》そのまま帰らず終いだったという。そして一日が――捜査は全く進展を見せぬまま、力枚も家に戻らぬまま――過ぎた。

　翌日まで待った言耶は、遂に鬼無瀬警部に直談判することにした。

「では警部さん、僕が自由に動き回っても良いという許可を下さい」

「何処を捜すつもりなんだ」

「まずは乎山《かなやま》から――」

「どうして揖取さんが、あの山に？」

「分かりません。強いて言えば、全てはあそこからはじまったわけですから……」

「まぁ、いいだろう」

「ありがとうございます」

「うちの谷藤を連れて行くといい」

「えっ……」

「あれでも、いざというとき役には立つ。それに君まで行方が分からなくなっては、我々の仕事が増えて困るからな」

重ねて礼を述べる言耶に対し、警部は煩そうに手を振ると、そそくさと母家へ行ってしまった。

怪奇作家と若手刑事は手早く朝食を済ませると、東の山道から平山へと向かった。途中、黒地蔵様の祠の前で少し躊躇したが、やはり御参りだけはしておく。

「なんか申し訳ないですね、僕なんかに付き合わせてしまって」

自分が先に行きますと言う谷藤の後を歩きながら、言耶は相手を気遣った。ひょっとすると捜査から外されたように、本人は感じているかもしれない。

ところが、それは全く杞憂だったようで、

「いえ、むしろ逆ですよ。こうやって先生と共に行動できるなんて、光栄です」

「まさか――」

「本当です。私は東城雅哉の愛読者ですが、それ以上に刀城言耶のファンなんです。警察関係者の中でも、先生の名探偵振りを知る人は多いんですよ」

「はぁ……。ところで、その『先生』と呼ぶのは止めて頂けませんか」

はっきり拒絶の言葉を口にするのは、言耶には珍しかった。大抵は遠慮がちに、遠回しに伝えるのが常である。ただし今回は、父の冬城牙城が警察関係者から「先生」と呼ばれるのを知っているだけに、つい強い物言いをしてしまった。

とはいえ、そんな本人の複雑な心境など、谷藤刑事に分かるはずもない。

「そう照れないで下さい。これには本当に敬愛の念が籠ってるんですから」

「…………」

言耶が咄嗟に言葉を返せなかったのを、了解の印と受け取ったのか、

「ところで先生、例の立一の家族の失踪については、もう何か目星を付けられているんですか」

「い、いやぁ、それがまだ……。こちらに来た翌朝、いきなり立治氏殺しの現場に遭遇しましたからね。続いて黒地蔵様の祠での殺人ですから、目星といっても……」

「無理もありません」

「警察は、事件をどう見てるんですか」

「基本的には、この山の金脈を巡る立一と立治の争いです。ただ、どうして立一たち

が急に山から出て行ったのか、それが分かりません。先生の毒殺説をお聞きして、生き残った平人が復讐のために連続殺人を行なっている——というのが、今のところ有力視されていますけど」

「それで全ての謎が、必ずしも解けるわけではありませんからね」

やがて九十九折りの山道が終わり、言耶が勝手に「蟒蛇坂《うわばみ》」と名付けた地点に出た。途端に山の空気が変わったように感じたのは、前回と同じである。

「どうもこの辺りから急に、何か薄気味悪くなるんですよねぇ」

谷藤の言葉に、思わずどきっとする。人であれば皆、ほぼ同様に感じるのかもしれない。

その所為かどうかは分からないが、蟒蛇坂を登っている間は二人とも全く無言だった。口を開かない分、谷藤刑事は周囲を何度も見回している。言耶はというと、後ろが気になって仕方ない。誰かに見られているような、何かに尾けられているような、下手をするとそれに憑かれてしまうような、そんな恐怖を犇《ひしひし》と感じる。

（やっぱり入らずの山だな、ここは……）

改めて言耶が御山の恐ろしさを体感していると、蟒蛇坂の頂上が見えてきた。

「やれやれ……。忌み山の上に立ったというのに、何だかほっとするなぁ」

坂を登り切った谷藤が振り返って漏らした言葉に、言耶も大きく頷いた。

もしかすると恐怖の中にいるよりも、その恐怖に向かって進んで行く途中が、そこに至る過程が、実は最も怖いのかもしれない。

「まずは家からですか」

六墓の穴へと続く南の道が見えたところで、谷藤刑事が念のためにといった口調で確認した。

「乎山に入って怪我をし、あの家で一夜を明かした……のかもしれません。ええ、まず家から調べましょう」

そうであって欲しいと願いながら、二人は乎山の一つ家に到着した。

表の板戸の前に張られた進入禁止のロープを谷藤が持ち上げてくれたので、言耶は礼を述べつつ家へと入った。しかし、力枚の姿はない。ざっと見回した限り、特に変わったところも見当たらない。仮に一夜をここで明かしたとして、立治殺しの現場である囲炉裏の側で寝たとは思えないが、夜の山は冷える。背に腹は代えられないと、間違いなく火を熾したことだろう。だが、囲炉裏は冷えきっていた。いや、そもそも誰かが宿泊したらしき形跡が、何処にも認められないのだ。

「ここには来ていないようですね」

谷藤の意見に相槌を打ちながら、それでも言耶が奥の板間まで入って周囲を調べていると、衝立ての向こうの風呂桶の周辺が濡れていることに気付いた。

言耶が指差す濡れた簀《す》の子《こ》に、うっすらと赤いものが滲《にじ》んでいる。

「何かありましたか」

「谷藤さん！」

「これは……？」

その場に谷藤が蹲み込んで調べている間に、簀の子の濡れていない部分を探して、言耶は風呂桶を半周していた。そして、ようやく足を乗せても大丈夫な箇所に立ち、恐々といった様子で桶の中を覗き込んだのだが——。

「うっ……」

「どうしました？」

「血痕が残ってます」

慌てて谷藤も風呂桶を回り込んで来ると、その中を検めた。

「確かに血のようですね」

「水で洗い流したものの、完全には綺麗にできなかったんでしょう」

「ええ。でも、この血は……？」

誰のものかという謎に、二人は同時に揖取力枚の顔を思い浮かべたが、どちらも決して口には出さない。

風呂桶の周りを念入りに調べ、もう何もないと納得した言耶は、二階に上がって四つの部屋を確認した。力枚はいなかったが、積み上げられていた蒲団が不自然に崩れている光景があった。下に戻ってそう告げると、

「どうします？」

谷藤が躊躇いがちに訊いてきた。

次に調べるべき場所は、もちろん刑事にも分かっていたはずだ。だが、口に出すだけで不吉な、忌まわしい結果を呼び寄せそうで厭なのだ、と言耶は察した。なぜなら自分も同じような感覚に囚われていたからだ。

「南の尾根の、金脈を採掘した岩場の穴を調べましょう」

それでも敢えて口にすると、先に立って歩き出した。

まだ充分に陽の射し込まぬ早朝の山中を、どんどん奥へと入って行く。また蟒蛇坂とは違った禍々しさが、この山道にも漂っている。一つ家の辺りは単なる入口で、忌み山の深部はこの奥だと主張しているような、そんな気配に充ち満ちているのだ。

鳥獣の鳴き声が聞こえてもよいのに、周囲は無気味なほど森閑としており、ざっざっという二人の足音だけが響く。

ふと、後ろから来ているのは本当に谷藤刑事なのだろうか……と思う。その途端、堪らなく背後が怖くなった。今に自分の後ろから、ぞっとする嗤い声が聞こえてくるのではないか……と考えただけで背筋に悪寒が走り、咄嗟に言耶は立ち止まってしま

った。

後ろの足音も、すぐ止まった。

ここで背後を確認しなければ、この場から走って逃げ出す羽目になると悟った言耶は、有《あ》りっ丈《たけ》の勇気を振り絞って振り返った。

「…………」

谷藤と顔を見合わせただけで、相手も同じように怯えていたことが分かり思わず安堵する。彼も自分の前を行く人物が、本当に刀城言耶なのかと疑っていたのだ。そんなお互いの疑心は、口に出さなくとも相手の表情を目にした刹那に、二人とも理解していた。

「も、もう少しだと思います」

「そ、そ、そうですね」

何とも白々しい台詞が口を吐《つ》いて出たが、とても笑う余裕がない。後は黙々と山道を辿り続けた。

やがて土道が岩場へと変わり、問題の尾根の付け根へと出た。左手を見ると苔生《こけむ》した薄気味の悪い石塔が建ち、瘴気《しょうき》でも吐き出していそうな六壺の穴が口を開けている。そのまま斜め右手へと延びる尾根へと視線を移すと、ぽつん、ぽつんと岩場に穿たれた六つの穴が、まるで気色《きしょく》の悪い未知の生き物の巣穴の如く並んでいる眺めがあった。

　言耶は一番手前の穴まで歩むと蹲み込み、その中を覗いてみた。しかし穴が斜めに掘り進められているため、奥まで見通すことができない。

「力枚さん……」

　呼び掛けたが何の返事もなく、自分の声が虚しく反響するだけである。

「穴の中に下りないと、駄目ですね」

「えっ、でも……何の装備もなしでは危険でしょう」

　言耶が本気だと分かったのか、谷藤が驚きながらも止めた。

「この位の直径であれば、手足を踏ん張れば――」

「いけません。ちゃんとした梯子がない限り、この穴の中に入るなんて無謀です」

「しかし――」

　反論しようとしたが、相手も本気であると察して口籠る。谷藤刑事の立場を考えれば、そんな危険な行為を認められないのは当たり前だ。

「しかし、ここまで来て――」

　六墓の穴を調べないで帰ったのでは、わざわざ乎山に登った目的の半分しか達せなかったことになる。そう思って未練がましく、言耶は穴の中を覗いていたのだが、

「ちょ、ちょっと手を貸して下さい」

「何をするつもりなんです？」

「僕が腹這いになって、穴の中に上半身を入れますから、谷藤さんには僕の脚を押さえて頂きたいのです」

「でも、そんなことをしても、とても穴の奥までは――」

「いえ、違います。とにかく宜しくお願いします」

まだ訳が分からなそうな谷藤だったが、言耶が腹這いになって穴に入り出すと、慌てて彼の両の太腿《ふともも》を押さえた。

「この辺りですか」

「もう少し下を――」

「脹《ふく》ら脛《はぎ》のところですか」

「足首を――」

「ええっ、だ、大丈夫ですか」

ほぼ腰まで穴へと身体を入れた言耶は、薄闇の中で辛うじて見える一本の細い丸太を両手で摑み、それを穴の外へと引っ張り上げながら、同時に丸太を伝って自分も穴から逆に這い出すという動きを繰り返した。

「な、何ですか、これは？」

言耶が完全に穴から出ると、その先端部分だけ顔を出した奇妙な丸太を繁々と眺めながら、谷藤が質問した。

「丸木梯子《まるきばしご》です」

「は、梯子ですって、これが？」

理解できないという口調の谷藤に対し、言耶は丸太の反対側を見せつつ、

「ほら、一列に木が削られているでしょ。このL字形に削られた部分が、爪先を乗せる段になるわけです」

「あっ、なるほど――」

谷藤が感心したように、丸太は先端から根っ子方向に掛けて等間隔に「L」の字形の切り込みが入っていた。つまり斜めに立て掛けることにより、非常に簡易な梯子になるわけだ。

「もっと早く気付くべきでした。昔の採掘の穴は手掘りのため、とても狭いものでした。それで梯子自体も場所を取らない、また持ち運びにも便利な丸木梯子が使われたんです」

「それを鍛炭立造《かすみたつぞう》も、ここで使用したんですね」

「恐らく吉良内立志《きらうちりつし》という山師が、丸木梯子のことを彼に教えたんでしょう」

「でも先生、大丈夫ですか。こんな一本の丸木だけで……」

極めて原始的な梯子に不安を覚えたのか、谷藤の顔が曇っている。

「根っ子を下ろす場所がしっかりしていることを確認し、後は先端を谷藤さんに押さえて頂ければ、かなり安定するはずです。問題があるとすれば、この梯子を下り切り、そこから更に下へと延ばす必要が出てきた場合ですが……この穴そのものが、そこまで深くないと思いますので、まずはちょっと下りてみて――」

「そんな安易な……」

「やらせて下さい。決して無理はしないと、お約束しますから」

「…………分かりました。本当に無理はなしですよ」

まず言耶は探偵七つ道具袋から万年筆型ライトを選び、いつでも取り出せるよう上着のポケットに入れた。次いで丸木梯子の根っ子で穴の中を探り、確実に安定する地点を見付けたところで据える。そして穴から頭を出した先端部分を谷藤にしっかり押さえて貰い、慎重に梯子の一つ一つの段に足を掛けつつ、そろそろと隧道の奥に向かって下りはじめた。

「気を付けて下さい」

言耶の頭が穴の中へと入ったところで、頭上から谷藤の声が降ってきた。更に二、三歩ほど下ると、完全な闇に包まれた。それも非常に狭い、圧迫感に満ちた暗がりである。

見上げると、黒々とした顔が自分を覗き込んでいる。咄嗟にまた、あれは本当に谷藤刑事なのかという疑いが起こりそうになる。慌ててライトの明かりを点し、足元を照らす。そこからは下しか見ないようにして、梯子を下り続けた。そのうち丸木の根っ子まで来てしまった。しかし、まだ穴は続いている。

そこで一旦止まり、充分に辺りを照らして調べた結果、先の傾斜がやや緩やかになっていることが分かった。

（これなら岩壁を伝って、何とか下りられるだろう）

谷藤に言うと心配すると思い、そっと丸木梯子を完全に離れると、ゆっくり慎重に岩壁を這い下りはじめた。それは這い上がるよりも遥かに、神経と体力を使う動きだった。

「刀城先生？　明かりが見えなくなりましたけど、どうしたんです？」

頭上から声が響いた。ただし、驚かせてはいけないと配慮したのか囁くような声音である。言耶が問題ないことを伝えようとして、ライトが一瞬それを照らし出した。

（えっ……？）

慌てて、だが恐る恐る明かりを戻す。

丸く照らされた光の中に、大腿骨の付け根で切断された右足が一本、ごろっと転がっている光景が浮かび上がった。

第十章　あかじぞうさま、こーもる

六墓の穴の一番手前から右足、二つ目から左足、三つ目から胴体、四つ目から右腕、五つ目から左腕、そして最後の六つ目からは首が見付かった。お地蔵様の赤い前掛けと共に……。

第三の被害者は、昨夕から行方が分からなくなっていた揖取《かじとり》家の力枚だった。彼の切断された右足と遭遇し、その驚くべき発見を聞いた谷藤刑事が乎山《かなやま》を駆け降りて鬼無瀬警部に知らせ、捜査班が六墓の穴に到着するまで、刀城言耶は忌み山の尾根に佇んでいた。ただひたすら、ぼうっと独りで立ち尽くした。

だが、無理矢理に気を取り直すと、新たな謎に対して取り憑かれたように考えはじめた。

なぜ第三の被害者が揖取力枚だったのか。

いや、そうやって集中していなければ、心の中に沸き起こる感情の渦に呑まれてしまいそうだった。一旦そうなってしまえば、当分は立ち直れないだろう。もちろん事件に取り組むなど無理である。つまり力枚の仇《かたき》を取ることもできなくなるのだ。

（力枚さんの仇……）

そんな風に思った自分に驚いたが、立治殺しと広治殺しでは感じなかった怒りの感情が、ふつふつと犯人に対して沸き上がったのは確かだった。

（駄目だ、冷静にならないと……）

己を叱咤《しった》した言耶は、このとき力枚殺しに於ける動機の謎を考察することで、辛うじて精神の均衡を保っていたのかもしれない。

ところが、考えれば考えるほど分からなくなった。鍛炭《かすみ》家の二人が殺害された後に、どうして揖取家の当主が続くのか。確かに力枚は、立一たちと接点があった。でも乎山の金脈に関しては、何の関心もなかったはずだ。また立一たちの一家消失に、彼が関係していたとも思えない。万に一つそうであったとすれば、今度は鍛炭家の二人の死が謎となってしまう。それこそ三人で協力して、立一たちを毒殺したとでも見做すしかない。しかし、到底それは有り得ない。尤も力枚殺しの謎はそれだけではなかった。

なぜ犯人は被害者の遺体を切断したのか。

童唄の見立て、即ち「赤地蔵様　籠る」を演出したいのであれば、遺体をそのまま穴の中に入れれば済むではないか。あの家の物置き小屋の横には、放置された猫車があった。あれを使えば、六墓の穴まで被害者を運ぶことは容易《たやす》いはずだ。なのに犯人は、わざわざ遺体を六つの部位に切断している。

（まさか、遺体を全ての穴に遺棄したかったから……という動機で？）

とも考えてみたが、一体そこまで何のためにする必要があるのか、全く見当も付かない。

（いや、待てよ――。そうか！　猫車の存在を知らなかった？　尚且《なおか》つ遺体を運べる体力がなかった……としたら？　だからバラバラにした遺体の部位を一つずつ運び、つい悪戯心から六つの穴の一つずつに遺棄したと考えたら、一応の筋は通る）

そう推理を進めたが、犯人が乎山の家に不案内だったという仮説が、どうしても不自然に思えてしまう。しかも少なくとも立治殺しで一度は、あの家を訪れているにも拘らず、である。更に謎はまだあった。

どうやって犯人は被害者を乎山の家まで呼び寄せたのか。

立治の場合、乎山の金脈を餌《えさ》にすれば大して難しくはなかっただろう。第二の被害者の場合は、黒地蔵様の祠で月子と逢い引きをしている事実さえ知っていれば、それを利用することができる。だが力枚の場合、一体どのように誘き出したのか。どんな理由であれ忌み山の家まで来いと誰かに言われれば、きっと力枚は言耶に打ち明けたはずだ。黙って独りで行くようなことは、決してしなかったと思う。でも彼は何も言わず、自分だけで入らずの山へと登ってしまった。なぜか。

　言耶の頭の中では次から次へと疑問が浮かぶばかりで、一向に肝心の解釈ができない。沈思黙考するも徒《いたずら》に「黙」の時のみが過ぎて行き、次第に苛立ちを覚えはじめる。いつものように集中できない。

（駄目だ、冷静にならないと……）

　鬼無瀬警部が到着するのを待って、言耶は発見時の様子を伝えただけで乎山を降りた。さすがに他の警察官がいる手前、堂々と捜査に参加することはできない。それに結果は、いずれ警部から聞けば良いのだ。

　黒地蔵様の祠を通り過ぎ揖取家の前まで来ると、塀越しにも屋内の騒然とした気配が感じられるほど、辺りの空気は張り詰めていた。本当なら成子と花子に悔みを述べ、将夫を励まし、月子を慰めるべきなのだろう。だが、それよりも自分にはやらなければならない使命がある。これ以上の連続殺人を阻止し、もちろん事件を解決することだ。

　揖取家に深々と頭を下げると、そのまま御籠り堂へと向かう。田圃の畦道を歩いているときから線香の匂いが流れてきていたが、構わず声を掛ける。

「胆武《たんぶ》さん、すみません。お話があるのですが――」

　微かに堂内から聞こえていた唱え言が止み、少し間を置いてから格子戸が開くと、険しい表情を浮かべた巡礼者が出て来た。

「あなたでしたか……」

その声音に含みは感じられなかったが、恐らく迷惑がっているに違いない。

「申し訳ありません。何度も御務めのお邪魔をしてしまい……」

「いえ……。こうして人様とお話をするのも、これ修行の一つだと考えております。それで、あなたも黒地蔵様の祠で殺された方について、何かお聞きになりたいのでしょうか」

彼の口振りから、既に警察が聞き込みに来ていることが分かる。だが、さすがに力枚殺しの件は、まだ知らないらしい。

取り敢えず言耶が無難な質問をすると、

「ここからは白黒両方の地蔵様の祠が、よく見えますね」

「はい。どちらも山裾の辺りで、ちょうど樹木が途切れています。ですので、この御堂からだと両方の祠が目に入るわけです。黒地蔵様の方はまだ、あの揖取家の塀沿いの、横の道に入りさえすれば祠は見えるでしょうが、村の中で白地蔵様を遠くから望めるのは、ここくらいかもしれません」

胆武の言う通りだった。それ故に目撃者としての彼に、どうしても多くを期待してしまう。そんな役目を演じるために、わざわざ彼が奥戸《くまど》を訪れたのではないと分かっていても。

「この数日、黒地蔵様の祠に若い男性と女性が出入りしていたのを、ご覧になりませんでしたか」

「ああ、山民のような格好をした男が数日前の夕方、しばらく祠の横で何かをしていた姿は見掛けましたが――」

「その男性ですが、若かったですか」

「この距離ですから、はっきりとは……。ただ、若い印象はありました」

「あなたは、全国を行脚されておられることと思います。その道中、漂泊の民あるいは山窩《さんか》と呼ばれる人々とも、これまで出会われたのではないでしょうか」

「ええまぁ――」

「そういう人たちと比べて、その男性はどう見えました？」

「雰囲気は似ておりました」

被害者は平人なのかと思ったところで、肝心の一昨日の明け方のことを訊くと、

「それが、全く何も見ていないのです。いえ、誰も祠に近付かなかったという意味ではなく、単に私が気付かなかっただけかもしれませんが……」

言耶は残念がったが、これればかりはどうしようもない。胆武に望めるのは、飽くまでも偶然の目撃者という立場なのだから。

ただ、そうなると平人と月子の逢い引きに気付いた広治が祠にやって来た、という可能性もあることになる。黒子や指紋の確認が済むまでは、依然として被害者は平人なのか広治なのか、宙に浮いたままなのだ。

「ところで、一昨日の夕方から今朝に掛けて、裏の石段を誰かが使用したような様子は？」

「そう言えば、妙な気配が……」

「い、いつ頃です？」

「さぁ……時計を持つような生活をしておりませんので……。ただ日没後、しばらく経ってからだったと思います」

「妙な……というのは、三日前に感じた気配とは違う？」

「すみません……。よく分からないんです。違うかと訊かれれば、そんな気もしますとしか答えようが……。ところで――」

そこで胆武に何があったのかと訊かれたので、まだ他言しないようにと注意をしたうえで力枚のことを教えた。

「あのとき……じゃあ私が、もし確かめていれば……」

「いえ。そんな風に考える必要はありません」

「しかし、事件が起こっていることは知っていたのですから――」

「だからといって、あなたに義務も責任もないでしょう？」

「それは……そうですが……。ただ揖取家の月子さんには、食事だけでなく衣服や日用品まで、色々とお世話になっておりましたから……」

「なるほど。でも、こんなこと言いたくありませんが、あなたも下手をすると、とばっちりを受けて殺されていたかもしれないんですよ」

「…………」

言耶の指摘に驚いたようだったが、

「そろそろ次の巡礼地に、移動するべきかもしれませんね」

そう呟いたので、どうやら怯えさせてしまったらしい。

(矢継ぎ早に三人も殺されたうえ、事件に関わると命がない可能性もあると言ったんだから、当たり前か)

しかも、犯人の動機が見えない連続殺人である。仮に事件に関わらなくても、つまり彼のような他所者であっても、何ら安心はできないということではないか。

「私は加持祈禱ができるわけでも、特別な法力があるわけでもありません。こうして全国を行脚するだけの、無力な巡礼者に過ぎないのです」

案の定そんな言い訳とも受け取れる台詞を彼が口にし項垂《うなだ》れたので、言耶は慌てて礼を述べると御籠り堂を辞し、次いで鍛炭家へと向かった。

「作家の先生じゃないですか」

そこで彼を出迎えたのは、奥戸の駐在の熊谷巡査だった。

「お役目、お疲れ様です。熊谷さん、お独りですか」

「はい。大庭巡査は、揖取家の方に行かせてあります」

「こちらは、いかがです？」

「今日の夕方、当主の御遺体が解剖から戻って来ますので、もう今から通夜の準備で少し慌ただしいみたいですね」

見ると、確かに近所の人たちが出入りを繰り返している。団伍郎は当然として、志摩子に通夜を取り仕切る気力はさすがにないだろう。春菊なら可能そうだが、彼女が積極的に動いている姿などちょっと想像できない。つまり隣近所の助けがなければ満足な通夜もできない状態に、鍛炭家は陥っているのかもしれない。尤も田舎の冠婚葬祭というものは、全てが相互扶助で成り立っているため、これは当たり前の光景とも言えた。

「あのー、鍛炭家の人と会って話すのは、やっぱりまずいでしょうね？」

言耶が遠慮がちに尋ねると、熊谷は怪訝な面持ちで、

「いえ、どうぞご自由にお話しなさって下さい」

「えっ……いいんですか！」

「はい。作家の先生には便宜を図るようにと、鬼無瀬警部殿から厳命されておりますので」

思わぬ展開に唖然《あぜん》としたが、相変わらず熊谷が不思議そうな表情を浮かべているので、慌てて言耶は軽く一礼して鍛炭家の裏口へと回った。

(何だ。こんなことなら、もっと早くに訪ねれば良かった)

そう現金に思ったが、最初から警部の配慮があったわけではないことに気付き、今まで待って正解だったのだと考え直した。

勝手口から声を掛けようとして、裏庭に男の子の姿が見えた。

「こんにちは」

挨拶しながら近付くと、びくっと怯えたように子供が振り返ったが、その表情に忽《たちま》ち好奇心が浮かんだ。

「立春君でしょ？　はじめまして、刀城言耶と言います。僕は色々なお話を書いては、それを本にしていてね。だからお話を書く参考にと、様々な地域の昔話や言い伝えなど、自分の耳で聞いて集めてるんだけど――」

「探偵なんだよね？」

「えっ……」

「だから、小説家というのは世を忍ぶ仮の姿で、本当は探偵なんでしょう？」

「い、いや、違うよ。僕の書く小説の中に、探偵が出てくることはあるけど、僕自身は探偵じゃないんだ」

「ふーん、そうなの」

丸坊主にした男の子らしい格好の割に、立春は垢抜けて見えた。色白の可愛らしい顔付きの所為かもしれない。

「僕が探偵だなんて、誰が言ってるの？」

「皆《みんな》だよ。揖取さんのところに、東京から偉い探偵の先生が来てるって」

目立たないように立ち回っていたつもりだったが、どうやら効果はなかったらしい。否定すればするほど疑われるようだったので、もうそれには触れずに、

「何をしてたの？　遊んでた？」

「別に……。家の中にいても邪魔になるだけだから……」

「うん、今はちょっとね、大変なときなんだ」

立春にとって立治と広治が如何なる存在だったのか、言耶は咄嗟に判断をし兼ねた。もちろん立治は父親であり、広治は腹違いの歳の離れた兄となる。ただ鍛炭家の場合、そんな単純な関係では済まないのではないかと思われる。

（二人の死について、どう言えば良いのか……）

どのように少年と接するのか、全く考えていなかったことを後悔していると、

「祟りだよ……」

ぽつんと立春が呟いた。

「えっ……。お父さんとお兄さんが、亡くなったのが？」

こっくりと頷く。

「どうして、そう思うのかな？」

「あの山の所為だから……」

立春が乎山の方を指差しながら、

「あの山に関わったから……」

「君は以前に、そう去年の夏か秋くらいかなぁ——あの山の中で、ひょっとすると割れた岩の塊を見付けなかった？　白い筋の中に黒っぽい部分があって、もしかすると金色の箇所も見えたかもしれない、そんな岩の塊なんだけど」

立春の反応は見物だった。物凄い驚愕の表情を浮かべたと思ったら、それが途轍も無い怯えへと変わり、そこから更に尊敬の念を抱いた眼差しで言耶を見るというように、目紛るしい変化を遂げたからである。

「やっぱり見付けたんだね」

「は、はい……」

「去年のいつ頃だろう？」

「夏の……お盆の前くらい……」

立一たち一家が乎山の家に住みはじめる、少し前ということになる。

「それをお父さんやお兄さんに見せた？」

どう返事をしようか迷っているみたいだったが、そこから一気に恐怖だけに包まれた顔付きで、

「だ、だから祟りなんだ……」

「つまりお父さんとお兄さんが、御山に登ったから？」

立春は何も答えない。

「御山の中の金を、お父さんとお兄さんが掘り出そうとしたから？」

言耶から視線を外したまま黙っている。

「お父さんとお兄さんは、立一伯父さんと会ったのかな？」

そこで少年は、ようやく首を横に振った。

「じゃあ、立一伯父さんには内緒で、二人は御山に登っていた？」

再び反応を示さない。

「お兄さんと、とてもよく似た人が、この家に来たのを見たことはない？」

びくっと身体を震わせると、上目遣いに言耶を見たが、何も言わずに下を向いてしまった。

した。

「それじゃ――」

と言い掛け、さすがに春菊と広治、また彼女と平人のことを訊くのは無理だと判断

「君は、よく御山に登ってたの？」

強く何度も首を振る。

「ということは、その岩の塊を見付けたときだけか。何処にあったのかな？」

最初の問いに頷いた立春は、そのまま小さな声で、

「六墓の穴の中……」

恐らく立造と吉良内立志が採掘した名残りが、その岩石だったのだろう。

「あの山に独りで登って、怖くなかった？」

「そのときは……」

「でも、後から怖くなった？　それはいつだろう？」

またしても黙り込む。

「お父さんが、亡くなってから？」

微かに頷くと、少年は静かにしゃくり上げはじめた。

「ご、ごめん……。辛いことを聞いてしまったね。これが最後だから、是非教えて欲しいんだけど、乎山の山魔の正体って何なのかな？」

物凄い勢いで頭《こうべ》を上げた立春は、幼い子供が嫌々をするように首を振って泣きながら、恐れと怯えを滲《にじ》ませた表情のまま後退《あとずさ》りし出した。

「あ、あの立春君……」

言耶が引き止めようと右手を伸ばした途端、彼はくるっと背中を向けると家の中へ駆け込んでしまった。

(一体あの子は、何を知ってるんだ?)

金脈を含む岩石を発見したとき何かを見たのだろうか——。本当に乎山に入ったのが一度だけだとしたら、そうとしか考えられない。彼が乎山に登ったのは、ちょうど立一たちが迷い込む前になる。そこに何か意味があるのか。それとも端から少年は、嘘を吐《つ》いているのか。

再び勝手口へと回りながら、あれこれと言耶は考え続けた。

それから鍛炭家では、団伍郎、志摩子、春菊と話すことができたが、特に収穫はなかった。そもそも団伍郎は最初から話らしい話にならず、志摩子は質問には答えるものの大方《おおかた》が「はい」か「いいえ」という状態で、春菊に至っては「あら、いい男ねぇ」と口説かれる始末である。正直なところ春菊は、とても言耶の手には負えなかった。

(まだまだだな、僕も……)

妙に落ち込んだ言耶が、鍛炭家を出ようとしたときである。

「あの……」

消え入りそうな声が聞こえたので振り返ると、若い女性が廊下の隅からこちらを見ていた。

「はい？」

自分を呼び止めたのかと半信半疑のまま戻り掛けると、

「お吉！　お吉！」

奥から春菊の苛立った声が聞こえてきて、この家の女中なのだと察した。

「本当に何処にいるんだろうね、あの子は――」

ところが、女主人がこちらに近付いて来ていると悟ったのか、お吉は急に慌て出した。それでも必死に言耶の方に顔を向けると、声を出さずに口の動きだけで――、
む、つ、ぼ、の、あ、な……。

とだけ伝え、すぐ「はーい！」と返事をして家の奥へと入ってしまった。

「あ、あの、ちょっと――」

引き止めようとしたが、次いで奥から春菊のがみがみと怒る声が響き、今、彼女と話をするのは無理だと判断した。

（六墓の穴……と彼女は言った。なぜなんだ？　何を伝えたかったんだ？）

立春といいお吉といい、鍛炭家にはもう一度来る必要がある、と言耶は思った。肝心の三人からは何ら参考になる話は聞けなかったが、思わぬところに貴重な証言者が潜んでいる、それが鍛炭家なのかもしれない。

揖取家に戻ると、もう昼過ぎだった。言耶は恐縮しながら将夫と昼食を共にした。

「ご家族の皆さんは？」

「月子さんが、また寝込んでしまいましてね。それで、お義母さんと花子が付き切りで……」

「無理もありません。お二人も大変ですね。大丈夫ですか」

「むしろ月子さんの看病をすることで、少しは気が紛れるんじゃないかと……」

「あっ、なるほど……。ところで、こんなときに何ですが、御遺体の確認は？」

「私がやりました。警部さんや刑事さんたちも、生前の義父とは面識があったわけですから……。私だけで納得して貰えたようです」

先の二人と違って、今回は最初から被害者が揖取力枚だと判明しているため、身内による身元の確認も形式だけだったのだろう。

「鬼無瀬警部が、村の寄り合い所に設けた捜査本部の方へ、昼から来て欲しいと仰ってました」

昼食後のお茶を飲んでいるとき、言耶は警部からの言付けを受け取った。非公式とはいえ捜査に加えて貰っているという実感を持てたが、これを力枚が知れば、とても喜んだに違いないと思うと居た堪れない気持ちになる。だが、それも将夫の次の一言で吹き飛んだ。

「そうそう、危うく忘れるところでした。怪想舎の祖父江さんから先程、またお電話があったそうです。先生が戻られる、少し前だと思います」

礼と同時に電話を借りる旨を伝え、言耶は急ぎ足で電話台へと向かった。

「もしもし、祖父江君――。ごめん、うっかりしてた。こちらから掛けようと思ってたのに」

「それが先生、一昨日、言われた通り郷木《ごうき》靖美《のぶよし》さんを訪ねたんですけど、生憎《あいにく》お留守でして。もちろん従兄の高志《たかし》さんもいらっしゃらなくて――」

「うん、学校があっただろうからね」

「せやから、夜に電話してみたんです。向こうが出たんで、私うっかり靖美さんや思うて、会社に来たとき喋らはった言葉について、どういう意味か訊いたんですけど――電話に出たんは高志さんの方で、逆に何のことやと問い詰められて……」

「教えた？」

「はい……。そしたら、すっかり元気になったと安心してたのにって、かなり驚いてはりました」

「つまり靖美氏は、従兄には完全に恢復したと思わせているわけか」

「そうみたいです。それで、自分の方から怪想舎には行かんよう、よう言い聞かせておくから言わはるんで、『いえ、是非お話を聞きたいんです』って頼んだら、ほな明日の昼にでも行かせますいうことになって――」

「彼は来たの？」

「ええ……それもお昼時に。私、江戸川乱歩《えどがわらんぽ》先生と大下宇陀児《おおしたうだる》先生の対談を、ちょうど原稿に起こしてたんです。前から田巻編集部長には、テープレコーダーを買いましょうって言うてるのに――。先生ご存じですか。戦後の裁判所では速記者不足を解消するために、テープレコーダーを大量に導入したんですよ。それも商品が売れへん会社の方が、裁判所に目を付けて売り込んだらしいんです。それで次は何処に目を付けたと思います？　私やったら絶対に出版社に――」

「いや、裁判所と怪想舎では、そもそも仕事の内容が……って、そんな話じゃないだろう」

「あっ、だから私、楽洋軒のライスカレーを出前してたんです」

「あのね、祖父江君、そんなことはどうでも――」

「そこに来はったんで、『宜しかったらどうぞ』って勧めたら、ほんまに食べはったんです。綺麗に残さず……私のお昼を……楽洋軒のライスカレーを……わざわざ出前してもろうて……楽しみにしていた私のお昼を……」

「分かった、分かった。今度ご馳走するから」

「あっ、でも好養亭の焼飯にしようかなぁ……」

「どっちでもいいよ。好きなものを注文して構わないから――それで？」

「ところが、幾ら訊いても何や要領を得んことばかり言わはるんで、うち、ちょっと頭に来て――」

「な、な、何を言ったんだ？」

「奥戸で連続殺人事件が起こってること……です」

「喋ったのか、彼に！」

「だって先生――」

「殺されたのが、立治氏と広治氏ということも？」

「はい……言いました」

「二人が殺害されたとだけ？」

「いえ……実際には、そのーかなり詳しく……」

「やれやれ……。それで彼の反応は？」

「顔から血の気が退いたんが、一目で分かるほど真っ青になって……。ががた震え出しはったんで、うち、訊いたんです。『山魔が奥戸でやらんとあかんことって、これですか』って」

「そうしたら？」

「物凄う怯えた表情で、『ま、まさか、山魔って……』って呟いたきり——」

「ちょ、ちょっと待ってくれ。彼は確かに、そう口にしたのか」

「はい。ぼそぼそっとした呟きでしたけど、間違いありません。けど、そのまま帰ろうとしはったんで、必死に止めて、『山魔の正体を知ってはるんですか』って尋ねたんですけど、そこからは頑《がん》として何も……」

「うーむ……」

「夜になって電話したら、また従兄の高志さんが出はったんですけど——靖美さんは、まだ帰ってないって……。もっと遅うに電話したときも、同じ返事でした」

「家に戻らなかったのか」

「今朝、高志さんが学校に行く前に電話したら、昨夜は帰って来なかったって……。先生、どないしましょう？　うちが余計なこと言うたから……」

「こんな田舎の事件でも連続殺人が続けば、いずれそっちの新聞にも載るだろうから、遅かれ早かれ彼が知ることにはなったとは思うよ」

「せやけど……」

「あっ……ま、まさか、奥戸に向かったんじゃないだろうな」

「そんなぁ……」

「今、こっちに来られても……むしろ彼のためには、全然ならないだろう」

「こうなったら先生、彼の目の前で謎を解くしかありません」

「えっ、立一氏の一家消失の？」

「はい。それと連続殺人も――。そうしたら靖美さんも、きっと――」

「祖父江君、実は三人目の被害者が出たんだ。それも揖取力枚氏が……」

「ええっ！　ど、どういうことです？　狙われてんのは、鍛炭家の人たちやないんですか」

「だから郷木靖美氏といえ――いや、妙に事件に関わりがあるかもしれない彼だからこそ、下手をすると命の危険があるんだよ」

「先生、ど、どないしたら……」

「警察に言っておくよ。大丈夫だ。ここは他所者が入って来たら、すぐ分かるから」

「そ、そうですよね。良かったぁ……。あっ、ほら先生、八幡学園を出た切りやった山下清さんが、今年のお正月に、ちゃんと無事に見付かったやないですか。せやから、あの人もきっと――」

「あのね祖父江君……山下清氏が行方不明になってから見付かるまでには、三年の歳月が経ってるんだよ」

「と、ところで先生は、どうもないですか」

「僕が？」

「揖取力枚さんには、去年も色々お世話になられたんでしょ。先生のことやから、自分が側にいたのに死なせてしもうた――そう思うて悩んではるんやないかと、うちは心配なんです」

「うん……いや、僕は大丈夫だ。それよりも月子さんが、可哀相で……」

「月子さんて、何方《どなた》です？」

「力枚氏の一番下のお嬢さんだよ」

「へぇ、きっとお綺麗な方なんでしょうね」

「うん、とても楚々《そそ》とした女性でね――」

そこから祖父江偲が唐突に、しかも極めて事務的に通話を終えてしまったため、言耶は狐に摘まれたような気分になった。

首を傾げつつ集落の寄り合い所に向かう。一昨日、赤地蔵様の前掛けを検めるために、力枚と前を通った場所である。その相手が死んでいないと考えるだけで、もう遥か昔の出来事だったように思え、それが堪らなく悲しかった。

「失礼します」

がたの来た寄り合い所の硝子戸を開けて入ると、それを目敏《めざと》く見付けた谷藤刑事に奥の畳の間から手招かれた。近くにいた大庭巡査が何を思ったのか、透かさず敬礼する。その返礼に頭を下げたまま奥へと進む。

「おう、来たか」

無愛想な鬼無瀬警部の挨拶に出迎えられ、言耶も机の前に胡座《あぐら》をかいた。

そこには警部、柴崎と谷藤の両刑事、それに熊谷巡査が座っていた。熊谷の同席は、奥戸に関する質問に備えてだろうと思われる。

「警部さん、実はお願いがあるのですが――」

相手が喋り出す前にと言耶は、こちらに郷木靖美が向かったかもしれないことを打ち明け、その保護を頼んだ。

「ああ、例の妄想癖のある男か。しかし彼は、言わば君の依頼人のようなものだろ。ここに来た彼の目の前で、乎山での出来事は全て幻だったのだと納得させれば、それが一番手っ取り早いんじゃないのか」

「ええ、まぁ……。ただ、犯人の動機の見当が付かない今の状況で、彼が奥戸に来るのは危険だと思うんです」

「第四の被害者になる可能性もあると？」

「もちろん何の根拠もありません。しかしこの際、不安材料になりそうなものは、できるだけ排除しておくべきではないでしょうか」

「うーむ……」

「それに警部さんは、また妄想だと言われるかもしれませんが、彼は山魔について何かを知っているらしいのです」

「この場合の山魔というのは、ほぼ犯人のことを指し示していると考えていいのか」

「正直、まだ僕も分かりません。それでも事件の核心に触れる何かではないか——そう少なくとも睨んではいます」

「ここに来るには、初戸《はど》を通るのが一般的な道程になるか」

「東京からだと、そうなります」

「よし。大庭巡査を初戸の駐在所に戻し、彼が姿を現したら、即座に身柄を確保させよう。目的は保護と事情聴取の二つだ」

「そのときは是非——」

「分かっておる。事情聴取には、君にも立ち会って貰うつもりだ」

「ありがとうございます」

礼を述べる言耶に、鷹揚に頷いた鬼無瀬警部は、

「それでだ——今回の被害者は揖取力枚、五十七歳で間違いない。念のため婿養子の将夫にも確認させたが、義理の父であることを認めたよ」

早速、第三の殺人について話しはじめた。

「まだ死因は特定できないが、後頭部に殴られた痕があり、また非常に確認し辛いものの首筋に絞められたような痕跡が認められることから、被害者の自由を奪った上での絞殺、という線が今のところ濃厚と言える」

「それでは、遺体の切断は？」

「ああ、死後に行なわれた可能性が高いな」

本当に僅かだったが、言耶の気持ちが少し軽くなった。

「殺害現場は、あの家の風呂場といっていいのか、衝立ての向こうになる。風呂桶の中と周囲の簀の子の上に、完全には洗い流されなかった血痕が残っていた。また簀の子には、斧のような刃物で付けられたと思しき跡が多数あった」

「つまり被害者は、あの家の中の何処かで――囲炉裏の側でしょうか――後頭部を殴られ、首を絞められ殺害された。そして風呂場まで運ばれ切断された、ということですか」

「そう見て、まぁ問題ないだろう」

「しかし犯人は、なぜ被害者を絞殺したんでしょう？」

「立治と広治は撲殺なのに……か」

「被害者の自由を奪うために、まず後頭部を殴る。これは理解できます。先の二人の被害者も同じだったはずですから」

「その後に顔を焼かれたり、頭部と胸部に穴を開けられたりはしているが、直接の死因は後頭部の殴打にあるわけだ」

「ええ……。それで大凡の死亡推定時刻は？」

「なにせ遺体が、あの有り様だからな。それでも鑑識の最初の見立てでは、一昨日の夕方から数時間くらいの間ではないかと。少なくとも夜半から明け方に掛けてということはない、と言っておる」

「つまり夕方に姿が見えなくなってから、それほど間を置かずに殺害されたわけですね。あの家に呼び出されて、それこそすぐくらいに――」

「そこなんだが、どうやって彼は誘い出されたと思う？」

「色々と考えたのですが、力枚さんが誰にも何も言わず、独りで行くほどの用件となると、月子さんのことかもしれません」

「なるほど……。そこに平人の名前でも絡めれば、幾らでも適当な文句が考えられるな」

「秘かに手紙を届けたんでしょうか」

谷藤が口を挟むと、警部は何でもないことだと言わんばかりに、

「あれほどの大きな屋敷だ。我々だけでなく人の出入りもある。時間さえ見計らっておけば、裏口から侵入するのは容易いだろう」

「御籠り堂の胆武氏が、日没後、御堂の裏の階段で妙な気配を感じてますよね」

言耶の指摘に警部が頷いたので、既に巡礼者への事情聴取も済んでいることが分かった。

「つまり被害者か犯人が利用したと思われるわけですが、力枚氏が乎山に登るなら、きっと東の山道を辿ったはずです。ということは犯人が――」

「そういうことになるが、単に妙な気配だけでは何の手掛かりにもならん。せめて外に出て御堂の裏に回り、石段を登る犯人の後ろ姿でも目撃していれば――」

「石段に何か痕跡は？」

「新たに雑草が踏み潰されていた。立治殺しのときとは違う跡が認められるので、何者かが通ったことは間違いない。だが、それが分かったからといって――いや、それよりも君」

と気負い込んだ様子で警部は、

「あの何とかいう穴に、わざわざ被害者をバラバラにして放り込んだのは、また例の童唄の見立てになるのか」

「六墓の穴です」

ノートを見ながら谷藤が教えるものの、警部は煩そうに片手を振るだけで相手にしない。

「――だと思います。『赤地蔵様　籠る』で、この場合は採掘のために穴の中へと入ること、つまり籠る行為を意味してるわけですから」

「それで六つの穴の全てに籠らせるために、遺体を六つに切断したというのか」

「そ、そこなんです！」

急に言耶が興奮したため、警部は驚いたようだったが、すぐに冷静な顔付きになると、

「なんだ？　違うのか」

「もし『籠る』という見立てをしたかっただけなら、どれか一つの穴に遺体を遺棄するだけで良かったのではないでしょうか」

「確かにな。あそこまでする必要はないだろ。だが、なぜかは分からんが犯人は、例の地蔵の童唄に取り憑かれておるわけだ。ならば、その見立てを徹底的にしようとしたんじゃないのかね？」

「力枚氏殺しの現場だけで判断すれば、その可能性はあります」

「立治と広治が加わることにより、それが変わると？」

「立治氏の場合、実際に平山には登っているわけですから、それだけで『白地蔵様登る』の見立ては完成しています。しかし犯人は、わざわざ遺体の格好を『登る』に見立てました」

「そこまで拘ったのなら、力枚の『籠る』も――」

「いえ、本当にそれほど『登る』に拘ったのなら、それこそ山道の途中に、実際に登っているような格好で、遺体を遺棄したんじゃないでしょうか」

「うーん……ただ、そんなことをするのは大変だから――」

「遺体を六つに切断して、六つの穴に入れる方が、もっと大事《おおごと》ですよね」

「…………」

黙ってしまった警部に代わり、谷藤が横から、

「でも、立治の遺体の格好を『登る』にしたほどの犯人なら、力枚殺しのときに、もっと見立てを徹底しようと考えたのかもしれませんよ」

「犯人の見立ては、一貫していると思います」

「ほうっ、殺しを重ねることにより、酷くなってるわけではないと？」

鬼無瀬警部が口を開いた。

「屍体装飾とも言うべき行為そのものは酷くなっていますが、それは飽くまでも童唄の見立てに拘った結果でしょう」

「なら、立治の件はどうなる？」

「平山に登ったという事実は、遺体を見ただけでは認識できないから、だと思います。余りにも当たり前過ぎて、誰もが見過ごしてしまう。だから何人《なんぴと》であろうと一目

で分かるように、わざわざ遺体に『登る』格好をさせた」

「広治の頭をかち割り、腹部を切り裂いたのは、君が言ったように『探る』という行為を分かり易く見立てたかったからか」

「どちらも遺体を使って、それを表現しています。ならば力枚氏の場合も、単に遺体を穴の中に入れるだけで、充分『籠る』の見立てはできたはずです。仮にあの家から六墓の穴まで、遺体を運ぶのが大変だったのであれば、物置き小屋の横には猫車があるのですから、それを使用すれば済みます。何も遺体の切断などという――」

「ところが、あの猫車は使われているんだ」

「えっ……」

警部は困惑も露な表情で続けた。

「あの穴に続く山道には、猫車が往復したらしい跡が、ちゃんと残っている」

「つまり犯人は被害者を切断した後、それを猫車に乗せ、六墓の穴まで運んだわけですか」

「そうなるな。穴の中からは、遺体の部位を包んだと思われる毛布や、切断に使用した斧が見付かっておる」

「恐らく斧は、あの物置き小屋にあったんでしょうね。僕が探したときは、なかなか見付けられなかったのですが……」

「それにしても、なぜ屍体をバラバラにしたのか」

「切断遺体を六つの穴に入れた行為そのものに、実は深い意味などない——そう僕は感じています。その場で思い付いた、犯人の稚気ではないかと。つまり飽くまでも目的は、穴に遺体を入れるという行為にあるわけです。では、わざわざ遺体を切断する必要が、そもそもなぜあったのか。それが分からない……」

すっかり考え込んでしまった言耶を、しばらく何も言わずに警部は見詰めていたが、相手の注意を引くように咳払いをすると、

「その穴の中だが、被害者の遺体の一部以外には、白骨屍体も何も見付かってはおらん。ということは立一たちが毒殺され、あの穴に遺棄されたという解釈は、これでなかったことになるのか」

「いえ、六墓の穴は一時的な隠し場所です。その後、幾らでも時間はあったわけですから、遺体の処理も充分にできたのではないでしょうか」

「だとしたら、よくよく屍体を放り込まれる穴ということになるな」

皮肉な警部の物言いに苦笑を浮かべた言耶だったが、すぐにはっと思い出したように、

「ところで、広治氏の背中にある黒子の確認はできたんですか」

「おおっ、そうだった。第二の殺人についてだが、あの黒地蔵の祠の中で発見された

被害者は、間違いなく鍛炭広治だと証明された。将夫が証言した黒子があっただけでなく、指紋照合の結果も出たから確かだ」

「被害者は広治氏――となると事件の前日の夕方、御籠り堂から胆武氏が目撃した山民のような格好をした男が、彼だったのかもしれませんね」

「君も、あの坊主から聞き出したのか」

「警部、お坊さんではなく巡礼さんですよ」

透かさず谷藤刑事が訂正をするが、当然のように警部は無視しつつ、

「すると、どうなる？　やっぱり広治が平人の格好をして、月子に会っていたことになるのか」

「そんな彼を殺害して衣服を持ち去ったのは、そのままでは被害者が平人氏だと誤認される恐れがあったから、という理由が一番に浮かびますが……」

「被害者は広治だと、ちゃんと分からなければ困ると？」

「ただ二、三日もすれば、身元は判明するわけです。その数日の間だけでも、被害者が平人氏だと思われることを厭う理由が、犯人にはあったことになります」

「それが何なのか、君には見当が付くかね？」

「いえ……。ただ逆なら分かるんですよ。平人氏が犯人だった場合ですが、自分の格好をした広治氏をそのままにしておくことにより、殺されたのは平人氏だと一時的と

はいえ皆に誤認させ、その隙に次の犯行に及ぶ、という計画を立てたのかもしれないからです」

「なるほど。だがな、当の平人自身が何処にいるのか――いや、大体が生きているのか死んでいるのかも分からん状況だろう。何も己が抹殺されたように、演出する必要はないではないか」

「そうですね……。それに実際は、なぜか犯人は衣服を持ち去っている……」

「意味がないな。意味がないと言えば、立治殺しで新たに鑑識から報告があって、被害者の顔を焼くのに使われた油脂分は、どうやら蝦蟇《がま》の油らしいというのだ」

「あの家には、蝦蟇の油が確かにありましたけど、あれって燃えるものなんですか」

「鑑識の話では、可燃性はあるが、その手の燃料には決して適していないという話だった」

「そうでしょうね。えっ、ということは？」

「ああ、犯人が最初から油を用意していて、被害者の顔を焼くつもりだったという解釈は、これで崩れることになる」

「また元に戻るわけですか。結局その場の思い付きで、あの家にたまたまあった蝦蟇の油を利用して、犯人は立治氏の顔を焼いた――と？」

「立治は顔を焼かれ、広治は衣服を持ち去られ、力枚は遺体を切断され――こうして見ると、どうも犯人は、無駄なことばかりをしているとしか思えんな」

「はい……。どれも童唄の見立てとは全く関係がありませんし、かといって他の意味も見出せない。ということは――」

「どういうことなんだ？」

「ということは――」

しかし、そう繰り返すばかりで先に進むことのできないもどかしさに、言耶は苛《さいな》まれていた。

だが、刀城言耶と鬼無瀬警部を更に悩ませるような、犯人に対する何とも無気味な、目撃証言が出ようとは、さすがに二人も予想できなかったのである。

第十一章　見立て殺人の分類

その日の夕方、鍛炭《かすみ》家に当主の遺体が帰ってきた。それまでに通夜の準備は整えられていたので、すぐに集落中から弔問客が訪れはじめた。

だが、この夜、鍛炭家に赴いた人々には、目立った共通点が一つあった。それは誰も決して長居をしない、ということである。

通夜というものは本来、忌《いみ》がかりになる近親者だけの務めであった。それが、いつしか故人と親しかった者同士が当人の思い出話を一晩に亘って語ることにより、故人の冥福を祈るための儀礼へと変化し出し今日に至っている。にも拘らず誰一人として、腰を落ち着けようとしない。皆が皆、焼香を済ませて喪主である志摩子に悔みを述べてしまうと、そそくさと帰って行くのである。

(少しでも関わり合いになるのを恐れているんだ)

早くから通夜の席──と言っても目立たない隅──に座った刀城言耶は、次々と訪れる弔問者たちを観察しながら、そう判断した。

この現象の原因は、恐らく鍛炭家から二人も死者が出ているから——だけではないだろう。むしろ当家とは仲が良くない揖取《かじとり》家の当主が殺害された——という事実が、こうまで村人たちを怯えさせているに違いない。なぜなら、いつ何時《なんどき》その禍いが己に降り掛かってくるかも知れないからだ。鍛炭家から揖取家へと死の連鎖が繋がるのであれば、次は自分のところへ来るかもしれない。そんな戦慄と恐怖が今、奥戸《くまど》中に蔓《まん》延《えん》しているのだろう。

しかし肝心の鍛炭家の人々は誰一人として、目の前の状況を気にしている、いや気付いている様子が全くない。

志摩子は弔問客が悔みを述べようが話し掛けようが、ひたすら一心に仏を拝んでいる。その狂信的な姿は亡き夫を想ってというより、神仏に我が身を助けたまえと縋《すが》っているように見える。春菊は通夜そのものに興味がない、という態度をあからさまに表しながらも、弔問する者の中に若い男前がいると、恥ずかし気もなく媚びた瞳を向けている。揖取家の将夫が来たときも同様で、彼がすぐに帰ったのは彼女の異様な眼差しの所為に間違いない。

団伍郎は最初に焼香しただけで、すぐお吉によって奥へと連れて行かれ、後は一切その姿を見せていない。きっと隠居部屋に半ば閉じ込められるような格好で、お吉が見張っているのだろう。彼女と話がしたいと思った言耶は、何度か家の奥へ行こうとしたのだが、そのたびにやんわり春菊に止められ、はぐらかされる始末だった。

（どうも春菊さんは苦手だな……）

どれほど頑固で意固地な田舎の年寄りであっても大抵の場合、するっと言耶は相手の懐に入ってしまう。だが、この春菊にはその手が通用しないというか、そんなことをすれば彼自身がずるっと呑まれそうで怖かった。

（それにしても彼女は一体、何をそんなに警戒しているんだ？）

なぜ立治と広治が殺されたのか、その原因を知っているのか。ひょっとすると春菊も、立一たちの毒殺に一役買っているのか。だから――と言耶は考えたが、すぐ首を傾げた。仮に三人が共謀して立一たち一家を殺害したのなら、彼女はもっと怯えるはずではないか。次は自分が殺されるのではという恐怖に、もっと震えるだろう。しかし彼女の様子を窺っていると、立治と広治が殺されたことで、もう全ては終わったのだという雰囲気が感じられて仕方がない。自分のところまで犯人の手は及ばない、そんな風に考えている節が見受けられる。

それと、お吉である。彼女も何かを知っている。ただし、それが立治と広治と春菊の犯行についてだとは、到底のこと思えない。まず三人が、それほどの大事をお吉に易々と知られるようなへまをするだろうか。またお吉自身の立場になって鑑《かんが》みると、如何に奉公先の主人の所業とはいえ、殺人の事実を黙っているだろうか。かといって彼女自身も加担していると考えるのは、余りにも無理が有り過ぎる。

ならば立春と話ができないか、と言耶は先程から様子を窺っているのだが、ずっと母親の側から離れようとしない。それは春菊が手放さないようにも、彼自身が纏い付いているようにも、どちらとも取れる光景だった。

何とか子供の気を惹《ひ》こうと試みるのだが、そのたびに立春は母親の陰に隠れ、その代わり春菊が言耶に妖艶な微笑みを送るという、その繰り返しである。

「先生、何か変わった動きはありましたか」

随分と弔問客も減った頃、揖取家の外で出入りする者に目を光らせていた谷藤刑事が、すっと側に寄って来て囁いた。通夜の席は柴崎刑事も見張っていたが、若い刑事は「探偵としての刀城言耶」に多大なる幻想でも抱いているのか、その先輩に声を掛けるよりも先に、言耶に話し掛けた。

「まるで申し合わせたように、弔問客の帰りが早くなかったですか。妙に早く帰る者か、逆に変に腰を据える者がいたとしたら、そいつが臭いと当たりを付けてたんですけど——こう皆が同じだと、どうしようもありません」

「そうですね。残念ながら僕の方でも、特に気付いたことは——」

「今夜は両家のうちどちらを、重点的に見張るべきだと思われます？」

「本来なら鍛炭家には、通夜に来た人々のうち、主だった方が残るわけですが——」

そう言いつつ辺りを見回すと、そこには竃石家に嫁いだ元日下部姓の園子をはじめ、意外にも近所の人たち数名の姿があった。

「どうやら通夜に付き合って下さる方も、幾人かはいらっしゃるようですね」

「あっ、ほんとだ」

「このまま一晩中、線香の煙を絶やさずに起きているのであれば、こちらは少しくらい手薄でも大丈夫かもしれません。もちろん確認する必要はありますが」

「実は見張りも徹夜続きのうえ、応援の大庭巡査を初戸《はど》へ返しましたから、今夜辺り少し人手不足になりそうなんですよ」

「僕で宜しければ、幾らでもお手伝いします」

「いえ、そんな――」

もちろん言耶の狙いは、立春とお吉にある。通夜の席に留まることにより、何とか二人と話のできる機会を見付けるつもりだった。鬼無瀬警部に頼んで警察の事情聴取を受けさせる手段も考えたが、最終的には逆効果になると見ていた。恐らく警部たちを目の前にすれば、二人とも完全に口を噤《つぐ》んでしまうだろう。それよりも言耶のような立場の者が、飽くまでも何気ない会話の中で探り探り話を聞き出した方が、きっと上手くいくはずである。

ところが、僧侶の読経も終わり弔問客も途絶えてしまうと、春菊が後は身内と近しい者だけでと、やんわり切り出してきた。

「もちろん警察の方々の見回りは、これまで通り続けて頂きたいんですけど——お通夜の方は私たちと、ご近所の皆さんだけで……」

そんな風に言われると、他所者である言耶は帰らざるを得ない。こうなると如何に警察と雖《いえど》も、民間人である彼を無理には残せない。結局、引き続き柴崎刑事が詰めるということで、彼としては納得するしかなかった。

ただし、それまで通り外を見回る熊谷巡査に挨拶をし、鍛炭家を辞した帰り道のこと。言耶は谷藤刑事だけでなく、安寧寺の大信という僧侶とも一緒になったのだが、お蔭で薄気味の悪い話を聞くことができた。

「志摩子夫人ですが、大丈夫でしょうかなぁ……」

少し家から離れたところで、力枚と同じくらいの歳に見える大信が、顔を曇らせながら刑事に語り掛けた。

「かなり精神的に参ってるようでしたね」

「それが……こんな言い方をしては何ですが、ご主人と息子さんを亡くされた所為だけなら、まだ宜しいのですが……」

「ど、どういうことです？」

「実は……読経の前にも後にも、御祓《おはら》いをして貰えないかと頼まれまして……」

大信の言葉を耳にした言耶は思わず、

「それは個人としてですか、それとも家全体を？」

「鍛炭家そのものを、ですな。しかも具体的に乎山《かなやま》から、山女郎から、山魔から祓って欲しいと言われまして……いやはや困りましたよ」

「そのときの志摩子さんの様子ですが、一連の殺人が、そういったものの障りで起こっている――と本心から信じてるようでしたか」

「そうですなぁ、何と言えばよいのか……。そう、恐怖の余り狂信的になっている、とでも説明すれば分かりますかな」

「つまりその恐怖は、夫や息子が殺された事実から齎《もたら》されたというより、もっと別のものから発生している――と和尚さんは感じられたわけですね？」

「そうそう、その通りです」

そこで大信がはじめて、繁々と言耶を興味深そうに眺めた。

「どういう意味ですか、先生？」

気負い込んで尋ねる谷藤に、困った表情を浮かべた言耶は、

「はっきり説明はできないのですが、志摩子さんは殺人という結果より、それが起こった原因の方に恐怖を感じているのではないか――ふと、そう思ったんです」

「なるほど」

谷藤は相槌を打っただけだったが、しばらくして大信と別れた途端、

「原因というのは、立一たち一家の毒殺のことですか」

「としか考えられないのですが……。ただ、ならば春菊さんはどうして同じように怯えないのか。志摩子さんだけが毒殺の事実を知っていて、春菊さんは何も知らないというのは、ちょっと有り得ないと思います」

「そうですよね。逆なら、まだ理解できますけど」

「ええ。大人しい志摩子さんは何も知らず、何にでも首を突っ込みそうな春菊さんは、彼女自身が関わっているかどうかは別にしても、全てを悟っている——それなら分かります」

「かといって二人とも知っていて、後は単に性格の違いと見るのは、どうでしょうね？　そこまで春菊という女は、図太い神経を持っているのか……」

「さすがに全く動じないのは、少し不自然ではないかと」

「でも、そうなると志摩子さんは一体、何にそれほど恐怖しているのでしょう？」

「乎山……山女郎……山魔……」

囁くような言耶の呟きが闇に消え、二人は黙ってしまった。

揖取家に戻ると、鬼無瀬警部から今夜の警邏《けいら》態勢について説明を受けた。鍛炭家の外は熊谷巡査と終下市《ついかいち》署の警官の計二名が見張りに立ち、内は柴崎刑事が担当をす

る。揖取家の外は終下市署の警察官二名が、内は谷藤刑事が受け持つ。そして終下市署の刑事と警官とにより、六地蔵様の祠を中心に集落を巡回する計画が立てられていた。次の被害者も犯行現場も予想でき難《にく》いとはいえ、取り敢えず被害者が出ている両家と、事件と無関係とは言えない六地蔵様を基点に考えられたのである。

ちなみに言耶は警邏及び巡回に対する協力を申し出たが、あっさり警部に却下された。そんな危険な役目を民間人に頼むことなど、到底できないという理由でだ。

西の離れに引っ込んだ言耶は、またしてもまんじりとしない夜を迎える羽目になってしまった。

（立治氏と広治氏が殺され、そして力枚氏ときて、次に狙われる青地蔵様は誰なのか。揖取家か鍛炭家か、それとも全く別の者なのか）

第四の被害者について考えたところで「青地蔵様　分ける」という歌詞が脳裏に浮かび、気分が悪くなった。「分ける」を見立てるために、またバラバラ殺人が起こるかもしれないからだ。

（第一と第二の殺人は夜明け頃に、第三の殺人は夕方から夜半に掛けて行なわれた。しかも犯人は四日間で、三つの見立て殺人を実行している。今は十時四十二分か。次に犯人が動き出すとしたら、明日の夜明け前なのか）

次いで犯行の時間帯に思考を巡らせつつ、

（だけど青地蔵様が誰であろうと、さすがにもう誘い出すことは無理だろう？　それとも何か秘策でもあるのか。犯行に好都合の場所が残っているのか）

そこから被害者を誘《おび》き出す手口と、犯行現場の候補になり得る地点を、色々と熟考しはじめた。

だが、十一時近くなったとき、急に母家の方で動きを感じた。服のまま横になっていた言耶が慌てて様子を見に行くと、それが東の離れへと移ったようで、今度はそっちが騒がしい。

何かあったのかと廊下を進んで行くと、向こうから谷藤刑事がやって来た。

「どうかしたんですか」

「あっ、刀城先生、芝居小屋が火事なんです」

「えぇっ！　火事？」

一瞬だけ頭の中が真っ白になったが、

「ま、まさか、『黄地蔵様　焼ける』の見立てじゃ――」

「分かりません。今、鍛炭家では柴崎刑事が、皆の安否確認を行なっています。私もこれから、この家の人たちを確かめるところなんです」

「ご一緒しましょう」

このとき揖取家には、終下市の料理屋に嫁入りした次女の鷹子と、同じく石炭問屋に嫁入りした三女の風子も戻っていたが、この二人も含めて成子、月子、将夫と全員が無事だった。

谷藤刑事の報告を受けた鬼無瀬警部は、

「私は芝居小屋に行くから、後は頼んだぞ。柴崎にも、その旨を伝えるように」

「同行して宜しいでしょうか」

刑事が頷く横で、透かさず言耶が許可を求めると、

「道中、君の考えを聞かせて欲しい」

険しい表情で返答した警部は、そそくさと離れから玄関へと向かった。

「芝居小屋の火事が第四の殺人だった場合、犯人は童唄の順番に拘っていないことになりますね」

「確か次は『青地蔵様　分ける』だったな」

「ええ。犯人はそれを飛ばし、『黄地蔵様　焼ける』を実行した。もしくは――」

「何だ？」

「既に『青地蔵様　分ける』は終えているか……」

「な、何だって？　すると君は、第四と第五の殺人が、もう為されていると？」

「いえ、飽くまでも可能性の問題です」

揖取家の表門を出ると、北西の方向の不自然な明るさが、すぐ目に映る。

「芝居小屋の廃屋とは、お誂《あつら》え向きの犯行現場を選んだものだ」

「それが『黄地蔵様　焼ける』の見立てのためだとしたら、確かにそうですね。類焼する危険はありませんし、建物の中にいる他の人を巻き添えにする心配もないわけですから」

「まぁ犯人が、そこまで気の回る奴ならな」

言耶と警部が急ぎ足で歩いていると、集落のあちこちから寝巻き姿のまま人々が表に出て、火事を遠巻きに見物している。

「他の人を巻き添えにしたくない、という思いが犯人にあるかは不明ですが、狙った被害者を一人ずつ確実に殺害したい、という願いはあるんじゃないでしょうか」

「どうして、そう思う？」

「余りにも童唄の見立てに拘っているからです。関係のない人まで死なせてしまった場合、それが崩れますからね」

「あの見立てには、一体どんな意味があるんだ？」

「見立て殺人は童謡殺人とも呼ばれますが、それに犯人が拘る理由は、大きく分けて三つあると考えられます。

一つ、その唄に犯人が取り憑かれている場合。これは常識的な理由など、ほとんどないと言ってよい例です。つまり唄の通りに被害者を殺害しないといけない、または屍体装飾をするべきだという強迫観念を覚え、ひたすらそれを実行しているだけという例です。

　二つ、その唄に犯人の意思が込められている場合。これは唄の成り立ち、歌詞の意味、歌われていた状況などに、犯人が世間に伝えたいと思っている何かが含まれているため、言葉の代わりに利用しているという例です。

　三つ、その唄に警察の目を向けさせることにより、捜査が過った方向に進むよう犯人が画策している場合。これは色々な例があって、その例によって微妙に意味も違ってくるのですが――」

「それじゃ一つずついくか。まず最初の強迫観念云々《うんぬん》だが、犯人の頭がおかしいってことか」

「端的に言うと、そうですね。ただし本人には、それが言わば使命のように感じられている。例えば途轍も無い恐怖や怒りを覚える状況に直面したときに、その唄が流れていて脳裏に摺り込まれてしまった場合など、元々おかしくない人でも、そうなる可能性はあると思います」

「しかしな、ならば無差別殺人になってしまうぞ」

「ええ。もしくは、かなり緩い縛りの中で被害者たちには共通する何かがあり、それに犯人は因《よ》っているのかもしれません。あるいは、犯人が恐怖や怒りを覚えた原因を作った人々がいて、その彼らが実は対象になっている……とかですね」

「そんな事件には関わりたくないもんだ」

むすっとした口調の鬼無瀬警部に対し、言耶は相槌を打ちつつ、

「ただし、余りにも被害者の範囲が絞られる場合、見立ての意味は二番目の理由に限りなく近付いていきます」

「具体的には、どういうことだ？」

「例えば、犯人が家族と一緒にバスに乗っている。長旅の中、車掌が地元の民謡を歌う。それに浮かれた旅行者の一団が、バスの中にも拘らず騒ぎ出す。それを運転手が制しようとしたところ、前方不注意となりバスが崖から転落する。その事故で、犯人の家族だけが死んでしまう。そこで犯人は、運転手と車掌、騒いだ旅行者の一団を、その民謡の歌詞に則《のっと》って次々に殺していく――といったところでしょうか」

「さすがだな。本職が作家だけのことはある」

警部としては珍しく面と向かって誉めたわけだが、当人は照れたような表情で、

「つまり一連の殺人には意味があるのだと、単に自分は人を殺して回っているのではないと、そのときの民謡に見立てることで、犯人は訴えているわけです」

「復讐か……。君の言っていた立治と広治による立一たち一家の毒殺があったとして、その復讐を誰かが行なっているのだとしたら、この見立て殺人も何となくではあ

るが納得はいくな」

「はい。そこで三番目に進むわけですが、これは今の例のように事件の動機は復讐にあると捜査側が考えるよう、わざと犯人が民謡を利用したような場合ですね」

「真の動機を隠すためか」

「実は、真犯人は旅行者の一団の一人で、彼には仲間を殺したい動機があった。でも、仲間が次々と死んでいくと、確実に自分が疑われる。そこでバスの事故を利用しようと考える。罪を擦《なす》り付けられる格好の人物もいる。そのためには見立て殺人が効果的だ……とね」

「なるほど」

「三番目は他にも、色々な例が考えられます。例えば連続殺人が歌詞の順番通りに起こるであろうという思い込みを突き、実際は被害者の順番を入れ替えることで、犯人が現場不在証明《アリバイ》を作るという方法もあるでしょう。また歌詞の通りに殺した、あるいは被害者の遺体に装飾を施したと捜査側に思わせることで、実は犯人には不利となる何かを隠したのかもしれません。要は見立て殺人そのものが、心理的にも物理的にも犯人の隠れ蓑になる場合ですね」

「それで今回の事件は、どれだと思う？」

「小細工を施すという意味に於いてなら、三番目はないような気がします」

「なぜだ？」

「被害者の顔を焼いたり、衣服を持ち去ったり、遺体をバラバラにしたり——と、犯人は童唄の見立て以外のところで、余りにも不審な行為をしているからです。これらが何を意味するのか、実は見立てよりも気になって……」

「小細工でない場合というのが、あるのか」

「もっと大きな誤認なら考えられます」

「何だ？」

「連続殺人の動機は乎山の金脈にある、そう警察に思わせたいのだとしたら、どうでしょう？」

「うーむ、歌詞の内容からか。ただ、そうなると犯人も動機も……」

「ええ、余計に見当が付かなくなります。ここまで乎山に絡んだ事件が起きているのに、肝心の金と全く関係がないと見るのは、些《いささ》か無理があり過ぎます」

　そこで言耶は、去年の夏に立春が乎山で金を含んだ岩を発見した件を伝えた。

「すると乎山の金を巡って、実の兄と弟が争ったかもしれんわけだ」

「それが立一氏一家の消失及び今回の連続殺人事件の根底に、やはり横たわっていると見るべきなのかもしれません」

　そんな会話を交わしているうちに二人は、芝居小屋の土台となる石垣の側まで近付いていた。

廃屋を包む炎は遠目で見ていたよりも大きく、怖いほどの激しさで燃え上がってい る。舞台下手の道具置場から広がったらしい火は、今や舞台を完全に呑み込みつつ住居へと延焼するだけでなく、露天の客席にまで迫る勢いである。そのため消防団も、石垣の階段を上がった辺りから消火活動をするしかなく、なかなか建物の火を消せないでいるようだった。

「あの中に四人目の被害者がいたら、身元確認どころじゃないな」

苦々しく鬼無瀬警部が口にしていると、

「警部殿！　鬼無瀬警部殿！」

一人の警官が大声を上げながら駆け寄って来て最敬礼をしながら、

「鍛炭家の者を検めましたが、全員に異常はありませんでした」

「団伍郎、志摩子、春菊……それに子供の立春も、ちゃんと確かめたんだろうな？」

「はっ、全員の確認を致しました」

「あのーすみません。女中さんは？　お吉さんという方は？」

言耶が横から尋ねると、その若い警官は見るからに戸惑った表情を浮かべた。警部の方に身体を向けながらも、何度もちらちらと言耶を見ている。

「いいから、答えたまえ」

「はっ、お吉という女中も含め、鍛炭家の者は全員が無事です」

「通夜に来ていた方々は？」

「それが途中から、半通夜となったらしく、一人残らず帰ってしまいました」

最初からそのつもりだったのだ、と言耶は思った。もちろん春菊の考えである。それにしても今後の鍛炭家に於いて実権を握るのは、果たして誰になるのか。

「よし、ご苦労。今から君は、集落を巡回している捜査班に加わり、行方不明者が出ていないかどうかを確認するんだ」

警官に新たな命令を伝え、再び最敬礼をして彼が立ち去るのを待ってから警部は慌て気味に、

「揖取家からも、鍛炭家からも、誰もいなくなった者はいない……ということは、あの炎の中にいるかもしれないのは何者なんだ？」

「偶然に火事が起こったと見るには、ちょっと出来過ぎですよね。我々の注意を火事に引き付けておき、その隙に次の犯行を――」

「するにしてもだ。これじゃ揖取家も鍛炭家も、両家の者たちは、逆に警戒を深めてしまったんじゃないのか」

「そうですね……」

「いや、集落中がそうだろう」

「ええ……皆が警戒してしまいますよね。誰もが……皆が……ああっ、し、し、しまったぁ！」

叫ぶが早いか、言耶は脱兎の如く走り出していた。

「お、おい！　どうした？」

慌てて警部が追い掛けて来る。

「た、た、胆武氏ですよ！」

「たんぶぅ？」

「御籠り堂にいらっしゃる巡礼者さんです」

「ああ、あの四国から来た坊主か。えっ、まさか君は……」

「警察も何度か事情聴取をされてるので、あの御堂が絶好の目撃地点であることは、よくご存じでしょう。つまり犯人にとっては、目の上のたん瘤《こぶ》になります」

「あの坊主が、犯人の姿を見たって言うのか」

「いえ、目撃していれば、彼も進んで話したはずです。ただし犯人の方が見られた、と思い込んでもおかしくはありませんよね」

「それは、そうだが……」

「揖取家と鍛炭家、両家の皆さんが無事となると、僕にはそうとしか――」

走りながら前後で会話をしているうちに、二人とも田圃《たんぼ》の畦道まで来ていた。透かさず言耶が足を踏み入れ、警部が後に続く。

しかし半ば過ぎまで進んだところで、

「あれ……明かりが点ってますね」

「ああ、それに線香の匂いもするぞ」

そこからは歩いて御堂に近付いて行くと、十字格子の向こうで仄かな明かりが揺れているだけでなく、微かに何かの唱え言を口にしている小さな声も聞こえてきた。

「どうやら僕の、早とちりだったようです」

邪魔をしないように小声で囁くと、言耶は警部を促して畦道を戻りはじめた。

「そう言えば君は、鍛炭家の女中の安否も尋ねていたな。あれはどうしてだね？」

「お吉さんが、何かを知っていそうだったからです。立治氏と広治氏が続けて殺害されたため、犯人の狙いは鍛炭家にあると思われました。ところが、次の被害者は揖取力枚氏だった。そこで犯人の動機が分からなくなったわけですが、ひょっとすると力枚氏は口封じのために殺されたのかも……そう考えると、お吉さんや胆武氏が狙われてもおかしくありません」

それとなくお吉と立春から話を聞き出すつもりだったことも、隠さず警部に打ち明けた。

「確かにな。警察の事情聴取の場ではなく、君が鍛炭家の中に入り込んで、自然に二人と話をした方が上手くいくだろう」

「ええ。とはいえ、もうそんな悠長なことをしている場合では、ないのかもしれませんね」

「明日、春菊を捜査本部に引っ張ろう」

「えっ？」

「その間、君は鍛炭家に入り込んで、女中と子供から話を聞くんだよ」

「あっ、なるほど。分かりました。宜しくお願いします」

再び石垣の側まで戻って来ると随分と炎は弱まっており、消防団も露天の客席の中にまで踏み込んで、消火活動を行なうまでになっていた。

「警部、鎮火できましたので、どうぞ——」

やがて、消防団の団長が現場検証が可能になったことを知らせに来たので、鬼無瀬警部は連続殺人の発生から奥戸に待機させていた鑑識班と共に、今やすっかり崩れ落ちた芝居小屋へと向かった。

その際、さり気なく言耶も同行しようとしたのだが、

「焼跡は危険だ。何か出たら、すぐ知らせるから」

そう言われ、仕方なく石垣の下に留まる。

やきもきしながら言耶が待っていると、意外にも早く警部が下りて来た。しかし、

その表情は狐に摘まれた如く奇妙なものだった。

「い、遺体はあったんですか」

「それが……ないんだ。幾ら探しても、何処にも……」

「遺体が見当たらない？」

「ああ。まだ失火原因は分からんが、鍛炭家並びに近所の者に尋ねても、芝居小屋に火の気があったとは思えないと言うんだ。鑑識の見立ても、放火ではないかということだ」

「連続殺人の犯人ではない、誰か他の者が火を付けた可能性も？」

「うーむ……そりゃ可能性だけならあるだろうが、やはり低いんじゃないか」

「そうですよね。でも、誰かが殺害されたわけではない。『黄地蔵様　焼ける』が実行されたわけじゃない……」

「我々は引き続き現場検証を行なうから、君は戻って休みたまえ」

言耶は躊躇したが、明日は鍛炭家で大事な役目があるだろうと警部に諭《さと》され、大人しく従うことにした。

揖取家に帰ると、将夫が出迎えてくれた。

「お義母さんと月子さん、それに花子と鷹子さんと風子さんの女性五人は皆、大広間で休んでいます。私は今まで家の中を隅々まで見回ってましたが、特に異状はありません。谷藤刑事にも大広間を警戒して貰ってますので、こちらは大丈夫だと思いますが——火事の方は、どうでした？」

「幸いにも遺体は出ませんでした。芝居小屋は、ほぼ全焼ですが……」

「今夜は、南風が強かったですからね。舞台下手の火が、あったという間に上手へと広がったんでしょう。やっぱり不審火ですか」

「ええ。放火ではないかと——」

しばらく事件について話をしたが、二人とも相手に対して「お疲れでしょう」と気遣い、言耶は西の離れへ、将夫は母家の自室へと引き取った。

（それにしても犯人は、なぜ芝居小屋の廃屋を燃やしたのか）

横になっても、そう易々と眠れそうにもない。やはり陽動作戦ではないかと思うのだが、その効果を何処に求めているのかが、さっぱり分からない。だから余計に薄気味悪く感じてしまう。よって蒲団に入りながらも言耶は、念のために衣服を着たままだった。

その悪い予感が的中したと知ったのは、明け方の五時三十四分、離れの部屋に飛び込んで来た谷藤刑事の一声によってである。

「せ、せ、先生！　や、やられました……。鍛炭家で殺人が……さ、三人が一度に、こ、こ、殺されたんです！」

第十二章　大惨劇

鍛炭《かすみ》家に刀城言耶が駆け付けたのは、寄り合い所の捜査本部に戻っていた鬼無瀬警部が慌てて現れたのと、ほぼ同時だった。熊谷巡査が時間を空けずに、捜査本部と揖《かじ》取《とり》家の谷藤刑事に電話を掛けたためである。二人は無言で頷き合っただけで、一緒に家の中へと入った。

ところが、通夜の祭壇が据えられた前の間には、座蒲団を枕に寝かされた柴崎刑事の姿があり、まず言耶は度肝を抜かれた。咄嗟に被害者の一人が刑事なのかと焦ってしまったが、

「で、彼は大丈夫なのか」

鬼無瀬警部が苦々しさと安堵感の交じった複雑な表情をしているのを目にして、どうやら違うらしいと悟った。

「はぁ、どうやら眠り薬を盛られたようです。命には別状ないと思われます」

熊谷巡査が直立不動の姿勢で報告をしたが、警部は見向きもせず、側に転がってい

る椀の中を見ている。

「葛湯《くずゆ》か……。しかし、誰にこれを？」

刑事が眠らされているだけと知り、言耶はほっとした。だが、この事実が、惨劇の舞台が決して尋常ではないことを物語っていそうで、思わず身体が震えた。

「女中が逃げたというのは、本当なのか」

「はい。夜が明ける少し前でした。こっそり家から出て来た者がおりましたので、誰何《すいか》しますと、いきなり走って逃げ出しました。あの後ろ姿は、間違いなくお吉だと思います」

「おい谷藤、警官二名に命じ、女中の後を追わせろ。重要参考人だ」

部下に指示を出した警部は、熊谷巡査を繁々と眺めながら、

「それで君は家の中に入り、柴崎が倒れているのを見付けた。唯事でないと悟り家の中を検めると、三人が殺害されていた。そう言うのか」

「は、はい……」

「三人も殺されたというのに、全く何も気付かなかったと？」

「も、申し訳ありません！　ただ……広間は奥まったところにあり、離れも表からは遠く――」

「言い訳をするな！」

「はっ……」

両手両足を揃えて背筋を伸ばしたまま、頭《こうべ》だけは垂れた熊谷巡査の姿は何とも痛々しい。

「犯人の姿は？　何の気配も残ってなかったのか」

「はい……。もしかするとお吉に気を取られた隙に、犯人にも逃げられたのかも……しれません」

「その前に、犯人は家に入り込んでるはずだろ。それをみすみす見逃したわけだから、犯行後に逃げられるのも当たり前だ！」

「あのー警部……」

恐る恐る言耶が口を挟むと、物凄い形相で睨まれたが、すぐに軽く頷いて話を促す素振りを見せたので、

「芝居小屋の放火は、やはり犯人の陽動作戦だったんじゃないでしょうか。童唄の歌詞から警察が、小屋には次の被害者がいるのでは、と考えること。また同時に火事の騒ぎを利用して、次の犯行に及ぼうとするのではないか、と注意すること。それを犯人は見越した。そのうえで、どちらもなかったと気を緩めさせたところで一気に――という企みだったのでは？」

「ふん、如何にも危なっかしい作戦だが、現に成功してるんだから始末に終えん」

熊谷巡査を叱咤《しった》しながらも、捜査指揮官としての自分の不甲斐無《ふがいな》さに警部が腹を立てているのが、犇《ひしひし》と言耶にも伝わってくる。

「で、三人の遺体を発見し、すぐ捜査本部に連絡を入れたのか」

「はっ、そうしようと思いましたところ、祭壇から……。棺桶の据えられた祭壇から、妙な物音がしまして……。よく見ると、壇が小刻みに震えております。も、もう生きた心地が……」

「ど、どうした？」

「周囲を見回しました後、恐る恐る祭壇の下を覗いて見ますと、子供がおりました」

「子供？　た、立春か！」

「はい。それが幾ら宥めても、どうしても出て参りません」

「何ぃ？　すると、まだ祭壇の下にいるわけか」

驚いた言耶が祭壇を覆っている布の下を覗くと、立春らしき小さな影が両膝を抱えて、父親の遺体が安置された壇の空洞に身を潜ませているのが見えた。

そこからは言耶と熊谷巡査が代わる代わる、言葉を尽くして出て来るように説得し、ようやく少年を保護できた。ただし、彼はまともに喋ることができなくなっていた。その両目は言耶たちには見えていない何かを一心に見詰めており、その口は同じ台詞を何度も何度も繰り返すばかりだった。

山魔が来た……山魔が来た……山魔が来た……と、そればかり……。

立春を祭壇から出す前に、鬼無瀬警部は到着した鑑識班と共に、さっさと現場に入っていた。言耶は悪いとは思いながらも少年を熊谷巡査に託すと、自分も屋敷の奥へと進んだ。

まず最初に母家の広間で、四肢を切断され掛けた志摩子の遺体と対面する。ただ力枚のように、手足が綺麗に胴体から切り取られているわけではなく、かなり乱暴に、そして極めて中途半端に切断が行なわれており、そのため現場には言語に尽くし難《がた》い凄惨さが漂っていた。ただ、彼女の首に青い前掛けがあったため、これが「青地蔵様分ける」の見立てであることだけは間違いなさそうだった。

「犯人も、余り時間がないと焦ったようだな」

現場に現れた言耶を認めても咎《とが》めることなく、警部が話し掛けてきた。

「それでも童唄の見立てだけは、何とか実行しようとしていますね」

応じつつも出しゃばらないように、警察官たちの後ろに立つ。いや、仮に警部の許しが出ても、最前列には行きたくないというのが本音だった。

志摩子の直接の死因は立治や広治と同様、どうやら後頭部への殴打のようである。凄まじいばかりの遺体の損壊は、少なくとも被害者の死後らしいと分かり、ほんの少しだけ言耶は安堵した。力枚と同じだったわけだ。

続いて北の離れの隠居部屋へと向かうが、そこで彼らを待っていたのは何とも変梃《へんてこ》な、どのように表現してよいのか見当も付かない異様な光景だった。

かっと両目を見開いた団伍郎が絞殺されているのは、剝き出した目の玉、苦痛に歪んだ顔、そして首に巻かれた細引きで一目瞭然だった。もちろん首には、黄色の前掛けが見える。ただし、それだけではない。殺害された状態のまま放置されたと思しき遺体の周囲には、火の点された六本の蠟燭が不規則に並べてあり、悍《おぞ》ましき被害者の断末魔の有り様を幻想的且つグロテスクに照らし出していたのである。

「これは、あれの意味《いい》かね？」

警部が振り向いて言耶を見たので、

「ええ。恐らく『黄地蔵様　焼ける』の見立てでしょう」

「蠟燭の火で被害者の衣服を燃やさなかったことを、我々は犯人に感謝すべきだと思うか」

皮肉な物言いに込められた警部の怒りが伝わってくるだけに、言耶どころか誰も応えない。しかし本人は気にした様子もなく、

「芝居小屋の火事は、この代わりだったと見るのは、余りにも穿《うが》ち過ぎか」

「いえ。この家を焼いてしまっては、せっかくの見立てが披露できなくなる――と、この犯人なら考えるかもしれませんよ」

そう応じた言耶に、谷藤は被害者の首筋を指差しつつ、

「揖取力枚と同様、この老人も絞殺されてますね」

「声を立てられ春菊さんに気付かれるのを、犯人は恐れたんじゃないでしょうか。また、これまでの被害者が皆、立っているか座っている姿勢で背後から後頭部を殴られたのだとしたら、寝ている状態の団伍郎氏には、鈍器が使い辛かった可能性もありますね」

「相手は年寄りだからな。細引きで充分に絞め殺せると踏んだんだろう」

警部の言葉に言耶が頷いたところで、三つ目の犯行現場へ移動する。そこは南の離れが面した裏庭の隅にある井戸の側だった。

頭頂部を割られ顔面を血だらけにし、見るも恐ろしい恐怖の表情を浮かべた春菊が、首に金色の前掛けを下げ絶命していた。彼女の額には、垂れた血痕を避けるように金粉が塗られている。その毒々しい朱と華々しい金の取り合わせが、まるでこの世に存在しない異形の色彩の如く、言耶の瞳には映った。

「どうやら春菊は襲われる寸前、犯人の存在に気付いたようだな。彼女だけ抵抗した痕跡があるからな」

「恐らく殺害された順番は、志摩子さん、団伍郎氏、春菊さんではないでしょうか。犯人は志摩子さんの後頭部を殴打し、まず自由を奪うと共に声を上げられないよう用

心していますが、さすがに続けて二人も手に掛けたことにより、春菊さんに犯行の気配を悟られてしまった、とも考えられますから」

被害者のすぐ側に立った警部に対し、言耶は離れの縁側から現場を望んでいる。

「鑑識の見立てでは、どの被害者も死後、三時間から五時間ほどらしい」

「つまり午前一時から三時の間くらいですか」

「ちょうど芝居小屋の火事が鎮火に向かい、現場検証を行なっていたときだな」

「正に絶妙の時間帯と言えますね」

そこから鬼無瀬警部は、三つの現場を再び巡りながら適切な指示を与えると、こっそり言耶を空き部屋に誘い入れた。

「君に、ちょっと頼みたいことがある」

「はぁ、何でしょう？」

「逃げ出したお吉なんだが、発見次第、捜査本部に連れて来るよう手配してある。そこで見付かったら熊谷巡査に、揖取家まで呼びに行かせるので、彼女に事情聴取をして貰いたい」

「ぼ、僕がですが……」

「彼女が犯人ということは、まずないだろう。犯行に気付き、それで逃げ出したに違いない」

「犯行の時間帯が午前一時から三時の間なのに、お吉さんが逃げたのは夜明け前ですから、きっと外が明るくなるまで家の何処かに隠れていたんだと思います」

「ああ、大方そうだろう。となると犯人の姿を見たかもしれん。犯行現場を目撃した可能性もある。非常に重要な証人だ」

「そんな人を、素人の僕が……」

「いや、だからこそ頼みたい。彼女は怯え切っているはずだ。上手く扱わないと、口を開かん恐れがある。これまでに君が、関係者から聞き出したという話を耳にするにつけ、この男にはそういった才能があると睨んでいた。伊達に趣味や酔狂で怪異譚蒐集をしていない。そう感じたわけだ」

「よ、よくご存じですね？」

「何と言っても谷藤は、刀城言耶先生の愛読者だからな。いや、この場合は東城雅哉になるのか」

　結局、警部の頼みを引き受けることになった。交換条件というわけではないが、言耶の提案で、立春を一時的に揖取家で預かり面倒を見ることも決まった。終下市《ついかいち》から春菊の親族が駆け付けるらしいが、それなりに時間は掛かる。また捜査本部に少年を置いたところで、ああいった雰囲気の中にいては喋りたくても口を開き難《にく》いに違いないからだ。

事前に成子と将夫の許可を得た言耶は、熊谷巡査と共に立春を揖取家へと連れて行った。ちょうど月子のために呼ばれていた駒潟《こまがた》医師もおり、そのまま少年を診てもらうことができた。駒潟の診断によると、かなりのショックを受けているという。それも何か途轍も無い恐怖が原因の……。

立春の世話を花子たちに任せた言耶は、促されるままに将夫と客間に落ち着いた。

「何でも鍛炭家で、殺人現場から逃げ出した女中がいるとか……聞いたのですが」

揖取家ほどの家になると、放っておいても集落の情報は入ってくるようで、もうお吉のことが伝わっている。

「そうなんです。今、警察が行方を探しています。早く見付かって保護されれば良いのですが……。ところで、鍛炭家のような家で女中さんが一人というのは、ちょっと少な過ぎるような気がするのですが」

「ああ、もちろん昔は、もっといたはずです。ただ、団伍郎さんの芝居道楽や立造さんの金山騒動の結果、所帯が傾いてしまった。本当なら女中など雇う余裕もないのでは——とまで、私など邪推しております」

「そこまで逼迫しているのですか」

「まぁ他人《ひと》様の台所事情なので、本当のところは分かりませんが」

その言葉とは裏腹に、きっちり鍛炭家の身代くらいは把握しているという自信が、

「難しいですね。恐らくお義父さんにとって、立一氏の件は例外中の例外だったのでしょう。でも、あなたにすれば、平山に手を付けたのと同じに見えた――」

「ええ、ただ……今になって思うのですが、私は心の何処かで、義父が平山の開発に反対し続けていることに、ほっとする気持ちがあったのではないか……と」

「どういう意味です？」

「あれは集落の寄り合いの後で、酒が振る舞われたときでした。何か記念となる行事があったのでしょうが、それは覚えていません」

将夫は当時を思い出すような、両目を細めた表情をしている。

「私の近くに鍛炭家の立治がいて、かなり酔ってるようでしたが、そのうち話が弟の、立造のことになったんです。誰かを相手に喋ってるようってましたが、関係者の口から直に聞いたことはなかったので、興味津々で思わず聞き耳を立ててました。すると立治は山師の吉良内立志に騙された話などを一通りした後で、急に口を噤《つぐ》むと、そこからは別人のような口調で、鉱夫たちが一人ずつ消えはじめた出来事を喋り出して……。やがて立治が平山に入り、弟を捜した話になったんですが……。そこで彼は、絶対に他言するな、はじめて喋るんだからなと念を押すと、実は山魔の嗤う声を聞いた……と語り出したんです。もう、その話を耳にした途端、冷水が背筋を伝ったような、ぞっとする悪寒を覚えて……」

そのときの感覚が蘇ったのか、将夫は実際に身震いをしつつ、

「何と言えばよいのでしょう……。立治の体験だけを誰かに聞いたのであれば、私は躊躇わずに、それを彼の幻聴だったと受け取るか、もしくは頭のおかしくなった立造の哄笑であろうと考えたはずです。しかし心底から怯え切った様子で、本人が語る体験を耳にして、これは本物だと確信したんです。もちろん山魔が存在するとか、そういうことではありません。けれど、この世には、やっぱり人間が足を踏み入れてはいけない場所があるのだ……そう強く感じました」

「でも、お義父さんとの対立は続いた？」

言耶の問い掛けに、将夫は苦笑いを浮かべた。

「それほど恐ろしい対象であるなら、尚のこと排除すべきである——と逆に捉えたわけです。とはいえ心の奥底では怖いという気持ちもありますから、義父に反対されることで、やはり安堵していたのだと思います。情けない話ですけど……」

「いえ、よく分かります」

「立治の体験は、義父にも話しました。迷信の一例としてです。どんな事件が起こっても、これでは全て忌み山の所為になってしまうではないか——とね。義父は立治の体験に驚いたようですが、特に否定も肯定もしませんでした。けれど、こう言いました。『何でもかんでも、乎山に原因を求めるわけではない。悪い出来事の多くは、人

の邪《よこしま》な心が起こすのだ。ただ、そういった人間の邪心を、あの山は増幅する。だから御山に入るべきではない』と」

「人の邪心を増幅させる装置……ですか」

「正直、私は義父の言ってることは正しいと思いました。決して口に出して、それを認めはしませんでしたけど。それが吹っ切れたというか、自暴自棄のようになったのは、陽子のことが切っ掛けでした。乎山が娘を奪うのなら、私があの山を破壊してやる！　そう誓ったのです」

乎山に対する将夫の複雑な感情の動きを知り、どう応じるべきかと言耶が考えていると、月子が現れた。

「すみません。お話し中のところ――」

「もう起きられても、大丈夫なんですか」

言耶の気遣いに、やや窶《やつ》れた顔に弱々しい笑みを彼女は浮かべつつ、

「はい。お蔭様で……。それよりも立春ちゃんが――」

「ど、どうかしましたか」

「先程から急に、恐ろしいことを口にし出したと思ったら……それが止まらなくなってしまって……」

「行きましょう」

月子の案内で、言耶と将夫は立春が休んでいる部屋へと向かった。

立春と対峙した言耶は、将夫、成子、花子、月子の四人が見守る中で、何とか少年との会話を試みようとした。それは半ば成功し、半ば失敗した。というのも言耶の質問の全てが相手に届いたわけではなく、ほとんど向こうが喋るがままに任せるしかない状態だったにも拘らず、結果的には鍛炭家の惨劇の様子が、かなり詳細に分かったからである。

立春の話をまとめると、以下のようになる——。

彼は鍛炭家の南の離れの一室に、独りで寝ていた。物心付いたときから、そうだった。隣の部屋では母親が休んでいたが、たまに誰かが訪れると煩くなり、しばしば眠れない夜を過ごす羽目になる。それが父親と大きな兄の死の後、静かな夜ばかりが続くようになった。

昨夜は通夜の興奮からか、なかなか眠れないでいた。そのうち空腹を覚え、余計に目が冴えはじめた。夕食時も盛んだった人の出入りに気を取られ、満足に食べていなかった所為らしい。朝まで我慢しようと思ったが、益々ひもじさが募る。台所を覗こうかと考えたところで、祭壇に御供えがあったことを思い出した。饅頭など甘いものを目にした覚えがある。少しだけなら、きっと食べても分からないだろう。

蒲団から出ると、隣部屋の母親の様子を窺う。大丈夫だ。そっと音を立てないように襖を開け、母家へと向かう。渡り廊下を歩いていると、ひんやりとした夜気にやや尿意を感じる。だが、まずはお腹を満たすのが先だ。空は一面に曇っていた。もくもくと波打つ雲が、今にも垂れてきそうなほど低く感じられる。そのとき僅かな雲間から妖しい月光が射し込み、行く手の母家を照らし出した。

その瞬間、自分が目にしている鍛炭家の母家が、まるで見知らぬ家のように映った。なぜかは分からない。ただ、そこに行ってはいけない、足を踏み入れるべきではない……という気がした。けれど、そのまま背を向けて戻るのも怖い。しばらく躊躇ったが、そのうち渡り廊下から望む裏庭の暗がりの方が怖くなってきて、やっぱり進むことにした。

やがて、線香の匂いが漂ってきた。すぐ通夜の祭壇が脳裏に浮かぶ。そもそもどうして蒲団を抜け出してきたのか、と一瞬だったが悩んだ途端に腹が鳴った。依然として怯えていたが、空腹を意識したことで飢餓感も一層増した。

母家に入って祭壇のある部屋へと向かう途中、志摩子小母さんが残ってたらどうしよう……と考えた。彼女は夜通し起きていて、線香の煙を絶やさないよう気を配るはずだ。でも、小母さんなら大丈夫かもしれない。普段は無視するというより、本当に自分など存在しないかの如く振る舞っているけど、たまに優しいときがある。母親には感じない温もりを、ふと覚えるときさえ何度かあった。空腹を訴えれば、彼女なら何か呉れるに違いない。

ところが、祭壇のある隣の部屋まで来たとき、目の前の襖の向こうから妙な物音が聞こえてきた。ずたっ……ずたっ……ずたっ……という、まるで大きな鶏《とり》を鉈《なた》で捌《さば》いているような、そんな何とも薄気味の悪い、とても重い音である。この襖の向こうを覗くべきではない……と思いながらも、気が付けば襖と襖の間に指を捩《ねじ》り入れて広げ、片目を当てていた。

視界に飛び込んできたのは、ぬらっと鈍く光る刃物、すうっと空中に筋を引く赤黒いもの、びゅんと何度も上げては振り下ろされる腕……。

思わず息を呑んで隙間から目を離した途端、向こうの部屋の気配もぴたっと止んだ。あの腕が空中で固まったまま、微動だにしない光景が浮かぶ。それを確かめるために再び襖の隙間から覗こうとして、いつしか塞がっていることに気付いた。いや、そうではない。上の方は開いている。その証拠に隣部屋の明かりが、細長く見えている。では、明かりの下の部分は……と考えたところで、何かが隙間を塞いでいるのだと悟った。向こうの部屋の襖の前に、それがいるのだ。

次の瞬間、視線が突き刺さった。目の前の襖の、今や真っ黒に塗り潰された隙間から、こちらを凝っと覗いている視線を痛いほど味わう。途轍も無く禍々しいものに見詰められている……と体感したところで、ぞっと鳥肌が立った。

どれほど暗がりの中で震えていただろう。いつしか眼前には細い明かりの筋があり、その向こうから、がさがさと新たな物音が聞こえてきた。ただし、すぐ止んだかと思うと反対側の襖が開閉し、身の毛のよだつ気配が遠離って行った。

ほっとしたのも束の間、祭壇の部屋には入らずにそれの後を追う。なぜ部屋に入らなかったのか、自分でも分からない。どうしても襖を開ける気がしなかった、としか言いようがない。後を追ったのは相手の居場所を把握することで、それの脅威から逃れられると考えたからか。

座敷を間に置き、また時には襖一枚だけを間に挟んで、それと平行するように母家を西に向かう。やがて、きぃきぃという微かな足音が響き、北の離れへと続く渡り廊下を歩き出したことを知る。そのまま自分も進めば、同じ物音を立てることになる。仕方なく庭に下り、渡り廊下の真下を潜って北の離れの東側に出ると、そこから離れを回り込んで北の縁側へと上がる。そこは祖父の部屋の縁側で、この間までは雨戸が閉められていたが、春になってからは下半分に磨硝子の嵌まった障子だけになっていた。硝子を通して見る部屋の中は、真っ暗である。

と急に、むううう……という呻き声に似たものが障子の向こうから聞こえ、ごぼぼっ……と何かが詰まったような物音が続き、そして部屋の中が静かになった。

その一連の気配は、まるで祖父が息を吸い込んだまま口を閉じ、ずっと我慢をしているうちに全てを忘れて眠ってしまった……かのように思えた。そのうち、ちらちらと明かりが瞬き出した。磨硝子越しにも炎が一本、二本と増えていくのが分かる。なぜか明かりが六本に達したとき、祖父の部屋からそれが出て来て、母親のところへ向かうのだと察した。

慌てて庭に下り、南の離れへと急ぐ。一刻も早く母に知らせ、すぐさま逃げ出さなければ……。志摩子小母さんとお祖父さんに何が起こったのか、本当のところよく分からない。でも、物凄く忌まわしい目に遭ったことだけは確かだろう。いや、遭ったというだけでは済まないのかもしれない。もう二度と起き上がれない状態にされ、もう二度と目を覚まさない世界に連れて行かれたのではないか……。

離れの南の縁側から上がると、目の前が母親の部屋だった。祖父の部屋と同じ半分磨硝子の障子を開け閉めし、蒲団の側に座ると母を揺すりはじめる。大声を出すわけにはいかない。ひたすら蒲団を揺すり続ける。しかし、一向に目を覚まさない。掛け布団を少し捲《めく》って肩に直接触れたところで、ぷーんと酒の臭いが鼻を突いた。そう言えば通夜の席で、ひたすら母親は呑んでいた。これは少々のことでは起きないかもしれない。絶望的な気分を覚えつつ、それでも力一杯に揺すりながら、小声で母を呼んだ。けれど反応が一切ない。母を呼ぶ声が次第に大きくなる。肩を揺する仕草が徐々に乱暴になる。なのに母は寝穢《いぎたな》く眠り続けるばかり……。

ひたひたひた……何かが近付いて来る気配がした。いや、あれが渡り廊下をやって来たのだ。足音はしなかったが、迫り来る悍《おぞ》ましい気配を肌で感じる。益々勢い良く母を揺さぶる。遂には狂ったように母の肩を叩きはじめる。うーん……と母親が声を出すのを耳にしながら、もうそこまであれが来ていることを悟り、慌てて隣の自分の部屋へと駆け込む。もちろん物音を立てずに、そっと——。間一髪で、あれが母親の部屋に入って来た。

境の襖はぴったり閉ざしたので、隣で何が起こっているのか分からない。ただ、あれがゆっくりと母親に近付いている。それは間違いない。ずっずっ……と微かに畳を摺る音が聞こえる。

うーん……再び母が声を漏らした。その途端、摺り足が止まる。うーん……だぁれぇ？　寝惚けたような母の声が虚ろに響く。ちょっとぉ……そこにいるのは誰なのぅ？　その何処か甘えた声音は余りにも場違いであり、それ故に背筋が凍るほどの戦慄を齎《もたら》す。しかし次いで、だ、誰なの……？　急に意識のはっきりした声が上がったかと思うと、い、厭……という怯えた悲鳴が小さく発せられ、隣室の雰囲気が一気に変わる。

それから数秒間、隣からは大きく空気の動く気配が伝わってきた。

次いで、ひぃぃぃぃ……と息を吸い込むような悲鳴が起こり、それが正に絶叫へと変わる瞬間、ずんっ……と鈍く籠った音がし、どたっ……と何かが倒れた。だがすぐに、ずっ、ずっ、ずっ……と畳を這う物音がし、殴られた母が裏庭の方へ逃げようとしている、そんな光景が脳裏に浮かぶ。

縁側に面した障子の側で、かなり激しく争っている様子が窺えた後、まるで隣室の時間が止まったような一瞬の静寂があって――

ま、まさか、あんたが……。

母の驚愕の声が上がったところで、ずちゃ……と物凄く無気味な音が響き、がたたっ……と障子戸が鳴ったのを聞いて、もう終わったのだと察した。後は、ざざっと障子が開き、どんっと縁側から重いものが下に落ち、ずずっざっ……と何かを引き摺っている物音が裏庭から届いただけである。

それからしばらくの間、深閑とした静寂が辺りに満ちた。

ごーどの、くまどの、むつじぞう……

やがて囁くような、唱えるような、歌うような薄気味の悪い声音が、遠くから聞こえてきた。しかも身の毛のよだつ歌声は、ゆっくりとこちらへ近付いて来る。

しろじぞうさま、のーぼる……

その歌詞に合わせるかのように、裏庭から縁側へと上がったのが分かる。慌てて奥の間に逃げ込むと、母親の部屋との境の襖が開き、くろじぞうさま、さーぐる……

やはり歌詞を準《なぞら》える如く部屋の中を探っている——いや、自分を捜している気配が伝わってきたので、急いで北側の部屋へと進む。

あかじぞうさま、こーもる……

今さっきまで自分がいた部屋に、それが入って来た。童唄の通り室内に籠っていては、すぐに見付かってしまう。

あおじぞうさま、わーける……

ぶんっ、しゅ、しゅ、ぶんっ……という凶器を振り回すぞっとする音が、隣から伝わってくる。次はこの部屋を覗くに違いない。すぐ北の縁側に出る。

きいじぞうさま、やーける……

障子の磨硝子越しに、ぼおっと燃え上がった炎を認める。それが一本、二本と増えたところで高く上がり、障子紙を通して妖しく光り輝いている。

かなじぞうさま、ひーかる……

そんな二つの無気味な光とは別に、もっと人工的な明かりが急に点ったかと見る間もなく、一条の光芒が磨硝子から縁側へと突き刺さった。

もう物音が立つのも気にせず、慌てて縁側を走り出す。そのまま渡り廊下に入った地点で転び、急いで起き上がると母家を目指す。しかし、そこに達する手前で再び転び、泣きながらも必死に這いつつ母家に入る。何とか立ち上がったところで、はっと身体が強張《こわば》った。途轍も無く邪悪な気を背中一杯に感じたからだ。

恐る恐る振り返ると……

右手に玄翁、左手に懐中電灯を持った兵隊服姿の何者かが、さながら鬼の角の如く蠟燭を頭の両側に立て、だが顔の部分はなぜか真っ黒けな有り様で、ずんずんと渡り廊下を、こちらに向かって迫って来ていた。

あーとは、むっつの、じぞうさま……

外へ逃げることなど全く頭に浮かばない。家の中の絶対に見付からない場所に隠れて、あれが諦めて帰って行くのを待つしかない。そう思って飛び込んだ広間で、無惨にも四肢を鉈で滅多打ちにされ、ほとんど千切れ掛かった志摩子小母さんの惨殺体を目の当たりにし、もう少しで絶叫するところだった。

おひとりずつ、きーえて……

歌声が近付いていた。もうそこまであれが来ている。すぐに隠れなければ見付かってしまう。

咄嗟に隣の通夜の席に飛び込み、祭壇の布を捲ると、その中に子供なら入れることを見取り、透かさず身を潜ませる。ほぼ同時にあれが入って来た。

のこったのーは？

そして祭壇に向かって問い掛け、いきなり静かになった。まるで祭壇に安置された棺桶の中から、むっくりと父親が起き上がり、残ったのが誰か答えるのを待つかのように、いつまでも寂としたままである。

だから布が揺れ、にゅうと真っ黒な顔が目の前に現れたときには、本当に心臓が止まりそうになった。が、その後すぐに、

やまんま……

そう告げられてから途轍も無い哄笑が、物凄く邪悪な嗤い声が、祭壇の薄暗い空間に鳴り響くのを耳にして、すうっと意識が遠退《とおの》いていった。

第十三章　たった一つの光明を導く謎

刀城言耶は全てを語り終えたところで、寄り合い所に設けられた捜査本部が、いつしか深閑としていることに気付き驚いた。奥の机に集まった面々だけでなく、その場にいた全員が、立春の体験談を息を呑んで聞いていたのである。

「つまり春菊は、犯人と顔見知りだったわけか」

最初に口を開いたのは鬼無瀬警部だったが、それに谷藤刑事が続けて、

「それも、かなり意外な人物だった……という感じがありませんか」

「普通の状態でない子供が喋った話を、怪奇小説家が再現したんだから、そこから受けた感覚は当てにできんだろう」

「い、いえ、『まさか、あんたが……』という台詞からだけでも、そう察することはできると思いますが――」

言耶を気遣ったのか、慌てた口調で谷藤が反論する。

「まぁいい。ただ、彼女が犯人を知っていたと分かっても、それだけでは仕方ない。

いっそ『あんたは誰だ？』と言ってくれてれば、彼女が知らない人物になるから、逆に絞り込み易くなる」

「そうですね。ところで先生、立春は犯人に関して、もっと具体的なことを言わなかったのですか。背が高いとか、太っていたとか――」

「それは僕も、色々と聞き出そうとしたのですが……恐らく彼にとって、蠟燭の二本角、真っ黒な顔、凶器の玄翁、そして兵隊服という犯人の姿が、余りにも強烈過ぎたんだと思います。今、口にした要素以外は、幾ら尋ねても思い出させることは無理でしたから」

「犯人は復員兵……？」

谷藤の呟きに対し、柴崎刑事が首を傾げながら、

「シベリア抑留の引き揚げが再開されたのは、去年だったな。尤も兵隊服など、戦争に行ってなくとも手に入れられるわけだが――」

「柴崎の言う通りだ。黒い覆面で顔を隠していたらしい事実から、兵隊服も自分の正体を秘すために着用していたと思われる」

そう断定する警部に、やや遠慮がちな様子で言耶が、

「少し気になったのは、鍛炭《かすみ》家の立造氏が平山《かなやま》の金脈を掘ろうとしたとき、着ていたのが兵隊服という話なんですが……」

「何ぃ？　じゃあ君は、二十年も前に姿を消した立造が、舞い戻って来たとでもいうのか」

「もちろん違います。でも犯人は、それを利用したんじゃないでしょうか」

「どういう意味だ？」

「一晩で三人もが殺害された家で、なぜ立春君は助かったのでしょう？　いえ、そこにはお吉さんも含まれます。立治氏、広治氏、力枚氏、志摩子さん、団伍郎氏、春菊さん――で六人のため、六地蔵様の見立てもこれ以上は続けられない。だから立春君は助かった、とは見做せます。しかしそれなら、なぜ犯人はわざわざ彼に姿を見せたのか。生き延びて証言すると分かっている少年に、どうして己の姿を晒したんでしょうね？」

「あの子供に証言させるためか！　犯人は兵隊服を着ていた……と。それによって立造の存在を思い出させようとした。だが、どうしてだ？」

「鍛炭家には、三人の兄弟がいました。長男の立一氏は若い頃に家を飛び出したが、昨年ひょっこり帰って来た。しかし、家族もろとも消えてしまった。三男の立造氏は乎山の金脈を掘り出そうとしたが、詐欺に遭ったと知り山師と鉱夫の計五人を殺害すると、何処《いずこ》へともなく姿を消したと噂された。次男の立治氏は鍛炭家に留まったが、家族を巻き込んだ見立て連続殺人の犠牲者となった。こうして鍛炭家は、立春君だけを残して全員死亡したわけです」

「立一の家族と立造が間違いなく死んでおれば、そうなるな」

「そこなんです。立一氏の場合は消えた状況から考え、拉致の可能性も含めて一家全員が承知で何処かへ行ったか、または同時に全員が殺害されたか、大きく分けると二つになります。どちらに転んでも、兵隊服を着た人物という存在には繋がり難《にく》い。ところが立造氏は、山師と鉱夫殺しの噂もあることから、何の問題もなく当て嵌まります。偽の犯人に仕立てるには、打ってつけじゃありませんか」

「うーむ……」

唸る警部とは対照的に、はっと閃《ひらめ》きを得たかのように谷藤刑事が、

「本当に立造が犯人――ということは？　彼にとって乎山は、あの山の金は、自分のものだという意識があるはずです。だから横取りしようとした立一たちを、まず亡き者にした。それから同じく金を狙っていた立治たちを、次々と血祭りに上げていった。揖取《かじとり》力枚は、そのとばっちりを食ったわけですよ」

「大筋は、それで良いと思います。今になって突然どうして戻って来たのか。今まで何処にいて何をしていたのか。これらの説明も、大した問題ではないでしょう。しかし、なぜ立治氏の顔を焼いたのか。なぜ広治氏の衣服を持ち去ったのか。なぜ力枚氏の遺体を切断したのか。彼を犯人と考えた場合、細かい部分の解釈が余りにも付きま

せん」

「それは……」

「そのうえ春菊さんは、立造氏を知らないはずです。写真で見たことはあるかもしれませんが、二十年も経ってるわけですから、薄暗い部屋の中で覆面の下の顔を目にしたとして、すぐさま認識できるでしょうか」

「難しいですよね」

がっくりと肩を落とした谷藤には一瞥もくれず、鬼無瀬警部は険しい表情で、

「立春は今、どうしてる？」

「引き続き揖取家で、面倒を見て貰ってます。実はここに来る前に、つまり彼が喋り終えた後なんですが、少し様子がおかしくなったので駒潟先生を呼んだところ、こっぴどく怒られまして……」

「無理に話させたからか」

「はぁ……実際は、ほとんど彼が独りで喋り続けるのを、こちらが少しだけ誘導したような状況だったんですが……安静にさせなかったということで大目玉を。ですから仮令《たとえ》警察でも、しばらくは少年に質問するのは無理だと思います」

「分かった。いや、よく聞き出してくれた。感謝する」

軽くとはいえ警部が頭を下げたので、言耶よりも捜査本部に詰めていた刑事や警官

たちが、むしろ驚いたように見えた。

「代わりにというわけではないが、これまでに判明したことを教えておこう」

「はい。お願いします」

寄り合い所の中で最も動じていなかったのは、当の二人だったかもしれない。

「まず柴崎の件だが――」

苦々しい表情を警部は浮かべ、

「芝居小屋の火事騒動があり、鍛炭家の者の安全が確認されて一息吐いた頃、志摩子が彼に葛湯を持って来たらしい」

「それは、志摩子さんが作ったものですか」

言耶が警部と柴崎の両方に目をやりながら尋ねると、当人が頭を掻きつつ、

「恐らくそうだと思います。ただ、だからといって彼女が睡眠薬を入れたかどうか、それは分かりません。あの家にいた者なら、誰にでも機会はあったでしょうから。ちなみに睡眠薬は、普段から団伍郎が服用していたため家の中には常にあって、誰もが使用できる状態でした」

「つまり鍛炭家内部の誰かが、犯人を手引きしたと？」

信じられないという言耶の口調だったが、眠り薬入りの葛湯の存在は、まさにその事実を物語っていた。

「考えられるのは――」

警部が指を一つずつ伸ばして数えながら、

「一つ、犯人が鍛炭家内部の誰かを騙して柴崎に一服盛らせた。二つ、鍛炭家内部に犯人の共犯者が元々いた。三つ、鍛炭家内部に犯人がいる」

「そうなりますよね」

すっかり考え込む姿を見せた言耶を、警部は黙って凝っと見詰めている。もちろん他に口を開こうとする者はいない。

「ただ――」

徐《おもむろ》に言耶は皆を見回すと、

「連続殺人が起こっている、しかも鍛炭家の人が二人まで被害者になっている状況の中で、当の家の者を騙し、柴崎刑事に睡眠薬を盛らせることができたかというと、かなり難しいと思います」

「だろうな。如何なる理由を付けようが、また騙す相手が誰であれ、そう簡単にはいかんよ」

「かといって鍛炭家内部に犯人がいる――と考えた場合、立春君かお吉さんのどちらかということになり、これも無理がある。どう見ても、子供である彼に一連の犯行は不可能でしょう。一方のお吉さんには動機が一切ない」

「すると残るのは、鍛炭家内部に共犯者がいた――という解釈か」

「ええ。しかも犯人は、もう用済となった共犯者をも被害者の一人とすることで、己の保身を図ったのではないでしょうか」

「立治殺し、広治殺し、力枚殺しには、共犯者の協力があった？」

「まだ具体的なことは分かりませんが――」

「誰だったと思われます、共犯者は？」

谷藤刑事の問い掛けに、言耶は困った表情で、

「半病人の団伍郎氏に共犯者が務まるかは疑問ですが、鍛炭家の内部で何かを画策するという役目なら、正に打ってつけと言えます。志摩子さんは大人しそうな性格から、これまた共犯者には相応しくなさそうですが、何かに怯えていたという事実は意味深長ですよね。春菊さんなら言動から考えても共犯者向きですが、そう易々と犯人に騙されるかどうか疑問です」

「皆に可能性があるけど、また否定材料もあるというわけですか」

「それに――」

何か言い掛け口籠った言耶を、眼差しだけで警部が促す。

「鍛炭家内部に共犯者がいた、とする解釈は良いと思います。が、その当の家から被害者が出ていることを考えると、共犯者の動機が非常に見え難《にく》い」

「ほとんど鍛炭家皆殺し状態だからな」

「考えられるのは、犯人がそこまでするとは共犯者も思っていなかった……」

「うむ。それじゃ立治殺しと広治殺しまでは、共犯者も承知していたということか」

「犯人は鍛炭家の鏖殺《おうさつ》を意図し、共犯者は当主と長男の殺害が目的だった。あるいは、そこに揖取力枚氏まで入るのかもしれませんが――」

「なるほど。しかし君は、どうも納得のいかない顔をしているようだな」

「はぁ……。そんなに都合の良い共犯関係など、どうすれば築けるのだろうと思いまして……」

再び考え込む仕草を見せる言耶に対し、警部は追い打ちを掛けるように、

「三人の中で最も共犯者っぽく見えるのは、やはり春菊だろう。だがな、彼女は広治の身元確認をする際に、彼が確実に触っていそうな品物を選ぶ手伝いをしている。志摩子はほとんど役に立たなかったので春菊が協力した。そうだな谷藤？」

「はい。さすがに志摩子は、夫と息子と立て続けでしたから、何を訊いても反応が鈍くて……。その点、春菊は如才なかったです」

「つまり我々の捜査に協力したわけだ」

そう言って警部が言耶を見詰めると、谷藤が何かを思い出したように、

「あっ、それから先生が、もし広治の書棚をご覧になったら、きっと驚かれたと思い

ますよ」

「どんな書籍が並んでたんです？」

「それが、民俗学関係の本なんです。それも各地方の山地を題材にしたような――」

「金山の資料もありましたか！」

「ええ、それも隠すようにして。志摩子に訊いても埒《らち》が明かず、春菊に尋ねると、炭焼人の元締めをしている家の息子なんだから、山の本を読んでもおかしくないだろうと。じゃあ金山の本は何のためだと問い詰めたんですが、自分のものじゃないから分かるわけがない、そう言って開き直られましてね」

「立治と広治も乎山の金を狙っていた。そう見ていいんじゃないか」

警部の言に頷きながらも、言耶は慎重な口調で、

「立一氏の一家にも、その気配があったわけですからね。やはり忌み山の金が、全ての元凶なのかもしれません」

「それから――」

続けて鬼無瀬警部は、広治と力枚の解剖所見を述べ、死亡推定時刻、殺害方法、現場の遺留品などから犯人を絞り出すのは無理であると説明した後、

「まだ詳細は分からんが、鑑識の所見では、恐らく芝居小屋は放火だろうということだ。何でも簡単な発火装置らしきものの残骸が、現場に認められたらしい」

「時限装置でしょうか」

「その可能性が高いそうだ。ただし極めて稚拙な代物で、女子供にでも作れるというから、犯人捜しの手掛かりには残念ながらならんよ」

「そうですか――」

「手掛かりと言えば鍛炭家の女中だが、未だに見付かっておらん。初戸《はど》で似た女の目撃情報があることから、どうやら疾っくに神戸《ごうど》の地を離れているようだ。それから君に頼まれた、例の妄想癖のある男だが、初戸には姿を現してないな。女中の件もあったので、序《つい》でに駅の方にも手配しておいたのだが、そういう報告は全く入ってきておらん」

「お手数をお掛けしました。こちらに向かったわけでないと分かっただけで、一安心です」

「で、今後のことなんだが――。揖取力枚殺しという謎は残るものの、犯人の狙いが鍛炭家の一族にあったと見て、まず間違いないだろう」

「僕もそう思います」

「ただし、立治殺しから続けている集落中への聞き込みの結果を鑑みる限り、鍛炭家を皆殺しにするほどの、そこまで強い動機を持った容疑者は皆無と言える」

「はい」

「となるとだ。立一たち一家が消えた件――これを無関係と考えるわけにはいかなくなってくる」

もっと早くから警察がその点に注目していれば、と言耶は強く思ったが、何も言わなかった。

「彼らが、生きているのか死んでいるのか、自らの意思で出て行ったのか、拉致されたのか、皆殺しになったのか、生存者がいるのか、殺されたなら屍体は何処に隠されているのか、生きているのなら何処に身を潜めているのか――一切が分からん。そこで明日、山狩りを行なう」

「乎山の……ですか」

言耶の問い掛けに、警部は当たり前だという風に頷き、

「消防団の協力を得るのに、随分と苦労した。入らずの山だから、絶対に侵してはならんというわけだな。過去にも何度かやっているのに、いざ自分たちがとなると怖《おじ》ける仕末だ。しかし忌み山に入って祟りがあるのなら、今回の事件の犯人など、疾《と》っくに罰が当たってるはずじゃないか」

「犯人が人間の場合は、そうですが……。もし山魔だったら……」

ぽつりと呟いた言耶に対し、ぎろっと鋭い眼差しを警部は向けながら、

「で、君はどうする？　単独行動を取らないと約束するのなら、山狩りに特別参加を

認めるのは吝《やぶさ》かではないぞ」

「はぁ……。僕は一度、東京に戻ろうかと思います」

「おいおい、逃げ出すわけじゃないだろうな？」

「いえ。ちょっと図書館で調べものをしたり、専門家に聞きたい話もありますので。それに郷木《ごうき》靖美《のぶよし》氏のことが、やはり気に掛かります」

「ああ、そもそも君がここへ来たのは、妄想男の問題だったな」

「彼は雲隠れしてしまいましたが、従兄の高志《たかし》氏から何か聞き出せないか、やってみるつもりです」

「望みは薄いだろうが、何か参考になるかもしれん。分かった。君は、そっちの線を追ってくれ。だがな――」

鬼無瀬警部は少し口籠ると、

「いいか、必ず戻って来いよ」

「は、はい……。約束します」

翌朝、揖取家の人々に見送られ、言耶は奥戸《くまど》を後にした。力枚の通夜と葬儀には出たかった。だが今は故人に不義理をしてでも、何より自分がしなければならないことがある。それには力枚も、きっと賛同してくれるに違いない。その思いが、心の迷いを吹っ切らせてくれた。

東京へと向かう車中で刀城言耶は、取材ノートに書き留めた六地蔵様の童唄を巡る連続殺人事件の捜査記録に改めて目を通し、ひたすら沈思黙考を続けた。その結果、彼がまとめた疑問点が以下である。

〈乎山について〉
一、そもそも乎山に金脈は存在するのかしないのか。

〈郷木靖美が乎山で遭遇した一連の怪異について〉
一、無気味な赤ん坊の泣き声、空中を行き交う絶叫、ひたすら見詰められる視線、山女郎かと思える老婆、飛び掛かって来る怪火、禍々しい山魔の呼び声、一つ家に現れた山女郎、家の側まで来た山魔、六墓の穴の恐ろしい悲鳴、身の毛もよだつ正体不明の泥の手、異様な山魔の姿と狂気に満ちた嗤い声……等々に、果たして合理的な解釈を下すことができるのか。

〈鍛炭立一とその家族たちについて〉
一、なぜ乎山の家に住んでいたのか。
二、なぜ忽然と消えたのか。その理由は？

三、密室状態の家と山から、どうやって消えることができたのか。その方法は？
四、問題の朝、朝食の形跡が完全に消えてしまったのは、どうしてか。
五、生きているのか死んでいるのか。いずれにしても今、何処にいるのか。

〈奥戸連続殺人事件について〉
一、なぜ犯人は六地蔵様の童唄による見立て殺人を行なったのか。
二、なぜ六地蔵様の祠から一気に前掛けを盗まなかったのか。
三、鍛炭立治殺しについて
　一、なぜ殺害されたのか。
　二、なぜ現場が乎山の家だったのか。
　三、なぜ現場を密室にしたのか。
　四、なぜ顔を焼いたのか。
四、鍛炭広治殺しについて
　一、なぜ殺害されたのか。
　二、なぜ現場が黒地蔵様の祠だったのか。
　三、なぜ衣服が持ち去られたのか。
五、揖取力枚殺しについて

一、鍛炭家の人々が次々と殺されていく中で、なぜ彼は殺害されたのか。
二、なぜ殺害現場が乎山の家だったのか。
三、どうやって呼び出されたのか。
四、なぜ撲殺ではなく絞殺されたのか。
五、なぜ遺体は切断されたのか。
六、なぜ遺体の部位が一つずつ六墓の穴に遺棄されたのか。

六、鍛炭家の三重殺人について
一、柴崎刑事の葛湯に睡眠薬を盛ったのは誰か？
二、柴崎刑事を眠らせたとはいえ、犯人はどうやって鍛炭家に侵入したのか。
三、なぜ団伍郎、志摩子、春菊は殺害されたのか。それも一晩で行なわれた理由は？
四、前の三人の中に共犯者はいるのか。
五、犯人が春菊と顔見知りであることに、何か意味はあるのか。
六、なぜ立春とお吉は助かったのか。
七、なぜ犯人は己の姿を立春に見せたのか。
八、犯人が立春に対して歌った童唄に何か意味はあるのか。

〈その他〉
一、お吉が言耶に伝えようとした「六墓の穴」の言葉の意味は？
二、立春が知る山魔の正体とは？
三、志摩子が怯えていた理由は？
四、春菊が平然としていた理由は？
五、郷木靖美が気付いた山魔に関する何かとは？

言耶の頭の中は、とても混沌としていた。それは黒々とした雲があちこちで渦を巻き、互いに干渉し合っては再び離れ、その接していたところに別の深く濃い黒雲が生まれる……そんな光景だった。ただし、微かに明かりの射し込む箇所も見えれば、はっきり光り輝く場所も存在はしていた。完全なる闇の世界ではなかった。だが、別の地点が明るくなった途端、それまで光っていたところが突如として闇に呑まれ……という繰り返しが多く、黒雲の全てを払拭《ふっしょく》することなど不可能ではないかと思えるほど、まだ闇は濃かった。

たった一つで良かった。これら一連の不可解な現象の核となる何かを照らす、たった一つの光明さえ射し込めば、ほとんどの謎は解ける――。

その日の夜、東京に着いた刀城言耶は、真っ直ぐ神田に郷木高志を訪ねた。言耶の訪問に彼はまず驚き、次いで怯え、それから迷惑がっている様子を見せたが、巧みに散歩へと連れ出す。

「もう夕食は済まされてますよね？」

「いえ……最近ちょっと食欲がなくって……」

「無理もありません。その後、靖美さんから連絡は？」

力なく首を振る高志を、散歩がてら神保町の楽洋軒へと誘う。

「ライスカレーなら、少しは食欲も刺激されるでしょう」

その読みは当たったようで、最初は半病人のように元気がなかった高志も、店に漂う匂いと目の前に出されたカレーの香りに参ったのか、綺麗に残さず食べると、

「ありがとうございます。やっぱり人間、ちゃんと食事は摂らないといけませんね。お蔭様で、少し気分も良くなりました」

「それをまた悪くさせるような話を、これからしなければならないのですが――」

「はい……どうぞ……」

そう返事しつつも俯いたのは、避けられない話と分かってはいても、やはり厭で仕方ないと感じているからだろう。

「僕が知りたいのは、靖美さんの言動の変化なんです。こんなことを言うと、随分とおかしく聞こえるとは思いますが、薄気味の悪いほど彼の反応が、奥戸で起こった連

続殺人事件と呼応しているような気がして――あっ、事件のことは？」

「大体は怪想舎の祖父江さんから……。後は慌てて新聞を見直しました」

言耶が事件の詳細を説明するに従い、高志の顔色は見る見る青ざめていった。

「た、確かに……従弟の言動と……気味の悪いほど……」

「奥戸の乎山から戻って来て――その後の様子を、どう変化していったのかを、順を追って教えて貰えませんか」

「とにかく帰って来た当初は、元気がありませんでした。恐らく乎山で恐ろしい目に遭ったこと、それを誰にも信じて貰えなかったこと以上に、きっと三山《みやま》の成人参りを失敗したことに、途轍も無い衝撃を受けたからだと思います」

「お父さんやお兄さんたちに対する、複雑な感情があるからですか」

「ええ……。ただ、それだけならば従弟がこれまでに抱いていた問題ですから、私も対処のしようがあったわけです。でも、次第に御山で体験した怪異そのものに、のめり込むようになって……」

「憑かれてしまった？」

「ああ、そんな感じです。そのうち学校の授業にも支障が出はじめたようなので、これは何とかしなければと思い、刀城先生にご相談するよう勧めたんです。すると彼が、その前に自分の体験を全て書き出すと言い出して――。それを聞いた私は、文章にすることにより客観性が生まれ、怪異体験との間に距離を置けるのではないか、と考えました。是非そうしろと賛成したわけですが……どうも裏目に出てしまったみたいで……」

「その間、彼は籠っていたのですか」

「いえ、学校には行ってました。まともな授業をしていたかは、少し心許《こころもと》ないですけど――。それに奥戸の人と、しばしば手紙のやり取りをしてましたね」

「だ、誰とです？」

「えーっと、揖取家の力枚さん、奥戸に嫁入りした日下部園子さん……あっ、それから揖取の将夫さんもいました」

「手紙の内容は？」

「そこまでは……。しかし、乎山の件についてだと思います」

「原稿を書きながら、彼なりに解決を図ろうとしたのかもしれませんね」

「私も、そう感じました。ところが、いざ原稿が仕上がると――いえ、もうその前からおかしくなりはじめて……」

「具体的には、どんな様子です？」

「常に怯えていました。再び同じ怪異に遭うのではないか……と思っているのが、こちらにも分かるくらいでした」

「そのうち初戸のお祖母さんと、手紙のやり取りをはじめられた？」

「とにかく乎山に関する話を集めようと、本当に取り憑かれたように……。その頃には、もう学校も休職してました。ただ、精神的には少し落ち着いて良かったのではないかと――」

「どうして、そう思われたんです？」

「きっと乎山の伝承蒐集に熱中したことで、一時的とはいえ肝心の御山の恐怖が遠離《とおざか》ったからじゃないでしょうか」

「なるほど」

「でも……むっつりと黙り込み、常に何かを凝っと考えている、そんな様子が多くなりました。ちょうどそんなとき、刀城先生がお見えになって――」

「蒲団を頭から被ったままでしたね」

「すみません……。でも、色々とお話し下さったお蔭で、あの後、まるで憑き物が落ちたような状態になったのに――」

「それから何があったのです？　僕がお邪魔してから彼が怪想舎の祖父江君を訪ね、奇妙なことを口走るまでの間に？」

　そこで高志は、物凄く後悔している表情を浮かべた。

「私は……従弟がすっかり良くなったと思い……余り注意を払わないように……。言い訳するつもりはありませんが、実際に元気になりましたから……安心してたんです。ところが、それは……もっとおかしくなる前兆だった、より乎山に取り憑かれてしまう前触れだった……と後になって分かりました」

「祖父江君のところに、顔を出すようになってからのことは？」

「知りません……でした。何も……」

ライスカレーを食べているときには出ていなかった汗を大量に掻きながら、それを拭こうともせず高志は項垂《うなだ》れるばかりである。

「それで彼女から電話があって、彼の言動を全て聞かれて――」

「はい。その夜、問い質したところ……もう私に迷惑は掛けないから大丈夫だ、そう繰り返すばかりでしたので、取り敢えず祖父江さんに会いに行くようにと……」

「祖父江君との間で、どんなやり取りがあったかは、ご存じですよね？」

「はい……。あのー、ま、まさか従弟は事件の……そのー、つまり……きょ、共犯者と疑われているんじゃ――」

「いえ、それはご心配なく。彼には歴《れっき》とした現場不在証明《アリバイ》があるだけでなく、肝心の動機が見当たりませんから。ただ、立一氏の一家消失及びその後の連続殺人事件について、何か重要なことに気付いてしまった可能性があります」

急に顔を上げた高志は、しばらく驚愕の表情で言耶を見詰めていたが、やがてこっ

くり頷くと、

「私も、そう思います。彼は……連続殺人事件の犯人を知っています」

ただし、残念ながら高志には、従弟の考えていることは何一つ見当が付かないという話だった。

それから郷木靖美が身を隠しそうな心当たりを聞き、礼を述べて高志と別れた言耶は、怪想舎で残業をしていた祖父江偲を呼び出した。

「ライスカレーの後で、餡蜜《あんみつ》を頼んでもええですか」

言耶から改めて事件の説明を受け、高志との会話も教えて貰った彼女は、ぺろっとライスカレーを平らげてから、まずそう口にした。

「太るぞ。第一ここは洋食屋だろう」

「太りません！　こんなに働いてるんやから、絶対に太りません。それに楽洋軒の餡蜜が有名なんを、先生は知らはらへんのですか」

「分かった分かった。好きなものを頼んでいいから――」

「それにしても、どうして靖美さんは、奥戸の事件の犯人を知ることができたんでしょう？」

運ばれて来た餡蜜を嬉しそうに食べながらも、頻りに首を傾げている偲を、いきなり言耶は生き生きとした眼差しで見詰めると、

「そ、そこだよ、この事件の謎を解く鍵は――」

「どういうことです、先生？」

「いいかい。靖美氏は僕のように、現場には行っていない。君から立治氏殺しと広治氏殺しの詳細を聞いただけだ。なのに犯人が分かった。これは完全に安楽椅子探偵じゃないか。彼のみ知り得て、僕が入手できなかった手掛かりが、今回の事件にあるとは思えない。どう考えても逆の場合の方が多いだろう。つまり靖美氏が知っている事実だけで、犯人に迫れるということじゃないか」

「そうですよね……」

餡蜜を食べる手が止まったことにも気付かない祖父江偲に、旅行鞄から取材ノートを取り出した刀城言耶は、

「最後の疑問点にして、たった一つの光明を導くと思われる謎――」

そう言いながら、左記の項目を〈その他〉の「五」の後ろに付け加えた。

六、なぜ郷木靖美は奥戸連続殺人事件の犯人が分かったのか。

第十四章　山魔、現る

初戸《はど》に着いたのが遅かったため、刀城言耶は徒歩で臼山の麓の道を辿り奥戸《くまど》へと入った。そのため揖取《かじとり》家に戻ったのは、ほとんど深夜近くである。

当家で一泊した翌日の早朝、彼は寄り合い所に設けられた捜査本部にいた。奥の机に顔を揃えたのは、刀城言耶、鬼無瀬警部、柴崎刑事、谷藤刑事という四人だけである。だが、その場にいた私服刑事から制服の巡査まで、とにかく全員が全ての神経を耳に集中させ、流浪の怪奇小説家にして隠れた素人探偵の一言半句も聞き漏らすまいとしていた。

「それじゃ、はじめてくれ」

ぶっきらぼうな警部の物言いだったが、そこに期待と不安が入り交じっているのが分かる。

「まず、僕がまとめた一連の事件に関わる謎の数々を、最初に確認しておきたいと思います。抜けている問題事項があれば、ご指摘下さい」

持参したノートを広げ、言耶が三十六に上る疑問点を読み上げると、

「郷木《ごうき》靖美《のぶよし》の体験を一つずつ数えると、四十六以上もの謎があるわけですか……」

谷藤がお手上げだという声を出した。だが、すぐ警部が苦々しげに、

「そんなものまで数えなくていい！」

「それぞれを一項目として上げる必要はないでしょうが、僕としては、やはり一応の解釈は試みたいと思います」

「君が本件に関わった理由は、そもそもそこにあったわけだからな……。まぁ、いいだろ。しかし手短に頼むぞ」

「でも先生、そんな怪談めいた体験に、合理的な解釈なんてできるんですか」

渋々ながら警部が認めたのに対して、谷藤は謎解き自体を心配している。

「もちろん、完全な正解など望めないでしょう。そういう意味では、こじつけめく危険はあります。ただ、精一杯の努力はしておきたい。そのため僕は図書館に籠り、また専門家の意見も聞きました。その結果、恐らくこうではなかったか——という解釈を何とか導くことができたと感じています」

「よし。それを聞かせてくれ」

奥戸を発つときに言耶は、郷木靖美が著した原稿を警部に預けておいたので、ここにいる者は誰もが青年の奇っ怪な体験談を知っていた。

「あのー、最初にお断わりしておきたいのですが──。僕は、自分が辿った思考過程通りに喋るという癖がありまして……。よって回り諄《くど》いところが──」

すぐに警部が片手を振り、さっさとはじめろと急かす。

「そ、それでは──えへん」

緊張を解《ほぐ》すために、ややわざとらしく咳払いを言耶はしてから、

「この手の怪異の解釈をする場合、最も重要なのは、体験者を取り巻く環境に充分な注意を払わなければならない、ということです。郷木靖美氏について述べると、初戸で生まれ育ったのに全く山に慣れていないこと。父親や兄たちとの確執と祖母や母親に対する特別な想いから、かなりの緊張感と不安感を持って成人参りに望んでいることと。にも拘らず山中で迷子になり、有ろう事か乎山《かなやま》を侵してしまったこと。つまり当時の彼は、平常心とは程遠い心理状態にあったわけです」

「そんなとき、無気味な赤ん坊の泣き声が聞こえてきました」

谷藤が手帳に目を落としている。言耶が謎の項目を読み上げたとき、その全てを律儀にもメモしたらしい。

「考えられるのは、野狐《やこ》の鳴き声か青鳩の囀《さえず》りです。前者は正に、赤ん坊を踏み潰したような声で鳴くといいます。また後者は本当に誰かが呼んでいると勘違いをして、声のした辺りを捜す人もいるそうです」

「幽霊の正体見たり枯れ尾花……だな」

「ええ。でも、ここは彼の心理状態をよく考えて下さい。それに泣き声から逃げた先にあったのが、選りに選って賽の河原だったのですから、余計に赤ん坊の泣き声と思い込んでしまった。無理もないと思います」

「でも、どうして賽の河原が山中に？」

莫迦にしたような警部とは対照的に、谷藤が首を傾げている。

「そこが、三山《みやま》と平山の境界だったからでしょう」

「賽の河原が……ですか」

「元々は、生者が留まるこの世と死者が行くあの世とを塞《さえぎ》るために設けられた霊魂が行き来しないための境界――それが賽の河原なんですよ。ですから〈賽《さい》の河原〉ではなく〈塞《さえ》の河原〉だという説もあります」

言耶が漢字の説明をすると、それを谷藤は手帳に記しながら、

「彼は、それを知らずに越えてしまった……のか。そして、その結果、身の毛もよだつ正体不明の空中を飛ぶ絶叫に遭遇しますが？」

「鳥だと考え調べました。でも、叫び声は地面から聞こえている。該当するような鳥がいません。思わず頭を抱えましたが、何も同じ声が空中を行き交っている証拠はない――と気付いてからは、とても簡単でした」

「えっ？　同じ声とは違う？」

「発情期の野狐が互いに呼び交わしながら、または相手を威嚇《いかく》している二匹の獣が、そのとき彼の左右を同じ方向に移動したとしたら、どうでしょう？　右手から鳴き声が聞こえたと思ったら、今度は左手から聞こえる。次いで再び右手から、また左手から……と繰り返し続くと、空中を声が飛び交っている、そんな錯覚を起こしてもおかしくありません」

「なるほど。すると彼を見詰めていた悍《おぞ》ましい視線とは？」

「どれほど山に慣れ親しんだ人でも、暗闇の中にいると、ふと寒気を覚えることがあると言います。そんなとき懐中電灯で辺りを照らすと、必ず闇の中でこちらを見ている二つの光る目がある。大抵は狐や貂《てん》などの野生動物で、人間が通り過ぎるのを待っているんですね。この視線の正体が分からない人は、ひたすら怯えることになる。けど本当は彼らの方が人間を恐れ、とても警戒しているわけです。ただ今回は、単に野生動物の視線だけではなかった」

「山女郎ですか……」

「ええ。彼女が早くから、凝っと彼のことを観察していた可能性はあります」

　さすがに警部も興味を覚えたのか、

「妄想青年の話を信用すれば、その山女郎というのは確かに存在していたわけだろ？

一体それは何者なんだ？　まさか連続殺人の犯人というわけじゃ……」

「いえ、それはありません。ただ、彼女の正体なんですが……」

急に言耶が口籠った。

「何だ？　分からなかったのか。まぁ事件と関係がないなら、別に構わんが――」

「恐らく多分……という解釈はあります」

「なら、それを教えてくれ」

鬼無瀬警部に真っ直ぐ見詰められ、言耶は何かが吹っ切れた様子で、

「老婆は、道なき道を歩いていたと言いますが、きっとそこには道があったんだと思います」

「獣道《けものみち》のことか」

「いえ……」

言耶は力なく首を振ってから、

「鬱蒼と樹木の生い茂った山中、奥深い谷間、急峻《きゆうしゆん》な懸崖《けんがい》、橋の架かっていない河原などを結ぶ、普通の人には絶対に分からない一本の細い細い道です。恐らく地元の人でも、その存在を知らない秘密の道です」

「何のことだ？」

「山民たちが使う専用の道です」

「立一たち一家のようにか」

「はい。恐らく渦原には、山の民たちの集落があったのではないでしょうか」

「しかし、彼らは漂泊民だろ」

「もちろん村といっても一時的なものです。いずれは他所へ移って行くけれど、それまでの仮の住まいですね」

「だとしても、わざわざそんな道を通らんでも――」

怪訝そうな警部に、再び言耶は弱々しく首を振りながら、

「世の中には様々な理由で、言われなき差別を受ける人々がいます。町や村には定住せずに全国を渡り歩いている人たちも、残念ながら同じなのです」

「つまり普通の道を――、平野部の道を通らないのは、町や村の者に見付かると差別されるからか」

「そういった世間に虐げられた人たちが、人知れず移動するための道がある、という事実を忘れてはいけません。彼らも通りたくて使っているわけではない。我々がそうさせているのです」

「おいおい、我々って――」

文句を言い掛けた警部を無視して、言耶は更に続けた。

「それが忌み山である、入らずの山である乎山を通っているのは、必然とも言えるで

しょうね。彼が去って行く老婆の後ろ姿を見て、途轍も無い物悲しさが漂っていると感じたのも、当然だったわけです」

いつしか寄り合い所には、重苦しい空気が立ち込めていた。それを振り払うように、谷藤がやや大きな声で、

「問題の青年は、とても貴重な体験をしたことになるわけですか。でも見方を変えれば、はじめて足を踏み入れた山で、こう次から次へと色々な目に遭うというのも、その一凄いと言いますか……」

「彼を取り巻く特殊な状況を鑑みても、なかなか希有な経験であるのは確かです」

「そんな彼に、樹木の上にいた黒くて丸くて、また真っ赤に光る火の玉のようなものが、いきなり飛び掛かって来るわけですが、これは？」

「晩鳥《ばんどり》だと思います」

「はっ？　ばんどり？」

「鼯鼠《むささび》のことです。真っ暗な夜に現れて鳥のように鳴くため、晩鳥と俗に呼ばれています。その異様な鳴き声に驚き、咄嗟に懐中電灯を向けると、木の枝に丸くて黒い影が見える。しかも真っ赤に光っている。それが時には、火の玉のように空中を飛翔するわけですから、何の知識もない人が目撃したら腰を抜かす羽目になります」

「要は老婆を除くと、ほとんどが獣たちの仕業ということになりそうですけど——先

生、山魔の呼び声は？　幾ら何でも獣で、『おーい……』などと鳴く奴はいないんじゃないですか」

「はい。いないですし、先程の老婆でもないでしょう」

「それじゃ、これは？」

「本物です」

「ええっ？　ほ、ほんとに山魔が現れた？」

「いえ。本物の呼び声だったんです。彼の祖母に頼まれ弟を捜しに来た、三人の兄たちの——」

「あっ……」

「もちろん彼らは乎山には入っていない。飽くまでも三山で捜していた。でも、夜ですからね。隣の山まで響き渡ったとしても不思議じゃありません。『やっほー』と言わずに『おーい』と呼んだのは、全く事態を重くみていなかった兄たちの弟に対するからかいでしょう」

「うーん——」

感心するような唸り声を上げつつ、谷藤は引き続き手帳に目を落とすと、

「しかし先生、次の一つ家に現れた山女郎と、家の側まで来た山魔には、どんな説明も付けられないんじゃないですか。この二つには、明らかに邪《よこしま》な意思が感じられま

は幾らでもありますからね」

「そう言えば、彼は穴の中で何か見付けてたな」

「これです」

言耶はポケットから数珠の玉を取り出すと、警部に差し出した。

「ご覧の通り、数珠の玉の一つです。これの意味が分かった瞬間、僕は山魔の正体はユリちゃんではないかと考えるようになりました」

「数珠の玉の意味？　これが子供と結び付くというのか」

「ええ。それは彼女が遊んでいたお手玉の中身の一つです。お手玉の中に入れるのは大豆が多いですが、使わなくなった数珠の玉も、またそうです。彼女が持っていたのは、薄汚れた襤褸《ぼろ》々《ぼろ》のお手玉でした。本人が気付かないうちに、穴の中で零《こぼ》れたんですね」

「うーん……それじゃ山から逃げる妄想青年に対し、追い打ちを掛けるように嘲笑《あざわら》ったのも、その子供か」

「はい。最後の仕上げです」

「恐ろしい餓鬼だなぁ……」

「事件全体の中で見るとそう思えますが、そのときの本人の立場になれば、きっと面白い悪ふざけ程度だったんです」

「そりゃそうかもしれんが……」

複雑な表情を浮かべる警部を気にしつつも、谷藤は好奇心も露に、

「立一たち一家が急に家を出て行った、肝心要《かんじんかなめ》の理由は何なんです？」

「前の夜、ユリちゃんは彼の懐中電灯に触ろうとしました」

「はっ？　ええ、そうでしたけど……」

「彼は頭陀袋《ずだぶくろ》も懐中電灯も囲炉裏の側に置き忘れたまま、二階で眠りました。にも拘らず翌朝、西の物置き小屋の中を調べたとき、彼は懐中電灯を頭陀袋の中から取り出していますす。いつ、誰が、どうして、懐中電灯を頭陀袋に仕舞ったのか」

「えーっと、彼が二階へ上がった後、ユリが懐中電灯で遊んで、それからつい頭陀袋の中に入れたんですかね？」

「一つだけ違います。ユリちゃんが懐中電灯を玩具にしたのは、翌朝です。前日の夜は役目が終わった途端、早く寝るよう怒られたのかもしれません」

「はぁ……子供が遊んだのが、前の日の夜か次の日の朝かで、何か大きく変わるんでしょうか」

「一家消失の状況が、根本的に違ってきます。一番の違いは、彼らが朝食を摂らずに消えていたであろうこと」

「夜のうちに家を出ていたからか」

警部が口を挟みつつ、

「けど、どちらにしろ彼らは、なぜ急に家を出なければならなかったんだ？」

「ユリちゃんが頭陀袋の中から、日下部園子さんの手紙を取り出し、その内容を立一氏か平人氏が目にしたからです」

「手紙だと？」

「彼女が彼に嫁入りする事実と、その日時を知らせたものです。彼はそれを三山の奥宮に参った後で、細かく裂いて御山に散らそうと思ってました」

「ああ、そんな手紙のことが原稿には出てきてたな。しかしな、その日の朝に嫁入りした娘と立一たちに、一体どんな関係があったというんだ？」

「もちろん、お祝いの舞いを踊るためです。太平一座の役者として」

「な、何ぃぃ！」

警部だけではなかった。柴崎と谷藤の両刑事も机に身を乗り出している。

「立一氏の一家が乎山の一つ家に住むようになったのは、昨年の盆前でした。郷木虎之助氏が建てた芝居小屋に太平一座が現れたのは、昨年の梅雨明け頃です。郷木靖美氏は最初、立一氏とタツさん、平人氏とセリさんが夫婦だと思いました。太平一座は年輩の夫婦と若い夫婦、それに若い方の夫婦の子供という五人で成り立っています。神戸《ごうど》に現れた時期が近いこと、家族構成が見た目だけとはいえ同じこと、どちらも妙に符合するのは単なる偶然でしょうか」

「しかし何だって、そんなことを――」

「恐らく太平一座の方が、立一氏たちの本当の顔ではないでしょうか。それが彼らの生活を支えていた。乎山の金脈を探ろうと考えたとき、まず旅役者として神戸の地に戻る。しかも奥戸は避けて初戸にです。双方の集落で行き来は昔ほどしなくなってましたから、彼らにも都合が良い。そうやって隣村から奥戸の様子をしばらく窺ったうえで元の鍛炭立一に戻り、乎山に迷い込んだ振りをして姿を現した」

「太平一座の存在を残したのは、どうしてだ？」

「いざというとき、隠れ蓑にするためでしょう。仮に自分たちの目的がバレて乎山から追い出されても、太平一座として留まることができれば、金を掘り出す機会を窺えますからね」

「用意周到ってわけか」

「なぜ山道に慣れているはずの彼らが、外部から通じる道などない乎山に迷い込んだのか、その謎の説明も付きます」

「確かにな」

「揖取力枚氏が山の家を訪ねたとき、立一氏たちが留守がちだったのも、金脈を探していたからだけでなく、太平一座としても振る舞う必要があったからです」

「うーん……つまりこういうことか。集落の誰かが日下部園子の婚礼祝いとして、太平一座に舞いを頼んだ。断わるのは不自然なので、仕方なく立一は受けた」

「はい。ただ神戸特有の、花嫁が実家を出るときは夕日に向かって拝み、婚家に入るときには朝日を拝むという風習と、臼山を越えるのに一晩は掛かるという地理的な問題のため、花嫁が実家を出てから嫁ぎ先の家に入るまで、どうしても一日半は掛かっていた。それが臼山の麓の道が通じたため、ほぼ半日で済むことになった。予定変更は回覧板として回ったが、もちろん乎山にいる立一氏たちには知りようがなかった。そんなとき園子さんの手紙を目にし、婚礼が今朝だと知ったわけですから、彼らは慌てたと思います」

「食べ掛けの朝飯を放って、急いで山を降りたわけか」

「しかも、その危機を利用して靖美氏を脅した。この機転は見事でした」

「妄想青年が捜していたのは、飽くまでも立一たちだった……。だから、そんなからくりなど分からなくて当たり前だった……」

「嫁入りを祝って舞っている旅芸人の一座は、彼にも集落の人々にも見えているのに実は見えていない、完全な盲点と言えます」

「けど先生、鍛炭家側に降りる西の山道には、例の崖の難所がありますよ」

「あれは、丸木梯子を使ったんです。ほら、僕が六墓の穴に下りたとき、あなたに支えて貰った丸太です。使用後は足を掛ける段々がある側を下にして、近くの倒木の横にでも転がしておけば、上手く隠せることもできます」

「そうか、あれを――。でも、朝食を作った痕跡さえ消えていたという謎は、どうなります？　慌てて山を降りたのなら、そのままですよね？　ユリが独りで後片付けをしたとしても、そこまで綺麗にするのは無理でしょう？」

「後から誰かが未使用の鍋や食器を持って戻り、全て取り替えたんだと思います。自分たちで用意したものですから、同じ鍋や食器を芝居小屋で使っていてもおかしくない。いずれ靖美氏が他の人を連れ、一つ家に戻って来たときの用心でしょう。そこで何の痕跡もなければ、まず靖美氏の精神状態が疑われる。そして本人は、益々恐れ慄《おのの》くことになる」

「なるほど」

頷きながらも谷藤は新たな疑問が頭を擡《もた》げたようで、

「立一たちが乎山から消えた理由も、方法も分かりました。しかし、どうして彼らは消えたままだったのか。なぜ一つ家に戻らなかったのか」

「そのつもりだったと思います。ところが、靖美氏が乎山を降りた後で、彼の父親の虎男氏が揖取家に怒鳴り込んだ。成人参りを無茶苦茶にしたのは、忌み山を放置している揖取家の責任だと言って。次いで彼は鍛炭家に向かい、入らずの山の家に立一氏たち一家が住んでいたことを問題にし、そんな罰当たりな人間が隣山にいたからこそ、聖なる成人参りが失敗したのだと激怒した」

「そんな状況の中にのこのこと戻ったら、偉い騒ぎになると思った……」

「ええ。戻りたくても無理だったわけです」

「ちょっと待て──」

谷藤が納得する横で、警部が怪訝そうに、

「去年、あの何とか堂にいた何とかという坊主が妄想青年に、立一の娘のユリは死んだ……と言ったんじゃなかったか」

「警部、それは御籠り堂にいた恵慶《えぎょう》という──」

「煩い！　そんなことは分かっておる」

刑事の方を見ずに一喝すると、鬼無瀬警部は凝っと言耶を見詰めた。

「実は、それが太平一座という存在を残した、最も大きな理由ではないかと……」

「どういう意味だ？」

「タツさんとセリさんは、襤褸を着ていた。太平一座の女役者とバレないように、わざと汚い服を纏っていた。にも拘らず、やはり女らしく何処か身綺麗にしている雰囲気はあった。そう靖美氏は記しています。なのにユリちゃんは、ぼさぼさの頭のままでした」

だろう」

「普通は逆だな。自分のことは構わず、子供に少しでも快適な格好をさせようとする

「恵慶氏が、立一氏の一家と出会ったのは、今の時点から遡《さかのぼ》ると二年と半年くらい前の、山梨の乙冲《おつおき》という集落になります。この地から見ると隣県ですね。その後、彼はユリちゃんが亡くなったという噂を耳にする。一方、今から二年と半年くらい前に、揖取陽子ちゃんが行方不明になっている。彼女は当時六歳でした。つまり今は八歳に――」

「おいおい、ユリは陽子だと言うのか」

「これは飽くまでも仮説です。ただ、常に奥の板間の暗がりにタツさんとセリさんがいて、ユリちゃんも決して二人の側を離れなかったという状況の、説明ができます。なるべく力枚氏に近付けたくなかった。二度と会わないかもしれない靖美氏に対しても、同じだったんでしょう」

「まぁ子供の件は、後で確かめればいい」

勾引《かどわかし》よりは連続殺人の解決が先だと言わんばかりに警部は、

「すると立治たちが行なったとも考えられた立一たち一家の毒殺など、最初からなかったことになるわけか」

「両家の間に平山の金脈を巡る争いが、水面下であったのは間違いないでしょう。で

も、立一氏の一家が太平一座という本来の顔に戻っただけとなると、誰も死んでいないわけです」

「ならば、生き残った人物による復讐劇——鍛炭家連続殺人事件が起こるはずないじゃないか」

「もしかすると——」

言耶と警部のやり取りに、谷藤が口を挟んだ。

「毒殺未遂事件があったのではありませんか。または体力のない子供だけが死んでしまったとか……」

「その復讐か。それで犯人は、鍛炭家の皆殺しを図ったわけか」

警部は部下の意見に耳を傾けながらも、ちらっと言耶の方を見た。

「可能性としては考えられます。ただ立一氏か平人氏か、いえ仮にタツさんかセリさんが犯人だったとしても、どうして誰にも目撃されないのでしょう？　どれほど秘かに行動しようと、これだけの連続殺人を起こしているのに、余りにも不自然ではありませんか」

「太平一座の役者として動いた……のなら、その目撃情報が入ってきたはずだな。第一その姿の方が目立つことになる」

「はい。そこで一旦、解釈を押し進めるのを止め、これまでの自分の推理を振り返ってみました。すると非常に大きな問題点が――」

「な、何だって？　き、君はまさか……今まで延々と述べてきた推理の全部が、ま、間違っていたとでも言うのか」

仰天する警部とは対照的に、飄々《ひょうひょう》とした顔付きで言耶は、

「いえ、全てを捨て去る必要はありません。立一氏の一家が平山を降りるまで、ここまでは正解だと思います。ただ、その日の朝、鍛炭家の庭には立春君がいた。前日の悪戯の罰として、嫁入りの見物を禁じられた彼が、こっそり外の様子を窺っていた。その彼が、御山から誰も降りて来なかったと証言しています」

「子供の言うことだからなぁ」

「御籠り堂にいた恵慶氏も、同じ証言をしています」

「しかし、立一たちは西の山道を降りたんだろ？」

「はい」

「けど、太平一座に戻ったわけではない？」

「そうです。この真相には、どう考えても無理があります」

「ならば、一体どうやって彼らは姿を消したんだ？」

「誰にも見付からずに済む方法が、いえ、解釈が一つだけあります」

「何だ、それは？」

「立一氏の家族と立治氏の家族が、全く同一人物だったという解釈です。即ち立一＝立治、平人＝広治、タツ＝志摩子、セリ＝春菊、ユリ＝立春——。最初から立一氏の家族イコール立治氏の家族だった——そう考えると、御山を降りて元に戻るだけで済みます」

「…………」

警部をはじめ両刑事が、思わず息を呑んだのが分かった。だが言耶は表情も変えず、相変わらず淡々と自らの推理を述べていく。

「恵慶氏が夜明け前に起床し、まず朝の御務めをしてから御籠り堂の周りの掃除をはじめたとき、既に近所の人々は表に出ていた。そこに鍛炭家から立治氏たちが出て来るのを、彼は目撃したわけです。よって夜が明ける前後に、立一氏の一家が西の山道から降りられたはずがない、と見做された。でも、白地蔵様の祠の前からはじまる西の山道は、鍛炭家の側か御堂からでないと集落の何処からも目に入りません。つまり恵慶氏が御籠り堂から出る前に、乎山から降りた立一氏の一家が鍛炭家に入り、そして元の姿に戻り、立治氏の家族として表へ出て来ることは充分に可能なのです」

「…………」

「もちろん恵慶氏の存在など、皆の頭にはなかった。ただ一刻も早く乎山を降りて、鍛炭家として嫁入りを祝い迎える行事に参加しなければならない。いつまで経っても誰も出て行かないと、近所の人が不審に思って家を訪ねるに違いない。そのとき団伍郎氏と女中のお吉さんしかいないと、後々どんな言い訳をしてもまずい状況に陥る。それまでも日中であれば、出掛けているとお吉さんに言わせておけた。だが、今朝は特別な日である。きっと昨夕にでも、回覧板が届いていたに違いない。お吉さんは団伍郎氏の世話に手一杯で、それを知らせることができなかった。というような焦りを、特に立治氏と広治氏は感じたことでしょう」

「…………」

「よって恵慶氏に目撃される前に、白地蔵様の祠を通過して鍛炭家に入れたのは、彼らにとっては僥倖《ぎょうこう》だったわけです」

「なるほど……」

ようやく鬼無瀬警部がぽつりと呟いた。

「将夫氏が義父の命を受けて鍛炭家に赴き、当日の朝、乎山の西の山道から立一氏の一家が降りて来なかったかと広治氏に訊きましたよね。そのとき広治氏は、なぜそんな質問をするのか、将夫氏に問い返していません。普通は疑問に思うのが、当たり前じゃありませんか。では、どうして彼は全く気にならなかったのか」

「既に答えを知っていたから……」

「問題の朝ですが、ユリ＝立春君は乎山で靖美氏を脅してますから、嫁入りの人々を出迎えることはできません。だから、悪戯の罰として見物を禁じられたという設定にした。ところが、鍛炭家を訪れた靖美氏を前にして、持ち前の悪戯心を刺激された立春君は、抜け抜けと嘘を吐《つ》いた。これは相手をからかうと共に、西の山道から誰も降りて来ていないと証言することで、自分たち家族の秘密がバレないようにと考えた結果でしょう。なかなか頭の良い子です。ただ、嫁入りが面白くなかったという感想は失言でした。旅役者の踊りなど、誰よりも子供が喜びそうな演し物じゃないですか」

「本当は見ていなかった……。だから知らなかった……」

そう警部は相槌を打ってから、急に気付いたように、

「えっ……ということは、立一たちが太平一座だったという解釈は？」

「有り得ません。事件とは何の関係もない方々になりますね」

「…………」

「当の日下部園子さんでさえ、誰が頼んだのか知らなかったことから、太平一座の踊りは祝儀を当て込んだ、完全な飛び入りだったわけです」

「そうなるな」

「靖美氏がユリちゃんを見て薄気味悪く感じたのは、男の子が女の子に扮していた違和感からです。ぼさぼさのおかっぱ頭は、焼失した芝居小屋の道具置場に仕舞われていた、『蜘蛛絲梓弦《くものいとあずさのゆみはり》』で演じられるおかっぱの童の鬘《かつら》でしょうね。こんな田舎には

珍しい色白の、坊主頭の可愛らしい少年だったからこそ、容易《たやす》く少女に化けることができた」

「立一と立治と立造の三兄弟は、まずまず似ていたんだったな。だから広治と平人は、はじめから似た従兄弟同士に仕立てたわけか。そうすれば楽だからな」

「団伍郎氏でさえ、ころっと騙されましたからね」

「広治が平人の格好をしたまま、鍛炭家に戻ったときのことか」

「彼が自分を広治だと言ったのは、本当だったわけです」

「爺さんは、この計画を――」

「知らなかったはずです。少し惚けがはじまっていたと言いますから、怖くて相談などできなかったでしょう。団伍郎氏が、立治氏たちまでが自分を見捨て、きっと眉山《みやま》に捨てるつもりだと怒ったのは、その頃に幾度となく家族の姿が見えなくなっていた、つまり彼だけが取り残されていた、その事実を物語っています」

「皆で山の家に行っていたためか」

「その反対が、力枚氏が一つ家を訪ねたときに、誰もいなかった状況です。金脈を探していただけでなく、鍛炭家で元の生活を営んでいたからでもあったわけです」

「団伍郎と力枚に付き合いがあれば、疾っくにバレていたかもしれんな」

「力枚氏は、立一氏と平人氏から山民としての生活を聞くのが興味深かったと仰ってました。でも、それは広治氏の部屋の本棚にあった、各地方の山地を題材にした民俗学関係の本によって、本人が事前に仕入れた知識に過ぎなかったのです」

そこで力枚のことを思い出したのか、言耶は何とも言えぬ表情を浮かべた。しかし警部は素知らぬ振りで、

「立一と立治、広治と平人、それにユリと立春も納得できる——が、タツ＝志摩子とセリ＝春菊は可能なのか」

「志摩子さんは四十七歳なのに、十歳以上は老けて見えた。一方の春菊さんは三十三歳なのに、逆に十歳は若く見えた。つまり六十前後のタツと、二十代後半から三十代前半くらいのセリに化けることは、大して難しくなかったと思われます」

「奥の板間の薄暗がりにいれば、大抵は騙せただろうしな」

「二人は裁縫をしていたと言いますが、それも妙ですよね。わざわざ暗がりで、そんな細かい作業をするなんて——。要は見せ掛けだったんでしょう」

「春菊の、平人や広治との噂はどうなる？」

「春菊さんと広治氏の実際の関係は、ちょっと分かりません。ただ、家族の中で彼女だけが西の山道に近付く姿を、白地蔵様の祠に御参りに来た集落の人に見られた場合、かなり不審に思われる可能性が高い。当主の立一氏と跡取りの広治氏なら、それほど不自然ではない。志摩子さんは信心深い。立春君は子供ですからね。でも、春菊

さんだけは人目を引いてしまう。それで妙な誤解が生まれたとき積極的に否定せず、むしろ利用したわけです。そちらの方面が奔放だったのは事実でしょうし、暗に認めることで平人という人物の実在性も増しますからね」

「揖取家と鍛炭家は疎遠になっていた。だから力枚も、まさか立一だと言って現れた男が、立治だとは気付かなかったのか」

「それにしても、非常に大胆な計画でした。そもそも立一氏は鍛炭家を飛び出してから一度として神戸の地に帰って来ていない。恐らく一番近くまで来たのが山梨の乙冲集落だった。そう僕は睨んでいます。後者の情報を知っていたかはともかく、前者についていて立治氏は確信があったのでしょう。兄が絶対に帰って来るはずがないと。そこで力枚氏に届いた手紙を参考にし、自分たちの一家総出で立一氏の家族に成り済ます計画を立てた。幸い立一氏と力枚氏は、幼馴染みで仲が良かった。山中で道に迷った作り話をし、家のない生活をしていると言えば、一つ家に住むことを許してくれると、まぁ読めたわけです。ところが、ユリちゃんの死亡を知らなかったため、立春君を彼女に仕立てるという失敗を犯してしまった」

「そこに手掛かりがあったとはな……」

「手紙という意味では、他にも手掛かりはありました」

「何だ？」

「立一氏に扮した立治氏は、弟が——つまり立治氏自身のことですね——二十年前の金山騒動のとき平山で立造氏を捜索していて、山魔の如き哄笑を耳にして戦慄したと、靖美氏に語りました。立治氏本人ですから知っているのは当たり前ですが、音信不通だった立一氏の口から出るのは、おかしいではありませんか」

「力枚からの手紙で、立一が知る可能性はあっただろ？」

「いえ。力枚氏は金山騒動について、その後すぐに出した手紙で一度しか触れなかった。一方、立治氏が山魔の怪異体験をはじめて他人に喋ったのは、将夫氏が参加した集落の寄り合いの後の宴会だった。前者は今から二十年前になります。そして後者は、十二年前に揖取家に婿入りした将夫氏の証言です。つまり力枚氏が手紙で立治氏の怪異体験を、立一氏に伝えられたはずがない」

「うーむ……それにしても君は、よくそんな細かいことにまで気が付くな。それで動機は、やっぱり乎山の金脈か」

「昨年のお盆の前に、立春君は乎山に入り込み、金脈を含んだ岩を見付けた。それに立一氏か広治氏が気付いた。しかし乎山は、今では揖取家のものになっている。しかも将夫氏は、本格的に乎山の探鉱をするべきだと思っている。このままでは自分たちが探鉱できないばかりでなく、揖取家に金脈を奪われてしまうかもしれない——と考えたんでしょう」

「将夫の思惑まで、立治たちは知っていたのか」

「将夫氏と広治氏は集落の青年団を通じて、まだ辛うじて繋がりがありましたからね。それに……」

口籠る言耶をしばらく待ってから、徐に警部は、

「ここまで事件に関わってるんだ。今更何を躊躇うことがある」

「はぁ……。飽くまでも推測というか邪推なのですが、もしかすると将夫氏と春菊さんの間に、何らかの関係があったのかもしれません。それで――」

「充分に有り得るだろ。いずれにしろ将夫の思惑を、立治たちは知る立場にあったわけだ。だからこそ、どうにかしてあの山の金を独り占めしようと考えた。それが大胆というか無謀というか、兄の家族に成り済まして、あの山の家に住むという計画だった」

鬼無瀬警部は一旦まとめるような様子を見せると、

「よし、ここまではいい。よく分かった。しかしな、そうなるとだ。立治たちが次々と殺されていったのはなぜなんだ？　一体全体そんなことを誰がしたんだ？」

警部の厳しい視線をやんわりと受け止めた言耶は、ノートの最後の項目を指差しながら、

「一筋の光明が見えたのは、この〈なぜ郷木靖美は奥戸連続殺人事件の犯人が分かっ

たのか〉を解いたときです。彼は祖父江君から、僕が話した事件の概要を全て聞いています。つまり手掛かりは既に、我々の目の前にあったことになる。そう考えた僕は、もう一度はじめから事件を振り返ってみたのです」

「まずは立治殺しか」

「なぜ犯人は現場を密室にしたのか。その動機は解明しました。被害者の顔を焼いたのも、密室を作成する要素の一つだった。しかし、立一氏の一家消失の謎が解けた今、もっと積極的な動機が浮かび上がってきます」

「ひょっとすると、力枚に立治の顔を見せたくなかった……のか。いや、自分で言っておいて何だが、上手く理由を説明できんのだが――」

「殺害されたとき立治氏は、ご本人の格好をしていた。よって問題などないように見えますが、よーく考えてみて下さい。彼と疎遠だった力枚氏は、昨年の八月下旬から十月の中旬頃までの間に、言わば集中的に数度に亘り、彼を立一氏だと思って会っていたわけです。乎山の一つ家で――」

「そういうことだな」

「つまり、あの家に踏み込んだとき、力枚氏が普通に遺体を目にしていたら、その事件現場から咄嗟に、姿を消していた立一氏が戻って来て、そして殺されたと認める可能性が非常に大きい――そう思いませんか」

「ああ、確かに」

「ところが、後から実は被害者が立治氏だったと知らされることになる。そのとき、どう力枚氏は感じるでしょう？」

「下手をすると一気に、立治たちの一人二役がバレるかもしれない……と？」

「そうです。すぐ気付くかどうかは分かりませんが、非常に重要な手掛かり――いえ、真相に勘付く切っ掛けを与えてしまうことになる。ならば、その場では完全に身元の確認ができない顔の無い屍体とし、後日、被害者の正体が立治氏だと分かった方が良い、と犯人は判断した。とにかく立治氏たちのからくりがバレることを、犯人は何よりも恐れた」

「姿を消した立一たちが、二度と戻れなかった理由と同じか。そんな真相が明るみに出たら、郷木家の虎男が騒いで金脈の探鉱どころではなくなるという――」

頷く言耶を見て警部は、

「すると犯人の動機も、やはり金だったのか」

「でも先生、そう犯人が考えたからといって、そこから正体が分かるんですか」

谷藤に対しても、ゆっくり言耶は首を縦に振ると、

「あの日の朝、僕と力枚氏は一つ家の表の戸口に立ちました。その直前まで会話をしていたので、僕はともかく少なくとも力枚氏の声が犯人には分かった。愚図々々して

いると犯行現場にいるところを見付かってしまう。そこで咄嗟に閂を下ろした。次いで被害者の顔を力枚氏に見られた場合、どういう危険があるかを察した。鈍器で顔を潰している時間はない。恐らく犯人は目の前にある囲炉裏からの発想で、被害者の顔を焼くことを思い付いたんだと思います」

「後は以前、君が説明したように、蓑を使って顔の無い屍体と密室を同時に作ったわけか」

「はい。ただ犯人は、被害者の顔が見分けられないくらい、蓑だけで本当に焼けるかどうか不安だった。だから大した効果は望めなかったが、蝦蟇の油を使用した」

「犯人の心理としては自然じゃないか。利用できるものを使ったわけだから」

「ええ。ですが、一つ家の現場は乱れていませんでした。僕が土間の水瓶から囲炉裏まで水を運んだ痕跡が唯一認められたくらいで、ずらっと壺の並んだ棚を物色したような跡は、全く残っていなかったんです。つまり犯人は、どの壺に蝦蟇の油が入っているのか知っていたことになる」

「……………」

「その知識があったのは、立治氏、広治氏、志摩子さん、春菊さん、立春君、そして靖美氏の六人になります。でも、立治氏から春菊さんの四人は殺害され、立春君に犯行は到底のこと不可能で、靖美氏には現場不在証明《アリバイ》があるうえ動機がない——」

「妄想青年に動機がない、と言い切るのはどうかな？　どんな人間であれ金の魅力――いや、魔力には抗《あらが》い難《がた》いだろ？」

「他の状況であれば、彼にも充分な動機になったはずです。しかし彼は、何よりも神《ごう》戸《ど》の地から離れたがっていました。なのに、選りに選って乎山の金に執着するとは思えません」

「ちょっと念には念を入れただけだ」

むっとした口調の警部だったが、すぐに困惑の表情を浮かべると、

「するとどうなるんだ？　犯人がいないじゃないか」

「あの家には揖取力枚も入ってますが……、彼も殺されてますよね」

谷藤の指摘に、続けて言耶が、

「それに夕食に呼ばれただけの力枚氏が、蝦蟇の油の存在を知っていたと見るには、少し無理がありませんか」

「おいおい君は、ここで壁にぶち当たって進まなくなった、と言うつもりじゃないだろうな」

物凄く不安そうな口調の警部に、言耶は右手の人差し指を立てながら、

「あの家に入っただけでなく、壺のことも知り得た可能性のある人物が、たった一人います」

「だ、誰だ？」

「揖取将夫氏です」

「えっ……」

「彼は、立一氏たちが乎山で探鉱しているに違いないと、早くから睨んでいました。その証拠を摑むために、こっそり一つ家に侵入し、床の間に置かれた金脈を含む岩石を見付けている。その際、他にも何かないかと屋内を物色した可能性は、かなり高いと思われます」

「棚の壺も一つずつ？」

「貴重品の隠し場所として壺の中というのは、誰もが思い付き易いですからね」

「そのとき目にした蝦蟇の油を覚えていて――」

「咄嗟に利用したわけです」

「彼は立治たちの計画に気付いてたのか」

「先程も指摘したように、ただならぬ仲に春菊さんとなっていたとしたら……」

「そこから漏れてもおかしくないわけだ」

「さすがに彼女もべらべら喋ったとは思えませんが、睦言《むつごと》の中で、つい色々と口を滑らせた可能性はあります」

「立治を一つ家に呼び出すには、将夫は金脈のことを仄《ほの》めかせば容易かったわけだ。

あの家を犯行現場に選んだのは、思わぬ邪魔など入りようがないからだな」

「尤も彼も、六地蔵様の見立てによる連続殺人までは、当初は考えていなかったと思われます」

「前掛けを一気に盗まなかったからか。でも、どうしてだ？」

「乎山の一つ家という曰くのある場所で、鍛炭家の当主である立治氏が殺されれば、残った家族は慌てふためいて、偽の立一氏一家という化けの皮をあっさり脱ぐと考えたからです」

「ところが、誰もが口を噤《つぐ》んだ……」

「そこで、邪魔な鍛炭家の人々を亡き者にすると同時に、その罪を最初から存在しなかった立一氏たちに着せて、乎山の金を独り占めにする――という新たな、もしくは第二の計画を、彼は実行に移したわけです」

「立治殺しは分かったが、広治はどうなる？」

「彼が黒地蔵様の祠で月子さんと逢い引きをしていることは、揖取家の人間であれば気付く機会はありました。第二の殺人の現場としても申し分ない」

「だから利用したわけか」

「被害者の衣服を持ち去ったのは、立治氏の顔を焼いたのと同じ理由です。広治氏は月子さんと逢い引きするために、平人氏に扮していたのだと思います。その格好のまま遺体が発見されれば、同じ危険を冒すことになる」

「うーん……力枚殺しは？」

「連続殺人の渦中であっても、揖取家の婿養子という犯人の立場から、月子さんと平人氏のことで重大な秘密の話がある――と言えば、被害者を一つ家に誘い出すのは簡単です。力枚氏を犯行現場に呼び出すことができたのは誰か。これも犯人捜しの大きな手掛かりでした」

「現場を再び乎山の家にしたのは、立治殺しと同じ理由だな？」

言耶が頷くと透かさず警部は、

「で、なぜ屍体を切断したんだ？」

「黒地蔵様の祠で遺体を発見した月子さんは、一時的に錯乱状態となり暴れました。そのとき将夫氏は、腕を怪我した。また姿が見えなくなった力枚氏を捜していた際、今度は脚を負傷した。後者の理由はともかく、彼が力枚氏を殺害したとき、腕と脚を傷めていたことは確かでしょう。よって猫車を使ったとしても、恰幅の良かった被害者の遺体をそのまま六墓の穴まで運ぶことが、どうしてもできなかった」

「それで屍体をバラバラに……」

「切断した部位のそれぞれを六つの穴の中に遺棄したのは、それが目的のように見せ掛けるためだったからです。遺体切断の本当の理由を悟られないよう、あんなことをしたわけです」

「し、しかしだな、何もそこまでして――」

「六地蔵様の見立て殺人に拘る必要があったのか――ですが、童唄は奥戸の地に根付いた固有のものです。他所から婿入りした彼とは、言わば縁遠い。ただし、立一氏たちに罪を着せるという計画に於いては、逆に極めて重要な要素となる。そういう計算が働いたのではないでしょうか」

「自分を容疑者圏外へと置くためにも、見立て殺人を実行したのか」

「正に何重もの意味合いがあったわけです」

そこで言耶は寄り合い所の中を捜すように見回すと、

「熊谷巡査は、いらっしゃいますか」

「はっ、ここにおります」

会議用の大きな机の側にあった衝立ての陰から、すぐさま当人が現れた。

「すみません。お願いしておいた方は？」

「連れて来ております」

「こちらにお通しして下さい」

熊谷に促されて衝立ての裏から現れたのは、御籠り堂で寝泊まりしている巡礼の胆《たん》武《ぶ》だった。

「ご足労をお掛けして、申し訳ありません」

「あの坊主じゃないか」

「警部、お坊さんじゃなく、彼は四国出身の巡礼者で――」

頭を下げる刀城言耶、相変わらずのやり取りをする鬼無瀬警部と谷藤刑事に対し、当人は戸惑いも露に立ち尽くしている。

「簡単なことをお訊きするだけで、すぐに終わりますから」

透かさず言耶が相手を安心させつつ、「聞こえていたかもしれませんが」と断わったうえで、将夫の犯行を要領良くまとめて再度の説明をすると、

「力枚氏が殺害された日の夕方から夜に掛けて、御籠り堂の裏の石段を登った者の気配を、あなたは感じられた。それが、どうも妙だったというお話でしたね？」

こっくりと胆武が頷く。

「もしかするとその妙さは、石段を登った人物が、片足を引き摺っていたからじゃないですか」

「………」

しばらく凝っと考えている様子だったが、やがて巡礼者の顔に微かな笑みが浮かんだ。

「普通と違うなとは思ったんです。でも……どう何が異なるのか分かりませんでし

た。今そう言われて、やっと腑《ふ》に落ちました。ええ、その通りです。あのとき裏の石段を登っていた人は、確かに片方の足を引き摺っていました」

「ありがとうございます。まだお訊きしたいことがありますので、もう少しだけお待ち頂けませんか」

言耶は相手が了解すると、熊谷に頼んで再び衝立ての向こう側の椅子に胆武を座らせた。

「田圃の畦道で足を踏み外した、という将夫氏の言は本当でしょう。ただし、力枚氏を捜していてではなく、捜す振りをして実は被害者が待つ一つ家へと向かっていた、正に最中だったのです」

「動機は何だ？　仮にも義理の父親だぞ」

御籠り堂の巡礼の出現に驚いていた警部が、何事もなかったように口を開いた。

「力枚氏が飽くまでも乎山の開発に反対だったから」

「そ、それだけで――」

「動機の根本にあるのは、乎山を巡る争いに違いないでしょう。ただし幾ら何でも、彼もそれだけで義理の父親を殺そうとは思わなかった。いえ、仮に考えたにしても実行は困難と見做した。ところが、連続殺人の計画を実行する中で、義理の父を鍛炭家の被害者の中に交ぜるという魅力的な方法が閃いた。力枚氏だけを殺害するのは、動機の面も含めて色々と不都合がある。でも、連続殺人事件の被害者の一人としてなら、容易に殺せることに気付いたのです」

「な、何とも恐ろしい……」

警部の呟きに同調しながらも、谷藤が興奮気味に、

「芝居小屋の放火と鍛炭家の三重殺人ですが、どちらも将夫に犯行は可能だったんでしょうか」

「時限性の簡単な装置を使ったらしいので、放火の準備は誰にでもできました。問題は鍛炭家の殺人ですが――谷藤刑事、彼はずっと揖取家にいたのでしょうか」

「えっ……い、いや……私は女性陣を守るようにと――あっ、か、彼から特に頼まれたんですよ」

「その間、当人は家の中を隅々まで見回っていたと証言しています。でも、あれほどの御屋敷ですからね。しばらく姿が見えなくなっても不自然ではありません」

「まさか、乎山を通って往復したとか」

「麓の道無き道を、つまり御籠り堂を通って最短距離を辿った可能性もあります。彼は揖取家に戻った僕に、今夜は南風が強かったから、あっという間に舞台下手の火が上手へと広がった、と言いました。これは芝居小屋の近くにいたか、現場を望める地にいたか、いずれかでなければ知りようのない情報です」

「ということは先生の推理通り、乎山の麓の道無き道を辿っている最中に、火事の様子を目にしたのかもしれませんね」

「あの火事には証拠隠滅という小さな目的もあった、と僕は思います」

「証拠？」

「芝居小屋の道具置場にあった、立春君が被っていた童の鬘です。立治氏の一家＝立一氏の一家という仕掛けの手掛かりになるものは、どんなに小さくても残しておきたくなかったでしょうから」

「なるほど。しかし、そうやって将夫は鍛炭家まで行ったとして、そこからは？」

「先程も指摘しましたが、ただならぬ仲に春菊さんとなっていたとしたら、どうでしょう？」

「共犯者は彼女か」

警部が割って入ったものの、ゆっくりと言耶は首を振りつつ、

「共犯者はいませんでした。恐らく春菊さんは、将夫氏が犯人ではないかと薄々疑っていたのでしょう。動機の察しも付きます。彼も『ここ数日、妙な眼差しを彼女から感じる』と口にしていたくらいですから」

「ちょっと待て。なのに彼女は、彼を家の中に入れたのか」

「志摩子が作った葛湯に睡眠薬を入れたのも、春菊ですか」

警部に続いて、珍しく柴崎が口を挟む。

「お二人ともに、答は『はい』です。なぜなら彼女は、残った自分たちまで殺されるとは思いもしなかった。邪魔な鍛炭家の立治氏と広治氏、そして揖取家の力枚氏さえ亡き者にしてしまえば、将夫氏の犯行は止むと考えていた」

「筋は通ってるじゃないか」

「春菊さんが将夫氏を疑うことさえしなければ……」

「口封じのために殺したと？　じゃあ団伍郎や志摩子は？」

「鍛炭家連続殺人の中に力枚氏殺しを隠したのと同じ手法です。春菊さんだけを殺害したのでは目立つため、彼女の死を三重殺人の中に隠蔽《いんぺい》しようと考えた」

「頭がいかれとるぞ……最早……」

警部の言葉に同調しながらも、谷藤は首を傾げて、

「それにしても、わざわざ柴崎刑事を眠らせてまで、どうして春菊は彼を家に入れたんです？　幾ら自分は殺されないという安心があったとしても、余りにも不用心じゃないですか。将夫は一体どんな手を使い、春菊を無自覚の共犯者に仕立て上げたんでしょう？」

「情夫の手を使って――だと思います」

「ま、まさか……。連続殺人事件が起こっている最中ですよ。い、いえ、それよりも

当の主人の、あの夜は通夜じゃありませんか」

「ふん……」

若い刑事の反応を警部は鼻で笑うと、

「焼香に訪れた集落の若い男に、頻りに色目を送っていたという春菊なら、それくらいしても驚かんよ。将夫に持ち掛けられれば、ほいほいと承知したことだろう」

「はぁ、なるほど……」

感心する谷藤から、すぐ言耶に視線を移した警部は、

「だから春菊は、『まさか、あ、ん、た、が……』と口にしたのか」

「さぞ度肝を抜かれたと思います」

「一方の志摩子の態度を、どう見る？」

「彼女が怯えていたのは、如何に夫と息子の考えとはいえ、忌み山の家で演じた自らの役目が恐ろしかったからです。信心深かった彼女は、恐らく自分たちの罰当たりな行為が、連続殺人という障りとなって表れた……と感じた」

「正に二人の女の性格――という言葉で片付けて良いのか分からんが、その差だな」

「はい。ちなみに鍛炭家の女中のお吉さんが、僕に伝えたかった『六墓の穴』の意味は、将夫氏の背中の黒子のことではないかと」

「な、何だそれは？」

言耶は揖取家の風呂で見た将夫の黒子の話をすると、

「それは、北斗七星に見えないこともない並び方をしてました。でも、一つ足らない。つまり六墓の穴と同様に六つなんです。しかも六墓の穴は、まるで何かの星座のように並んでいる——と靖美氏も表現しています。きっとお吉さんは、春菊との情事を鍛炭家の離れか何処かで目撃したことがあり、そのとき将夫氏の裸の背中を目にしたんじゃないでしょうか。それと六墓の穴が重なった」

「じゃあ彼女も、将夫が犯人だと疑っていたのか」

「それとも単に、春菊さんとの関係を教えたかったのか。彼女がこのことを僕に伝えようとしたとき、鍛炭家の者ばかりでなく、揖取家の力枚氏まで殺害された後でしたから。両家の人間で繋がりのある二人が、とても怪しく見えたのかもしれません」

「立春を殺さなかったのは、やはり子供だったからか。でも、どうして自分の姿をわざわざ見せたんだ?」

「子供を殺すのが忍びなかったのか、見立てに使える地蔵様がなくなったためか、それは分かりません。でも、恐ろしい姿を目撃させたのは、成長した彼が間違っても乎山の金に執着しないよう、強烈な恐怖を植え付けるためだったんだと思います。童唄を歌ったのもそのためです」

「全く欲に目が眩《くら》むと碌なことをしないな、人間って奴は——」

吐き捨てるように言った後で、警部は柴崎刑事を見遣りつつ、

「物的証拠がないのは弱いが、ここまで状況証拠が揃っていれば、引っ張って吐かせられるか」

「ええ、充分だと思います」

「よし、柴崎と谷藤は揖取家に出向き、将夫を任意同行しろ。実際に彼を引っ張るのは、谷藤お前だ。柴崎は警官を揖取家の出入口に配置させ、容疑者の逃亡に備えろ。もちろん穏便且つ迅速にな。それで谷藤、将夫には飽くまでも事件についての参考意見をお聞きしたい、という態度で接しろ。怪しまれるんじゃないぞ。もし抵抗した場合は――」

「ただ――」

ぽつりとした呟きだったが、ぴたりと鬼無瀬警部の口が閉ざされた。上司に顔を向けていた両刑事も警部と一緒に、今や刀城言耶を見ている。凝っと考え込む流浪の怪奇小説家にして隠れた素人探偵の彼を――。

「ただ――どうした？」

「なぜ将夫氏は、力枚氏を絞殺したのでしょうか」

「団伍郎も絞殺しているが、あれは騒がれて春菊が目を覚ましては困るから、という理由があったよな」

と言う警部に続けて、自信なさそうに谷藤が、

「義理の父親を殴り殺すことに、さすがに抵抗があったから……とか」

「絞殺の方が酷《むご》いだろ。一撃で撲殺できれば、被害者に大して苦痛を与えず殺すことができる。だが首を絞めるとなると、それなりに時間が掛かるぞ」

「そうですよね」

俯いた谷藤とは対照的に、両目を見張った警部が、言耶に問い掛けた。

「まさか力枚殺しの犯人は、別にいるというんじゃ……」

「不連続殺人ですか――。しかし、それこそ容疑者がいません」

「なら一体……お、おい、まさか……また君は、これまでの自分の推理を、自ら覆す気じゃないだろうな。頼むから、真犯人だけを教えてくれ」

珍しく警部が弱音を吐く側で、言耶は一心に思考する様子を見せながら、

「将夫氏と春菊さんの関係は、はっきり認められたわけではありません。彼女が彼に興味を示すのは自然ですし、また連続殺人の犯人と疑ったのも頷けます。けど、二人の間に本当は何もなかったとしたら、彼は一体なぜ立治氏たちの計画に気付くことができたのでしょう？」

「それを知る立場にいなかったのなら、将夫は犯人にはなり得ないぞ」

「しかし先生、将夫の手足の怪我と力枚殺しの状況は、ぴたっと合います」

「はい。でも、ただ合うだけです。合ったからといって、それが真相である保証は何もない」

「ならば芝居小屋の火事の様子を知っていたこと。またお吉が伝えようとした黒子の件は？」

「そのお吉さんが鍛炭家から逃げ出したとき、僕が揖取家に戻ると、既に将夫氏は彼女のことを知っていました。こういう田舎では、異変の情報伝達が早いことの、これは証左ではないでしょうか。つまり火事の情報など、揖取家ほどの存在であれば、迅速に伝わって当然と言えるわけです」

「黒子はどうなります？」

「そこが、どうしても分かりませんでした。黒子↓星座↓六墓の穴という流れは、こじつけと言えばそれまでです。そのうえ将夫氏と春菊さんの関係が認められないとなれば、お吉さんが彼の黒子を目撃したという推測も成り立ちません」

「全く違う解釈ができると？」

「お吉さんは、ゆっくり口を開きながら『む、つ、ぼ、の、あ、な』と伝えてくれました。それを僕は『六《むっ》』と『墓《ぼ》』の『穴』と受け取ったわけですが、実際は『六《む》』と『壺《つぼ》』の『穴』の方だったんじゃないでしょうか」

言耶はノートに漢字と読みを記しつつ説明した。

「後者の意味だったとして、彼女は何を言いたかったんだ？」

「力枚氏から伺った伝承に、眉山に捨てられた老婆が、六壺の穴を通って乎山に出て、山女郎と化すという話があります。このお話の興味深いところは、六壺の穴を通って眉山に戻ると、再び元の老婆に返るという展開です。もしかするとお吉さんはこの伝承を通して、立治氏たちの大掛かりな一人二役のからくりを、僕に教えたかったのかもしれません。鍛炭家の人々にとって、乎山の西の山道が六壺の穴の役割を果たしていると」

「うーん……将夫の黒子云々より、そっちの方が説得力はあるな」

感心する警部に倣って、谷藤も頷きながら、

「お吉が鍛炭家の秘密を知っていたのは、当然ですしね。彼女が逃げ出したのも、単に連続殺人に対する恐怖からだけではなく、被害者たちの罰当たりな所業まで知っていたから——と考えると、とても納得がいきます。が——」

そこで谷藤は不安そうな表情を浮かべ、

「例の、どの壺に蝦蟇の油が入っていたかを知っていた者が犯人——という解釈は、どうなるんですか。もう他には、該当する人物がいないじゃないですか」

「もう一度、整理しましょう」

言耶は鹿爪《しかつめ》らしい口調で、

「知っていてもおかしくない六人は、完全に除外できます。次いで可能性のある人物として、力枚氏と将夫氏が上がったわけですが、前者は殺害され、後者は依然として疑わしいものの、その容疑は随分と薄くなりつつある」

「その八人の他に、あの家に入って屋内を物色した者がいるのか……。全く思い浮かばんぞ」

　警部が口を挟む。

「ええ、あの地が忌み山であることを鑑みると、力枚氏や将夫氏のような人物の存在は、もう考慮する余地がないと思います」

「おいおい……ならば、またしても犯人がいなくなってしまうじゃないか」

「ですから、そういう観点で見ると――です」

「どういうことだ？」

「あの家に入って屋内を物色した者は、もう存在しません。ですが、あの家で生活して何処に何があるかを知り尽くした者は、まだ存在しているのかもしれない――ということです」

「それは……だから立一たちに扮した立治たちだったんだろ？」

「彼らだけではありません。あの家の最初の住人である山師の吉良《きら》内立志《うちりつし》と四人の鉱夫たち、それに鍛炭家の立造氏がいるじゃありませんか」

「なっ……」

「平人氏即ち広治氏が、蝦蟇の油が入った壺を靖美氏に渡したとき、『ここに昔から置かれてたようだが』と言っています。つまり立造氏たちが住んでいた頃から、既に置いてあったわけです」

「し、しかし君……」

「なぜ郷木靖美は奥戸連続殺人事件の犯人が分かったのか――ですが、将夫氏が一つ家に入って内部を探ったことがあるなど、よく考えると彼が知るはずありません。つまり彼は一足飛びに、二十年前の住人を疑ったのです」

「だが、その彼らは――」

「はい。山師と四人の鉱夫たちは噂通り立造氏に殺害され、立治氏によって平山の何処かに――六壺の穴の側でしょうか――埋められた可能性が高い。つまり、残るのは立造氏しかいません」

「いません――って、そんな莫迦なことは有り得ないと、君も言ってたじゃないか」

「えーっと先生は……」

谷藤は手帳を捲《めく》りながら、

「立造が今になって突然どうして戻って来たのか。今まで何処にいて何をしていたのか。この説明は大した問題ではないと仰ってますが――」

「うむ……」

警部は唸るような相槌を打つと、

「本物の方の立一と同じで、立造も全国を漂泊していたのかもしれん。そしてあるとき何処かで、立一が家族を連れて奥戸に戻り、乎山の家に住んでいると風の噂を耳にしたのかもしれん。その途端、あの山の金は自分のものだという欲と妄想に突き動かされ、一目散にこの地へと戻って来たのかもしれん。これらの可能性まで、私も否定はしない」

そう言耶に向かって言うと、

「しかしな、如何に土地鑑があるとはいえ、これほどの事件を起こせば絶対に目撃されているはずだろ。太平一座犯人説のときに出た問題と同じだ」

「それに先生は続けて、なぜ立治の顔を焼いたのか。なぜ広治の衣服を持ち去ったのか。なぜ力枚の遺体を切断したのか。彼を犯人とした場合、細かい部分の解釈が余りにも付かないと――」

谷藤が読み上げた疑問に対し、言耶は即座に、

「殺人に関する部分は、将夫氏犯人説で展開した解釈ができてしまえば、ある程度は誰が犯人であっても、そのまま当て嵌まると思います。立造氏が兄の立治氏の計画に気付いていれば、恐らく同じように考えたでしょうから」

「なるほど——。でも、春菊は立造を知らないはずだ、とも仰ってますよ。仮に写真で見たことはあっても、二十年も経ってるうえ、薄暗い部屋の中で覆面の下の顔を目にしたくらいで、すぐさま認識できるか——と」

ここで刀城言耶は、改めて三人の警察官を順に見詰めながら、

「今回の一連の事件を振り返り、僕はノートに考え得る限りの謎を各項目に分けて書き留め、それに基づき推理を展開してきました。が、実は書き漏らしている謎が、しかも途轍も無く大きな謎が、まだ存在していたのです」

「お、おい……脅かすなよ」

冗談めかしながらも警部が困惑を露にすると、言耶は微かに笑い掛けつつ、

「立治氏殺しの後、僕は怪想舎《かいそうしゃ》の編集者である祖父江偲《そふえしの》君に電話をしました。そのとき彼女は、僕のことを『死神みたい』と表現した。もちろん民俗採訪する土地で、僕が次々と奇っ怪な事件に巻き込まれることに対する、彼女なりの冗談というか皮肉なわけです」

「ああ、その女編集者が、そう言いたい気持ちは分かる。だがな、他の事件は知らんが、少なくとも本件については、君の登場は単なる偶然に過ぎない」

飽くまでも真面目に応える警部に、嬉しそうな笑みを浮かべて言耶は頭を下げてから、

「僕の場合は、単なる偶然でした。では、この時期に犯人が連続殺人をはじめたのは、果たして必然だったのでしょうか」

「…………」

「なぜ犯人は、立一氏の一家消失後に犯行を為さなかったのか。彼らに罪を着せるのであれば、その方が有利ですよね？」

「まぁ、そうだな……」

「考えられるのは、肝心のからくりに気付いたのが、事件を起こす少し前だったという場合です」

「なるほど」

「しかし、将夫氏が犯人ならいざ知らず、立造氏ならば乎山に隠れ住んで、秘かに金脈を探すことは可能ではないですか」

「えっ……彼が犯人じゃないのか」

「すみません。ややこしい言い方をしますが、それでも彼が犯人であれば、如何に時期がズレようと連続殺人は起こったはずなんです」

「なぜだ？」

「乎山の金は自分のもの——という物凄い妄想に、彼が取り憑かれている可能性が高いからです。手を出した人間は絶対に容赦しない——そう彼が思っても不思議ではありません」

「黄金に憑かれて頭がいかれた……と？」

「この二つの動機がある限り、彼が一連の被害者たちに対して、いつ連続殺人をはじめてもおかしくない状況が出来上がってしまった」

「うーん……」

「とはいえ、同じ疑問は残ります。なぜこの時期に犯人は連続殺人をはじめたのか」

「どうしてだ？」

「犯人は事件の数日前に、はじめて奥戸に姿を現したからです」

「な、何ぃぃ!?」

「御籠り堂を訪ねた巡礼者として――」

「き、君は――」

「警部が最初に仰いました。事件が起こったとき、この奥戸にいた他所者は二人だけだと。一人は僕ですが、その登場は偶然だと認めて下さった。もう一人は胆武氏でしたが、彼の登場は必然だったのです」

「い、いえ先生――、彼の身元の調べは付いてます」

谷藤が慌てながら手帳を捲りつつ、

「本人が持っていた納め札によると、本籍は四国の――」

「谷藤刑事、そのことですが——。郷木家の刀自が、近頃は修験者や巡礼者を襲う追い剝ぎが神戸に出没していると。また力枚氏も、当時から神戸には追い剝ぎが出没していたと。それぞれ証言しています。刀自の言う近頃とは昨年であり、力枚氏が口にした当時とは二、三年前のことです」

「じゃあ、あの納め札は……」

「自分と年齢の近い巡礼者のものを、奪ったに違いありません。それだけなら良いのですが……」

「こ、殺したと？」

「しばらく完全に身元を確保するためには、被害届を出されないようにする必要があります。それを考えると——」

「ちょっと待て」

警部が割って入ると、

「立造が生きていれば、五十代の半ばくらいだろ？　でも、あの坊主は窶《やつ》れて老けて見えるが、まだ二、三十代だろ。年齢が全く合わないじゃないか」

さすがの谷藤も「警部、坊主ではなく巡礼者です」とは、もう訂正しなかったが、代わりに言耶がとんでもないことを口にした
「立造氏ご本人であれば——ですけど」

「な、な、何を言ってるんだ、君は？」

この日はじめて鬼無瀬警部は、とても疑わしそうな眼差しで刀城言耶を見詰めた。

「真犯人は鍛炭立造だと、き、君が言ったんだろ」

「言葉が足りませんでした」

「えっ……」

「真犯人は、立造氏から全ての話を聞かされて育った彼の息子です」

「うっ……」

「奥戸の村医者の駒潟《こまがた》医師が、所用で山梨に行ったときに目撃したという、鍛炭家の立造氏によく似た若い男――即ち彼の息子こそ、この奥戸に於ける六地蔵様見立て連続殺人事件の真犯人です」

「う、嘘だろ……」

「警部も僕も、この事件には犯人がいない、容疑者が浮かばないと何度も首を捻る羽目になりましたが、それは無理もなかったんです」

「…………」

「なぜなら真犯人の正体が、文字通り表舞台に一度も姿を現さない名も無き人物だったからです」

警部と二人の刑事が、薄気味悪そうに衝立ての方を眺めた。その前には熊谷巡査が座っていたが、ぎょっとした表情で衝立ての中を凝視している。

「なぜ力枚氏は絞殺されたのか。それは鈍器による後頭部への一撃では絶命せず、被害者が声を上げそうになったので、犯人が慌てて首を絞めたから——ではないでしょうか」

「ということは？」

「はい。犯行現場は乎山の家ではなく、御、、、籠り堂の中、、、だった、、、」

「どうやって被害者を呼び出した？」

「いいえ、力枚氏自らが赴いたんです」

「えっ……」

「彼が家を出たのは、夕食前です。そのとき成子夫人に、『ちょっと今夜は、気分転換になればいいいな』と言っています。これは御籠り堂の巡礼者を夕食に招くことにより、雰囲気が変わるよう期待した彼の物言いだったのです。揖取家ではいつも、御籠り堂で修行する人々の食事の世話をしたり、また夕食に招いたりしていると、月子さんが教えてくれました」

「まさか力枚は、坊主の正体が分かったのか」

「それは無理でしょう。立造氏と特別仲が良かったわけじゃありませんし、犯人も駒潟医師が目撃した頃に比べると、人相が変わっているようですからね」

「となると、犯人にとって何かまずいものを見たのか」

「力枚氏殺しの動機は、そうとしか考えられません。計画になかった咄嗟の犯行です。とはいえ、見立て連続殺人の中に組み込んでしまうことはできる。しかし皮肉にも、その見立てに問題があったのです」

「どういうことだ？」

「三番目の歌詞は、『赤地蔵様　籠る』です。もちろん『籠る』の解釈を立合《たてあい》ではなく、つまり穴の中ではなく、地蔵様の祠にすることもできました。ただ、その場合は赤地蔵様の祠に遺体を遺棄しなければならない。ところが、選りに選って該当する祠の側には、警察の捜査本部が置かれた寄り合い所があります」

「うーむ……」

「とてもじゃないですが、赤地蔵様の祠は使えません。そうなると本来の『籠る』の意味からも、やはり六墓の穴に遺棄する必要が出てくる。しかし、犯人には恰幅の良い力枚氏の遺体を担ぎ、御堂裏の石段を登ることができない。それで遺体を切断し、持ち運びを容易くしたわけです」

「一つ家の風呂場の血も、簀の子にあった斧のような刃物の跡も、全ては偽装か」

「真の犯行現場が突き止められれば、犯人はお終いです」

「我々も御堂の中までは、さすがに調べなかったからな」

「事件の翌日、僕が御籠り堂を訪ねたとき、それまではしなかった線香の匂いが漂ってました。それも御堂の遥か手前である、田圃の畦道を歩いているときからです」

「血の臭いを消すために、大量の線香を焚いていたんだな」

「力枚氏の遺体を発見したとき、一つ家の二階も調べましたが、押し入れの蒲団が崩れていました。あれは毛布を取ったからです」

「御堂の床に敷いたんだな。それから切断した屍体の部位を包んで乎山に持って上がり、猫車で例の穴場まで運んだわけだ」

「力枚氏殺しに於ける裏の石段を登る妙な気配がしたという証言は、もちろん嘘です。一種の予防措置のようなものでしょう。わざわざ『妙な』という表現をしたところなど、なかなか芸が細かくて、まんまと騙されました」

「最初に他所者を警戒したものの、身元の調べが付いてからは完全に捜査の対象外だったからなぁ」

警部が唸るように歯噛みした。

「はじめて警部とお会いしたとき、僕は奇妙な既知感を覚えました」

「ああ、こっちの話を全く聞いていなかった、あれだろ」

「あのときの感覚が何なのか、ずっと分かりませんでした。ただ、既視ではなく既知だと感じた。揖取家の客間に入ったとき目にしたものではなく、そこで知覚した何かです」

「一体どういうものだったんだ？」

言耶は少し照れたような笑みを浮かべると、

「あのとき谷藤刑事に呼ばれ、僕は客間に行きました。警部が僕の意見を求められているということで――」

「うん、まぁ、そうだったか……」

「しかし、もちろん警部には警察官としての誇りがあります。僕のような素人探偵もどきが、捜査に加わるなど言語道断だという気持ちがあったはずです」

「いや、まぁ、そこまでは……」

「でも谷藤刑事が、冬城牙城のことを持ち出したために、話くらいは聞いても良いかと判断された。その心の葛藤が、警部の表情から読み取れました」

「おい、まぁ、それほどでも……」

「あのとき『僕などが、お役に立てるようでしたら……』と一応は謙遜しましたし、その気持ちは本当でしたが、実は半分だけでした」

「………」

「残りの半分は、この機会を最大限に利用して捜査状況を探り出してやろう――という考えが頭の中にはありました」

「な、何ぃ？　好青年そうな振りをして、き、君は——」

「このときの感覚こそが、実は既知感の正体だったのです」

「えっ……？」

「胆武氏と最初にお会いしたとき、お話を聞きたい、でも警察が既に事情聴取をした、というやり取りがあった後で、彼は『私如きが他人《ひと》様のお役に立てるなら、これは喜ぶべきことだと、そう考えるべきでした』と満面に笑みを浮かべました。そのとき僕は、相手が了承してくれたので安堵しましたが、同時に戸惑いも覚えました」

「つまり何か、そのときの坊主の考えと先程の君の考えとが、実は似たものだったと無意識に気付いたわけか。それが既知感の正体だったのか」

「はい。自分が同じような立場になって、はじめて分かりました。ただし、警部が仰ったように無意識レベルだったので、具体的には認められなかった。あのとき僕が既知感の意味に気付いていれば、ここまでの連続殺人には至らなかったかも……」

「そんな先生——、幾ら何でも無理ですよ」

　慰めようとする谷藤の横で、極めて事務的に警部が、

「立治を一つ家に呼び出した方法は、山の金脈を餌にしたのか」

「巡礼者は全国を行脚してますから、何処そこの金山と乎山の相が似ているとでも言えば、大して難しくないでしょう」

「立治殺しのときも、御堂の裏の石段を登った者がいると証言したが、何のことはない自分自身だったというわけか」

「あのとき彼は、『両方の山道を注意して見ていたわけではないので、絶対に確かではない』と予防線を張ったうえで、『西には誰の姿を認めず、東は二人の男性を見た』と証言し、その一人が僕のようだったと付け加えました。もう片方は力枚氏です。もちろんそのとき彼は一つ家にいて、僕たちを目撃できたはずがない。しかし、僕たちが乎山に登ったことは、一つ家で二人をやり過ごした彼なら知っていて当然だった。ただ、最初から一緒に山道を辿ったかどうかまでは分からなかったので、『二人の男性を見た』という表現に留めた」

「かなり狡猾だな」

「ええ。でも、もし本当に彼が御堂から見ていたのなら、父親の後を追って揖取家から出て来た月子さんの姿も目撃したはずです。ところが、彼女については一言も口にしなかった」

「なるほど」

「広治氏の場合は、黒地蔵様の祠に出入りしている様子を御籠り堂から見られたわけですから、尚更《なおさら》簡単だった」

「力枚は自分から御堂を訪ねたとして、鍛炭家の三重殺人はどうなる？　如何に巡礼者とはいえ、事件の渦中に他所者を招き入れんだろう？」

「志摩子さんが入れたんです」

「ど、どうして？」

「鍛炭家に禍いを齎《もたら》している悪しきものを、巡礼者に祓って貰うために」

「あっ……」

谷藤が素っ頓狂な声を上げると、

「御寺の大信御坊が、通夜の読経の前にも後にも御祓いをして貰えないかと、彼女から頼まれて往生したと仰ってましたよね」

「ええ。彼女は非常に信心深かった。それが悪い方に出たわけです。胆武氏に第三の殺人を告げたとき、彼は急に、自分は『加持祈禱ができるわけでも特別な法力があるわけでもない。ただの無力な巡礼者に過ぎない』と口にしました。あれは、実は志摩子さんに御祓いを頼まれた事実を、僕に対して暗に仄《ほの》めかしていたんだと思います」

「嘗めた真似を……」

鬼瓦の形相と化した警部が衝立てを睨み付けた。

「妙だなと思ったのは、力枚氏殺しを告げたとき、もう明日にでも次の巡礼地に旅立ちたいと言っていた彼が、僕が奥戸を一旦去り再び戻って来たときにも、まだ滞在していたことです」

「捜査の進展が気になって、立ち去るどころじゃなかったのか」

「はい。でも、それが犯人の命取りになりそうですね」

言耶が口を閉じると同時に、寄り合い所は寂とした。誰もが黙ったまま、凝っと衝立の方を見詰めている。

と、次の瞬間――、
けたたましいばかりの物凄い笑い声が、寄り合い所に轟いた。

いや、その哄笑は笑うというよりも、明らかに嘲笑っていた……。

毒々しく嗤っていた……。

実は刀城言耶が、衝立ての陰に座り胆武と名乗っている人物が連続殺人事件の真犯人だと指摘してから、捜査本部の中にいた警察官たちは、ゆっくりと少しずつ衝立てを包囲するように動きはじめていたのである。

が――、
凄まじい嗤いが屋内に響き亘った途端、その包囲網が一瞬崩れた。

そのとき――、
衝立ての陰から猿《ましら》の如く黒い影が飛び出したかと思う間もなく、すぐさま寄り合い所の外へと姿を消していた。

最初に動いたのは刀城言耶だった。いつの間に履いたのか、彼の足には登山靴が見える。次いで谷藤刑事が走り出し、そこでようやく鬼無瀬警部の一声が発せられた。

「に、に、逃がすなぁぁ！」

言耶が寄り合い所を飛び出したとき、既に胆武との差は開いていた。あの痩せ衰えた身体の何処にそれほどの体力があったのかと薄気味悪くなるくらい、相手の動きは敏捷《びんしょう》だった。

（何処に行く気なんだ？）

臼山を迂回して初戸へ向かうには、方角が違う。

（まさか……）

集落を半分ほど横切ったところで、胆武が蓦地《まっしぐら》に揖取家へと駆けているのが分かった。

（平山に逃げ込むつもりか）

それまで言耶の後方からは、幾人もの頼もしい靴音が響いていたが、揖取家が見えた辺りで一つになった。

「頭脳労働の作家先生にしては、いい走りっ振りですね」

どうやら言耶の後ろを、すぐ谷藤が走っているらしい。

「全国を歩き回ってますから、知らぬうちに足腰が鍛えられたのかもしれません」

「それにしても、お見事です」

「他の方々は？」

「脱落したのもいるでしょうが、柴崎の指揮の下、三分の一は御籠り堂の裏の石段へ、もう三分の一は乎山の西の山道へ向かわせています」

手抜かりはないというわけだ。そう聞いて言耶は安堵した。取り敢えず自分は全力で犯人を追うだけだ。そう考え集中する。

しかしながら、黒地蔵様の祠を過ぎて乎山の九十九折りの山道に差し掛かった辺りから、さすがに二人の速度が目に見えて落ちはじめた。

だが、幾重にも折れては延びる坂に入ってすぐ、二人が同時に立ち止まったのは、決して疲れた所為ばかりではなかった。

「先生……、あれが聞こえますか」

「ええ、ぞっとするほど……」

九十九折りの坂道の上の方から、嗤い声が聞こえていた。

先を走っている胆武が、ずっと嗤っている。

「あ、あいつは走りながらも、ここまでずーっと……」

「嗤い続けているのかもしれません」

一瞬だけ二人は固まったが、お互いに頷き合うと再び駆け出した。

やがて九十九折りの山道は終わり、奇っ怪な蟒蛇《うわばみ》坂が現れる。うねうねと蛇行しながら延び上がる擂り鉢のような坂はその形状ばかりでなく、足元に散らばる石ころと、地面と両側の壁から露出する巨大な樹木の根っ子によって、走り難《にく》いことこの上ない。

「く、くそ……。あいつは何だって、あ、あんなに敏捷なんです？」

「憑かれているのかも……」

「えっ……」

「だから常人とは思えない、あんな力が出せるとしたら――」

「…………」

谷藤の沈黙には、何処まで本気で言っているのか分からない、という言耶に対する戸惑いが感じられる。

「あっ、あれ……」

蟒蛇坂の終わりが見えたところで、谷藤が大声を上げた。

坂の上に黒々とした影が立っていた。

二人を見下ろすように、蔑《さげす》む如く、嘲笑うように――いや、実際に嗤っていた。何とも言えぬ身の毛のよだつような哄笑を、忌み山の隅々にまで届けとばかりに嗤い続けている。

「莫迦にしやがって――」

「結論から言うと、なかったと思います」

「えっ……でも、立造たちも金脈を含む岩石を掘り出してますし、立春をはじめ立治と広治も発見してるじゃありませんか」

「それに確か、質《たち》の良くない山師が用いる詐欺の手口が、乎山では使われた形跡がなかったという話だったな」

谷藤と警部が立て続けに異を唱えると、

「詐欺を働く山師の手口として、予め砂金を塗り付けておいた岩石を用意して隠し、それを恰《あたか》も掘り出したように見せ掛ける方法があります。しかしながら、乎山では実際に掘った岩場の立合《たてあい》の中から金が見付かった。事前に金を仕込むことは不可能な状況です」

言耶は一旦、二人の指摘を肯定した。が、すぐに、

「ところで、山師の吉良内立志が取った行動の中で、一つだけ奇妙な行為がありましたよね」

「うん？　そうだったか……」

「食料は一つ家へ豊富に運ばれているはずなのに、山中で狩猟をしていたという事実です」

「趣味じゃないのか」

「いえ。彼は『金鉱探しが己の人生そのもの、仕事であり趣味でもある』という男でした。そんな人物がなぜ、狩猟などしていたのか」

「どうしてだ？」

「偽の金脈入り岩石を作るためです」

「何だって……」

「擦り潰した砂金を猟銃に込め、それを鉱脈に打つ『鉄砲金』と呼ばれる詐欺の手口があるんです。塗り付けただけでは、目の肥えた人には見破られてしまう。でも、この方法ならベテランでも騙されると言います」

「何てことだ……」

「そうやって件《くだん》の山師は、せっせと偽の金脈入り岩石を作っては、わざわざ掘り出してみせ、立造氏から資金を巻き上げていたのです。そのからくりに立造氏が気付き、山師と鉱夫たちを殺害したのかどうかまでは分かりませんが……。ただ、仮にそうやって騙されたと知った後でも、きっと彼は乎山には金が眠ると信じ続けたんでしょう。そしてその事実を息子に伝えた。御山の金の全ては自分たちのものだという強迫観念と共に――」

「それじゃ今回の事件の根源にある、殺人の動機の中心であるはずの核の部分は、最初から存在していなかったというのか」

愕然とする警部に続き、谷藤が両手の指を折って数えながら、

「二十年前の事件で五人、今回の事件で六人……いや、犯人を入れて七人……違う、例の巡礼者を加えると少なくとも八人ですか……。これだけの人数が、無駄に命を失ったことになりますよ」

「もし万一、郷木《ごうき》靖美《のぶよし》氏が行方知れずのままになれば、被害はもっと広がるでしょうね」

「妄想青年か……。そう言えば君がここに来たのも、その妄想を解決するためだったな。実際は全てが妄想ではなかったわけだが……」

「僕の失敗です。連続殺人に拘らず、ひたすら一家消失の謎解きに専念していれば、少なくとも彼は救えたかもしれません。しかも、その謎を早く解いていれば、自ずと連続殺人事件の方も途中で止められた可能性があったのです」

「おいおい、そんなことを言うと、真っ先に警察の責任が槍玉に挙がるじゃないか。特に責任者である私のだ。勘弁してくれ」

不貞《ふて》たような警部の物言いだったが、その台詞は言耶を気遣った彼なりの精一杯のものだということが、その場にいた皆には分かった。

言耶は警部をはじめ警察官たち全員に挨拶した。揖取家の人々との別れは既に済ませてある。後は帰途に付く中で初戸《はど》の郷木家に寄り靖美の祖母に会うのと、帰宅した

ら彼の従兄の高志と面談し、共に今回の事件の報告をする予定だった。とても気の重い役目——特に孫を心配する梅子には——だったが、これも怪異に関わった者の務めである。

寄り合い所の外まで送って出た警部が、何とも言えぬ表情で、

「また旅に出るのか」

「はい。幾つか事後処理を済ませましたら……」

「次は何処に行くんだ？」

「さぁ……」

「ふん、風来坊って奴か」

「夏のお盆頃には、兜離《とり》の浦に行こうと思ってるんですが——」

「地元の警察と揉めるようなことがあれば……まぁ、連絡しろ」

「えっ……」

「じゃあな、私は忙しいんだ」

そう言うと鬼無瀬警部は、素っ気なく寄り合い所の中へと戻ってしまった。

「警部、どうやら刀城先生のことが気に入ったみたいですね」

「そ、そうかなぁ……」

にやにやと谷藤が笑う横で、柴崎も笑いを堪えている表情をしている。

「それでは、お世話になりました」

「とんでもない。こちらこそ先生には、助けて頂き感謝しております」

一緒に歩き出そうとする二人を押し止めつつ、

「あっ、ここで結構です」

「そんなぁ」

「ご機嫌よう、さようなら」

「そうですか。名残り惜しいですけど……では、先生もお元気で――」

手を振る谷藤と頭を下げる柴崎の両刑事に見送られて、刀城言耶は奥戸の地を後にした。

*

郷木靖美は依然として行方知れずのままだった。

初戸の郷木家に寄り、彼の祖母の好意に甘えて一泊させて貰った刀城言耶は、今、神保町の喫茶店〈エリカ〉で、従兄の高志に全ての報告を終えたところだった。

「お手数をお掛け致しました」

高志は深々と頭を下げたが、ゆっくりと面《おもて》を上げながら、

「先生にそこまでして頂きながら、こんな風に言うのは心苦しいのですが……もう靖美は帰って来ないような気が、私にはしていて……」

「はぁ……。それは、やっぱり今回の事件の真犯人が、彼だからですか」

「…………」

「帰りの電車の中で、僕は気付いたんです。鍛炭家の三重殺人の実行は、胆武氏には絶対に不可能だったと」

「な、なぜです？」

「三人の死亡推定時刻は、午前一時から三時の間でした。ちょうど芝居小屋の火事が鎮火に向かい、現場検証を行なっていたときです。その直前に僕と鬼無瀬警部は御籠り堂に赴き、読経中の彼を確認しています。つまり立派な現場不在証明《アリバイ》がある」

「だ、だからといって……」

「郷木靖美氏は、蝦蟇の油の壺を巡る問題に対しても、立派に該当します」

「それは、揖取将夫も同じでしょ？　いえ、向こうには乎山の金という動機がある。しかし従弟には、そのような恐ろしい連続殺人を起こす動機が、全くないじゃありませんか」

「いえ、歴然とあります」

「何です？」

「復讐ですよ」

「…………」

「彼は不幸にも生まれながらにして、父親にも母親にも受け入れられませんでした。そのうえ三人の兄には、ずっと暴力を振るわれ続けて成長した。しかも常に、郷木家の男として恥ずかしくない言動を求められた。本来の彼自身は無視され、肉体的にも精神的にも自分には相応しくない人間を望まれ続けたわけです。こういった極めて抑圧された環境の下で育った人は、己の怒りを内に溜め込む傾向がある。ただし、それが何かの切っ掛けで噴出したとき、しばしば途轍も無い力を発揮し、本人にも制御できない場合が見受けられます。その切っ掛けの多くは、自分が不当な扱いを受けたと感じたときです」

「どんな扱いですか……」

「もちろん彼が乎山の一つ家に於いて、鍛炭家の人たちから受けた酷い扱いです。恐らく彼は奥戸の伝承をお祖母さんから送って貰っているうちに、六壷の穴の話から一家消失のからくりに気付いたに違いありません」

「し、しかし、鍛炭家の人たちに騙されたくらいで、殺人までは……」

「あれが普通のときならば、彼もそこまで突っ走らなかったでしょう。でも当時は、成人参りの最中だった。その儀式に彼がどんな気持ちで臨んだか。また失敗した彼がどれほど絶望したか。その大きな原因となったある現象に鍛炭家の人々がどう関わっていたかを知ったとき、我々には想像もできないほどの憤怒の念に如何に彼が駆られたか。僕よりもあなたの方が、遥かに理解できるんじゃありませんか」

「…………」

「ただし、最初から彼も殺人を、それも連続殺人までは考えていなかったのかもしれません」

「えっ……」

「六地蔵様の前掛けが、一度に全て盗まれていないからです。はじめは白地蔵様だけでした。きっと彼は平山の一つ家で立治氏と会い、自分が突き止めたからくりを暴露して、相手に謝罪を求めたのだと思います」

「あっ……」

「ところが、立治氏は拒否したか、もしくは彼を嘲笑《あざわら》った」

「…………」

「その瞬間、彼は鍛炭家一家の皆殺しを決意した」

「…………」

「なぜ立春君だけが助かったのか。犯人は鍛炭家で六地蔵様の童唄を歌いながら、立春君を追い詰めました。そして『後は六つの地蔵様　お一人ずつ消えて　残ったのは?』と歌い終わると同時に『山魔』と口にしている。つまり、最後に残った立春君が山魔を演じていた、自分は全てを知っているのだ、この一連の殺人はお前たちに対する復讐なのだ——という犯人の主張だったわけです。もちろん六地蔵様見立て連続殺人事件を完結させるうえでの、その演出でもありました」

「ば、莫迦な……。そんなこと……するなんて……」

「靖美氏にとって六地蔵様の童唄は、最後まで復讐を成し遂げるための指針だった」

「け、けど従弟には、事件当時こちらにいたという現場不在証明《アリバイ》が……」

「それは、あなたの一人二役ですよね」

「…………」

「あなた方は従兄弟同士ということで、容貌が似ていました。だから大学の講義の代返もできた」

「い、いや——」

「ええ。まさか靖美氏が殺人までするとは、あなたも思ってなかったんでしょ? 鍛炭家に騙されたのが分かったので、仕返しをしたい。でも自分の仕業だとバレたとき、鍛炭家に対してというよりは、実家の父親と兄たちの反応が何よりも怖い。女々しいことをしてと激怒されるに違いない。だから万一のために、郷木靖美として怪想舎の編集者の前に姿を現し、自分の現場不在証明《アリバイ》を作っておいて欲しい。そう頼まれたんじゃないですか」

「…………」

「高校の教師になっても、大学時代の遊び好き悪戯好きが直らずに莫迦をやっている。普段からふざけた言動が多い。あなたのことを靖美氏は、そんな風に記しています。よって、どう言えばどんな反応をあなたが示すのか、彼には予想できたのでしょう」

「わ、私は――」

言耶は口を閉ざして待った。しかし、高志が後を続けなかったので、

「怪想舎の祖父江君は、あなたに電話をしただけで、二人には一度も会っていない。だから、あなたが靖美氏を演じることに何の支障もなかった。彼女が家を訪ねたとき、誰もいなかったのは当たり前です。靖美氏は奥戸に、あなたは学校に行っていたのですから。また祖父江君が二度目の電話をしたとき、当然あなたが出たわけですが、もちろん彼女は靖美氏の声だと思った。でも、あなたが本当の自分の名前を告げると、あっさり彼女は受け入れた。親子や兄弟で声が似ていることはよくありますから、何ら不自然に感じなかったわけです」

「…………」

「そもそも彼女が靖美氏だという人物に会ったとき、そんな寝込んでいた風には見え

なかった、顔色も良くて健康そうに見えた、と言っています。妙ですよね？　その人物が怪想舎を訪ねた時間がバラバラだったのは、高校の授業がない時間帯を利用したからではないですか。怪想舎は神保町、あなたがお勤めの高校は猿楽町、お二人の家は神田と、全てが非常に近かった」

「…………」

「あなたは、つい悪乗りをしてしまった。山魔がやって来ると怯えてみせ、祖父江君をからかった。ところが――奥戸で連続殺人事件が起こっていると教えられ、急に怖くなった。ようやく靖美氏の恐ろしい意図が読めた。でも、従弟を告発することなどできない。そんな心の葛藤が奇妙な言動となって現れ、祖父江君の注意を引いた」

「…………」

「僕が一旦こちらに戻ってお会いしたとき、あなたは従弟が事件の共犯者として疑われているのか、と心配した。あれは何処まで捜査が進んでいるのか、靖美氏の存在が浮かび上がっていないか、必死に探ってたんでしょう？　しかし、遂には良心の呵責に耐え切れなくなって、従弟が連続殺人事件の犯人を知っている――などと言ったんじゃないですか」

「わ、私が従弟の身代わりをしたという……しょ、証拠はあるんですか」

「いえ、状況証拠ばかりです。ただ、あなたは祖父江君のライスカレーを食べましたね」

「はっ……？」

「靖美氏は、お祖母さんの漬け物しか食べられないはずです。にも拘らず怪想舎に靖美氏として現れた人物は、ライスカレーの福神漬けも含めて綺麗に全てを食べています」

「そ、それは……い、いえ仮にですよ、従弟が奥戸でそんな恐ろしい事件を本当に起こしていたのなら、絶対に集落の人や警察の関係者に目撃されているはずじゃありませんか。先生が述べられた推理の中でも、この部分は問題になってましたよね？」

そこに相手が一縷《いちる》の望みを託していることが、言耶にも痛いほど伝わってきた。従弟が奥戸で活動した形跡が皆無であれば、一種の現場不在証明《アリバイ》となるからだろう。

だが、言耶は高志の目を真っ直ぐ見詰めながら、

「ですから郷木靖美氏が、胆武氏だったのです」

「そ、そんな……だって先生は……た、胆武には現場不在証明《アリバイ》があるって……」

「はい。彼が普通の巡礼者の場合、また仮に立造氏の息子さんだった場合でも、立派に現場不在証明《アリバイ》が存在します。しかし、彼の正体が靖美氏だったとなると——話は別です」

「どうしてです？」

「靖美氏が私費で購入したという高額な英語教材、即ちテープレコーダーを使用した現場不在証明《アリバイ》工作が可能だったからです」

「えっ……」

「祖父江君が言ってました。戦後の裁判所では速記者不足を解消するために、テープレコーダーを大量に導入したと。しかも、これは裁判所側の考えではなく、商品が売れなくて困っていた会社の方が売り込んだわけです。この会社が次に目を付けたのが、何処か分かりますか。そう、学校でした。米軍は戦後、英語の視聴覚教育の重要性を唱え、文部省も受け入れたからです。それを祖父江君は、次は出版社を顧客に考えればよいのにとぼやいてましたけど——」

「…………」

「僕が初戸から雇った馬車の老人は、数日前に胆武氏を運んでいます。全国を行脚しているはずの巡礼が、特に難所でもない臼山の麓を走る道を、わざわざ馬車で通るというのはおかしいですよね。そのとき彼は、柳行李を背負っていたと言います。これは胆武氏本人の言ですが、食事だけでなく衣服や日用品についてまで、彼は揖取家の世話になっていたらしい。では一体、柳行李の中には何が入っていたのでしょう？そう、テープレコーダーです。そして御籠り堂には、恵慶氏の証言にもあったように、ちゃんと電気が引かれています」

「…………」

「なぜ力枚氏が殺害されたのか。それは御籠り堂を訪ねた彼が、郷木靖美氏を認めてしまったからです。どうして胆武氏が揖取家の夕食の招待を頑《かたくな》に受けなかったのか、これで分かります」

「…………」

「揖取家で靖美氏に関わったのは、彼の世話をしたのは力枚氏だけだったと、ご本人が仰ってましたからね。つまり将夫氏や月子さんに見られても、胆武氏の正体がバレることはなかった。ただ、力枚氏だけは例外だった」

「…………」

「胆武の〈胆〉は、剛胆や豪胆の〈胆〉です。〈武〉は〈たけし〉と読み、〈猛〉に繋がる。つまり胆武という名前には、猛《たけし》と剛《つよし》と豪《ごう》という靖美氏のお兄さんたちの名が潜んでいたのです」

「…………」

「彼が復讐を決意するに当たり、どうしてこのような名前を考えたのか。その辺りの心理を思うと、僕は何とも遣《や》る瀬《せ》ない気持ちになります」

「あ、あいつは……。刀城先生……、靖美は……」

突如として項垂《うなだ》れたかと思うと、高志は涙声で喋り出そうとした。だが、言耶は相

手を労《いたわ》るような口調で、

「僕もご一緒しますから、警察に行かれて全てを話されてはどうですか」

＊

「郷木高志さんは、罪に問われるんでしょうか」

怪想舎の応接間に腰を落ち着けた刀城言耶に、心配そうに祖父江偲が訊いた。

「意図的に靖美氏の現場不在証明《アリバイ》作りに加担したことは間違いないけど、まさか従弟が殺人を犯すとは思ってもいなかったんだから……恐らく大丈夫だろう」

「けど先生、奥戸で連続殺人が起こってると知っても、そのまま彼は黙ってたんですよ」

「うん。でもね、それ以降は一人二役を止めて、靖美氏を行方知れずにさせているだろ」

「あっ……そうですよね」

「第一それに、奥戸連続殺人事件の犯人は従弟だ――という確証が彼にあったわけではない。飽くまでも疑いに過ぎないんだから、それを警察に言わなかったからといって、彼が罪に問われることはないと思うよ」

「良かった……」

偲が安堵の溜息を吐くのを見て、言耶は笑いながら、

「僕が一人二役のからくりを説明したとき、あんなに怒っていたのに」

「もう、ええんです。思い出してみると、確かに殺人事件のことを知らんかったときと知った後とでは、彼の反応が全く違うてましたから……。つまり飽くまでも悪戯やったいうことが、私にも分かりましたからね」

「へぇ、心が広くなったなぁ」

「何です？　うちの心の広さは、元からやないですか。旅先にいはる先生の原稿が遅れたときでも――」

「ご、ごめんなさい。失言でした。いつもお世話になっています」

慌てて頭を下げる言耶を、満足そうに見てから偲は、

「ところで、そのー郷木靖美さんというか、胆武さんというか、巡礼者に化けていた犯人の行方は、まだ分からないんですか」

「うん……、鬼無瀬警部にも連絡を取っているんだが……。そうそう警部と言えば、真犯人が郷木靖美氏だということを、まだ奥戸にいたときから僕が気付いていたんじゃないか――って、有らぬ疑いを掛けられて往生したよ」

「お話を聞いているだけでも容姿が浮かんでしまうほど、癖のある個性的な警部さん

ですよねぇ」

「そうなんだ。とても良い人で、優れた警察官であるのは間違いないんだけど……まぁ色々とあるんだよ」

「それで先生、今回の事件ですが——どうです？　ここは一つ『書斎の屍体』での長篇連載という形で——」

「あっ、ごめん。打ち合わせがあったんだ」

丁々発止《ちょうちょうはっし》とやり合う二人のどちらに軍配が上がったのか。それは言うまでもなく辣腕《らつわん》の女編集者の方にだったのだが、結局この連載は実現しなかった。

なぜなら数日後、郷木高志が行方不明になってしまったからである。

警察の事情聴取を受けた彼は、しばらく学校を休んでいた。その間、毎晩のように悪夢を見ていたらしい——と、彼と仲の良かった同僚の教師が証言をしている。

高志は、こう言い続けていたという。

「何か得体の知れないものが、段々と自分に近付いて来ているような気がする……」

そして失踪する前の日、その同僚に対して彼は嬉しそうに笑いながら、

「従弟だったよ。彼が呼んでるんだ……」

主な参考文献

郷木靖美氏の未発表原稿
山村民俗の会編『妣なる山に祈る』刊行：エンタプライズ　発売：産学社
　同右『山の怪奇・百物語』同右
　同右『峠道をゆく人々』同右
宮本常一『忘れられた日本人』岩波文庫
　同右『日本民衆史2　山に生きる人びと』未来社
遠藤ケイ『熊を殺すと雨が降る』筑摩書房
内藤正敏『遠野物語の原風景』ちくま文庫
工藤隆雄『山のミステリー』東京新聞出版局
伊藤正一『黒部の山賊』実業之日本社
磯部欣三『佐渡金山』中公文庫
テム研究所編著『図説　佐渡金山』河出書房新社
江戸川乱歩『復刻　探偵小説四十年』沖積舎
権田萬治／新保博久・編著『日本ミステリー事典』新潮選書
合田一道『裂けた岬　「ひかりごけ」事件の真相』恒友出版

解説

飄々《ひょうひょう》たるチャレンジャー――三津田信三小論

芦辺　拓

それは、今からもう二十年近く前、在阪の某新聞社で文化部記者をしていた私は、一人京都の町を歩いていました。記憶ではひどく暑い日で、汗をふきふき行き着いた先は、同朋舎出版。古都にいくつかある個性的な出版社の一つでした。

その守備範囲は、学術関係を中心として多岐にわたっていましたが、親しみやすいものとしては豊富な写真と細かな解説を満載して何十巻にも及ぶ『ビジュアル博物館』があり、これは何かと参考にさせてもらったものでした。

けれども、このときの訪問の理由は、そのどちらでもなく、その年――一九九二年に、歌姫《ディーヴァ》マドンナが出した大胆な写真集『SEX by MADONNA』について。その日本版を、大手をふくむ在京各社を出し抜いて同朋舎が刊行することになり、書籍そのもののセンセーショナルな評判と相まって注目を集めていたのでした。

今、『ＳＥＸ』の奥付を見ると「一九九二年十二月四日　第一版第一刷」となっており、取材に行ったのがそれよりあまりさかのぼらないとすると、その日の天候についての記憶には何か勘違いがあるのかもしれません。ともあれ、同社のそれほど大きくはないビルに入り、いろいろとお話をうかがうことになりました。もっとも、このときのインタビューは確かものにならず、その内容も本稿とは大して関係がありません。ついでに、その折の取材には、あわよくば『ＳＥＸ』を一冊せしめて来いという密命があったことも。

　ちなみに、当時の私は、第一回鮎川哲也賞をいただいてデビューを果たしはしたものの、まわりには理解者もなく、あやうく作家としてフェードアウトしかかっていたのですが、これまた全くどうでもいいこと。ただ、このとき私は、何とも数奇な出会い、もしくはすれ違いをしていたのです。そうめったとはない文学的ビッグバンが起きる直前に居合わせた、とでもいうべきでしょうか。

　というのも、このとき同朋舎の屋根の下には、のちに作家となる方々がおられたのです。三年後に『ＲＩＫＯ——女神《ヴィーナス》の永遠』で第十五回横溝正史賞（現・横溝正史ミステリ大賞）を受賞し、以降怒《ど》濤《とう》のような執筆活動を開始される柴田よしきさん、そしてみなさんが今まさに手にしておられる『山魔《やまんま》の如き嗤《わら》うもの』の著者である三津田信三さんのお二人もが！　ちなみにこれより以前には、ハヤカワ・ＳＦコンテストへの入選を経て、のちアニメにもなった大ヒットシリーズ『星界の紋章』を著された森岡浩之さんも在籍しておられたというから驚きです。

それから一気に時は流れて、三津田さんは一種異様なたたずまいを持つホラーの作者としてデビューされました。そして、くだんの出版社を辞されたあとからでしょうか、当初の印象とはまた違った、多彩にして貪欲ともいっていい創作活動を展開していかれます。

中でも、ミステリファンを瞠目《どうもく》させたのが、二〇〇六年の『厭魅《まじもの》の如き憑くもの』に始まる刀城言耶《とうじょうげんや》シリーズで、第三作『首無《くびなし》の如き祟るもの』から本書、さらには『水魑《みづち》の如き沈むもの』と三年連続で本格ミステリ大賞の候補となり、ついに金的を射止められたのです。

まだ戦後まもない日本。いまだ特異な習俗が息づき、都会人がとうに忘れ去り、もはや想像を絶したものとなった部分をも色濃く残す列島奥地の村々。しばしば重苦しくやりきれない因襲《いんしゅう》にとらわれたそこでは、特異な戒律と論理が支配し、他からの介入を決して許さない——。

まるで時が停まったかのような閉鎖空間。ところが、ある日そこを舞台としておぞましい事件が起こります。まるで土地の祖霊が怒り、古い呪いがよみがえったような不可解で不可能な人死にが。しかし、実はそれは凝り固まった悪念と、冷徹な頭脳が生み出した計画殺人であり――とここまで書けば、誰しも思い出す作品群があるでしょう。

横溝正史氏（一九〇二～八一）の『本陣殺人事件』に始まり、『悪霊島』に至る一連の金田一耕助シリーズです。この誰もが知る国民的名探偵の一大推理サーガについて説明は不要でしょうし、この影響を受けた作品群もまた数知れません。あるいはその波乱万丈な物語性に、あるいはその無惨絵めいた華麗な残酷美にオマージュをささげ、はたまたパロディ化したり、こっそりと隠し味にした作品などさまざまで、中には単なる劣化コピーに堕《だ》したものや、金田一探偵の名を借りただけのものがあるのはやむをえないことでしょう。

小説に限らない娯楽的物語の世界では、先行作品の要素を取りこみ、新たなアレンジを加えて再生することは少しも珍しくなく、とりわけ本格ミステリの世界ではそれを知的作業として突き詰めることで、ともすれば袋小路に陥《おちい》りがちな創作作業を打開しようとしてきました。

そうした思いがあったものですから、三津田氏の『水魑《みづち》の如き沈むもの』が歌野晶午氏の『密室殺人ゲーム2.0』とともに第十回本格ミステリ大賞を受賞された記念トークショーで、ともに壇上にあがった私は、刀城言耶シリーズについて「もちろん横溝失礼な言葉というか変な表現なんですが、自分にとって二人（注・横溝とカー）は反面教師にしなきゃいけないと。どちらの作品でもホラー要素は装飾です。でも僕は、本格でもホラーが入っていないといやだし、ホラー要素が絶対残る物を書きたいので、その意味で反面教師にしたいと思っています。

そのような作家的スタンスや挑戦欲をもって、一連の作品を見るとき、その独創性はいっそうはっきりとしてきます。たとえば刀城言耶が踏みこむ古怪《こかい》で沈鬱《ちんうつ》な世界は、実は斬新で、むしろはるかに若い世代が好んで書く〝和ものファンタジー〟に近いものを感じさせられるのです。適当な言葉がないので、誤解を覚悟でこう表現しましたが、若い腕利きの料理人に「和食」を作るよう注文したら、エスニックでミステリアスな料理が出てきてびっくりした――とでもいうような感じでしょうか。

小野不由美氏の『屍鬼』のコミカライズやアニメ化作品を見て、エキゾチックというかパラレルワールド的というか、なるほど新しい世代には、純日本的土俗世界がこのように映じるのかとひざを打ったことがありますが、それにも相通じる新しさが見受けられます。そこにとまどいを覚える読者もあるかもしれませんが、その新しさというのは、さきほどからしきりと引き合いに出してきた（そして三津田氏自身からは否定された）ある偉大な作家と相通じるものではないでしょうか――？

長々と三津田作品の魅力、とりわけその中核をなす刀城言耶シリーズの斬新さについて、決して先行作品のオマージュなどではないことを述べてきましたが、それは本書『山魔の如き嗤うもの』もまた、そうした中から生み出され、さまざまな魅力をたたえた傑作の一つであることを語りたかったからにほかなりません。

『本格ミステリ・ベスト10』の二〇〇九年版で堂々一位を獲得したこの作品は、濃密な闇に包まれた夜の山での怪奇譚に始まり、恐るべき〝山魔〟の出現や忌《い》み山からの一家消失、さらには六地蔵の見立て殺人へと息もつかせぬ展開をたどります。いかにも新旧のミステリ好きを喜ばせる趣向に満ちており、その点、すでに刀城言耶の飄々とした風貌に接している人だけでなく、これが本シリーズひいては三津田作品初体験であるというみなさんにとっても最適な作品となっております。

読者の方々は、あれよあれよというちに事件の渦中に投げこまれ、錯綜《さくそう》をきわめた背後事情にとまどい、戦慄《せんりつ》と恐怖に追い回され、ついには悲鳴をあげることでしょう。けれども作者は、それではまだ読者を翻弄し足りないらしく、その先にまたいろいろな仕掛けを用意してくれています。それはどんなものかといえば……あいにく、そこは一解説者が語るを許された範囲ではないのでした。

本書は二〇〇八年五月、原書房より単行本として刊行されました。

|著者|三津田信三　編集者を経て2001年『ホラー作家の棲む家』(講談社ノベルス/『忌館《いかん》』と改題、講談社文庫)で作家デビュー。2010年『水魑《みづち》の如き沈むもの』(原書房／講談社文庫)で第10回本格ミステリ大賞受賞。本格ミステリとホラーを融合させた独自の作風を持つ。主な作品に『忌館』に続く『作者不詳』などの〝作家三部作〟(講談社文庫)、『厭魅《まじもの》の如き憑くもの』に始まる〝刀城言耶《とうじょうげんや》〟シリーズ(原書房/講談社文庫)、『禍家《まがや》』に始まる〝家〟シリーズ(光文社文庫/角川ホラー文庫)、『十三の呪《じゅ》』に始まる〝死相学探偵〟シリーズ(角川ホラー文庫)、『どこの家にも怖いものはいる』に始まる〝幽霊屋敷〟シリーズ(中央公論新社/中公文庫)、『黒面の狐』に始まる〝物理波矢多〟シリーズ(文藝春秋/文春文庫)などがある。刀城言耶第三長編『首無《くびなし》の如き祟るもの』は『2017年本格ミステリ・ベスト10』(原書房)の過去20年のランキングである「本格ミステリ・ベスト・オブ・ベスト10」1位となった。

山魔《やまんま》の如《ごと》き嗤《わら》うもの
三津田信三《みつだしんぞう》

2011年5月13日第1刷発行
2021年11月18日第7刷発行

講談社文庫
定価はカバーに
表示してあります

発行者——鈴木章一
発行所——株式会社　講談社
東京都文京区音羽2-12-21　〒112-8001
電話　出版　(03) 5395-3510
　　　販売　(03) 5395-5817
　　　業務　(03) 5395-3615

KODANSHA

Printed in Japan

デザイン—菊地信義
本文データ制作—講談社デジタル製作
印刷———豊国印刷株式会社
製本———加藤製本株式会社

ISBN978-4-06-276918-1

講談社文庫刊行の辞

二十一世紀の到来を目睫に望みながら、われわれはいま、人類史上かつて例を見ない巨大な転換期をむかえようとしている。

世界も、日本も、激動の予兆に対する期待とおののきを内に蔵して、未知の時代に歩み入ろうとしている。このときにあたり、創業の人野間清治の「ナショナル・エデュケイター」への志を現代に甦らせようと意図して、われわれはここに古今の文芸作品はいうまでもなく、ひろく人文・社会・自然の諸科学から東西の名著を網羅する、新しい綜合文庫の発刊を決意した。

激動の転換期はまた断絶の時代である。われわれは戦後二十五年間の出版文化のありかたへの深い反省をこめて、この断絶の時代にあえて人間的な持続を求めようとする。いたずらに浮薄な商業主義のあだ花を追い求めることなく、長期にわたって良書に生命をあたえようとつとめるところにしか、今後の出版文化の真の繁栄はあり得ないと信じるからである。

同時にわれわれはこの綜合文庫の刊行を通じて、人文・社会・自然の諸科学が、結局人間の学にほかならないことを立証しようと願っている。かつて知識とは、「汝自身を知る」ことにつきていた。現代社会の瑣末な情報の氾濫のなかから、力強い知識の源泉を掘り起し、技術文明のただなかに、生きた人間の姿を復活させること。それこそわれわれの切なる希求である。

われわれは権威に盲従せず、俗流に媚びることなく、渾然一体となって日本の「草の根」をかたちづくる若く新しい世代の人々に、心をこめてこの新しい綜合文庫をおくり届けたい。それは知識の泉であるとともに感受性のふるさとであり、もっとも有機的に組織され、社会に開かれた万人のための大学をめざしている。大方の支援と協力を衷心より切望してやまない。

一九七一年七月

野間省一

宮本　輝　骸骨ビルの庭(上)(下)
宮本　輝　新装版 二十歳《はたち》の火影《ほかげ》(上)(下)
宮本　輝　新装版 命の器
宮本　輝　新装版 避暑地の猫
宮本　輝　新装版 ここに地終わり 海始まる(上)(下)
宮本　輝　新装版 花の降る午後(上)(下)
宮本　輝　新装版 オレンジの壺(上)(下)
宮本　輝　にぎやかな天地(上)(下)
宮本　輝　新装版 朝の歓び(上)(下)
宮城谷昌光　侠骨記
宮城谷昌光　夏姫春秋(上)(下)
宮城谷昌光　花の歳月
宮城谷昌光　重耳《ちょうじ》(全三冊)
宮城谷昌光　介《かい》子《し》推《すい》
宮城谷昌光　孟嘗君　全五冊
宮城谷昌光　春秋の名君
宮城谷昌光　子産(上)(下)
宮城谷昌光　湖底の城〈呉越春秋〉一
宮城谷昌光　湖底の城〈呉越春秋〉二
宮城谷昌光　湖底の城〈呉越春秋〉三
宮城谷昌光　湖底の城〈呉越春秋〉四
宮城谷昌光　湖底の城〈呉越春秋〉五
宮城谷昌光　湖底の城〈呉越春秋〉六
宮城谷昌光　湖底の城〈呉越春秋〉七
宮城谷昌光　湖底の城〈呉越春秋〉八
宮城谷昌光　湖底の城〈呉越春秋〉九
水木しげる　コミック昭和史1〈関東大震災～満州事変〉
水木しげる　コミック昭和史2〈満州事変～日中全面戦争〉
水木しげる　コミック昭和史3〈日中全面戦争～太平洋戦争開始〉
水木しげる　コミック昭和史4〈太平洋戦争前半〉
水木しげる　コミック昭和史5〈太平洋戦争後半〉
水木しげる　コミック昭和史6〈終戦から朝鮮戦争〉
水木しげる　コミック昭和史7〈講和から復興〉
水木しげる　コミック昭和史8〈高度成長以降〉
水木しげる　総員玉砕せよ！
水木しげる　敗走記
水木しげる　白い旗
水木しげる　姑《クー》娘《ニャン》
水木しげる　決定版 日本妖怪大全〈妖怪・あの世・神様〉
水木しげる　ほんまにオレはアホやろか
宮部みゆき　新装版 震える岩〈霊験お初捕物控〉
宮部みゆき　新装版 天狗風〈霊験お初捕物控〉
宮部みゆき　ICO《イコ》―霧の城―(上)(下)
宮部みゆき　ぼんくら(上)(下)
宮部みゆき　新装版 日暮らし(上)(下)
宮部みゆき　おまえさん(上)(下)
宮部みゆき　小暮写眞館(上)(下)
宮部みゆき　ステップファザー・ステップ〈新装版〉
宮子あずさ　看護婦が見つめた人間が死ぬということ
宮子あずさ　看護婦が見つめた人間が病むということ
宮子あずさ　ナースコール
宮本昌孝　家康、死す(上)(下)
三津田信三　忌《い》館《かん》〈ホラー作家の棲む家〉
三津田信三　作者不詳〈ミステリ作家の読む本〉(上)(下)
三津田信三　蛇《じゃ》棺《かん》葬《そう》
三津田信三　百《ひゃく》蛇《じゃ》堂《どう》〈怪談作家の語る話〉
三津田信三　厭魅《まじもの》の如き憑くもの

三津田信三　凶鳥《まがとり》の如き忌むもの
三津田信三　首無《くびなし》の如き祟るもの
三津田信三　山魔《やまんま》の如き嗤《わら》うもの
三津田信三　水魑《みづち》の如き沈むもの
三津田信三　密室《ひめむろ》の如き籠《こも》るもの
三津田信三　生霊《いきだま》の如き重《だぶ》るもの
三津田信三　幽女《ゆうじょ》の如き怨むもの
三津田信三　碆霊《はえだま》の如き祀るもの
三津田信三　シェルター 終末の殺人
三津田信三　ついてくるもの
三津田信三　誰かの家
三津田信三　忌《い》物《ぶつ》堂《どう》鬼《き》談《だん》
道尾秀介　カラスの親指 (by rule of CROW's thumb)
道尾秀介　水の柩
深木章子《みきあきこ》　鬼畜の家
湊かなえ　リバース
宮内悠介　彼女がエスパーだったころ
宮内悠介　偶然の聖地
宮乃崎桜子《みやのさきさくらこ》　綺羅《きら》の皇女《ひめみこ》(1)

宮乃崎桜子　綺羅の皇女(2)
三國青葉　損料屋見鬼《けんき》控え 1
三國青葉　損料屋見鬼控え 2
宮西真冬　誰かが見ている
宮西真冬　首の鎖
南　杏子　希望のステージ
村上　龍　愛と幻想のファシズム(上)(下)
村上　龍　村上龍料理小説集
村上　龍　村上龍映画小説集
村上　龍　新装版 限りなく透明に近いブルー
村上　龍　新装版 コインロッカー・ベイビーズ
村上　龍　歌うクジラ(上)(下)
向田邦子　新装版 眠る盃
向田邦子　新装版 夜中の薔薇
村上春樹　風の歌を聴け
村上春樹　1973年のピンボール
村上春樹　羊をめぐる冒険(上)(下)
村上春樹　カンガルー日和
村上春樹　回転木馬のデッド・ヒート

村上春樹　ノルウェイの森(上)(下)
村上春樹　ダンス・ダンス・ダンス(上)(下)
村上春樹　遠い太鼓
村上春樹　国境の南、太陽の西
村上春樹　やがて哀しき外国語
村上春樹　アンダーグラウンド
村上春樹　スプートニクの恋人
村上春樹　アフターダーク
村上春樹 佐々木マキ絵　羊男のクリスマス
村上春樹 佐々木マキ絵　ふしぎな図書館
村上春樹 糸井重里　夢で会いましょう
村上春樹・文 安西水丸・絵　ふわふわ
U・K・ル＝グウィン 村上春樹訳　空飛び猫
U・K・ル＝グウィン 村上春樹訳　帰ってきた空飛び猫
U・K・ル＝グウィン 村上春樹訳　素晴らしいアレキサンダーと、空飛び猫たち
U・K・ル＝グウィン 村上春樹訳　空を駆けるジェーン
T・ファリッシュ著 B・ルート絵 村上春樹訳　ポテト・スープが大好きな猫
群ようこ　いいわけ劇場
村山由佳　天翔る

森　博嗣　サイタ×サイタ〈EXPLOSIVE〉
森　博嗣　ダマシ×ダマシ〈SWINDLER〉
森　博嗣　女王の百年密室〈GOD SAVE THE QUEEN〉
森　博嗣　迷宮百年の睡魔〈LABYRINTH IN ARM OF MORPHEUS〉
森　博嗣　赤目姫の潮解〈LADY SCARLET EYES AND HER DELIQUESCENCE〉
森　博嗣　まどろみ消去〈MISSING UNDER THE MISTLETOE〉
森　博嗣　地球儀のスライス〈A SLICE OF TERRESTRIAL GLOBE〉
森　博嗣　今夜はパラシュート博物館へ〈THE LAST DIVE TO PARACHUTE MUSEUM〉
森　博嗣　虚空の逆マトリクス〈INVERSE OF VOID MATRIX〉
森　博嗣　レタス・フライ〈Lettuce Fry〉
森　博嗣　僕は秋子に借りがある I'm in Debt to Akiko〈森博嗣自選短編集〉
森　博嗣　どちらかが魔女 Which is the Witch?〈森博嗣シリーズ短編集〉
森　博嗣　探偵伯爵と僕〈His name is Earl〉
森　博嗣　喜嶋先生の静かな世界〈The Silent World of Dr.Kishima〉
森　博嗣　実験的経験〈Experimental experience〉
森　博嗣　そして二人だけになった〈Until Death Do Us Part〉
森　博嗣　つぶやきのクリーム〈The cream of the notes〉
森　博嗣　つぼやきのテリーヌ〈The cream of the notes 2〉
森　博嗣　つぼねのカトリーヌ〈The cream of the notes 3〉
森　博嗣　ツンドラモンスーン〈The cream of the notes 4〉
森　博嗣　つぼみ茸《きのこ》ムース〈The cream of the notes 5〉
森　博嗣　つぶさにミルフィーユ〈The cream of the notes 6〉
森　博嗣　月夜のサラサーテ〈The cream of the notes 7〉
森　博嗣　つんつんブラザーズ〈The cream of the notes 8〉
森　博嗣　ツベルクリンムーチョ〈The cream of the notes 9〉
森　博嗣　100人の森博嗣〈100 MORI Hiroshies〉
森　博嗣　的を射る言葉〈Gathering the Pointed Wits〉
森　博嗣　カクレカラクリ〈An Automaton in Long Sleep〉
森　博嗣　DOG&DOLL
諸田玲子　其《そ》の一《いち》日《にち》
諸田玲子　森家の討ち入り
森　達也　「自分の子どもが殺されても同じことが言えるのか」と叫ぶ人に訊きたい
森　達也　すべての戦争は自衛から始まる
本谷有希子　腑抜けども、悲しみの愛を見せろ
本谷有希子　江利子と絶対〈本谷有希子文学大全集〉
本谷有希子　あの子の考えることは変
本谷有希子　嵐のピクニック
本谷有希子　自分を好きになる方法
本谷有希子　異類婚姻譚
本谷有希子　静かに、ねぇ、静かに
茂木健一郎　「赤毛のアン」に学ぶ幸福《しあわせ》になる方法
茂木健一郎 with ダイアログ・イン・ザ・ダーク　まっくらな中での対話
森川智喜　キャットフード
森川智喜　スノーホワイト
森川智喜　一つ屋根の下の探偵たち
森林原人　セックス幸福論〈偏差値78のAV男優が考える〉
桃戸ハル編・著　5分後に意外な結末〈ベスト・セレクション〉
桃戸ハル編・著　5分後に意外な結末〈ベスト・セレクション　黒の巻・白の巻〉
桃戸ハル編・著　5分後に意外な結末〈ベスト・セレクション　心震える赤の巻〉
森　功　高倉健〈隠し続けた七つの顔と「謎の養女」〉
山田風太郎　甲賀忍法帖〈山田風太郎忍法帖①〉
山田風太郎　伊賀忍法帖〈山田風太郎忍法帖③〉
山田風太郎　忍法八犬伝〈山田風太郎忍法帖④〉
山田風太郎　風来忍法帖〈山田風太郎忍法帖⑪〉
山田風太郎　新装版 戦中派不戦日記
山田正紀　大江戸ミッション・インポッシブル〈顔役を消せ〉
山田正紀　大江戸ミッション・インポッシブル〈幽霊船を奪え〉

講談社文庫　目録

2021年 9月15日現在